Operaciones administrativas y documentación sanitaria

María Luisa García Gómez
María José Simón Saiz
Emilio Landete López

Revisión técnica
Emilio Landete López

Mc Graw Hill Education

MADRID · BOGOTÁ · BUENOS AIRES · CARACAS · GUATEMALA · MÉXICO
NUEVA YORK · PANAMÁ · SAN JUAN · SANTIAGO · SÃO PAULO · AUCKLAND
HAMBURGO · LONDRES · MILÁN · MONTREAL · NUEVA DELHI · PARÍS
SAN FRANCISCO · SÍDNEY · SINGAPUR · ST. LOUIS · TOKIO · TORONTO

Operaciones administrativas y documentación sanitaria • Ciclo Formativo Grado Medio

Todas las actividades propuestas en este libro de texto deben realizarse en un cuaderno aparte. Los espacios incluidos en las actividades son meramente indicativos y su finalidad, didáctica.

McGraw-Hill/Interamericana de España, S.L.
Edificio Valrealty, 1.a planta
Basauri, 17
28023 Aravaca (Madrid)

ISBN: 978-84-486-1202-3
Depósito legal: M-10849-2017

Revisor técnico: Emilio Landete López
Equipo editorial: Montserrat Bosque, Irene Lorente
Ilustraciones: Jorge de Juan, María Simavilla, Pablo Vázquez
Fotografías, archivo de imágenes McGraw-Hill, Getty Images, Age Fotostock
Infografías: Ernesto Olivares
Agradecimientos: Agéncia Valenciana de Salut, Servei Català de la Salut, Rioja Salud, Salud Madrid, Servicio Aragonés de Salud, Osakidetza, Servicio Murciano de Salud, Servizo Galego de Saúde, Instituto Nacional de Gestión Sanitaria: Ceuta y Melilla, Hospital Infantil Universitario Niño Jesús de Madrid, www.heraldaria.com
Diseño de cubierta: Javier Aguilera
Diseño interior: Marta Girabal Montaner
Composición: Disegraf S. L.
Impreso en: Grafo, S.A.

IMPRESO EN ESPAÑA- PRINTED IN SPAIN

Presentación

El objetivo de este proyecto es capacitar al Técnico en Cuidados Auxiliares de Enfermería en la realización de las funciones administrativas que se le asignen en cuanto a la organización, planificación y evaluación del trabajo.

Con este fin hemos dividido las diferentes unidades en bloques:

- Bloque I: las unidades 1 a 4 desarrollan los aspectos fundamentales de la atención sanitaria, organización y funcionamiento del sistema sanitario, así como los orígenes, evolución histórica y funciones de este técnico sanitario.
- Bloque II: las unidades 5 a 8 se centran en explicar la documentación que el técnico va a encontrarse en su lugar de trabajo, documentación sanitaria, no sanitaria, la gestión del almacén y operaciones de compra-venta.

Esta estructura se justifica, desde el punto de vista didáctico, en la necesidad de facilitar al alumno la adquisición secuencial y lógica de conocimientos.

La estructura de cada unidad didáctica se basa en desarrollar de forma completa los contenidos del currículo, con múltiples actividades de diversa tipología, para favorecer la adquisición de distintas destrezas, y para ello se han elegido actividades tanto individuales, para que el alumno se sienta protagonista de su propio aprendizaje, como actividades para realizar en grupo, que facilitan el trabajo en equipo, tan necesario para el desarrollo de su trabajo diario.

Las unidades se acompañan también de casos prácticos que acercan al alumno a la realidad de lo que se va a encontrar en su vida profesional.

El estudio de las nuevas tecnologías queda patente en cada unidad de dos modos: por una parte, se insiste en el manejo de Internet, por otra, se desarrolla una práctica final sobre las aplicaciones informáticas más comunes con el objetivo de que el alumno consolide, amplíe y/o actualice sus conocimientos referentes a las diferentes aplicaciones informáticas que se va a encontrar en su vida laboral.

Todas las unidades finalizan con una serie de actividades de consolidación y un test de evaluación, que ayudan al alumno a revisar si ha alcanzado los objetivos.

Dar las gracias a todas las personas que han colaborado en la creación de este libro, a la editorial por haber confiado en nosotros, a nuestras familias por su comprensión y apoyo, y especialmente a nuestros alumnos por todo lo que «nos han enseñado» a lo largo de nuestra vida profesional y a los que dedicamos en especial esta obra.

Los autores

Índice

Cómo se utiliza este libro

Todas las actividades propuestas en este libro deben realizarse en un cuaderno aparte.

Presentación de la unidad

Aquí encontrarás los **criterios de evaluación** de la unidad.

Te avanzamos los contenidos que se van a desarrollar.

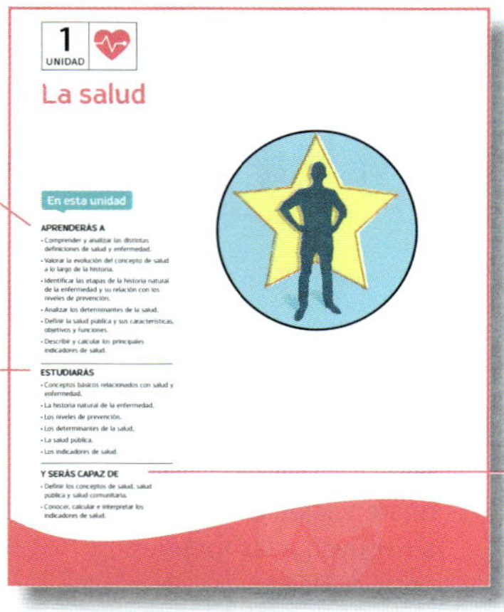

Además, verás los resultados de aprendizaje de cada unidad.

Desarrollo de los contenidos

CASO PRÁCTICO

Aplican los conocimientos aprendidos a problemas y situaciones reales del entorno profesional.

ACTIVIDADES

Permiten trabajar los contenidos a medida que se van explicando y aseguran un aprendizaje progresivo.

Una exposición clara y concisa de la teoría, acompañada de recuadros que ayudan a la comprensión de los aspectos más importantes:

- ¿SABÍAS QUE...?
- IMPORTANTE
- VOCABULARIO
- CLAVES Y CONSEJOS
- RECUERDA
- WEB

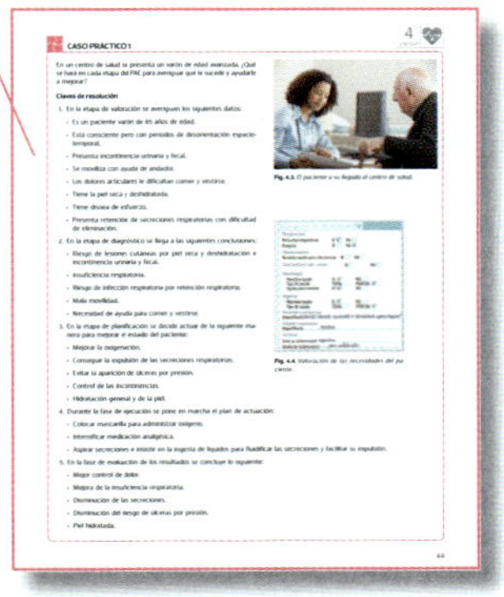

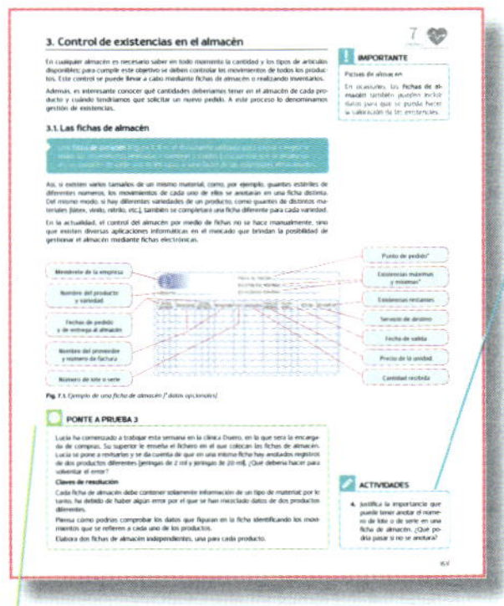

PONTE A PRUEBA

Problemas y situaciones reales con claves de resolución.

Cierre de la unidad

SÍNTESIS

Esquema-resumen de los contenidos estudiados en la unidad.

TEST DE REPASO

Ayuda a detectar cualquier laguna de conocimientos.

PRÁCTICA FINAL

Ejercita de forma integrada las competencias adquiridas.

COMPRUEBA TU APRENDIZAJE

Actividades finales agrupadas por criterios de evaluación.

APLICACIONES INFORMÁTICAS

Desarrollo de prácticas informáticas vinculadas con los contenidos de la unidad.

Evolución histórica de la enfermería

Prehistoria

- Las enfermedades se trataban con hierbas.
- La mujer cuidaba y alimentaba a los enfermos.

Edad Antigua

Partenon, Grecia

- **Grecia**
  La enfermedad se trata como un desequilibrio.
- **Roma**
  La profesión médica es legislada, se crean hospitales militares y escuelas médicas.

Edad Media

Monasterio de Santo Domingo de Silos, Burgos

- **Cristianismo**
  Creación de hospitales en monasterios.
- **Primera mitad de la Edad Media**
  Los monasterios se consolidan como centros asistenciales y los monjes sustituyen a las mujeres en el cuidado.
- **Aportación árabe**
  Nuevo impulso en el conocimiento de las enfermedades y tratamientos.

Avicena, médico árabe

- **Segunda mitad de la Edad Media**
  La enseñanza de la medicina se traslada a la Universidad; para la enfermería solo es necesaria la vocación.

Renacimiento

- El conocimiento anatómico y de la circulación genera grandes avances. La enfermería como profesión decae.

Orden Hospitalaria S. Juan de Dios

- Las órdenes religiosas surgidas del Concilio de Trento exigen conocimientos para cuidar de los enfermos.

Siglos XVII a XX

- Grandes descubrimientos científicos impulsan la Medicina.

Florence Nightingale

- **1836** Theodor y Friederike Fliedner fundan la primera escuela con programas para el cuidado de enfermos.
- **1857** En España, las profesiones sanitarias son reguladas por la Ley de Bases para la Instrucción Pública.
- **1860** Florence Nightingale funda la primera escuela de enfermeras, con formación de 2 a 4 años.
- **1861** En España se publica el Reglamento para la enseñanza de practicante y matrona.
- **1880** Aparece la primera escuela de enfermería en España.

Evolución de la enfermería en España...

1915
- Institución del título de enfermera y clasificación de la profesión.

1952
- Nacen los ATS.

Años 60
- Surge la figura del auxiliar de enfermería sin formación académica.

TCAE

1975
- Inicio de la Formación Profesional de la rama sanitaria.

1977
- Se unifica bajo el nombre de enfermería a todos los profesionales. Se cursan 3 años en las escuelas de enfermería para obtener el DUE.

y de la figura del auxiliar

1984
- Comienza a exigirse titulación a los trabajadores que quieran ejercer de auxiliares de clínica.

1986
- Se crea la categoría profesional de auxiliar de enfermería, que sustituye a la de auxiliar de clínica.

1995
- Se crea la figura de Técnico en Cuidados Auxiliares de Enfermería (TCAE). El RD 546/1995 establece el título y las enseñanzas mínimas y el RD 558/1995 establece el currículo.

2005
- Se establece el título de Graduado de Enfermería, regulado por estudios universitarios.

2010
- Comienzan a cursarse los estudios universitarios con 4 años de formación.

Proceso de atención de enfermería y rol del auxiliar

PAE

Objetivos

- Crear base de datos del paciente
  - Identificar necesidades
  - Determinar prioridades, objetivos y resultados
  - Establecer plan de cuidado
  - Determinar eficiencia de cuidados

Ventajas

- Atención individualizada a las necesidades del paciente
- Soluciones a los problemas específicos
- Organización de tiempo y recursos
- Coordinación de las funciones del equipo de enfermería
- Evitar emisiones o duplicaciones de procedimientos
- Evaluación de las actuaciones de enfermería y su eficacia

Etapas

1. Valoración → 2. Diagnóstico → 3. Planificación → 4. Ejecución → 5. Evaluación

Rol del auxiliar de enfermería

Funciones

- **Realización de tareas administrativas** y de organización de una consulta
- **Visión de conjunto** sobre las condiciones sanitarias de los pacientes y material utilizado en la consulta
- **Promoción** de la asistencia sanitaria al paciente utilizando técnicas de educación sanitaria
- **Ayuda e instrumentación** en equipos de salud bucodental
- **Aplicación de técnicas hidrotermales** manejando los equipos e instalaciones correspondientes
- **Refuerzo del conocimiento** y hábitos preventivos e higiénico-sanitarios en la población
- **Adaptación a las nuevas** situaciones laborales generadas como consecuencia de las innovaciones tecnológicas

- Técnicas básicas de enfermería
- Higiene en el medio hospitalario
- Promoción de la salud y apoyo psicológico al paciente
- Técnicas de ayuda odontológica y estomatológica
- Operaciones administrativas y documentación sanitaria

Lugares de trabajo

- Hospitales
- Clínicas
- Centros de atención primaria
- Residencias y centros de día

Depende de ti

- Conservación y limpieza del material sanitario
- Mantenimiento del orden, limpieza y condiciones higiénicas del paciente
- Registro de los datos del paciente
- Aplicación de cuidados auxiliares de enfermería
- Aplicación de técnicas de primeros auxilios
- Administración de medicación por vías oral, rectal y tópica
- Preparación de la medicación supervisado por el diplomado
- Manejo y mantenimiento del equipo y material a su cargo

1 UNIDAD

La salud

En esta unidad

APRENDERÁS A

- Comprender y analizar las distintas definiciones de salud y enfermedad.
- Valorar la evolución del concepto de salud a lo largo de la historia.
- Identificar las etapas de la historia natural de la enfermedad y su relación con los niveles de prevención.
- Analizar los determinantes de la salud.
- Definir la salud pública y sus características, objetivos y funciones.
- Describir y calcular los principales indicadores de salud.

ESTUDIARÁS

- Conceptos básicos relacionados con salud y enfermedad.
- La historia natural de la enfermedad.
- Los niveles de prevención.
- Los determinantes de la salud.
- La salud pública.
- Los indicadores de salud.

Y SERÁS CAPAZ DE

- Definir los conceptos de salud, salud pública y salud comunitaria.
- Conocer, calcular e interpretar los indicadores de salud.

1. Introducción

El concepto de *salud* ha sufrido constantes modificaciones a lo largo de la historia. El análisis de este concepto puede ayudarnos a comprender la valoración de la salud y las actuaciones en torno a ella en cada sociedad y época. Una vez definido el concepto de salud, es importante concretar qué elementos determinan la calidad de la salud de una persona, favoreciéndola o perjudicándola. Conocidos estos factores determinantes, podemos concretar cómo prevenir la enfermedad.

2. El concepto de salud

Orígenes de la humanidad

Al principio de la historia se mantuvo, durante mucho tiempo, el pensamiento primitivo (mágico-religioso) que creía que la enfermedad era un castigo divino. Esta actitud aún se mantiene en algunos pueblos de África, Asia, Australia y América.

Hasta el siglo xx

Posteriormente, casi hasta la primera mitad del siglo xx, se mantuvo vigente un concepto de salud negativo: la salud se entendía como «la ausencia de enfermedad», y el control de las enfermedades era el principal objetivo de todas las instituciones relacionadas con la salud.

Siglo xx

A mediados del siglo xx, y coincidiendo con el final de la Segunda Guerra Mundial, se alcanzó una comprensión moderna de la salud. Dicha idea está recogida en la Carta de Constitución de la Organización Mundial de la Salud, OMS (1946); según esta, la salud «es un estado de completo bienestar físico, mental y social, y no solamente la ausencia de afecciones o enfermedades». Esta definición fue rechazada por diversos autores por utópica, ya que no existe un estado completo de salud; por estática, pues no considera que la salud sea algo dinámico y cambiante; y por subjetiva, porque la idea de bienestar y de malestar depende de la percepción del propio individuo.

ACTIVIDADES

1. Responde a las siguientes preguntas en tu cuaderno.

a) ¿Qué es para ti la salud?

b) ¿Qué factores crees que pueden hacer que alguien esté más o menos sano?

c) ¿Cuáles de esos factores crees que podrías modificar para estar más sano?

Con el tiempo, el concepto de salud se ha ido revisando, en un intento de subsanar los errores de la OMS. En la Figura 1.1 puedes observar la evolución del concepto de salud.

Evolución del concepto de salud

Definición tradicional	Ausencia de enfermedad.
Definición de la OMS (1946)	Estado de completo bienestar físico, mental y social, y no solamente la ausencia de afecciones o enfermedades.
Definición de René Dubos (1959)	Estado físico y mental, razonablemente libre de incomodidad y dolor, que permite a la persona en cuestión funcionar efectivamente por el mayor tiempo posible en el ambiente donde por elección está ubicada.
Definición de Herbert L. Dunn (1959)	Alto nivel de bienestar, un método integrado de funcionamiento orientado a maximizar el potencial del que el individuo es capaz. Requiere que el individuo mantenga un continuo equilibrio dentro del ambiente en el que está funcionando. Comprende tres dimensiones: orgánica o física, psicológica y social. El ser humano debe ocupar una máxima posición en las tres dimensiones para gozar de buena salud o tener un alto grado de bienestar, lo cual dependerá en gran medida del ambiente que lo rodea.
Definición de Edward S. Rogers (1960), John Fodor *et al.* (1966)	Continuo con gradaciones intermedias que fluctúan desde la salud óptima hasta la muerte.
Definición de Milton Terris (1975)	Estado de bienestar físico, mental y social y la capacidad para funcionar, y no meramente la ausencia de enfermedad o incapacidad.
Definición de Alessandro Seppilli (1971)	Condición de equilibrio funcional, tanto mental como físico, que conduce a una integración dinámica del individuo en su ambiente natural y social.
Definición de la Oficina Regional para Europa de la OMS (1984)	Capacidad de realizar el propio potencial personal y de responder de forma positiva a los retos del ambiente.

Fig. 1.1. *Evolución del concepto de salud.*

Actualmente, la definición más consensuada es la de la Organización Mundial de la Salud. Esta definición fue publicada en su formulación de objetivos de la estrategia de *Salud para todos en el siglo XXI* (1997). Aquí se definía la salud como un objetivo:

La **salud** es aquello que hay que conseguir para que todos los habitantes puedan trabajar productivamente y participar activamente en la vida social de la comunidad donde viven.

A la hora de definir el término salud, hay que tener en cuenta los siguientes aspectos:

- La salud es un proceso dinámico que cambia continuamente a lo largo de nuestra vida y, por tanto, nadie posee un estado fijo de completo bienestar físico, mental y social.
- En el concepto de salud se deben incorporar al menos tres aspectos, uno objetivo (capacidad de realizar una función), otro subjetivo (en términos de bienestar) y otro adaptativo (comprendido como adaptación biológica, mental y social del propio individuo al medio que lo rodea).
- No se puede definir un límite exacto entre salud y enfermedad, ya que ambos son términos relativos y dependientes de un gran número de variables.
- Se pasa de un concepto estático de salud a uno dinámico; así se establece el «concepto continuo» del proceso **salud-enfermedad**, en el cual, tal y como se aprecia en la Figura 1.2:
  - La enfermedad ocuparía el polo negativo, en cuyo extremo estaría la muerte.
  - La salud sería el polo positivo, en cuyo extremo se situaría el óptimo de salud.
  - En el centro habría una zona neutra donde sería imposible separar lo normal de lo patológico, pues ambos coexisten.
  - Entre ambos polos habrá gradaciones de salud o enfermedad.

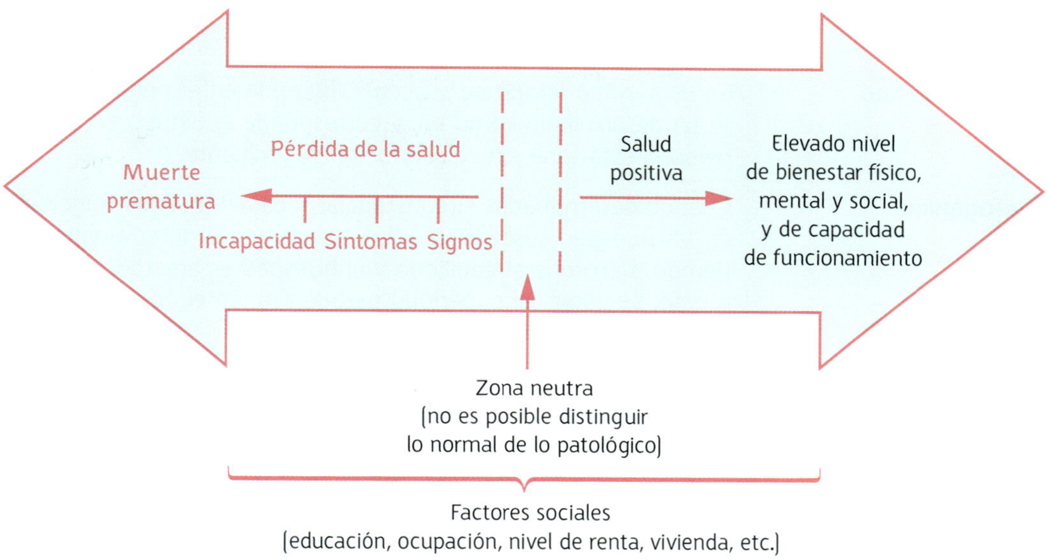

Fig. 1.2. *El continuo salud-enfermedad.*

Entender el proceso de salud-enfermedad como un continuo quiere decir que el ser humano se aborda en toda su complejidad; es decir, se considera que los aspectos biológicos, psicológicos y sociales están interrelacionados. No se aborda lo psicológico, lo social o lo biológico por separado.

¿SABÍAS QUE...?

Definición de salud

A la definición de salud de la OMS de 1946, algunos autores realizaron aportaciones que se agruparon en distintos modelos de salud:

- Modelo médico: Dunn.
- Modelo ecológico: Leavell y Clark y Hernán San Martín.
- Modelo de capacidad de trabajo: Parsons.
- Modelo de adaptación: Dubos, Murray y Zentner.
- Modelo de evolución: Maslow.
- Modelo eudemonístico: Pender y Collière.

ACTIVIDADES

2. Busca información sobre los diferentes modelos de salud aportados por algunos autores y añadidos a la definición de salud de la OMS.

3. Identifica las definiciones de los distintos autores con el modelo de salud que defienden.

4. Compara las diferentes definiciones de salud a lo largo de la historia.

- ¿Quién fue el primer autor que introdujo la idea de grados de salud?
- ¿Qué término introduce Terris en su definición?

5. Explica con tus palabras la definición de la OMS de 1984.

3. La enfermedad

En este apartado estudiaremos el concepto de enfermedad y su historia natural.

3.1. Concepto

Al igual que la definición de salud, el concepto de enfermedad ha cambiado y evolucionado a lo largo de la historia. Se puede definir como sigue:

> La **enfermedad** es la alteración o desviación del estado fisiológico en una o varias partes del cuerpo, por causas en general conocidas, manifestada por síntomas y signos característicos, y cuya evolución es más o menos previsible.

3.2. La historia natural de la enfermedad

Se entiende por **historia natural de la enfermedad**, el curso que sigue una enfermedad a lo largo del tiempo, desde su inicio hasta su resolución, en ausencia de intervenciones sanitarias. En toda enfermedad se pueden distinguir varias etapas (Tabla 1.1):

Periodo de la enfermedad	Descripción	
Prepatogénico	En esta etapa *(etapa de susceptibilidad)* la enfermedad aún no se ha desarrollado como tal, y corresponde al tiempo en que la persona está sana, en equilibrio con su ambiente.	
Patogénico	Cuando determinadas circunstancias y características coinciden en un huésped susceptible y en un momento determinado del tiempo, se rompe el equilibrio y el huésped es afectado directamente. Se inicia así el periodo patogénico, en el que se diferencian dos etapas, la subclínica y la clínica.	
	Etapa de la enfermedad subclínica o presintomática	Periodo de tiempo que transcurre desde la exposición al factor de riesgo hasta la aparición de los primeros síntomas o signos.
	Etapa de enfermedad clínica	Cuando el agente etiológico ha ocasionado cambios patológicos, el paciente presenta síntomas y signos. Este periodo, a su vez, se puede dividir en dos subperiodos: *a)* **Periodo prodrómico.** Aparecen los primeros síntomas, que suelen ser síntomas generales, lo que dificulta determinar qué patología afecta al huésped. *b)* **Periodo clínico propiamente dicho.** Aparecen los síntomas y signos específicos de esa enfermedad, lo que permite determinar la patología que afecta al huésped y a su vez el tratamiento que conviene aplicar para curar al paciente y evitar secuelas.
Periodo pospatogénico o periodo de resolución de la enfermedad	En este periodo, la enfermedad puede evolucionar hacia la curación, hacia la muerte, hacia la cronicidad o hacia la incapacidad; esto depende del tipo de enfermedad, las características del huésped, la atención médica, las condiciones socioculturales y el nivel de conocimiento sobre la historia natural de la enfermedad.	

Tabla 1.1. *Periodos de la enfermedad.*

ABC VOCABULARIO

Etiología: ciencia que estudia las causas y los orígenes de una enfermedad.

Patológico: algo que no es normal, que denota o indica enfermedad.

Pródromos: primeros síntomas y/o signos de una enfermedad.

Signo: manifestación objetiva de una enfermedad.

Sinónimos de enfermedad: afección, dolencia, indisposición, padecimiento, trastorno, mal, dolor, malestar, sufrimiento, perturbación, achaque, arrechucho, molestia, decaimiento, alteración, etc.

Síntoma: manifestación subjetiva de un estado patológico.

En la Figura 1.3 puedes ver de una forma esquematizada la historia natural de la enfermedad.

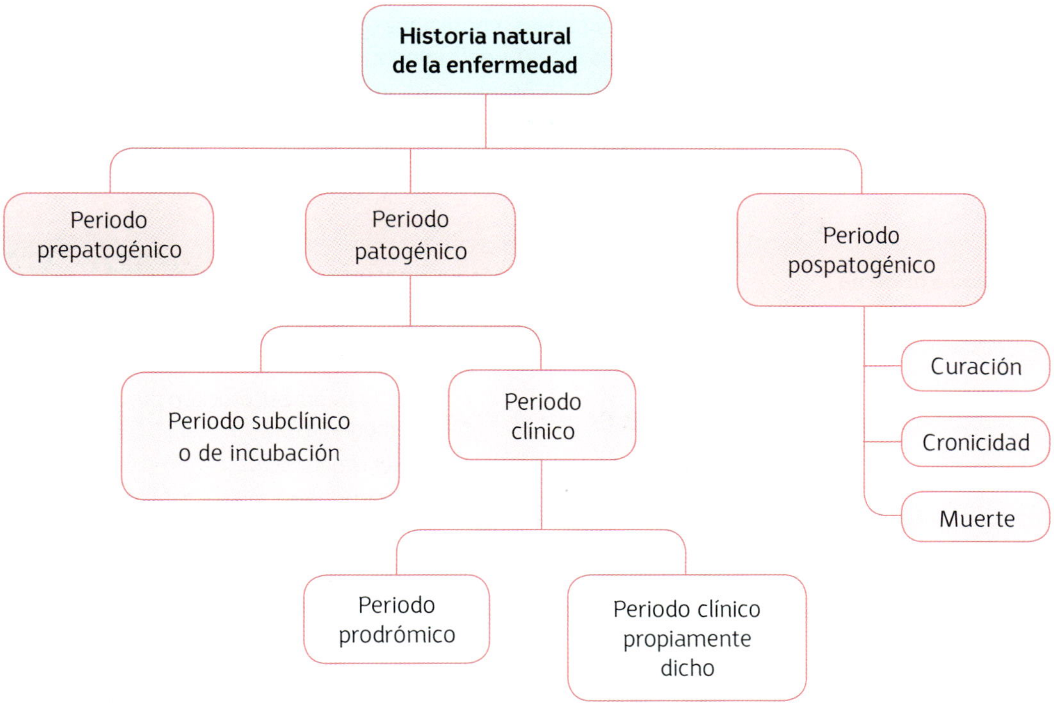

Fig. 1.3. *Esquema de la historia natural de la enfermedad.*

ABC VOCABULARIO

Anorexia: falta de apetito.

Astenia: cansancio no justificado.

Hepatitis: inflamación del hígado de origen infeccioso y tóxico.

Ictericia: color amarillento en la piel y en las mucosas.

PONTE A PRUEBA 1

Un paciente de 25 años acude a consulta porque presenta un cuadro clínico que se inició con astenia, anorexia, náuseas y vómitos. Posteriormente, apareció dolor en el hipocondrio derecho e ictericia.

Cuando se le preguntan los factores de riesgo para la anamnesis, el paciente refiere haber mantenido un contacto sexual, sin protección, 45 días antes del comienzo de los síntomas. Se le explora físicamente en la consulta y se solicitan unos análisis que confirman un cuadro de hepatitis B. Una vez que el paciente es tratado de su fase aguda, remiten los síntomas.

En posteriores revisiones, a este paciente se le diagnostica hepatitis crónica asintomática, que requiere de controles periódicos.

Con los datos anteriores, diferencia los distintos periodos de la historia de la enfermedad del paciente y los síntomas y signos que presenta en cada una de sus etapas. Busca los términos que no conozcas en un diccionario médico.

Claves de resolución

- ¿Cuáles son los periodos de una enfermedad?
- ¿Cuál crees que ha sido el factor de riesgo en este caso?
- ¿Cómo se denomina al tiempo que transcurre desde que se entra en contacto con el agente etiológico hasta que aparecen los primeros síntomas en las enfermedades infecciosas?
- ¿Cuáles fueron los primeros síntomas que presentó el paciente? ¿Son específicos de la enfermedad? ¿Cómo se denomina este periodo de la enfermedad?
- El cuadro evolucionó a una hepatitis crónica asintomática. ¿En qué etapa de la historia natural de esta enfermedad se encuentra el paciente?

ACTIVIDADES

6. En la página web de la OMS **(www.who.int)**, en el apartado *Temas de salud*, encontrarás información sobre la hepatitis. Indica cuáles son los síntomas de esta enfermedad y qué medidas de prevención existen.

4. Los determinantes de la salud

Desde la Antigüedad han preocupado las causas, condiciones o circunstancias que determinan la salud y que, a partir de la década de los setenta del siglo xx, se denominaron **determinantes de salud.** De los diversos análisis que desde la Antigüedad se han hecho sobre los factores que determinan la salud, el más conocido es el modelo de Lalonde. Según este ministro de Sanidad canadiense, el nivel de salud de una comunidad estaría influido por cuatro grandes grupos de determinantes, interrelacionados entre sí, que puedes observar en la Figura 1.4.

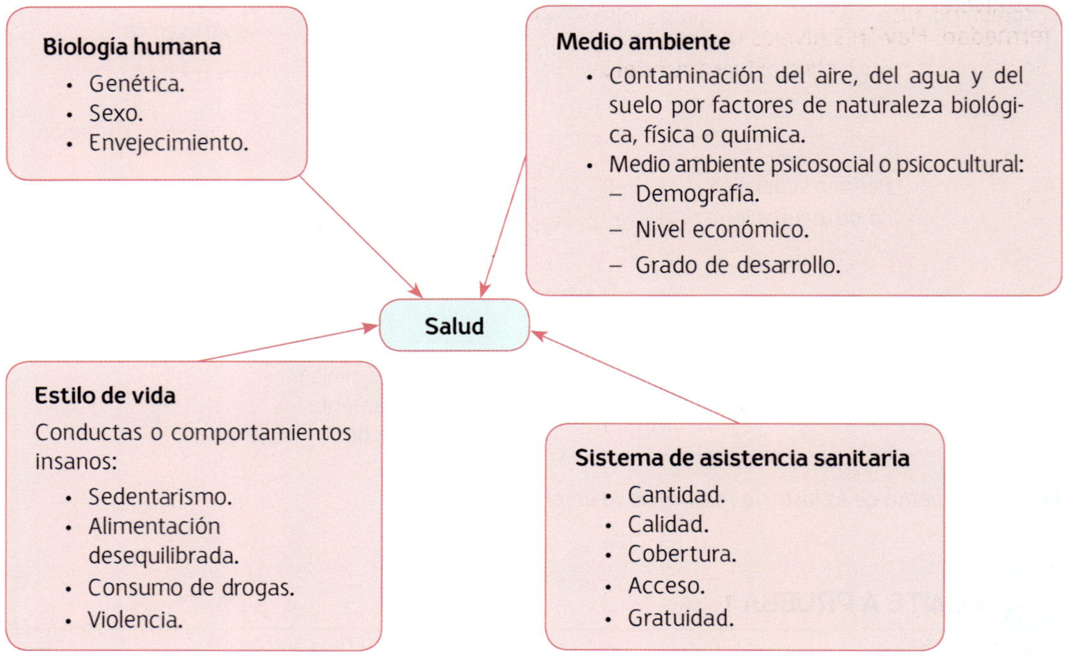

Fig. 1.4. *Determinantes de la salud.*

La concurrencia de estos factores en el desencadenamiento de enfermedades es variable. Así, por ejemplo, en las enfermedades carenciales, infecciosas y parasitarias predominan los factores ambientales, mientras que las enfermedades crónicas no transmisibles dependen más de factores como el estilo de vida o el comportamiento individual.

En el momento actual, se considera que casi todos los factores que integran los determinantes de salud son modificables, por lo que cada vez se da más importancia y se dedican más recursos a la promoción de la salud.

¿SABÍAS QUE...?

Determinantes biológicos

Hasta hace pocos años, los **determinantes biológicos** no se podían modificar apenas. Actualmente, sí que es posible gracias a la biotecnología.

VOCABULARIO

Determinantes de salud: conjunto de factores personales, sociales, políticos y ambientales que determinan el estado de salud de los individuos y de las poblaciones (OMS: Glosario, 1998).

ACTIVIDADES

7. Explica con tus palabras qué son los determinantes de salud.
8. Pon ejemplos de cada grupo de determinantes de salud y de cómo pueden influir en el grado de salud de una persona.
9. Debate con tus compañeros. ¿Los distintos grupos de determinantes tienen la misma influencia en los países desarrollados que en los países en vías de desarrollo?
10. Compara la clasificación de determinantes de salud de Lalonde y de Tarlov. Realiza en tu cuaderno un esquema con los determinantes según Tarlov.
11. Busca información sobre la Declaración de Yakarta acerca de la promoción de la salud en el siglo xxi. ¿Qué nuevos desafíos se presentan en esta conferencia como determinantes de salud?
12. Debatid en clase sobre la siguiente frase: «La justicia social es una cuestión de vida o muerte. Afecta al modo en que vive la gente, a la probabilidad de enfermar y al riesgo de morir de forma prematura» (Comisión sobre Determinantes Sociales de la Salud, OMS).

IMPORTANTE

Determinantes de salud

En la conferencia celebrada en mayo de 1999 en Bethesda (Maryland), Tarlov describió un esquema de **determinantes de salud,** parecido al de Lalonde, en el que distinguió entre la genética y la biología, los comportamientos de salud, las características sociales, la ecología en su conjunto y los cuidados médicos.

5. Niveles de prevención

De acuerdo con Last (1988), se entiende la **prevención** de la siguiente manera:

> Acciones que se toman con la finalidad de erradicar, eliminar o minimizar el impacto de la enfermedad y la incapacidad; y, si no es posible, retardar el progreso de la enfermedad y la incapacidad.

Los niveles de prevención están en íntima relación con las fases de la historia natural de la enfermedad. Hay tres niveles de prevención que corresponden a las distintas fases del desarrollo de la enfermedad: **primaria, secundaria** y **terciaria.** Puedes ver su relación en la Figura 1.5.

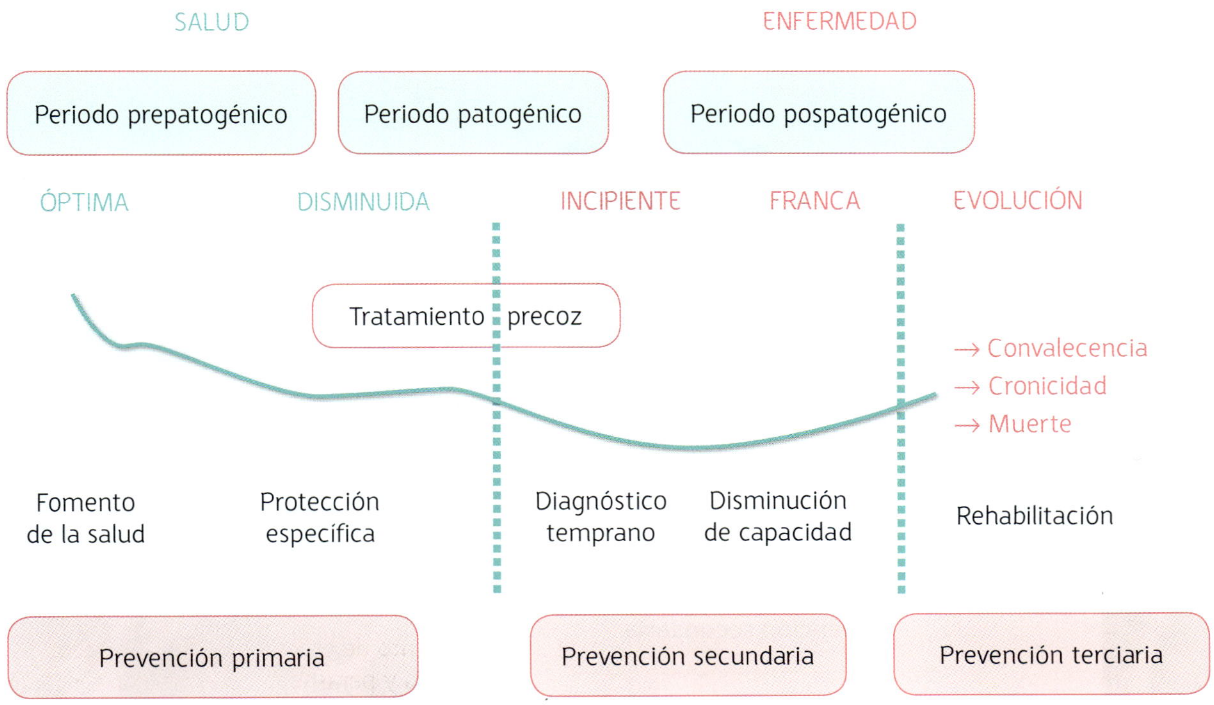

Fig. 1.5. *La historia natural de la enfermedad y su relación con la prevención.*

5.1. La prevención primaria

> La **prevención primaria** tiene lugar durante la fase prepatogénica de la historia natural de la enfermedad y es el conjunto de medidas dirigidas a toda la población antes del inicio de la enfermedad.

Las medidas de prevención primaria tienen como objetivo impedir la aparición de enfermedades y fomentar la salud del individuo. Para ello, se utilizan procedimientos específicos destinados a aumentar la resistencia natural del organismo frente a determinados agentes patógenos. Ejemplos de prevención primaria son las vacunas, la dieta adecuada, los buenos hábitos higiénicos, la educación sanitaria, etc.

ACTIVIDADES

13. ¿Por qué la vacunación se clasifica como medida de prevención primaria específica?

14. Revisa tu calendario vacunal e indica de qué enfermedades te has vacunado y a qué edad.

15. Cita cinco enfermedades que se puedan prevenir realizando una dieta equilibrada y variada.

ABC VOCABULARIO

Agente causal o etiológico: el que provoca la enfermedad.

Factor de riesgo: según la OMS, aquellas condiciones sociales, económicas o biológicas, conductas o ambientes que están asociados o causan un incremento de la susceptibilidad para una enfermedad específica, una salud deficiente o lesiones.

Riesgo: posibilidad de que ocurra un daño en la salud individual o colectiva.

Susceptibilidad: condición del cuerpo que aumenta la probabilidad de que el individuo desarrolle una enfermedad en particular.

5.2. La prevención secundaria

> La **prevención secundaria** tiene lugar en el periodo patogénico de la enfermedad y su objetivo es detener la progresión de los procesos patológicos mediante el diagnóstico temprano y el tratamiento oportuno.

Si podemos identificar una enfermedad en su etapa temprana, las medidas de tratamiento serán más efectivas. Esto, además, permite prevenir complicaciones y casos mortales de la enfermedad, y el uso de tratamientos menos invasivos y costosos.

Por ejemplo, el autoexamen de mamas y la mamografía (Figura 1.6) son acciones específicas de prevención secundaria para la detección temprana del cáncer de mama, al igual que la toma de Papanicolaou es una acción de prevención secundaria para la detección del cáncer de cuello uterino.

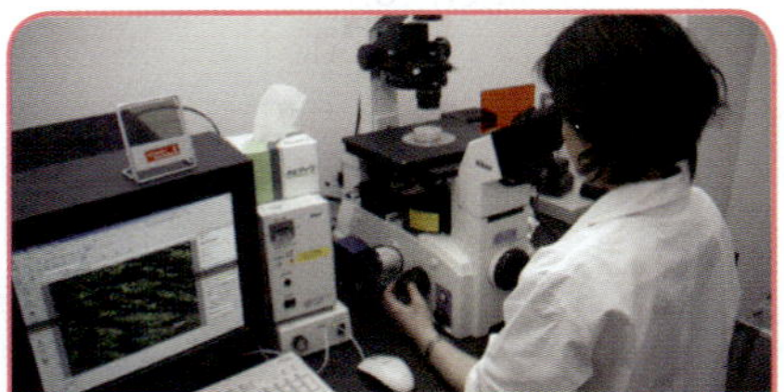

La citología vaginal es una acción de prevención secundaria para el diagnóstico precoz del cáncer de cuello de útero.

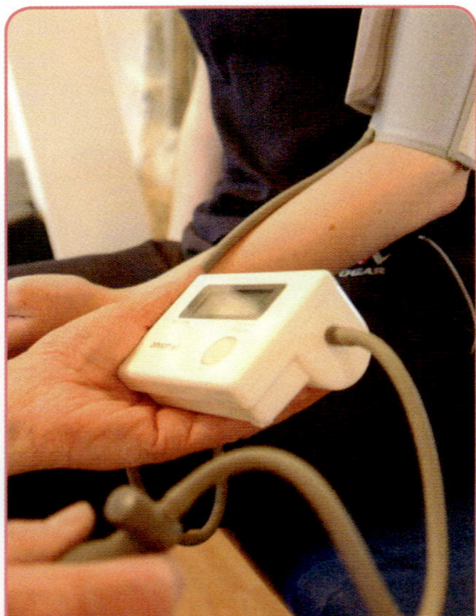

La toma de la tensión arterial es un mecanismo de prevención secundaria para la detección de la hipertensión arterial.

Prevención secundaria

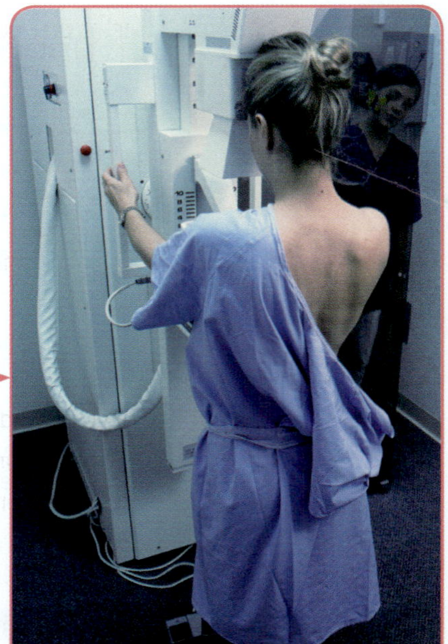

La mamografía es una acción específica de prevención secundaria para el diagnóstico precoz del cáncer de mama.

Los tests y los exámenes físicos son medidas de prevención secundaria de la hipoacusia infantil.

Fig. 1.6. *Medidas de prevención secundaria.*

5.3. La prevención terciaria

> La **prevención terciaria** es el conjunto de medidas llevadas a cabo en el periodo pospatogénico de la enfermedad. Su objetivo es minimizar las secuelas de la enfermedad, evitar las recidivas y/o rehabilitar a las personas ya inválidas.

Por ejemplo, el control del equipo de enfermería mediante la visita domiciliaria a diabéticos e hipertensos con secuelas de su enfermedad.

PONTE A PRUEBA 2

En odontología se llevan a cabo distintos procedimientos con el objetivo de prevenir las patologías bucodentales:

- Dieta adecuada, hábitos saludables.
- Diagnóstico y tratamiento temprano de las patologías odontológicas.
- Prótesis dental parcial o completa.
- La fluoruración de las aguas y la aplicación tópica de fluoruros.
- La odontología restauradora temprana.
- El diagnóstico y el tratamiento de las enfermedades bucales malignas.
- La extracción de dientes infectados.
- Las colocaciones de prótesis, coronas y puentes, y la rehabilitación bucal.

Claves de resolución

Teniendo en cuenta que las medidas de prevención primaria tienen como objetivo el fomento de la salud o la protección especifica de esa enfermedad, las medidas de prevención secundaria van encaminadas al diagnóstico precoz o a disminuir la incapacidad, mientras que la terciaria va enfocada a la rehabilitación. ¿En qué fase de prevención se realizarán estos procedimientos?

Busca información sobre estos procedimientos en tu libro *Técnicas de ayuda odontológica y estomatológica.*

ACTIVIDADES

16. Clasifica los siguientes procedimientos según el nivel de prevención. Razona tus respuestas.

a) Charla sobre cómo mantener la alimentación equilibrada para los alumnos de 3.º de ESO de un instituto.

b) Revisión ginecológica periódica en mujeres en edad fértil.

c) Campaña de vacunación contra la gripe en personas mayores de 65 años.

d) Toma periódica de la tensión arterial en personas mayores de 50 años.

e) Búsqueda de sangre oculta en heces.

f) Fomento del ejercicio físico.

g) Mamografía cada dos años en mujeres mayores de 40 años.

h) Prueba de densitometría ósea en personas mayores de 65 años.

i) Control domiciliario a pacientes que se encuentran encamados para evitar complicaciones derivadas de sus dolencias.

CASO PRÁCTICO 1

María García es una señora de 50 años que ha recibido una carta de su centro de salud en la que se la anima a participar en un programa de prevención del cáncer de mama.

Acude a su centro de salud para obtener información sobre el objetivo del programa, sobre la población a la que va dirigida y sobre la prueba. Mario es el técnico en cuidados auxiliares de enfermería de ese centro de salud y, junto con la enfermera, debe dar información a María. ¿Qué información le darán?

Solución

El objetivo del programa es detectar a tiempo (es decir, en fase inicial, cuando la mujer aún no se palpa nada en sus pechos) tumores muy pequeños, que son fáciles de tratar y que, por lo tanto, se pueden curar.

El programa va dirigido a mujeres de edades comprendidas entre 50 y 69 años. En estas edades es cuando aparece este cáncer con más frecuencia.

El programa consiste en realizar una mamografía (radiografía) de ambas mamas.

6. La salud pública y la salud comunitaria

En este apartado estudiaremos el concepto de salud pública y el de salud comunitaria, y las diferencias que existen entre una y otra.

6.1. La salud pública

La **salud pública** es responsabilidad de los Gobiernos, que son los encargados de su planificación y organización. Es, por lo tanto, un concepto social y político. La OMS lo define así:

> La ciencia y el arte de impedir la enfermedad, prolongar la vida y fomentar la salud mediante el esfuerzo organizado de la comunidad, para que el individuo y la comunidad se encuentren en condiciones de gozar de su derecho natural a la salud.

Las funciones específicas de la salud pública según la OMS son:

- Seguimiento, evaluación y análisis de la situación de salud.
- Vigilancia de la salud pública.
- Promoción de la salud.
- Participación comunitaria.
- Desarrollo de políticas en materia de salud pública.
- Evaluación y promoción del acceso equitativo a los servicios de salud.
- Desarrollo de recursos humanos y capacitación en salud pública.
- Garantía y mejora de la calidad de los servicios de salud individuales y colectivos.
- Investigación.
- Reducción del impacto de las emergencias y los desastres en la salud.

IMPORTANTE

Salud pública

La **salud pública** comprende el conjunto de actividades, organizadas por los Gobiernos, dirigidas a la defensa, el fomento y la restauración de la salud de las poblaciones.

¿SABÍAS QUE...?

Definición de salud pública

En el año 2007, Last realiza la siguiente definición: «la salud pública es una actividad organizada de la sociedad para promover, proteger, mejorar y, cuando sea necesario, restaurar la salud de los individuos, de grupos específicos o de la población entera».

6.2. La salud comunitaria

En la salud comunitaria, las directrices parten de los profesionales de la salud de la zona, que valoran las necesidades sanitarias de su comunidad, deciden acerca de las acciones prioritarias que hay que emprender y evalúan la eficacia y la satisfacción de estas actuaciones. En los programas se implican de forma activa los usuarios, que participan en la planificación, la administración, la gestión y el control de las acciones (Figura 1.7), a diferencia de la salud pública, en la que las acciones son impuestas por las autoridades sanitarias y el individuo las recibe de forma pasiva.

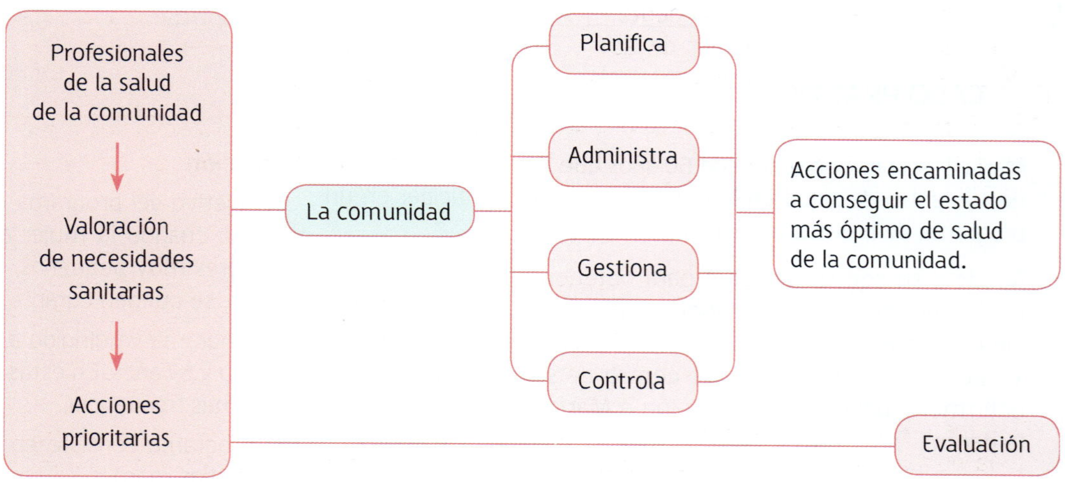

Fig. 1.7. *La participación de la comunidad en la salud comunitaria.*

IMPORTANTE

Riesgos medioambientales para la salud

La **contaminación atmosférica** constituye un riesgo medioambiental para la salud. Según la OMS, se estima que causa alrededor de dos millones de muertes prematuras al año en todo el mundo.

7. Indicadores de salud

En salud pública y en planificación sanitaria, los indicadores de salud son utilizados para distintos fines, como poner de manifiesto la magnitud de un problema de salud, reflejar el cambio en el nivel de salud de una población a lo largo del tiempo, mostrar diferencias en la salud entre distintas poblaciones y evaluar hasta qué punto los objetivos de determinados programas han sido alcanzados. Es decir, permiten conocer el nivel de salud de una comunidad.

7.1. Concepto

La OMS ha definido los indicadores de salud como «variables que sirven para medir los cambios».

Los **indicadores de salud** son instrumentos de evaluación que intentan medir u objetivar, en forma cuantitativa o cualitativa, sucesos colectivos (especialmente sucesos biodemográficos) para, así, poder conocer situaciones, respaldar acciones y evaluar logros y metas.

Un indicador ideal debe tener varias atribuciones científicas, que aparecen reflejadas en la Tabla 1.2.

Validez	Debe medir realmente lo que se supone que debe medir.
Confiabilidad	Las mediciones repetidas por distintos observadores deben dar como resultado valores similares del mismo indicador.
Sensibilidad	Debe ser capaz de captar los cambios.

Tabla 1.2. *Atribuciones científicas de los indicadores.*

Los indicadores de salud más utilizados se pueden clasificar en cuatro categorías, que explicaremos a continuación:

- Indicadores de mortalidad.
- Indicadores de natalidad.
- Indicadores de morbilidad.
- Indicadores de calidad de vida.

Los indicadores son necesarios para poder objetivar una situación y para poder evaluar su comportamiento en el tiempo. Esto se hace mediante su comparación con otras situaciones. Es decir, son un elemento clave para establecer comparaciones.

A. Indicadores de mortalidad

Son indicadores ampliamente utilizados, ya que la muerte es un fenómeno universal, ocurre una sola vez y se registra habitualmente de forma sistemática. En España, los datos sobre las defunciones están incluidos dentro de las estadísticas del Movimiento Natural de la Población, elaboradas por el Instituto Nacional de Estadística (INE). Entre estos destacan:

- **Tasa de mortalidad general (TMG) o tasa bruta de mortalidad (TBM).** Señala el número de defunciones de una población por cada 1000 habitantes, durante un periodo de tiempo determinado, generalmente un año.

$$\text{TMG} = \frac{\text{Defunciones}}{\text{Población total}} \times 1000$$

  Esta tasa tiene el inconveniente de que está muy influida por la estructura demográfica de la población, es decir, su estructura por edades, y por otros factores sociosanitarios: a medida que mejora un país en cuanto a recursos económicos, sanitarios, sociales, etc., disminuye la mortalidad, sobre todo a edades tempranas.

ABC VOCABULARIO

Padrón municipal: registro administrativo en el que constan los vecinos del municipio. Su formación, mantenimiento, revisión y custodia son tarea de los ayuntamientos. Cuando se actualiza, se obtiene la revisión del padrón municipal, que hace referencia al día 1 de enero de cada año.

? ¿SABÍAS QUE...?

Las principales fuentes de datos, universalmente propuestas para el cálculo de indicadores usados en salud pública, son las siguientes:

a) Registros de sucesos demográficos (Registro Civil).
b) Censos de población y vivienda.
c) Registros ordinarios de los servicios de salud.
d) Datos de vigilancia epidemiológica.
e) Encuestas por muestreo (encuestas poblacionales).
f) Registros de enfermedades.
g) Otras fuentes de datos de otros sectores (económicos, políticos, bienestar social).

Además, esta tasa no permite hacer comparaciones entre países. Se puede dar el caso de una sociedad con la población envejecida, aunque disponga de un nivel sociosanitario elevado, que presente una TBM elevada. Por eso, para comparar la mortalidad entre países se recurre a las tasas de mortalidad específicas por edad.

Se considera **alta tasa** de mortalidad si supera el 30 ‰, **moderada tasa** de mortalidad, entre el 15 y el 30 ‰, y **baja tasa** de mortalidad, por debajo del 15 ‰.

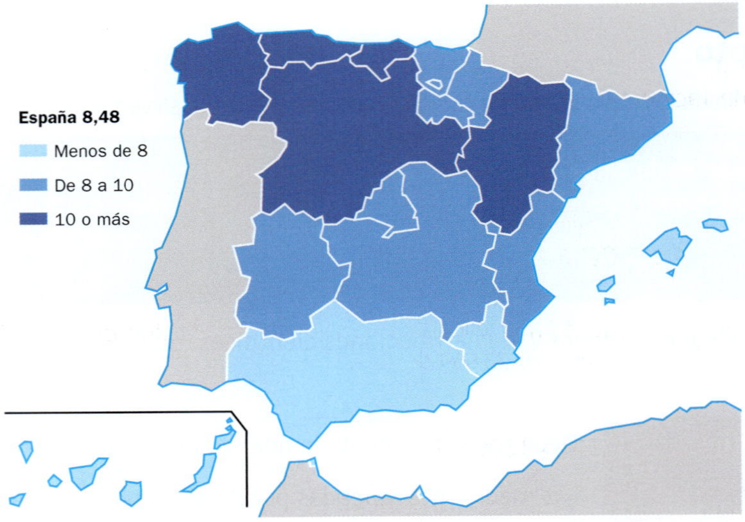

Fig. 1.8. *Tasa bruta de mortalidad, 2014. Defunciones por 1 000 habitantes.*

> **IMPORTANTE**
>
> **Tasa de mortalidad neonatal**
>
> La **tasa de mortalidad neonatal** es el número de defunciones de niños menores de 28 días, cuyas causas fundamentales son las infecciones y el déficit nutricional. Es muy importante en países en vías de desarrollo.

- **Tasa de mortalidad por edad.** Se define como la relación entre el número de defunciones de una edad determinada y la población media en esa misma edad. Suelen hacerse por grupos de cinco en cinco en años.
- **Tasa de mortalidad proporcional por edades (índice de Swaroop, IS).** Esta tasa expresa el predominio relativo de fallecidos en edades avanzadas y el nivel de vida y sanitario-asistencial de un país o comunidad. Permite la comparación del nivel de desarrollo entre distintos países.

  Representa la proporción de fallecimientos entre personas de 50 o más años por cada 100 defunciones totales. En los países desarrollados está alrededor del 90 %. El 100 % se obtendría si toda la población viviera más de 100 años.

$$IS = \frac{\text{Núm. fallecidos} > 50 \text{ años}}{\text{Núm. fallecidos de todas las edades}} \times 100$$

  Las principales ventajas de este indicador son que es un índice estable, que varía poco con el paso del tiempo y que está poco influido por otros fenómenos vegetativos.

- **Tasa de mortalidad materna (TMM).** Valora las defunciones de las mujeres ocurridas en el curso del embarazo, parto y puerperio. Es otro buen indicador de las condiciones socioeconómicas de un país o región y de su atención sanitaria (servicios de asistencia prenatal y obstétrica).

$$TMM = \frac{\text{Defunciones maternas}}{\text{Nacidos vivos por año}} \times 100\,000$$

> **IMPORTANTE**
>
> **Índice de Swaroop**
>
> Cuanto más se aproxima el **índice de Swaroop** a 100, tanto mayor es el nivel de desarrollo económico y social, el nivel sanitario, asistencial, etc.

- **Tasa de mortalidad infantil (TMI).** Muestra la mortalidad de los niños menores de 1 año, periodo especialmente sensible. Es una tasa específica, lo que permite comparaciones entre países y áreas diferentes. Se considera un valioso indicador sanitario y socioeconómico, de tal forma que una baja mortalidad infantil nos indica unas buenas condiciones sanitarias, pero también sociales y económicas.

$$\text{TMI} = \frac{\text{Defunciones menores de un año}}{\text{Nacidos vivos por año}} \times 1000$$

- **Mortalidad proporcional.** Es la fracción (en porcentaje) de las muertes totales relacionadas con un factor particular. Habitualmente, ese factor suele ser la causa. Esta tasa nos permite comparar la magnitud de cada causa sobre el total de las causas en una población y periodo dados.

CASO PRÁCTICO 2

Calcula y valora la tasa de mortalidad general de una población de 3 184 758 habitantes que, en el último año, registró 23 869 defunciones.

Solución

TMG = 23 869 / 3 184 758 × 1000 = 7,49 ‰, tasa baja de mortalidad.

CASO PRÁCTICO 3

Calcula la tasa de mortalidad infantil de una población en la que nacieron 53 933 niños vivos y fallecieron 763 menores de un año.

Solución

TMI = 763 / 53 933 × 1000 = 14,14 ‰.

ACTIVIDADES

17. A continuación se muestran datos sobre la tasa de mortalidad infantil en España en cuatro momentos:

- Año 1975: 18,9 ‰.
- Año 1990: 7,6 ‰.
- Año 2000: 4,3 ‰.
- Año 2014: 2,82 ‰.

Valora la evolución de esta tasa en estos años. Indica a qué factores crees que se ha debido esa evolución.

18. Observa los datos de la Figura 1.9 acerca de la mortalidad en España e indica cuáles son las tres principales causas de muerte en nuestro país.

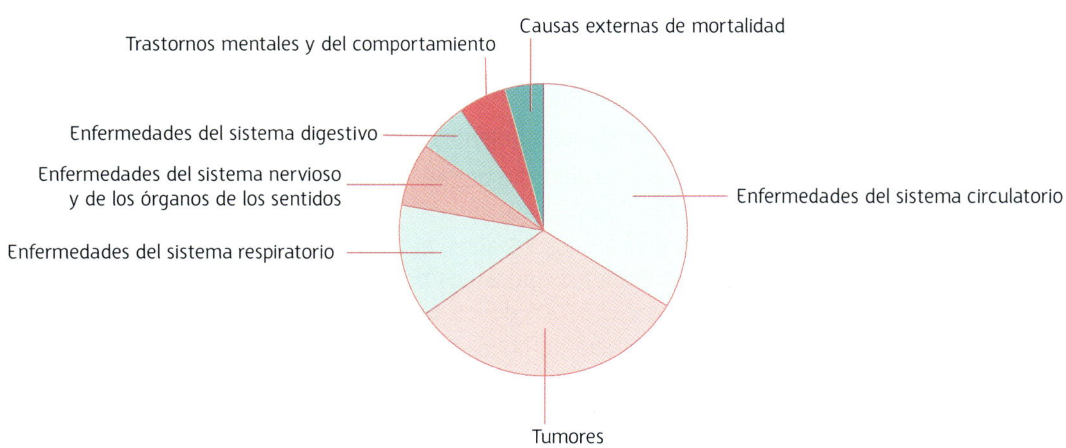

Fig. 1.9. *Defunciones según las principales causas de muerte en España, año 2014.*

¿SABÍAS QUE...?

Tasa de recambio poblacional

La **tasa de recambio poblacional** (el número de hijos nacidos por cada mujer que sería suficiente para renovar la población cuando fallecieran sus progenitores) es de 2,1 hijos por mujer.

En España, en el año 2008 estaba en 1,46 hijos por mujer y en 2014 pasó a 1,32 hijos por mujer, lo que significa un envejecimiento de la población.

B. Indicadores de natalidad

Son indicadores que miden la capacidad de reproducción de una población. Los más importantes son los siguientes:

- **Tasa de natalidad.** Número de nacimientos por cada mil habitantes en el periodo de referencia.

$$\text{Tasa de natalidad} = \frac{\text{Núm. de nacidos}}{\text{Núm. de habitantes}} \times 1000$$

- **Tasa global de fecundidad.** Es una medida que expresa la relación entre el número de nacimientos y el total de mujeres en edad fértil (de 15 a 49 años) en un año.

C. Indicadores de morbilidad

Son indicadores que intentan estimar el riesgo de enfermedad (carga de morbilidad), cuantificar su magnitud y su impacto. Los más importantes son los siguientes:

- **Encuesta de Morbilidad Hospitalaria (EMH).** Trata de medir la morbilidad en función de los distintos diagnósticos, la estancia media en el hospital por tipo de diagnóstico y el ámbito de influencia de los hospitales.
- **Prevalencia.** Es la proporción de personas que, en una población determinada y un tiempo concreto, están afectadas por la enfermedad. Es, por tanto, una medición puntual en el tiempo. Se suele expresar en tanto por ciento.

$$P = \frac{\text{Núm. casos con la enfermedad en un momento dado}}{\text{Total de población en ese momento}}$$

- **Incidencia.** Es la proporción de personas, previamente sanas para esta patología, que desarrollan la enfermedad en una población determinada y durante un periodo de tiempo, generalmente un año. Se calcula según la siguiente fórmula:

$$I = \frac{\text{Núm. de personas sanas que enferman}}{\text{Año}}$$

La incidencia proporciona una estimación de la probabilidad; es decir, del riesgo de que un individuo libre de una enfermedad la desarrolle durante un periodo de tiempo. Suele venir dada en términos de porcentaje. Para poder ser interpretada es imprescindible que se acompañe del periodo y el lugar de observación.

La incidencia es una medida muy útil para enfermedades cuya duración es relativamente breve y que no se prestan a ser evaluadas a través de una tasa de prevalencia.

¿SABÍAS QUE...?

Indicadores de incidencia y prevalencia

Los **indicadores de incidencia y prevalencia** más utilizados son:

1. Prevalencia de los problemas bucodentales en la población adulta.
2. Incidencia de tuberculosis.
3. Incidencia de sida.
4. Incidencia de cáncer.
5. Tasa de hospitalización por infarto agudo de miocardio.
6. Prevalencia de diabetes *mellitus* en la población adulta.
7. Prevalencia de trastornos mentales.

ACTIVIDADES

19. Lee e interpreta los siguientes datos:

- Según el Estudio di@bet.es, el 13,8% de los españoles mayores de 18 años tiene diabetes tipo 2.
- Entre los 61 y los 75 años, el 29,8% de las mujeres y el 42,4% de los varones presentan diabetes tipo 2. Los porcentajes en mayores de 75 años son el 41,3% de las mujeres y el 37,4% de los varones.
- La prevalencia de las distintas complicaciones crónicas de la diabetes *mellitus* se estima como sigue: neuropatía, un 25 %; retinopatía, un 32 %; nefropatía, un 23 %.

a) ¿En qué grupo de edad de los mostrados es más frecuente la diabetes *mellitus,* en varones o en mujeres? Razona tu respuesta.

b) Clasifica por orden de frecuencia las complicaciones de la diabetes.

D. Indicadores de calidad de vida

Son indicadores que intentan objetivar un concepto complejo que considera aspectos como la capacidad funcional de las personas, la expectativa de vida y el nivel de adaptación del sujeto a su medio.

La **esperanza de vida** a una edad x es el promedio del número de años que se espera que viva un individuo de esa edad x si se mantienen las tendencias actuales en las tasas específicas de mortalidad por edad. Tal promedio se refiere al conjunto de los individuos de la población y no a un individuo en particular. La esperanza de vida es una medida hipotética, puesto que no mide las probabilidades reales de supervivencia. Su cálculo está basado en las tasas actuales de mortalidad que, lógicamente, están sujetas a cambios en el tiempo. Su ventaja fundamental radica en que puede utilizarse para comparar diferentes regiones o países y para observar su evolución en el tiempo, ya que no está influida por las diferencias en la estructura de edad de las distintas comunidades objeto de comparación.

El aumento continuado de la esperanza de vida, gracias a la disminución de la mortalidad en los últimos decenios, especialmente en los países más desarrollados, tiene importantes consecuencias sanitarias y sociales, como el aumento relativo de las personas de más avanzada edad, el predominio de las enfermedades crónicas y la incapacidad en el patrón de morbilidad.

En este contexto, los indicadores de salud clásicos, basados exclusivamente en la mortalidad, son insuficientes para describir la evolución del estado de salud de la población en los países desarrollados.

El gran reto de la sociedad actual es saber si la mejora continua de la mortalidad se corresponde con un aumento en el nivel de salud de la población, y para ello es necesario utilizar indicadores de salud que tengan en cuenta no solo la experiencia de mortalidad de una población, sino también la experiencia de morbilidad o incapacidad. La **esperanza de vida libre de incapacidad** (EVLI) o, más genéricamente, los **indicadores de esperanza de vida saludable** pertenecen a ese grupo de indicadores.

@ WEB

En la página web del **Ministerio de Sanidad, Servicios Sociales e Igualdad,** en el apartado *Portal Estadístico del Sistema Nacional de Salud,* podrás ampliar información sobre estos y otros indicadores de salud recomendados por el Consejo Interterritorial del Sistema Nacional de Salud (CISNS).

ACTIVIDADES

20. Observa el gráfico y, con sus datos, contesta a las siguientes preguntas.

a) ¿Cuál era la esperanza de vida para una persona nacida en el año 1993 y para otra que haya nacido en el año 2003?

b) ¿Por qué crees que hay esas diferencias entre los varones y las mujeres?

c) ¿Cuál es la esperanza de vida prevista para una persona que nazca en el año 2021?

d) Señala la principal diferencia entre la esperanza de vida al nacer y la de años de esperanza de vida con buena salud.

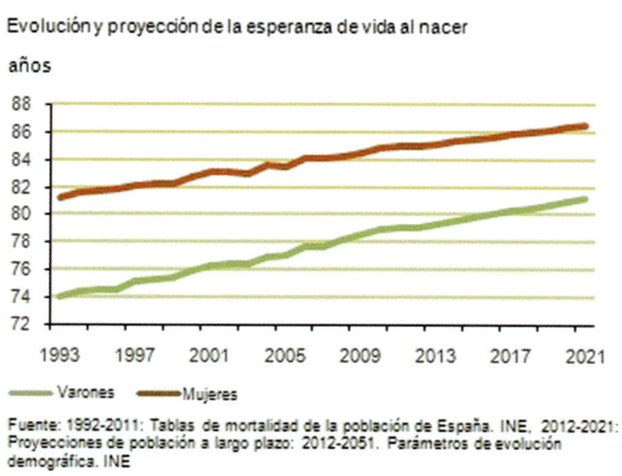

Fig. 1.10. *Evolución y proyección de la esperanza de vida al nacer.*

! IMPORTANTE

Relación de indicadores con determinantes de salud

Los indicadores relacionados con los determinantes de salud se clasifican en:

- Determinantes biológicos, como el número de recién nacidos con bajo peso por cada 100 nacidos vivos.
- Determinantes del estilo de vida, como consumo de alcohol, tabaco, prevalencia de la obesidad, etc.
- También hay otros indicadores del sistema sanitario, como la cobertura de vacunación, la ratio de camas hospitalarias, el gasto sanitario por habitante, etc.

SÍNTESIS La salud

Proceso dinámico

Salud: Estado de completo bienestar físico, mental y social, y no solamente la ausencia de afecciones o enfermedades.

Salud pública

Comunidad → **Salud comunitaria**

Determinantes de la salud
- Biología humana.
- Medio ambiente.
- Estilo de vida.
- Sistema de asistencia sanitaria.

Enfermedad: Alteración o desviación del estado fisiológico en una o varias partes del cuerpo, por causas en general conocidas, manifestada por síntomas y signos característicos, y cuya evolución es más o menos previsible.

Historia natural
- Periodo prepatogénico.
- Periodo patogénico:
  - Etapa subclínica.
  - Etapa clínica:
    - Periodo prodrómico.
    - Periodo clínico.
- Periodo pospatogénico.

Prevención de la salud: Acciones que se toman con la finalidad de erradicar o minimizar el impacto de la enfermedad y la incapacidad, y, si no es posible, retardar el progreso de la enfermedad y la incapacidad.

Niveles de prevención
- Prevención primaria: antes de la enfermedad.
- Prevención secundaria: durante la enfermedad.
- Prevención terciaria: después de la enfermedad.

Evaluación

Indicadores de salud: Instrumentos de evaluación que intentan medir u objetivar, en forma cuantitativa o cualitativa, sucesos colectivos para poder conocer situaciones, respaldar acciones y evaluar logros y metas.

Categorías
- Indicadores de mortalidad.
- Indicadores de natalidad.
- Indicadores de morbilidad.
- Indicadores de calidad de vida.

TEST DE REPASO

Nota: todas las actividades deben hacerse en un cuaderno aparte.

1. Estado de bienestar físico, psíquico y social con capacidad de funcionamiento es la definición de:

(a) Determinante de salud.
(b) Salud.
(c) Periodo prepatogénico.
(d) B y C son correctas.

2. ¿A qué etapa de la historia natural de la enfermedad corresponde el periodo de incubación?

(a) Periodo prepatogénico.
(b) Periodo subclínico.
(c) Periodo clínico.
(d) Ninguno de los anteriores.

3. Según Lalonde, la herencia genética y el envejecimiento son determinantes de salud clasificados como:

(a) Determinantes biológicos.
(b) Determinantes medioambientales.
(c) Estilo de vida.
(d) Ninguno de los anteriores.

4. ¿Cuál es la principal característica de la salud comunitaria que la diferencia de la salud pública?

(a) Participación activa de la comunidad.
(b) Depende exclusivamente de las autoridades.
(c) Enfoque más preventivista.
(d) Todas son falsas.

5. ¿En qué trabaja básicamente la salud comunitaria?

(a) Valorar las necesidades sanitarias de su comunidad.
(b) Decidir las prioridades de actuación.
(c) Evaluar resultados.
(d) Todas son correctas.

6. La citología vaginal para el diagnóstico precoz del cáncer de cuello uterino es una medida de prevención:

(a) Primaria.
(b) Secundaria.
(c) Terciaria.
(d) No es una medida de prevención.

7. ¿Cuál es el objetivo primordial de la prevención secundaria?

(a) Realizar un diagnóstico precoz.
(b) Evitar la progresión de la enfermedad.
(c) Prevenir la aparición de la enfermedad.
(d) Fomentar la salud.

8. La tasa de natalidad es igual a:

(a) Núm. de nacidos vivos / población total × 1000.
(b) Núm. de mujeres / población total × 1000.
(c) Núm. de nacidos vivos / núm. de mujeres en edad fértil × 1000.
(d) Núm. de nacidos vivos / núm. de mujeres de la población × 1000.

9. Dentro de los indicadores de salud, señala qué significa el índice de Swaroop:

(a) La tasa de mortalidad específica.
(b) La esperanza de vida al nacer.
(c) La proporción de muertes de los mayores de 50 años sobre la mortalidad general.
(d) La tasa de mortalidad infantil.

10. El sedentarismo es un determinante de salud:

(a) Biológico.
(b) Sanitario.
(c) Ambiental.
(d) De estilo de vida.

11. ¿Qué tasa mide el número de personas que mueren de una enfermedad por cada 100 personas que la sufren?

(a) Tasa de incidencia.
(b) Tasa de letalidad.
(c) Tasa de prevalencia.
(d) A y B son correctas.

12. ¿Qué tasa mide la proporción de personas que, en una población determinada y en un tiempo concreto, están afectadas por una enfermedad?

(a) Tasa de incidencia.
(b) Tasa de prevalencia.
(c) Tasa de letalidad.
(d) A y B son correctas.

13. ¿Cuáles son las principales causas de muerte en España?

(a) Las enfermedades cardiovasculares.
(b) Las enfermedades respiratorias.
(c) El cáncer.
(d) Las enfermedades infecciosas.

14. Señala la afirmación falsa sobre la tasa de mortalidad general:

(a) Es fácil de calcular.
(b) Es influenciable por los grupos de edad.
(c) Permite comparar tasas entre países.
(d) Está influida por el desarrollo sanitario del país.

COMPRUEBA TU APRENDIZAJE

Nota: todas las actividades deben hacerse en un cuaderno aparte.

Comprender y analizar las distintas definiciones de salud y enfermedad.

1. Define los siguientes términos:
   a) Salud.
   b) Enfermedad.
   c) Historia natural de la enfermedad.
   d) Síntoma.
   e) Signo.
   f) Periodo de incubación.
   g) Pródromos.
   h) Periodo clínico.
   i) Prevención.
   j) Determinantes de salud.
   k) Indicadores de salud.
   l) Salud pública.
   m) Salud comunitaria.

Valorar la evolución del concepto de salud a lo largo de la historia.

2. Señala verdadero o falso. Razona tu respuesta.
   a) La salud y la enfermedad son dos fenómenos aislados e independientes.
   b) La definición de salud de Terris no tiene en cuenta la capacidad de funcionamiento.
   c) El ambiente determina nuestro nivel de salud.
   d) La prevención primaria tiene como objetivo el diagnóstico precoz de la enfermedad.

Identificar las etapas de la historia natural de la enfermedad y su relación con los niveles de prevención.

3. Clasifica las siguientes actividades según el nivel de prevención. Indica en qué momento de la historia de la enfermedad actúan.
   a) Vacunación contra el virus del papiloma humano.
   b) Rehabilitación después de haber sufrido un accidente de tráfico.
   c) Búsqueda de sangre oculta en heces.
   d) Campaña publicitaria para el consumo de frutas y verduras «5 al día».

Analizar los determinantes de salud.

4. Clasifica los siguientes determinantes de salud, según los criterios de Lalonde:
   a) Contaminación del agua.
   b) Envejecimiento.
   c) Alimentación desequilibrada.
   d) Conducción temeraria.
   e) Gratuidad del sistema sanitario.

Definir la salud pública y sus características, objetivos y funciones.

5. Teniendo en cuenta las definiciones dadas en la actividad 1, indica en qué se diferencian principalmente la salud pública y la salud comunitaria.

Describir y calcular los principales indicadores de salud.

6. Indica qué tasas conoces para medir la mortalidad de una población. De cada una de ellas, señala sus ventajas, inconvenientes y utilidad.
7. Según las previsiones del INE, se estima que en el año 2024 la población española será de 45 829,722 habitantes y la previsión de defunciones para ese año, de 406 885 personas. Calcula la tasa de mortalidad general esperada para el año 2024 por 100 000 habitantes.
8. Angola es uno de los países con una tasa de mortalidad infantil más alta (180 ‰). Indica qué determinantes de salud pueden explicar estas cifras tan altas de mortalidad infantil.
9. Observa los siguientes datos de una determinada población:

Población total	13 950 000 habitantes
Defunciones totales	121 365
Defunciones de personas mayores de 50 años	102 150
Nacidos vivos	52 901

   Con los datos anteriores, calcula:
   a) Tasa de mortalidad general.
   b) Tasa de mortalidad infantil.
   c) Índice de Swaroop.
   d) Tasa de natalidad.

10. Realiza un gráfico sobre la evolución de la tasa de mortalidad en España con los datos aparecidos en este recorte de prensa:

Sube el número de muertes en España

En 2015 murieron en España 422 276 personas, 26 446 más que el año anterior. Si observamos los datos por sexos, vemos que murieron más hombres, 213 132, que mujeres, 209 144, dato que conviene comparar con la distribución de la población en España por sexos.

La tasa de mortalidad en 2015 en España ha subido respecto a 2014 hasta situarse en el 9,05‰, es decir, 9,05 muertes por cada mil habitantes.

Además, España ha empeorado su situación en el *ranking* de tasa de mortalidad. Se ha movido del puesto 120 que ocupaba en 2014 hasta situarse en la posición 131, lo que demuestra que tiene una tasa de mortalidad muy alta comparada con la del resto de los países del *ranking*.

Si miramos la evolución de la tasa de mortalidad en España en los últimos años, vemos que se ha incrementado respecto a 2014, que fue del 8,50‰, al igual que ocurre respecto a 2005, que estaba en el 8,80‰.

 Nota: todas las actividades deben hacerse en un cuaderno aparte.

Caso 1

Paciente de 60 años sano al que, durante una revisión laboral, se le realiza un análisis de sangre que indica cifras elevadas de colesterol, por lo que se le remite a su centro de salud para su seguimiento. En el control por su médico de cabecera se le diagnostica hipercolesterolemia en forma temprana. Se le recomienda hacer dieta y ejercicio. Gracias a ello se evitan secuelas posteriores de su enfermedad.

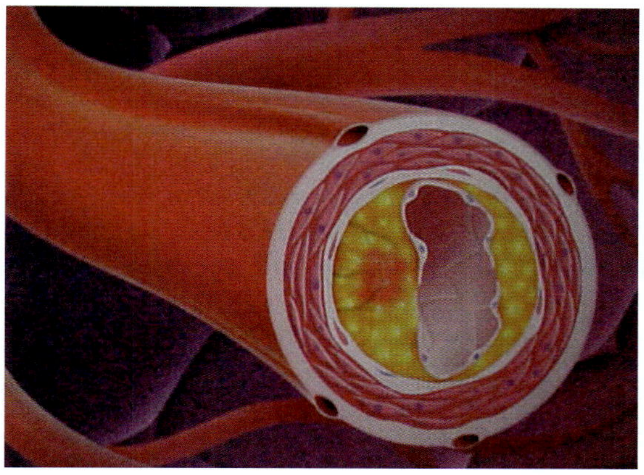

Caso 2

Paciente de 60 años que acude a urgencias porque presenta vómitos, cefalea, ataxia, asimetrías en la cara, distasia (dificultad para mantenerse en pie y andar) y disartria (dificultades para hablar). Se le realizan distintas pruebas que diagnostican un coágulo de sangre en el lóbulo derecho, lo que provoca la hemiplejia en la parte izquierda del cuerpo, favorecido por arteriopatía por hipercolesterolemia. Se le indica tratamiento farmacológico, dieta y rehabilitación. Dos años más tarde, en esta misma paciente, que ha sido fiel a su tratamiento, la hipercolesterolemia se ha controlado, pero no se ha logrado detener el avance de sus secuelas.

Cuestiones

1. Identifica los periodos de la historia natural de la enfermedad en cada caso:

Periodo	Caso 1	Caso 2
Periodo prepatogénico		
Periodo patogénico		
• Prodrómico		
• Clínico		
Periodo pospatogénico		

2. ¿En qué periodo de la enfermedad se diagnosticó el primer caso? Al diagnosticarse en ese periodo, ¿qué tipo de prevención se pudo aplicar?

3. ¿En qué periodo de la enfermedad se diagnosticó el segundo caso? Al diagnosticarse en ese periodo, ¿qué tipo de prevención se pudo aplicar?

4. ¿Crees que han intervenido las medidas de prevención tomadas en la evolución de la enfermedad en cada caso? Razona tu respuesta.

5. Clasifica, según Lalonde, los siguientes determinantes de salud implicados en la diabetes:

a) Edad avanzada.

b) Antecedentes familiares.

c) Dieta rica en grasas saturadas.

d) Falta de actividad física.

e) Consumo de tabaco.

6. Contesta a las siguientes preguntas sobre indicadores sanitarios:

a) ¿Dentro de qué tipo de indicadores se clasifican las tasas de mortalidad?

b) ¿La tasa de mortalidad proporcional es una tasa general o específica?

c) Se estima que la tasa de mortalidad proporcional de la diabetes está en torno al 2,5 %. ¿Qué indica esta cifra?

d) ¿Qué diferencia hay entre tasa de mortalidad y tasa de morbilidad?

e) ¿Y entre prevalencia e incidencia?

7. Los niveles elevados de colesterol en sangre se relacionan de forma directa con la diabetes. En la página web **www.fundaciondiabetes.org** se ofrece la siguiente información sobre la evolución de la incidencia de la diabetes en los próximos años:

Año	Núm. de personas por año	Población estimada (INE)
2016	2 841 895	46 668 600
2021	3 000 610	47 111 888
2026	3 166 297	47 388 315

8. Con los datos anteriores, calcula la incidencia de la diabetes en la población española para los años indicados. Indica qué tendencia presenta la incidencia de la diabetes en los próximos años.

! IMPORTANTE

Medidas de información

Las unidades empleadas para medir la información son los bytes (Tabla 1.1):

1 kilobyte (KB)	1 000 bytes
1 megabyte (MB)	1 000 kilobytes
1 gigabyte (GB)	1 000 megabytes
1 terabyte (TB)	1 000 gigabytes

Tabla 1.1. *Unidades de información.*

Componentes básicos del ordenador

Vivimos una profunda revolución tecnológica en el campo de las comunicaciones, lo que ha supuesto la incorporación de los medios informáticos a todos los ámbitos de la vida y, especialmente, al laboral. Hoy en día no se concibe un buen profesional sanitario sin unos conocimientos mínimos de informática.

Un ordenador está integrado por componentes físicos *(hardware)* y por componentes lógicos o aplicaciones *(software)*. Estos elementos son coordinados por el elemento humano, ya sean profesionales (analistas, programadores, etc.) o usuarios finales.

1. El soporte físico o *hardware* del ordenador

El ***hardware*** de un equipo informático es el conjunto de dispositivos físicos que lo integran: CPU (unidad central de proceso), memoria RAM, periféricos de entrada y salida y dispositivos de almacenamiento.

Paso 1. En la Figura 1.1 se representan gran parte de los dispositivos de *hardware* de un ordenador. Reconoce en tu equipo informático dichos elementos y las funciones que realizan.

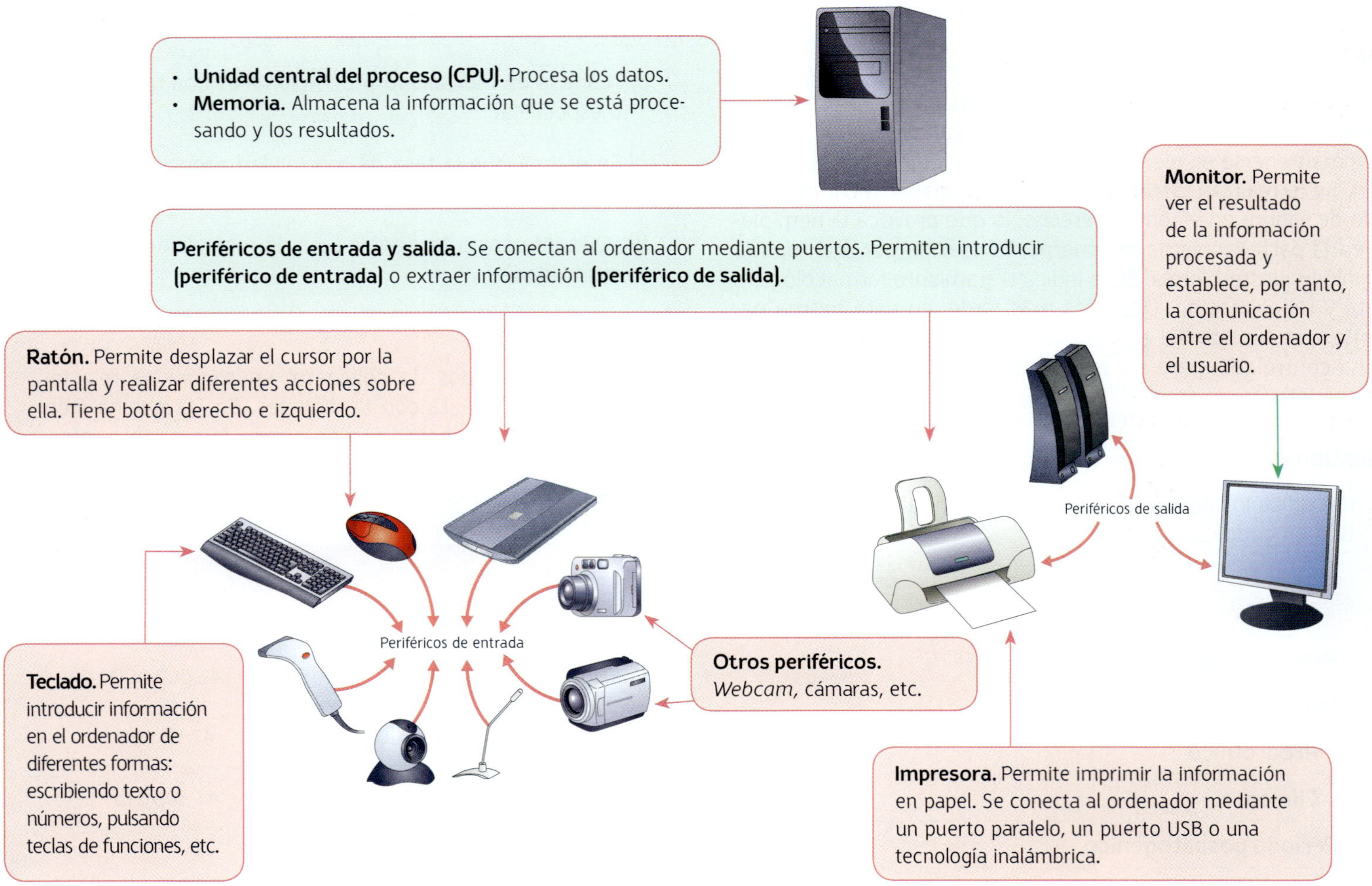

Fig. 1.1. *Dispositivos del ordenador.*

Paso 2. Identifica qué dispositivos de almacenamiento utilizas habitualmente.

Los dispositivos de almacenamiento de entrada y salida guardan la información de modo permanente, ya que la CPU trabaja con la memoria RAM y los datos de esta se pierden al apagar el ordenador. Los principales dispositivos de almacenamiento aparecen en la Tabla 1.2.

CD-ROM, DVD, Blu-ray	La información es grabada y leída por un láser. Los CD (Compact Disc) pueden ser solo de lectura (CD-ROM) o grabables (CDR, si solo podemos grabar información una vez, o CDRW, si admite múltiples grabaciones y borrado de información). La capacidad de un CD va desde los 650 hasta los 800 MB. Estos soportes físicos para el almacenamiento de datos están dejando de usarse, debido a la comodidad del almacenamiento de datos en la nube.	
Discos duros	Guardan la información en superficies magnéticas. Los principales dispositivos son el disco duro del ordenador y los discos duros externos.	
Pendrives y llaves USB	Se conectan al ordenador a través de un puerto USB. Su capacidad es variable, desde los 2 hasta los 32 GB. Su característica principal es su portabilidad y su reducido tamaño.	
La nube	Consiste en el procesamiento y almacenamiento de datos en servidores que alojan la información de los usuarios. Permite al usuario acceder instantáneamente a la información en cualquier lugar y con cualquier dispositivo (ordenador, tableta, teléfono inteligente, etc.), solo se necesita una conexión a Internet. Como ejemplos tenemos I-cloud, Dropbox y Googledocs, entre otros muchos.	

Tabla 1.2. *Dispositivos de almacenamiento.*

2. El soporte lógico del ordenador o *software*

El ***software*** o soporte lógico es el conjunto de programas o aplicaciones necesarias para ejecutar ciertas tareas en el ordenador. Según su función podemos dividir el soporte lógico en varios grupos.

Vamos a reconocer los distintos tipos de *software* que hay en tu ordenador: sistema operativo, *software* de programación o *software* de aplicaciones. Para conocer cada uno de ellos sigue estos pasos:

Paso 1. El sistema operativo constituye la base del soporte lógico y permite el funcionamiento del *hardware* y los periféricos del ordenador. Como ejemplo, podemos citar Microsoft Windows o Linux. Para ver cuál es el nuestro, haremos clic en *Mi PC,* si tenemos Windows XP, y en *Equipo,* en Windows 7, e iremos a *Propiedades.*

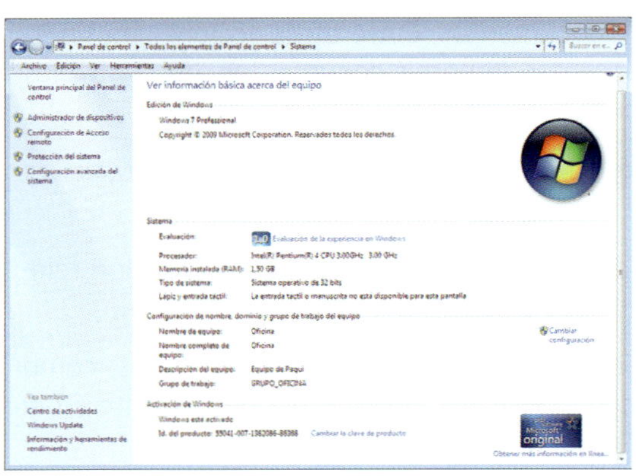

Fig. 1.2. *Consultar el sistema operativo.*

¿SABÍAS QUE...?

Uso de la nube

Entre las ventajas de usar la nube para guardar imágenes o documentos tenemos:

- Podemos acceder a la información desde cualquier sitio y con diferentes dispositivos.
- Permite compartir archivos con otros usuarios.
- Los programas y archivos se alojan en la nube, con lo que no hace falta tener un PC muy potente o un disco duro con gran capacidad.

Entre los inconvenientes podemos citar:

- Necesidad de conexión a Internet.
- Posible falta de privacidad.

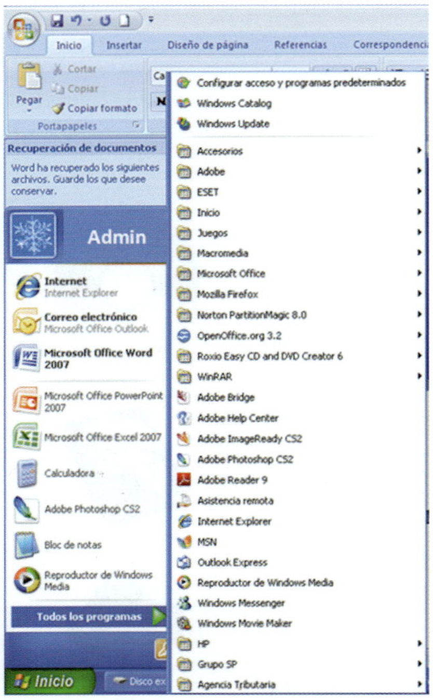

Fig. 1.3. Software *de programación.*

El sistema operativo tiene estas funciones:

- Permitir la comunicación entre los programas que se ejecutan y el usuario.
- Controlar el uso de los componentes físicos del ordenador (como los periféricos) y la transferencia de información.
- Gestionar los procesos de almacenamiento y la recuperación de datos en los discos.
- Abrir y cerrar archivos y proteger la memoria.
- Ejecutar correctamente los programas y realizar la traducción entre los lenguajes de alto y bajo nivel.

El *software* de programación está constituido por los lenguajes de programación, cuya finalidad es elaborar programas informáticos. Para ver qué programas hay instalados en el ordenador acude a *Inicio* y después a *Todos los programas.*

El *software* de aplicación o aplicaciones de usuario son programas con los que se realizan acciones concretas; los más conocidos son las aplicaciones ofimáticas, de amplia utilización en el trabajo administrativo y de gestión de las empresas, incluidas las de ámbito sanitario.

Paso 2. Localiza en tu ordenador las siguientes aplicaciones ofimáticas y observa lo que se puede hacer con ellas en la Tabla 1.3. Para localizar las aplicaciones pincha en *Inicio,* a continuación en *Todos los programas* y después en el desplegable de Microsoft Office, o bien en OpenOffice.org (conjunto de aplicaciones ofimáticas de Linux para ejecutar bajo Windows).

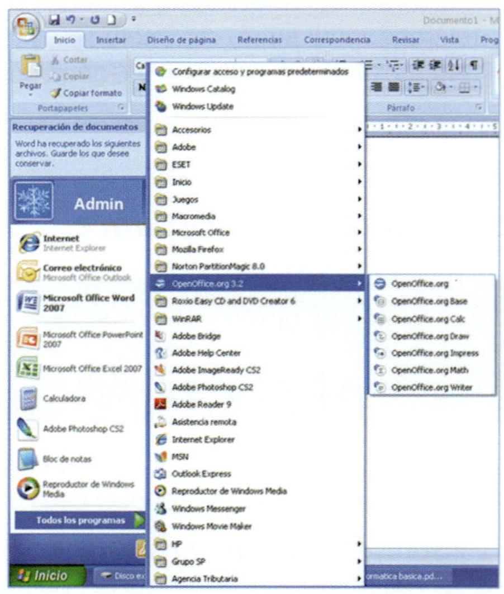

Fig. 1.4. Software *de aplicación.*

Procesadores de texto		Programas que se utilizan para la elaboración de documentos. Entre otras acciones, nos permiten dar formato, insertar imágenes o tablas, guardar, imprimir documentos, etc. Entre los más conocidos están Microsoft Office Word y OpenOffice.org Writer.
Hojas de cálculo		Programas que se utilizan para el cálculo numérico, estudios estadísticos, representaciones gráficas, etc. Son muy comunes Microsoft Office Excel y OpenOffice.org Calc.
Programas de presentaciones		Programas para mostrar de forma gráfica (con diapositivas y animaciones) información relevante. Son muy utilizados Microsoft Office PowerPoint y OpenOffice.org Impress.
Gestores de bases de datos		Programas para manejar y gestionar de forma estructurada gran cantidad de datos; como ejemplo se podrían citar los datos relacionados con el proceso asistencial a un paciente en el ámbito sanitario. Son muy conocidos Microsoft Office Access y OpenOffice.org Base.

Tabla 1.3. *Conjunto de aplicaciones ofimáticas.*

APLICACIONES INFORMÁTICAS *(Continuación)*

Paso 3. Abre la aplicación de procesador de texto y observa el aspecto que presenta su pantalla de inicio. Escribe un texto y observa cómo se comporta el programa.

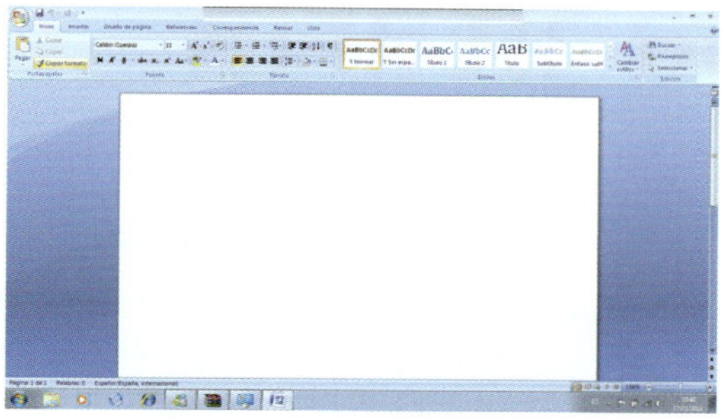

Fig. 1.5. *Procesador de texto.*

Paso 4. Abre la aplicación de hoja de cálculo y observa en qué se diferencia de la aplicación anterior. En la celda A1 escribe un número, en la celda A2 escribe otro número y en la celda A3 escribe =A1+A2, y observa lo que ocurre.

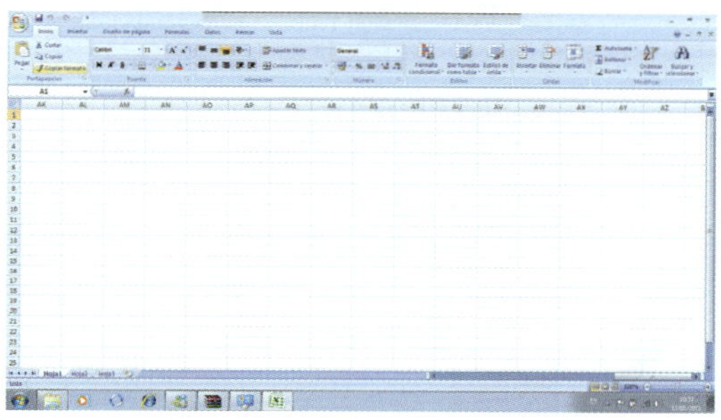

Fig. 1.6. *Hoja de cálculo.*

Paso 5. Abre la aplicación de presentaciones y escribe tu nombre en la caja que dice *Haga clic para agregar título.* A continuación, pulsa **F5** y observa lo que ocurre.

Paso 6. Abre la aplicación de bases de datos y observa en qué se parece a las demás y en qué se diferencia.

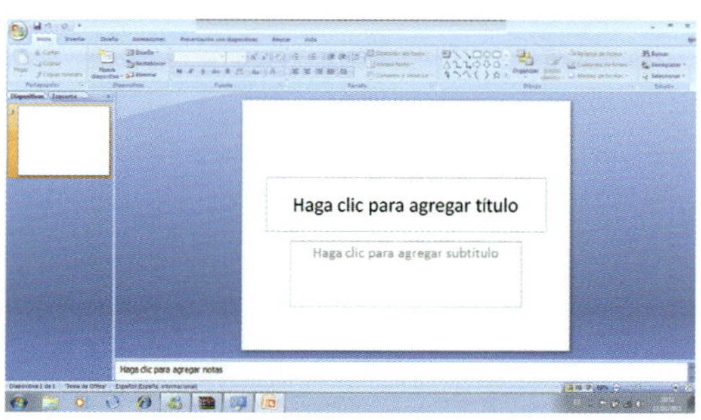

Fig. 1.7. *Programa de presentaciones.*

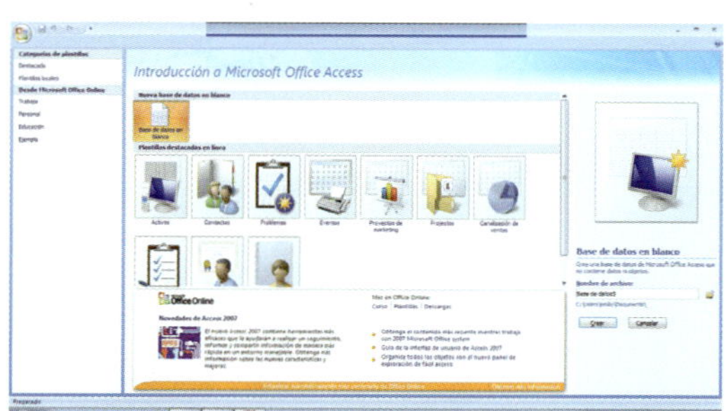

Fig. 1.8. *Base de datos.*

Cuestiones

1. Haz un inventario de los periféricos de entrada y de salida que tienes conectados normalmente a tu ordenador.
2. Indica qué dispositivos de almacenamiento utilizas y para qué lo haces.
3. Escribe el nombre de las aplicaciones ofimáticas que hay en tu ordenador.

2
UNIDAD

Organización sanitaria

En esta unidad

APRENDERÁS A

- Identificar los conceptos básicos relacionados con la asistencia sanitaria.
- Establecer las diferencias entre los distintos modelos de sistemas sanitarios.
- Conocer la normativa básica que regula el Sistema Nacional de Salud.
- Esquematizar la organización del sistema sanitario en España.
- Describir las características fundamentales del sistema sanitario español y de los sistemas de salud de las distintas comunidades autónomas.
- Conocer las distintas instituciones sanitarias privadas.

ESTUDIARÁS

- El sistema sanitario y sus modelos.
- La normativa básica que regula el Sistema Nacional de Salud.
- El Sistema Nacional de Salud.
- El sistema sanitario privado.

Y SERÁS CAPAZ DE

- Describir la estructura del sistema sanitario en España, con sus niveles de asistencia, tipos de prestaciones, estructuras orgánicas y funcionales, e instituciones públicas y privadas.

1. El sistema sanitario

Como hemos visto en la Unidad 1, los sistemas sanitarios son uno de los determinantes de salud y uno de los indicadores más importantes para analizar el estado de bienestar de una sociedad y su nivel de desarrollo.

1.1. Concepto

El sistema de salud es el conjunto de todos aquellos elementos que pueden influir sobre la salud humana en sus diferentes aspectos; un sistema sanitario es, por lo tanto, un subsistema del sistema de salud. La Organización Mundial de la Salud (OMS) define el sistema sanitario como «un conjunto de elementos interrelacionados que contribuyen a la salud en los hogares, los lugares de trabajo, los lugares públicos y las comunidades, así como en el medio ambiente físico y psicosocial, y en el sector de la salud y otros sectores afines». Es decir, un sistema sanitario está integrado por los recursos humanos, las instalaciones sanitarias, las asociaciones profesionales y los recursos económicos destinados a la promoción y protección de la salud, así como a la prevención y curación de la enfermedad.

1.2. Modelos sanitarios

Los modelos de sistemas sanitarios son diferentes en los distintos países, pues son un reflejo de los modelos teóricos diseñados por la autoridad política. Los modelos sanitarios más difundidos son tres. Puedes ver sus características en la Tabla 2.1.

Tipo		Características	Ejemplo
Modelo liberal o de libre mercado		• La salud es un bien de consumo. • La gestión general supone un pago por el servicio. • Se basa en la ley de la oferta y la demanda. • La contribución del Estado a la asistencia sanitaria es escasa. • La poca asistencia estatal se presta a desfavorecidos y a gente sin recursos.	Estados Unidos
Modelo socialista		• El sistema sanitario es financiado totalmente por el Estado. • Ofrece cobertura universal y gratuita. • Se presta a toda la población por igual.	• Cuba • Corea del Norte
Modelos mixtos (conviven la sanidad pública y la privada)	**Modelo Bismarck, mutualista o de Seguridad Social**	• El Estado garantiza las prestaciones sanitarias a cambio de cuotas obligatorias. • El Estado es la autoridad sanitaria. • Se presta a toda la población por igual.	• Francia • Alemania • Austria • Bélgica • Luxemburgo • Holanda
	Modelo Beveridge o Sistema Nacional de Salud	• El Estado financia la sanidad pública mediante los presupuestos generales. • Se descentraliza la planificación de la salud en regiones, comunidades y municipios. • Se presta a toda la población por igual.	• Reino Unido • Suecia • Finlandia • Noruega • Dinamarca • Italia • España • Portugal

Tabla 2.1. *Modelos de sistemas sanitarios.*

España, ejemplo de modelo mixto, cuenta con un Sistema Nacional de Salud (SNS) en el que conviven sistemas de seguros públicos y privados, así como proveedores privados de servicios (ambulancias, clínicas, etc.) que actúan en régimen de concierto.

IMPORTANTE

Sistema Nacional de Salud

El Sistema Nacional de Salud es donde el técnico en cuidados auxiliares de enfermería desarrolla principalmente su trabajo, de ahí la importancia de conocer su organización.

ACTIVIDADES

1. Dividíos en grupos y, con los datos de la Tabla 2.1, discutid las ventajas y los inconvenientes de los diferentes modelos sanitarios. Cada grupo debe defender un modelo.

2. Normativa básica que regula el Sistema Nacional de Salud

Desde que se implantó el Seguro Obligatorio de Enfermedad (SOE) en 1942 hasta que se culminó el traspaso de competencias sanitarias a las comunidades autónomas en 2001, el sistema sanitario español ha experimentado una larga evolución.

La organización sanitaria en España se desarrolla dentro de un marco normativo que se ajusta al derecho comunitario europeo y a las demandas sanitarias actuales. El marco normativo básico que regula el Sistema Nacional de Salud está formado por tres documentos:

- La **Constitución española** de 1978 establece el derecho a la protección de la salud y a la atención sanitaria para todos los ciudadanos.
- La **Ley General de Sanidad (Ley 14/1986)** reguló definitivamente este derecho. Esta ley permitió pasar del antiguo modelo de Seguridad Social al modelo actual basado en el Sistema Nacional de Salud. Su objetivo básico fue la creación de un sistema sanitario unificado, integrado y reorganizado de acuerdo con las necesidades de nuestra sociedad.
- La **Ley de Cohesión y Calidad del Sistema Nacional de Salud (Ley 16/2003)** tiene como objeto establecer un marco legal para la coordinación y la cooperación de las administraciones sanitarias públicas en el ejercicio de sus competencias. Con ello se pretende garantizar la igualdad, la calidad y la participación social en el Sistema Nacional de Salud, así como la reducción de las desigualdades en materia de salud.
- **Ley 16/2012**, de 20 de abril, de medidas urgentes para garantizar la sostenibilidad del Sistema Nacional de Salud y mejorar la calidad y seguridad de sus prestaciones. Introduce importantes cambios: la condición del asegurado, la categorización de la cartera de servicios y la creación de un fondo de garantía social; se modifica la Ley 29/2006, de garantías y uso racional de los medicamentos y productos sanitarios; se modifica la Ley 44/2003, de ordenación de las profesiones sanitarias, con el desarrollo de las áreas de capacitación específica; se modifica la Ley 16/2003, creando el Registro Estatal de Profesionales Sanitarios (RD 16/2012); y, por último, se modifica la Ley 55/2003, del Estatuto Marco del personal estatutario de los servicios de salud, elaborando un catálogo de categorías profesionales y estableciendo sus equivalencias.

ACTIVIDADES

2. Según la Ley General de Sanidad, los medios y actuaciones del sistema sanitario estarán orientados prioritariamente a la promoción de la salud y a la prevención de las enfermedades. Razona sobre cuáles serán los objetivos que se pretenden conseguir.

3. Los artículos de la Constitución española relacionados con la salud y el sistema sanitario son el 15, 41, 43, 44-48, 50-55, 70-77, 148 y 149. Busca información sobre qué aspecto regula cada uno de ellos.

4. La Ley General de Sanidad consta de 113 artículos agrupados en 8 títulos. ¿Qué aspectos regula cada uno de ellos?

5. En el artículo 7 de la Ley de Cohesión y Calidad del Sistema Nacional de Salud (Ley 16/2003) se define el catálogo de prestaciones del SNS. Busca información sobre estas prestaciones.

6. Busca información en la Ley 16/2012 sobre las carteras de servicios. ¿Las comunidades autónomas pueden crear una cartera de servicios complementaria?

7. Busca información sobre la Seguridad Social en su página web:

- ¿De qué ministerio depende actualmente?
- ¿Qué funciones tiene?

3. Sistema Nacional de Salud

El sistema sanitario español sigue el modelo del Sistema Nacional de Salud (SNS) en el sector sanitario público.

3.1. Concepto

De acuerdo con la Ley General de Sanidad, el Sistema Nacional de Salud se puede definir como sigue:

> Conjunto coordinado de los servicios de salud de la Administración del Estado y de los servicios de salud de las comunidades autónomas. Integra todas las funciones y prestaciones sanitarias que son responsabilidad de los poderes públicos.

IMPORTANTE

Sistema sanitario español

El sistema sanitario español no debe confundirse con el Sistema Nacional de Salud, ya que, además del SNS, en España existe un sector sanitario privado, así como otros subsistemas que no deben considerarse integrados en el SNS.

3.2. Características

Las principales características de este modelo aparecen en la Figura 2.1.

Sistema Nacional de Salud

- **Accesibilidad y desconcentración.** La regionalización sanitaria (ubicación de los servicios sanitarios lo más cerca posible del usuario) garantiza la igualdad de acceso y reduce la concentración de los centros sanitarios en los núcleos urbanos.
- **Descentralización.** En la actualidad se tiende a descentralizar la gestión de los recursos sanitarios (transferencias a las comunidades autónomas) para asegurar que los servicios y los profesionales tengan una mayor capacidad de respuesta a las necesidades y aspiraciones de los ciudadanos de una comunidad.
- **Atención universal.** El Sistema Nacional de Salud cubre a toda la población, independientemente de su situación laboral y económica.
- **Atención primaria.** Es la base de la atención sanitaria y da prioridad a la promoción de la salud y a la prevención de la enfermedad.
- **Atención integral a la salud.** El Sistema Nacional de Salud tiene como objetivo la promoción, prevención y protección de la salud, así como la curación de enfermedades y la rehabilitación.
- **Derechos y deberes.** El Sistema Nacional de Salud fija derechos y deberes para los usuarios (recogidos en los artículos 10 y 11 de la Ley General de Sanidad, y en la Ley 41/2002, que regula la autonomía del paciente y los derechos y obligaciones en materia de información y documentación clínica).
- **Participación de la comunidad.** Se tiende a implicar a la comunidad en la toma de decisiones sobre la gestión del gasto y sobre el modo de utilización de los servicios. Los ciudadanos participan así en el funcionamiento del Sistema Nacional de Salud, a través de los órganos de gestión locales y regionales.

Fig. 2.1. *Características del Sistema Nacional de Salud.*

ACTIVIDADES

8. Explica con tus palabras las diferencias entre desconcentración y descentralización, y entre atención universal y atención integral.

9. Comenta el siguiente titular de prensa:

«La Consejería de Salud de la Junta de Andalucía ha comenzado a entregar las denominadas "facturas en la sombra", un mecanismo con el que se pretende concienciar a los ciudadanos de que hagan un uso responsable de la sanidad informándoles del coste que ha tenido su tratamiento» (*ABC*, 25/10/10).

¿Crees que iniciativas como esta pueden modificar el modo de utilización de los servicios sanitarios?

? ¿SABÍAS QUE...?

Tarjeta sanitaria

La **tarjeta sanitaria individual** es el documento que sirve para identificar a cada ciudadano como usuario en todo el Sistema Nacional de Salud. Dicha tarjeta es expedida por el servicio de salud de la comunidad en la que reside. Se solicita en el centro de salud (centro de atención primaria).

La **tarjeta sanitaria europea** es emitida por la autoridad sanitaria local de cada país miembro y garantiza el acceso al servicio sanitario en la Unión Europea.

3.3. Financiación del Sistema Nacional de Salud

Las vías de financiación del Sistema Nacional de Salud aparecen en la Tabla 2.2:

Cotizaciones sociales	Aportaciones de los trabajadores y de las empresas.
Transferencias del Estado	A través de los presupuestos generales del Estado.
Aportaciones de las comunidades autónomas y de las corporaciones locales	A partir de la recaudación que obtienen a través de impuestos como, por ejemplo, parte del IRPF, IVA, impuestos sobre hidrocarburos, alcohol, tabaco, etc. Se establece un fondo de suficiencia entre lo que cada comunidad autónoma recauda y lo que necesita para financiar su sanidad.
Tasas	Por la prestación de determinados servicios.

Tabla 2.2. *Financiación del Sistema Nacional de Salud.*

ACTIVIDADES

10. Observa la Figura 2.2, con datos del Ministerio de Sanidad del año 2014, sobre la estadística del gasto sanitario público y contesta a las siguientes preguntas:

- ¿Qué servicios representan un mayor porcentaje de dicho gasto?
- ¿A qué factores crees que se debe este gasto?

11. Plantea un debate en clase sobre el copago de los servicios sanitarios por parte de los ciudadanos, como ya sucede en España con el gasto farmacéutico.

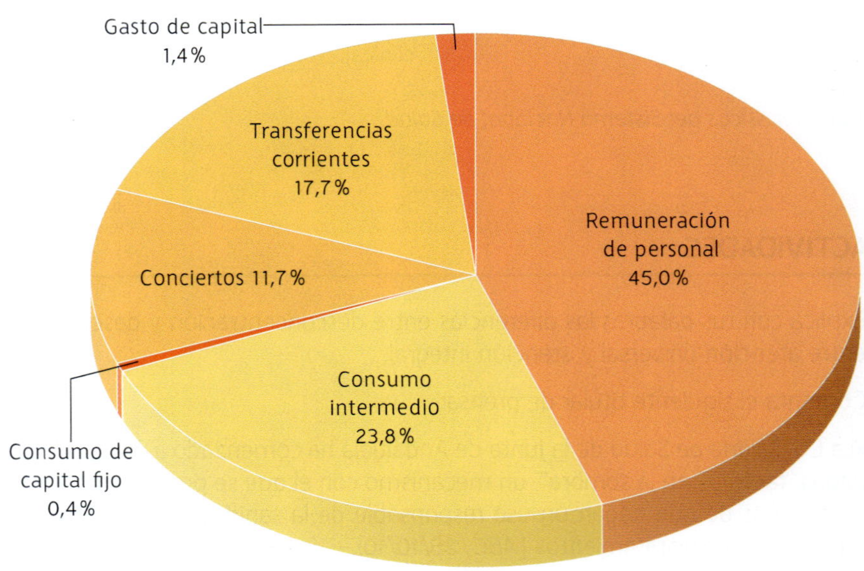

Fig. 2.2. *Gasto sanitario público en España.*

! IMPORTANTE

Copago sanitario

En el **copago**, el enfermo paga por recibir determinados servicios.

Un ejemplo de copago en España es el farmacéutico: el usuario paga una parte de los medicamentos que el facultativo le prescribe.

4. Niveles organizativos del sistema sanitario español

El sistema sanitario español actual tiene tres niveles organizativos: la Administración central, la Administración autonómica y las áreas de salud (Fig. 2.4). Entre la Administración central y las administraciones autonómicas existe un órgano de coordinación: el Consejo Interterritorial del Sistema Nacional de Salud (CISNS). Las corporaciones locales colaboran con los diferentes niveles organizativos en la gestión y tienen competencias en temas de salubridad y medio ambiente.

Fig. 2.3. *El Ministerio de Sanidad es el órgano de la Administración central del Estado que gestiona el Sistema Nacional de Salud.*

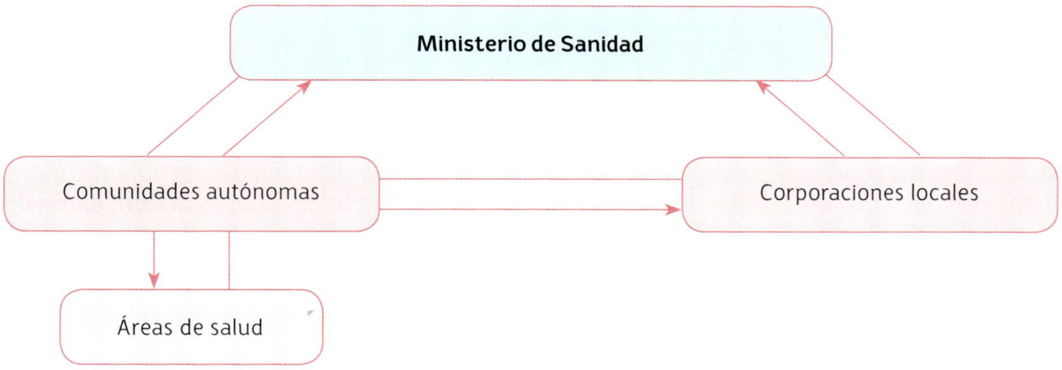

Fig. 2.4. *Relaciones entre los diferentes niveles asistenciales del Sistema Nacional de Salud.*

4.1. Organización de la Administración central

El órgano fundamental de la Administración central del Estado para la gestión del Sistema Nacional de Salud es el Ministerio de Sanidad, al que corresponde la propuesta y ejecución de la política del Gobierno en materia de salud, de planificación y asistencia sanitaria, y de consumo, así como el ejercicio de las competencias de la Administración General del Estado para asegurar a los ciudadanos el derecho a la protección de la salud. Su papel fundamental, en el contexto actual de descentralización de la competencia sanitaria, es supervisar el Sistema Nacional de Salud y diseñar estrategias que hagan posible la equidad, la calidad y la eficiencia del sistema sanitario.

Las competencias sanitarias del Ministerio de Sanidad son las siguientes:

- Proponer y ejecutar la política del Gobierno en materia de salud, de planificación y asistencia sanitaria, y de consumo.
- Vigilar y controlar las actividades de sanidad exterior (riesgos de salud derivados de la importación, la exportación y el tránsito internacional de viajeros).
- Legislar sobre productos farmacéuticos y sobre su proceso de producción.
- Garantizar y verificar el cumplimiento de las competencias del Estado y de las comunidades autónomas en materia de salud (alta inspección).

ACTIVIDADES

12. Busca las competencias del Estado en materia de salud en los artículos 38, 39 y 40 de la Ley General de Sanidad.

13. Busca las competencias de las comunidades autónomas del Estado en materia de salud en el artículo 41 de la Ley General de Sanidad.

14. Busca las competencias de las corporaciones locales en materia de salud en el artículo 42 de la Ley General de Sanidad.

15. Visita la página web del Ministerio de Sanidad y busca la organización del ministerio en el apartado *Organización institucional*. Descarga el organigrama actual e indica qué organismos dependen de la Secretaría General de Sanidad. Relaciona cada uno de ellos con las competencias sanitarias del ministerio.

> **IMPORTANTE**
>
> **Plan de salud**
>
> Según la Ley General de Sanidad, cada comunidad autónoma deberá elaborar un plan de salud que comprenda todas las acciones sanitarias necesarias para cumplir los objetivos de los respectivos servicios de salud.

4.2. Organización autonómica

La Constitución española de 1978 diseñó una organización territorial del Estado que ha posibilitado que las comunidades autónomas asuman las competencias en materia de sanidad. El proceso de transferencia de la asistencia sanitaria gestionada por el Instituto Nacional de la Salud (INSALUD) se inició en 1981 y culminó en el año 2002. El Estado ha mantenido la gestión de la sanidad en las ciudades autónomas de Ceuta y Melilla a través del Instituto Nacional de Gestión Sanitaria (INGESA).

Las comunidades autónomas ejercen sus competencias en las siguientes materias: planificación sanitaria, salud pública y asistencia sanitaria.

Para ello, han asumido las funciones y servicios, los bienes, derechos y obligaciones relativos a dichas competencias, así como el personal y los créditos presupuestarios.

En cada comunidad autónoma hay un servicio de salud que integra todos los centros, servicios y establecimientos sanitarios de la comunidad y de las diputaciones, ayuntamientos y demás administraciones del territorio. El responsable del servicio de salud es la **Consejería de Sanidad.** Esta debe organizar y gestionar la atención sanitaria: hace la planificación general, establece los criterios de actuación y propone la asignación presupuestaria.

En la Tabla 2.3 se muestran las competencias de las administraciones en materia sanitaria.

Administración del Estado	• Coordinación de la sanidad. • Sanidad exterior. • Política del medicamento. • Gestión de INGESA (Instituto Nacional de Gestión Sanitaria).
Comunidades autónomas	• Planificación sanitaria. • Salud pública. • Gestión de los servicios de salud.
Corporaciones locales	• Salubridad: suministro de agua, alcantarillado, tratamiento de las aguas residuales. • Protección del medio ambiente. • Colaboración en la gestión de los servicios públicos.

Tabla 2.3. *Competencias de las administraciones en materia sanitaria.*

En la Tabla 2.4 aparecen los servicios autonómicos de salud.

1. Servicio Andaluz de Salud (SAS).	10. Agencia Valenciana de Salud (AVS).
2. Servicio Aragonés de Salud (SALUD).	11. Servicio Extremeño de Salud (SES).
3. Servicio de Salud del Principado de Asturias (SESPA).	12. Servicio Gallego de Salud (SERGAS).
4. Servicio de Salud de las Islas Baleares (IB-SALUT).	13. Servicio Madrileño de Salud (SERMAS).
5. Servicio Canario de Salud (SCS).	14. Servicio Murciano de Salud (SMS).
6. Servicio Cántabro de Salud (SCS).	15. Servicio Navarro de Salud (OSASUNBIDEA).
7. Servicio de Salud de Castilla-La Mancha (SESCAM).	16. Servicio Vasco de Salud (OSAKIDETZA).
8. Sanidad Castilla y León (SACYL).	17. Servicio Riojano de Salud (SRS).
9. Servicio Catalán de Salud (CATSALUT).	18. Instituto Nacional de Gestión Sanitaria (INGESA).

Tabla 2.4. *Servicios autonómicos de salud.*

4.3. El Consejo Interterritorial del Sistema Nacional de Salud (CISNS)

El **Consejo Interterritorial del Sistema Nacional de Salud** (CISNS) es el órgano permanente de coordinación, cooperación, comunicación e información entre los distintos servicios de salud y de estos con la Administración central. Está compuesto por un representante de cada servicio regional de salud (consejero de Salud), que son un total de 17 personas más otras 17 del ministerio. La presidencia la ejerce el ministro de Sanidad.

Órgano	Composición	Funciones
Pleno	• Presidencia: el ministro/a de Sanidad. • Vicepresidencia: consejero elegido entre los miembros. • Miembros: consejeros de sanidad de las comunidades autónomas, las ciudades autónomas y la Administración central.	• Es el órgano permanente de coordinación, cooperación, comunicación e información de los servicios de salud entre ellos, y de estos con la Administración del Estado. • Su objetivo es promover la cohesión del Sistema Nacional de Salud.
Comisión delegada	• Presidente: el secretario general de Sanidad. • Miembros: Un representante por cada comunidad o ciudad autónoma con rango de viceconsejero o equivalente. • Secretario: Un miembro del Ministerio de Sanidad.	Actúa como órgano de apoyo en la preparación de las sesiones del Consejo Interterritorial y ejerce las funciones que este le delegue.
Comité consultivo	• Representantes - Seis de la Administración central. - Seis de las comunidades autónomas. • Cuatro de la Administración local. • Ocho de las organizaciones empresariales. • Ocho de los sindicatos.	Mediante este órgano, el CISNS hace efectiva la participación social en el SNS, posibilitando la participación institucional de las organizaciones sindicales y empresariales en el Sistema Nacional de Salud.

Tabla 2.5. *Composición y funcionamiento del CISNS.*

¿SABÍAS QUE...?

CISNS

El CISNS se crea con la Ley General de Sanidad de 1986. La Ley de Cohesión y Calidad del Sistema Nacional de Salud introdujo cambios muy significativos en su composición, funcionamiento y competencias.

ACTIVIDADES

16. Lee los siguientes titulares:

- «El Ministerio de Sanidad, Servicios Sociales e Igualdad presenta, en el Pleno del Consejo Interterritorial, el proyecto de Real Decreto que establece 180 días como tiempo máximo de espera para las intervenciones de corazón (válvulas o coronarias), cataratas y prótesis de cadera o rodilla.»
- «La Comisión de Salud Pública del Consejo Interterritorial del Sistema Nacional de Salud acordó este jueves las recomendaciones para la campaña de vacunación de la gripe.»

Responde: ¿por qué crees que estos dos temas se deben tratar en el pleno del CISNS?

17. El CISNS funciona en pleno, en comisión delegada y en comité consultivo. Busca información sobre la composición y las funciones de cada uno de ellos para debatir en clase con tus compañeros.

RECUERDA

Áreas de salud

En algunas comunidades autónomas, las áreas de salud reciben distintos nombres. Por ejemplo, en Aragón y Asturias se llaman **áreas sanitarias;** en Cataluña se las conoce como **regiones sanitarias.**

Algunas comunidades autónomas han creado figuras intermedias entre el área de salud y la zona básica. Dichas figuras, que buscan mejorar el funcionamiento y la eficacia de la atención primaria, reciben distintos nombres. Por ejemplo, en Andalucía se llaman **distritos sanitarios.**

4.4. Las áreas de salud

La Ley General de Sanidad define así las áreas de salud:

> Las **áreas de salud** son estructuras fundamentales del sistema sanitario; son responsables de la gestión unitaria de los centros y establecimientos del servicio de salud de la comunidad autónoma en su demarcación territorial y de las prestaciones sanitarias y programas sanitarios por ellos desarrollados.

- **Delimitación.** Las áreas de salud se delimitan en función de distintos factores: geográficos, demográficos, socioeconómicos, laborales, epidemiológicos, culturales, climatológicos, en función de la existencia de vías de comunicación y de instalaciones sanitarias. El criterio demográfico establece que la población oscilará entre los 200 000 y los 250 000 habitantes, excepto en algunas comunidades. En cualquier caso, cada provincia debe contar, como mínimo, con un área de salud.

  Cada área de salud es autónoma. Estudia las necesidades sanitarias de su población, adecúa los recursos y establece los **planes de salud del área** (programas encaminados a satisfacer dichas necesidades), coordina los servicios de su zona y gestiona sus establecimientos.

- **Organización asistencial.** Las áreas de salud se organizan en dos niveles o entornos asistenciales (Unidad 3) en los que el acceso espontáneo de los ciudadanos y la complejidad tecnológica se encuentran en relación inversa.

  a) Los servicios sanitarios de primer nivel, la **atención primaria,** se caracterizan por una gran accesibilidad y por tener la suficiente capacidad para abordar íntegramente los problemas de salud más frecuentes. Se prestan en los centros de salud. Sus servicios están disponibles en una isócrona de 15 minutos desde cualquier lugar de residencia.

  b) El segundo nivel, la **atención especializada,** se presta en los hospitales y centros de especialidades, en los que se cuenta con los medios diagnósticos y/o terapéuticos que implican una mayor complejidad, así como un mayor coste dentro del sistema sanitario.

- **Gestión del área de salud.** De acuerdo con los artículos 57 a 60 de la Ley General de Sanidad, la gestión de un área de salud se aglutina en torno a los órganos que aparecen en la Tabla 2.6.

Consejo de dirección del área	• Órgano de dirección. • Formula las directrices en política de salud y controla la gestión del área. • Está formado por representantes de la comunidad autónoma y de las corporaciones locales (esta representación no debe ser inferior al 40 %).
Gerencia	• Órgano de gestión. • Gestiona el área de salud. • Encabezada por el director gerente.
Consejo de salud del área	• Órgano de participación. • Lleva a cabo la consulta y el seguimiento de la gestión. • Está formado por las corporaciones locales, las organizaciones sindicales más representativas y la Administración sanitaria.

Tabla 2.6. *Órganos de gestión de un área de salud.*

En la Figura 2.5 puedes observar las áreas de salud de cada comunidad autónoma.

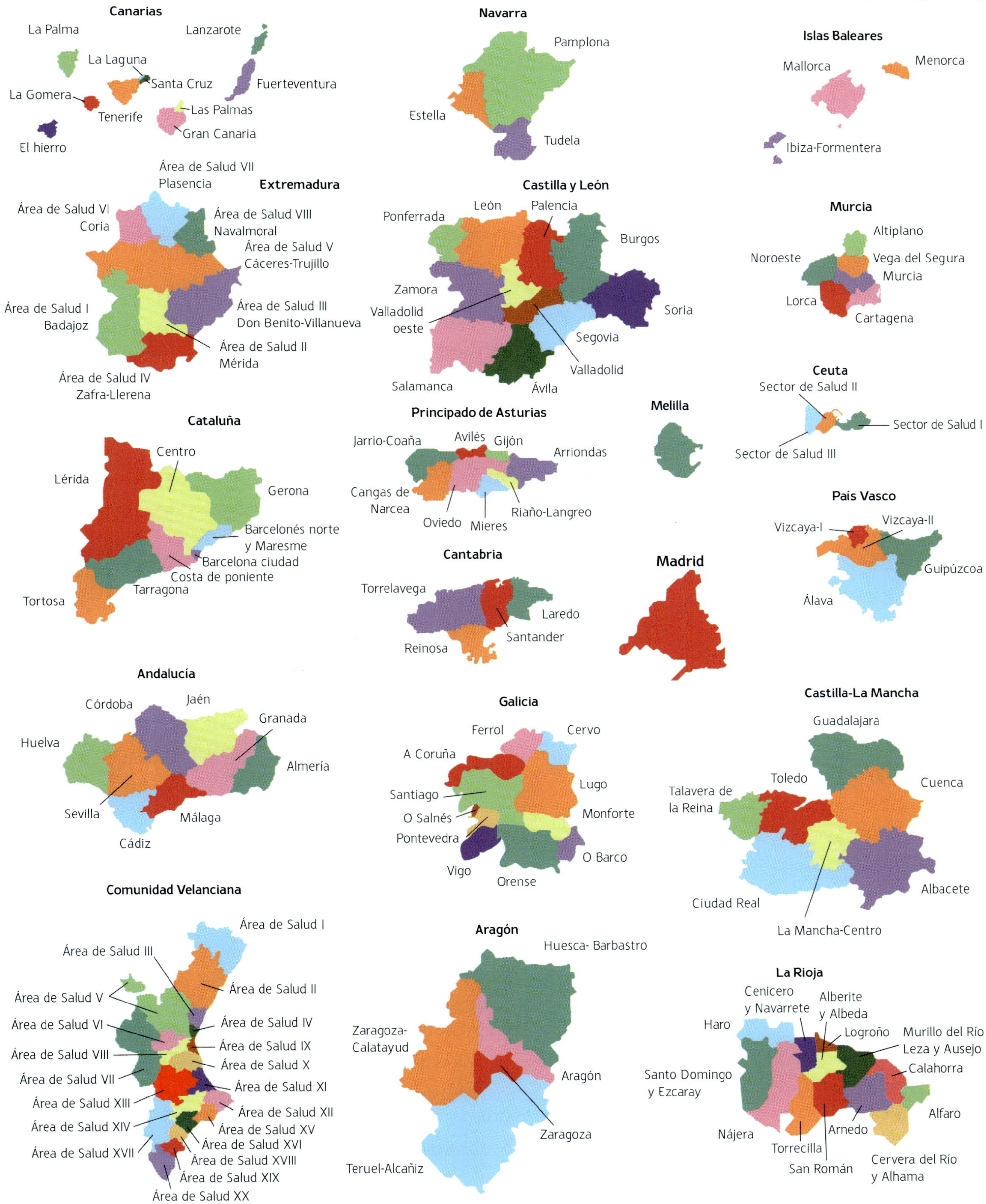

Fig. 2.5. *Áreas de salud de España.*

Un área de salud se divide en **zonas básicas de salud** (ZBS), que son las subdivisiones territoriales del área de salud en las que se presta la atención primaria. Para la delimitación de las ZBS se tienen en cuenta criterios como la densidad de población (5 000-25 000 habitantes, ya sean zonas básicas urbanas o rurales), recursos y/o instalaciones, pero el criterio más importante para delimitar una ZBS es la accesibilidad de la población al centro de salud.

En la zona básica de salud se prestan los servicios mediante los centros de salud y los equipos de atención primaria.

ACTIVIDADES

18. Visita la página web de la Consejería de Sanidad de tu comunidad y busca información sobre:

- Su organigrama.
- La organización del sistema sanitario.
- La ordenación del sistema sanitario (áreas de salud y zonas básicas de salud).
- Los órganos de dirección y gestión.
- Los centros de servicios y establecimientos sanitarios.

19. Observa el mapa de áreas de salud de Castilla y León que aparece en la Figura 2.5 junto con los datos que aparecen en la siguiente tabla y contesta a estas preguntas:

Zonas básicas de salud del Bierzo	Población	Tipo
Ponferrada I	23 130	URBANA
Ponferrada II	34 612	URBANA
Ponferrada III	18 705	URBANA
Ponferrada IV	Pendiente	URBANA
Bembibre	17 968	SEMIURBANA
Cacabelos	12 839	RURAL
Fabero	8 367	RURAL
Puente de Domingo Flórez	3 262	RURAL
Toreno	5 322	RURAL
Villablino	12 493	RURAL
Villafranca del Bierzo	9 222	RURAL

a) ¿Tienen el mismo tamaño todas las áreas de salud?

b) ¿Qué criterios se tienen en cuenta a la hora de delimitar un área de salud?

c) ¿Qué provincias están divididas en más de un área de salud? ¿Qué criterios de los anteriores crees que se han tenido en cuenta para hacer esta delimitación?

d) ¿Cuántas zonas básicas de salud hay en el área de salud del Bierzo?

20. ¿En cuántas áreas de salud está delimitada tu comunidad autónoma? ¿Y tu provincia? ¿A qué zona básica de salud pertenece tu centro de salud?

21. Compara las áreas y zonas de salud de tu comunidad autónoma con las de otra comunidad distinta.

22. Describe las diferencias que hay entre un área de salud y una zona básica de salud.

IMPORTANTE

Área única de salud

A partir del Decreto 52/2010, de 29 de julio, sobre las estructuras básicas sanitarias y directivas de atención primaria, la comunidad de Madrid pasó a ser un área única de salud.

5. Nuevas formas de gestión pública en sanidad

La Ley 15/1997, de 25 de abril, sobre habilitación de nuevas formas de gestión del SNS, establece un mayor grado de descentralización organizativa y permite una importante flexibilización y autonomía en la gestión sanitaria.

5.1. Fundaciones

Organismos descentralizados que prestan servicios sanitarios. Se caracterizan por:

- No tienen ánimo de lucro.
- Están dirigidas por un patronato formado por representantes del servicio regional de salud y de la dirección del centro.
- Los servicios, los objetivos y las actividades son fijados por el servicio regional de salud.
- La gestión de recursos humanos está sometida al régimen laboral.

5.2. Sociedades estatales, empresas públicas o entes estatales

Organismos públicos a quien la autoridad sanitaria encomienda la realización de actividades asistenciales, de gestión o de apoyo tecnológico. Se caracterizan por:

- Pueden obtener beneficios que se reinvierten en el hospital.
- Se rigen por un consejo de administración formado por representantes municipales, de la dirección del centro y de la comunidad.
- Personal laboral.

5.3. Cooperativas o entidades de autoconcertación

Asociaciones de profesionales sanitarios que ofertan sus servicios a la Administración pública.

5.4. Consorcio

Unión de entidades públicas o privadas, sin ánimo de lucro, para la realización de actividades asistenciales.

5.5. Modelos PFI

Empresas, con ánimo de lucro, que ganan un concurso público para la construcción del hospital o de infraestructuras, se les asigna por un periodo de tiempo la gestión de un servicio general o de apoyo, y la Administración sanitaria se reserva la gestión del personal sanitario (estatutario).

5.6. Concesiones de gestión privada

Estas concesiones se convocan mediante concurso público para conceder tanto la gestión como la explotación de un centro sanitario. Todo el personal dependerá de la empresa privada.

¿SABÍAS QUE...?

Formas de gestión pública

Dentro de las nuevas formas de gestión pública en sanidad nos encontramos con:

- La gestión directa o producción del servicio público directamente por medio de la Administración pública.
- La gestión indirecta, en la que la producción del servicio público es realizada por el sector privado, bien sea lucrativo o no, manteniendo la Administración pública la provisión del servicio público mediante alguno de los tipos de contratación.

ACTIVIDADES

23. Visita la página web de la asociación de mutuas de accidentes de trabajo **www.amat.es.** Busca información en el apartado *Protección social* sobre beneficiarios y prestaciones en un caso de enfermedad profesional.

24. Busca información sobre las aseguradoras privadas que prestan sus servicios en la localidad de tu instituto. ¿Ofertan diferentes tipos de seguros médicos? Busca el más apropiado para tus necesidades actuales de salud. Compáralo con las prestaciones de la sanidad pública.

6. La sanidad privada en España

> **RECUERDA**
>
> **Asistencia sanitaria privada**
>
> La asistencia sanitaria privada, en la que el paciente paga cada acto sanitario, es minoritaria y suele utilizarse para aquellos actos que no están cubiertos por el sistema público, como, por ejemplo, la asistencia bucodental.

La sanidad privada es la asistencia proporcionada por entidades distintas al Gobierno, normalmente empresas privadas a las que el ciudadano contribuye mediante la suscripción de seguros de salud.

La Administración sanitaria debe facilitar la libre actividad de las asociaciones de usuarios de la sanidad, de las entidades sin ánimo de lucro y de las cooperativas de tipo sanitario, y debe propiciar su actuación coordinada con el sistema sanitario público.

En el mercado sanitario privado en España hay que destacar diversos tipos de organizaciones, que se recogen en la Tabla 2.7.

Mutualidades públicas de funcionarios	• Creadas en 1976. • Tienen convenios con empresas privadas de seguros para ofrecer asistencia sanitaria. • Poseen convenios con entidades administrativas como el Instituto Nacional de la Seguridad Social y la Tesorería de la Seguridad Social.	Algunos ejemplos son MUFACE (Mutualidad General de Funcionarios Civiles del Estado), MUGEJU (Mutualidad General de Justicia) e ISFAS (Instituto Social de las Fuerzas Armadas).
Mutuas de accidentes de trabajo y enfermedades profesionales	• Entidades autorizadas por el Ministerio de Empleo y Seguridad Social para colaborar en: - La gestión de contingencias de accidentes de trabajo y enfermedades profesionales, con sus prestaciones asistenciales y económicas. - La gestión de la prestación económica de incapacidad temporal derivada de contingencias comunes. - El resto de actividades, prestaciones y servicios de la Seguridad Social que les sean atribuidos legalmente. • Su uso es voluntario. • En la actualidad existen en España 20 mutuas de accidentes de trabajo y enfermedades profesionales de la Seguridad Social.	Algunos ejemplos son: Asepeyo, Cesma, Mutua Montañesa o Mutua Universal.
Empresas colaboradoras de la Seguridad Social	• Son empresas que colaboran voluntariamente con la Seguridad Social en la gestión de la asistencia sanitaria de sus trabajadores, al contar con instalaciones propias. • Tienen que ser autorizadas por el Ministerio de Empleo y Seguridad Social e inscritas en el registro correspondiente. • Una vez autorizadas, se les asigna un número de mutua colaboradora.	Un ejemplo sería FREMAP.
Entidades de seguro libre	• Cubren la asistencia sanitaria de las personas que han suscrito con ellas una póliza o que, al pertenecer a una mutualidad de funcionarios, eligen recibir la asistencia sanitaria de este modo.	Las principales compañías de seguros de salud son: Fiact, Sanitas, DKV, Adeslas, Asisa y Mapfre, entre otras.

Tabla 2.7. *Organizaciones relacionadas con la sanidad en España.*

SÍNTESIS Organización sanitaria

Sistema sanitario

- Concepto
  - Un conjunto de elementos interrelacionados que contribuyen a la salud en los hogares, los lugares de trabajo, los sitios públicos y las comunidades, así como en el medio ambiente físico y psicosocial, y en el sector de la salud y otros sectores afines.
- Modelos
  - Liberal, socialista y mixto (Bismarck, Beveridge).

Sistema Nacional de Salud

- Concepto
  - Conjunto coordinado de los servicios de salud de la Administración del Estado y de los servicios de salud de las comunidades autónomas. Integra todas las funciones y prestaciones sanitarias que son responsabilidad de los poderes públicos.
- Características (Ley General de Sanidad de 1986)
  - Accesibilidad.
  - Descentralización.
  - Atención primaria.
  - Atención universal.
  - Atención integral.
  - Participación de la comunidad.
  - Establece derechos y deberes de los pacientes.
- Organización
  - Administración central (Ministerio).
  - Comunidades autónomas. Servicios de salud.
  - Consejo Interterritorial del Sistema Nacional de Salud.
  - Áreas de salud.
  - Corporaciones locales (ayuntamientos).
- Financiación
  - Cotizaciones sociales.
  - Transferencias del Estado (Presupuestos Generales del Estado).
  - Aportaciones de comunidades autónomas y corporaciones locales.
  - Tasas.
- Sistema sanitario privado
  - Tipos de organizaciones.
  - Mutualidades públicas de funcionarios.
  - Mutuas de accidentes de trabajo.
  - Empresas privadas colaboradoras de la Seguridad Social.
  - Entidades sanitarias privadas.

TEST DE REPASO

Nota: todas las actividades deben hacerse en un cuaderno aparte.

1. ¿A partir de qué ley se pasó del modelo sanitario de Seguridad Social al modelo actual de SNS?

a) Ley General de Sanidad.
b) Ley de cohesión y calidad.
c) Ley 16/2012, de 20 de abril.
d) Ninguna de las anteriores.

2. El marco territorial de la atención primaria es:

a) La zona básica de salud.
b) El área de salud.
c) El centro de salud.
d) Todas son falsas.

3. Como regla general, el área de salud extenderá su acción a una población no inferior a:

a) 400 000 habitantes.
b) 200 000 habitantes.
c) 350 000 habitantes.
d) 500 000 habitantes.

4. No es una característica fundamental del Sistema Nacional de Salud:

a) La extensión de sus servicios a una parte de la población.
b) Procurar unos niveles de calidad debidamente evaluados y controlados.
c) La coordinación de todos los recursos públicos y privados en un dispositivo único.
d) La organización adecuada para prestar una atención integral a la salud.

5. Para conseguir la máxima operatividad y eficacia en el funcionamiento de los servicios a nivel primario, las áreas de salud se dividirán en:

a) Hospitales específicos.
b) Zonas básicas de salud.
c) Clínicas de salud.
d) Centros de salud.

6. El órgano permanente de coordinación, cooperación, comunicación e información de los servicios de salud entre ellos y con la Administración del Estado se denomina:

a) Consejo Interterritorial del Sistema Nacional de Salud.
b) Consejo Regional del Sistema Nacional de Salud.
c) Comisión Regional del Sistema Nacional de Salud.
d) Comisión Interterritorial del Sistema Nacional de Salud.

7. Señala la afirmación falsa sobre las fundaciones:

a) No tienen ánimo de lucro.
b) Se rigen por un consejo de administración.
c) Personal laboral.
d) Los objetivos son fijados por el servicio regional de salud.

8. ¿En qué materias ejercen sus competencias las comunidades autónomas?

a) Salud pública.
b) Asistencia sanitaria.
c) Planificación sanitaria.
d) En todas las anteriores.

9. ¿En qué año se promulgó la Ley General de Sanidad?

a) 1986.
b) 2003.
c) 1978.
d) 2000.

10. La Mutualidad General de Funcionarios Civiles del Estado es:

a) MUFACE.
b) ISFAS.
c) MUGEJU.
d) A y B son correctas.

11. Señala la afirmación falsa sobre los órganos del área de salud:

a) El órgano de la dirección es la gerencia.
b) El consejo de salud es un órgano de participación.
c) El consejo de dirección está formado por representantes autonómicos y de las corporaciones locales.
d) No hay ninguna afirmación falsa.

12. La Ley 15/1997, de 25 de abril, sobre habilitación de nuevas formas de gestión en el Sistema Nacional de Salud, permite la creación y organización de centros hospitalarios mediante:

a) Fundaciones.
b) Empresas públicas.
c) Otros modelos de gestión.
d) Todas las anteriores son correctas.

13. Una zona básica de salud es:

a) El marco territorial que abarca un ambulatorio.
b) El territorio que ocupa un centro de salud.
c) El territorio que gestiona la atención especializada.
d) La delimitación geográfica y poblacional fundamental, capaz de proporcionar una atención continuada, integral y permanente.

14. ¿Cuál es la estructura fundamental del Sistema Sanitario español?

a) Área de Salud
b) Centro de Salud
c) Hospital
d) Zona Básica de Salud

COMPRUEBA TU APRENDIZAJE

Nota: todas las actividades deben hacerse en un cuaderno aparte.

Identificar los conceptos básicos relacionados con la asistencia sanitaria.

1. Define los siguientes conceptos:
   - Sistema sanitario.
   - Sistema Nacional de Salud.
   - Servicio de salud.
   - Zona básica de salud.
   - Área de salud.
   - Centro de salud.
   - Plan de salud.
   - Mutua de funcionarios.
   - Mutua de accidentes de trabajo.

Establecer las diferencias entre los distintos modelos de sistemas sanitarios.

2. Realiza un cuadro que recoja las principales características de los diferentes modelos de sistemas sanitarios.

Conocer la normativa básica que regula el Sistema Nacional de Salud.

3. ¿Qué leyes marcan la normativa básica del Sistema Nacional de Salud? ¿Qué recoge cada una de estas leyes?

Esquematizar la organización del sistema sanitario en España.

4. Haz un esquema de los niveles organizativos del Sistema Nacional de Salud, de las funciones propias de cada uno de ellos y de sus relaciones.

Describir las características fundamentales del sistema sanitario español y de los sistemas de salud de las distintas comunidades autónomas.

5. Señala las características fundamentales del Sistema Nacional de Salud. Explica la diferencia entre atención integral y universal.

6. Explica cómo se financia el sistema sanitario público español.

7. Indica en tu cuaderno a qué administración pertenecen las siguientes competencias:
   - Sanidad exterior.
   - Salubridad.
   - Gestión del servicio de salud.
   - Política del medicamento.
   - Salud pública.

8. Completa el siguiente cuadro sobre el CISNS:

Qué es	...
Quién lo forma	...
Qué funciones tiene	...

9. Completa en tu cuaderno las siguientes oraciones:

   a) Las áreas de salud se delimitan teniendo en cuenta factores...

   b) Son titulares del derecho a la protección de la salud y a la atención sanitaria...

   c) Para conseguir la máxima operatividad y eficacia a nivel primario, las áreas de salud se dividen en...

   d) El CISNS está presidido por...

10. Indica si las siguientes afirmaciones son verdaderas o falsas:

    a) Cada comunidad autónoma debe elaborar un plan de salud.

    b) Cada provincia tiene como máximo un área de salud.

    c) En el CISNS están representadas las organizaciones sindicales y empresariales más importantes.

    d) En el SNS están integrados todos los servicios públicos del servicio de la salud.

    e) En cada zona básica de salud debe haber un hospital.

    f) Los extranjeros residentes en España están cubiertos por el Sistema Nacional de Salud.

11. ¿Qué población cubre un área de salud? ¿Y una zona básica de salud?

12. ¿Qué es el INGESA? ¿Qué funciones tiene?

Conocer las distintas instituciones sanitarias privadas.

13. Contesta en tu cuaderno a las siguientes preguntas:

    a) ¿Qué organizaciones prestan asistencia privada en España?

    b) Cita las principales mutualidades de funcionarios del Estado. ¿Con qué instituciones pueden tener convenios estas mutualidades?

    c) ¿Qué servicios prestan las mutuas de accidentes de trabajo y enfermedades profesionales?

14. ¿Qué otras formas de gestión sanitaria surgieron de la Ley 15/1997, de 25 de abril?

15. Realiza un cuadro que diferencie a las fundaciones, sociedades estatales, consorcio y cooperativa en cuanto a sus características de autoridad, personal y beneficios.

Navegadores web

1. Introducción

Podemos definir Internet de la siguiente manera:

> **Internet** es una red mundial constituida por un conjunto de ordenadores que comparten información y que están conectados entre sí.

En esta red, la información se concentra en páginas web. Para visualizarlas necesitamos un programa específico, que se llama **navegador web.** Algunos de los navegadores más utilizados actualmente son los que aparecen en la Tabla 2.1:

Internet Explorer	Google Chrome	Mozilla Firefox	Opera

Tabla 2.1. *Navegadores web.*

! IMPORTANTE

URL

Para acceder a una página web se debe teclear su dirección, conocida como URL.

La sigla URL significa «*Uniform Resource Locator* o localizador universal de recursos». Su estructura básica es la siguiente:

http://www.servidor.dominio

- **http://.** Es el protocolo de transferencia de páginas web.
- **www.servidor.** Es la organización conectada a Internet.
- **dominio.** Indica la zona geográfica (**.es** indica España). Las páginas de organizaciones comerciales suelen llevar el dominio **.com.**

2. Utilizar un navegador

Vamos a buscar información de calidad sobre la hepatitis B. Para ello visitaremos las páginas web de la Organización Mundial de la Salud **(www.who.int/es)** y del Instituto de Salud Carlos III **(www.isciii.es).** A continuación, sigue estos pasos:

Paso 1. Lo primero que debemos hacer es abrir el navegador, por ejemplo Internet Explorer. Para ello hacemos clic sobre su icono del *Escritorio*.

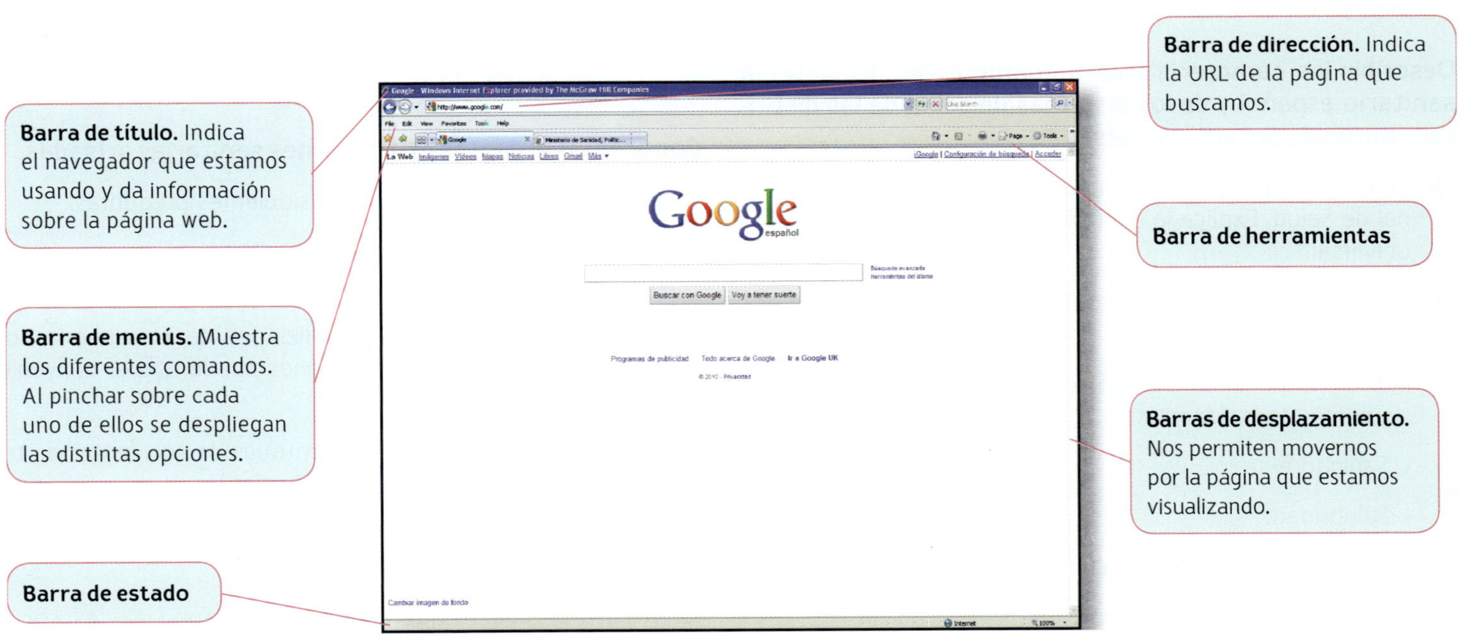

Fig. 2.1. *Interfaz gráfica.*

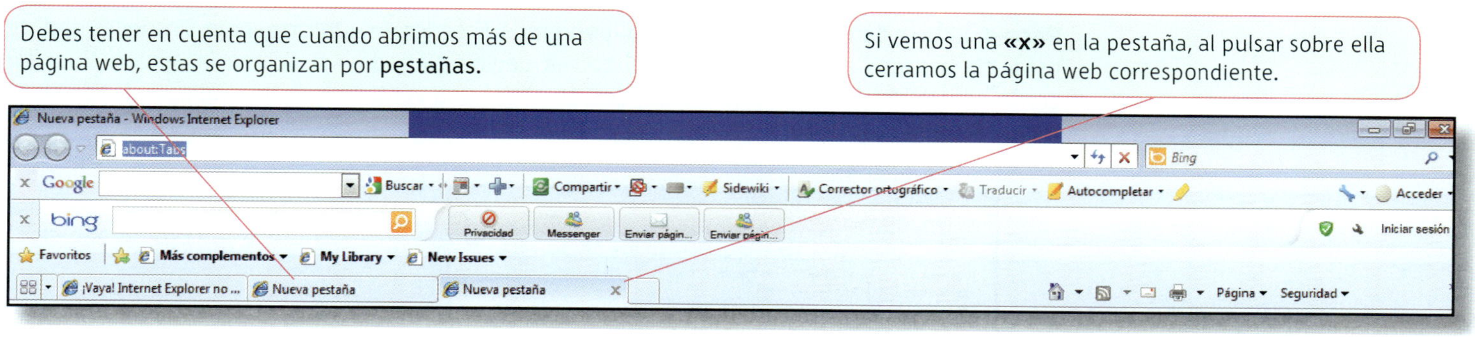

Fig. 2.2. *Las páginas web se organizan por pestañas.*

Paso 2. Realizar una búsqueda. Escribe en la barra de direcciones la URL de un buscador **(www.google.es)**. Observa que tienes un espacio para escribir lo que deseas buscar. Escribe «Organización Mundial de la Salud» y pulsa **Enter.**

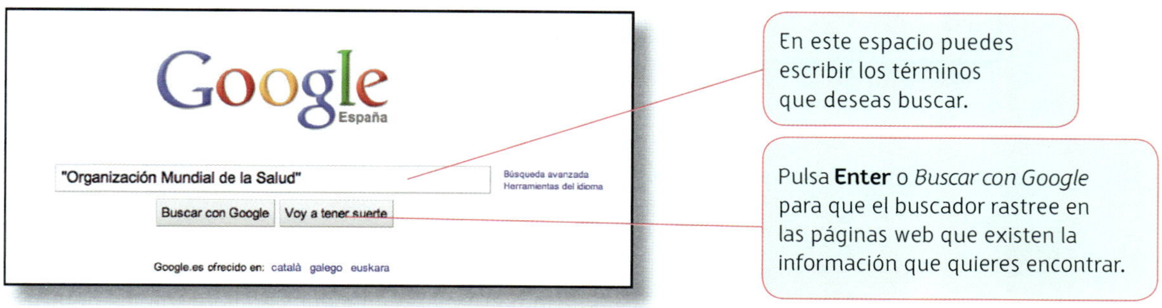

Fig. 2.3. *Pantalla del buscador Google.*

Ahora observa los resultados y localiza el que se ajusta a lo que buscabas. En este caso, la página oficial de la OMS.

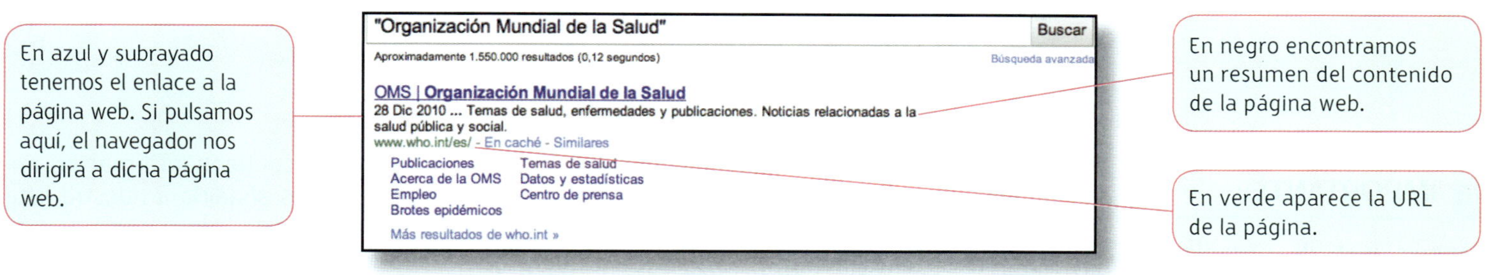

Fig. 2.4. *Localización de la página oficial de la OMS.*

Paso 3. Un hipervínculo es una zona (imagen, texto) activa de una página web. Se puede pinchar en él para acceder a otra página o a más información. En la barra superior de esta página aparecen varios hipervínculos organizados. Pulsa en *Temas de salud* y busca en la lista de los temas *Hepatitis B.*

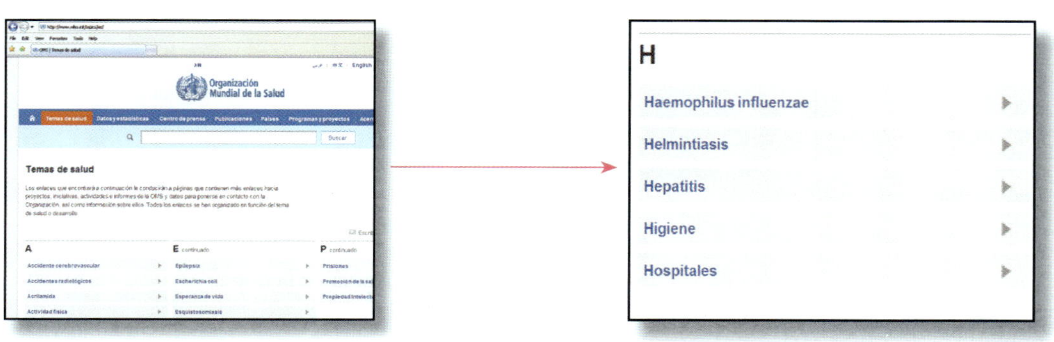

Fig. 2.5. *Página web de la OMS.*

Paso 4. Si guardamos una página web, podremos acceder a su información sin necesidad de estar conectados a Internet. Para ello, con la página cargada, selecciona la opción *Guardar como* dentro del menú *Archivo*. Entonces, se abrirá una ventana que nos indicará dónde se va a guardar el documento y que nos permitirá nombrarlo.

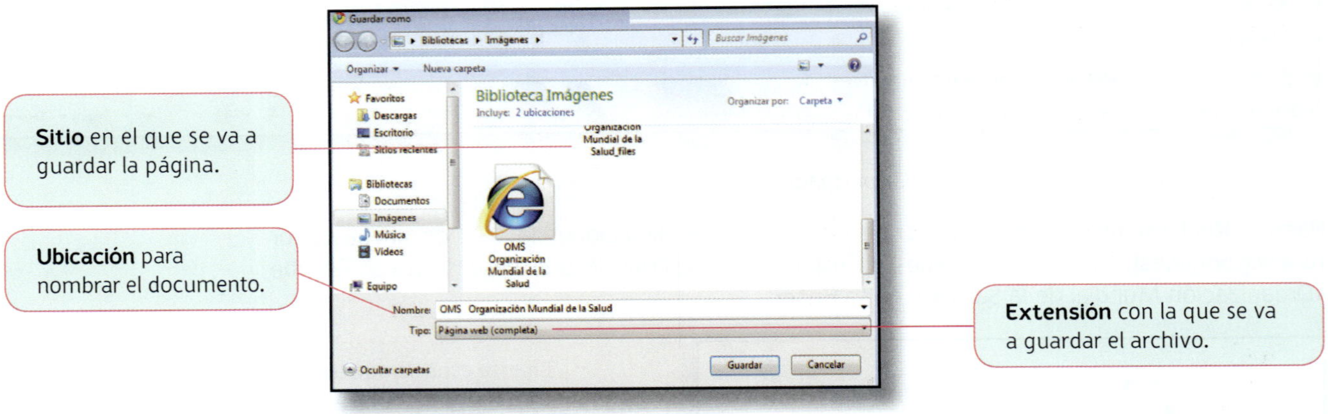

Fig. 2.6. *Ventana* Guardar como.

La multitud de opciones que hay para guardar una página web se recogen en la Tabla 2.2:

Página web completa	Guarda la página y las imágenes en carpetas separadas.
Página web de archivo único	Guarda la página y las imágenes en la misma carpeta.
Página web HTML	Guarda la página sin imágenes.
Archivo de texto	Guarda la página como un archivo de texto.

Tabla 2.2. *Opciones de guardado de páginas web.*

3. Gestionar los favoritos

Cuando visitamos una página con frecuencia, o cuando la página contiene información importante para el desarrollo de nuestro trabajo o estudios, podemos añadirla a nuestra lista de **páginas favoritas**; de este modo, cada vez que queramos visitarla solo tendremos que buscarla en el menú *Favoritos* y no hará falta que escribamos la dirección en la barra de dirección.

> **! IMPORTANTE**
>
> **Páginas web de organizaciones oficiales**
>
> Recuerda que, aunque **Internet** es una importante fuente de información, debemos tener precaución con las páginas web que visitamos, pues muchas de ellas ofrecen información sin contrastar y, en muchos casos, errónea. Una buena opción es visitar páginas web de organizaciones oficiales, como las indicadas en esta actividad.

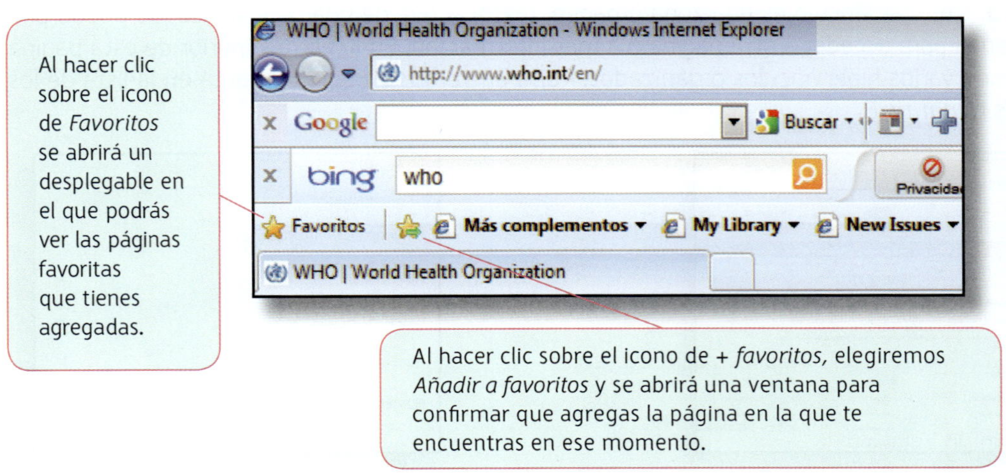

Fig. 2.7. *Menú* Favoritos *de Internet Explorer.*

4. Ver e imprimir una página web

Paso 1. Antes de imprimir la información sobre la hepatitis B y las imágenes, es recomendable seleccionar la opción *Vista previa.* Gracias a esta utilidad, conoceremos la estructura del documento y el número de páginas en papel que lo forman. Si no hacemos esto, podemos llevarnos la sorpresa de que el documento abarque un número de páginas en papel muy superior a lo que habíamos pensado.

Paso 2. Una vez realizada la vista previa imprimiremos la página web; para ello selecciona la opción *Imprimir* en el menú *Archivo.*

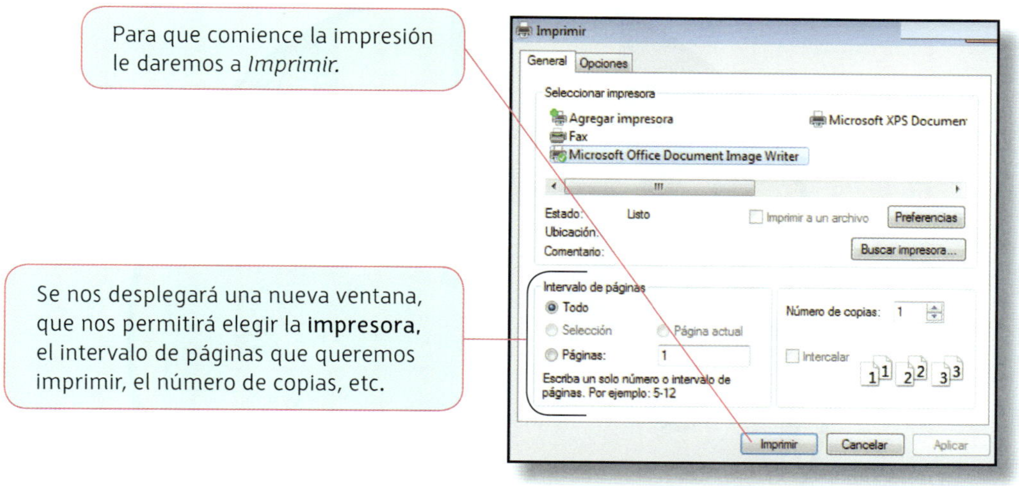

Fig. 2.8. *Imprimir una página web.*

Cuestiones

1. Vamos a guardar una imagen de la página web del Instituto de Salud Carlos III **(www.isciii.es).**
2. Elige el servidor interactivo Raziel, que genera mapas y gráficas de mortalidad atendiendo a diversos criterios: causa, año y región (todo el país o una comunidad autónoma).
3. Selecciona en primer lugar la opción *Mapa* y especifica las delimitaciones en los campos que te aparecerán.

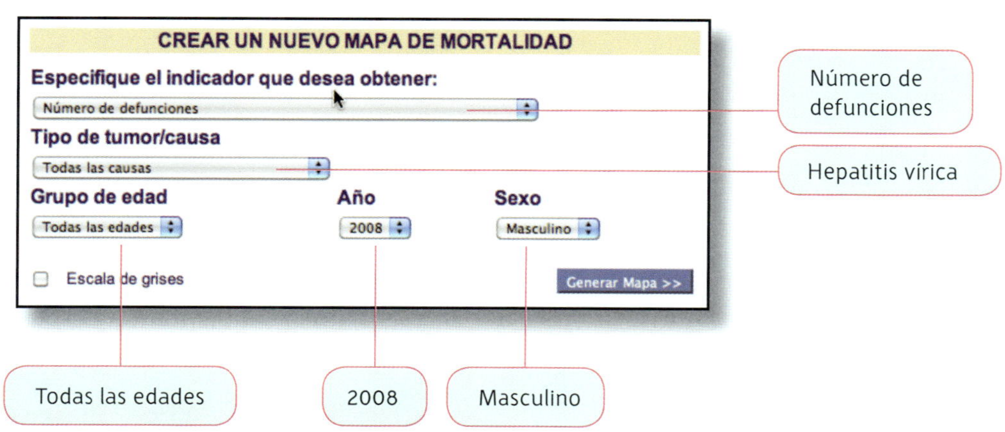

Fig. 2.9. *Creación de un mapa de mortalidad con el generador Raziel.*

4. Guarda la imagen.
5. Regresa a la página anterior y haz lo mismo con la opción *Gráfica.*

> **IMPORTANTE**
>
> **Guardar imágenes**
>
> Para **guardar la imagen** del mapa se hace doble clic sobre ella para que aparezca en un formato de imagen **(.jpg)**, con el botón derecho se vuelve a hacer clic, se elige la opción *Guardar como* y se selecciona el sitio en el que queremos guardarla. Para volver a la página anterior, haremos clic en el botón *Retroceder* y haremos lo mismo para guardar el gráfico.

3
UNIDAD

Niveles de asistencia sanitaria

En esta unidad

APRENDERÁS A

- Conocer los aspectos principales de los niveles asistenciales del Sistema Nacional de Salud.
- Enumerar y distinguir las características y las funciones de cada nivel asistencial.
- Citar los principales elementos del organigrama hospitalario y de enfermería.
- Explicar algunas prestaciones sanitarias de los distintos tipos de asistencia.
- Conocer el marco de trabajo y la figura del técnico en cuidados auxiliares de enfermería en los distintos niveles de asistencia.
- Realizar esquemas orgánicos y jerárquicos de las instituciones sanitarias.

ESTUDIARÁS

- La atención primaria.
- El centro de salud.
- El equipo de atención primaria.
- La atención especializada.
- El hospital.
- La organización hospitalaria.
- Los profesionales del hospital.

Y SERÁS CAPAZ DE

- Identificar los aspectos y características principales de los distintos niveles asistenciales, así como situar el marco de trabajo y el rol del TCAE.

1. Niveles de asistencia

El objetivo fundamental de los servicios de salud es garantizar una atención integral, continua y coordinada con todos los elementos del sistema sanitario. Para conseguir este objetivo, la atención sanitaria se estructura en niveles de atención, también llamados niveles asistenciales, de complejidad y especialización progresivas. Los niveles de atención son dos: **atención primaria** y **atención especializada.**

Esta organización asistencial y la ubicación de los recursos asistenciales responden, básicamente, a la planificación del sistema sanitario en demarcaciones demogeográficas denominadas áreas de salud, como se ha explicado en la Unidad 2. Las áreas de salud se subdividen, a su vez, en zonas básicas de salud (ZBS), que son el marco territorial de la atención primaria.

En la Tabla 3.1 puedes observar las principales diferencias entre los distintos niveles asistenciales.

	Atención primaria	Atención especializada
Funciones	• Resolución técnica de los problemas de salud más frecuentes. • Promoción de la salud. • Prevención de la enfermedad.	• Diagnósticos de mayor complejidad técnica y coste. • Tratamientos de mayor complejidad técnica y coste.
Acceso	• Más libre, más espontáneo.	• Restringido. • Por indicación de los facultativos de atención primaria.
Dispositivo asistencial	• Centros de salud. • Consultorios locales.	• Centros de especialidades. • Hospitales.
Régimen de atención	• En el centro. • En el domicilio.	• Ambulatoria. • Internamiento (hospitalización).

Tabla 3.1. *Diferencias entre niveles de asistencia.*

RECUERDA

Área de salud y zona básica de salud

Un **área de salud** es una unidad geográfica y funcional del actual sistema sanitario.

Una **zona básica de salud** es una subdivisión territorial del área de salud.

PONTE A PRUEBA 1

Ana es una paciente de 17 años. Cuando volvía del instituto, ha sufrido un accidente con la moto y presenta politraumatismos.

- ¿Qué itinerario seguirá para recibir la atención sanitaria adecuada?
- ¿A qué nivel corresponde cada uno de los pasos de dicho itinerario?
- ¿Qué tipo de centro oferta los servicios que requiere Ana?

Claves de resolución

Dada la gravedad que presenta Ana, hay que determinar quién la atenderá en el lugar del accidente y, posteriormente, a qué centro sanitario será conducida.

Los niveles de asistencia sanitaria son la atención primaria, que se presta en los centros de salud, y la atención especializada, que se presta en hospitales o centros de especialidades.

ACTIVIDADES

1. Escribe la definición de los siguientes conceptos: atención primaria y atención especializada.

2. Indica las principales diferencias entre la atención primaria y la atención especializada.

3. Indica si alguna vez has recibido asistencia sanitaria en un hospital. En caso de que así sea, explica cuál fue la vía de acceso a dicha asistencia.

4. Indica a qué nivel asistencial corresponden las siguientes características:

a) Se presta en los centros de salud.
b) Se accede de una forma más espontánea.
c) Se presta en los hospitales.
d) Requiere técnicas más complejas.
e) Presta asistencia en régimen de internamiento.

2. Atención primaria

La atención primaria es el nivel básico e inicial de asistencia sanitaria al individuo y a la población, y su marco territorial de acción es la zona de salud.

¿SABÍAS QUE...?

El desarrollo de la atención primaria

El desarrollo de la atención primaria está íntimamente ligado a la **Conferencia Internacional de Alma-Ata**, organizada por la OMS en el año 1978 con el fin de crear las bases para la construcción de un sistema de salud que permitiera el pleno derecho a la salud. En esta conferencia se definió la atención primaria y se subrayó su importancia estratégica para que los pueblos alcanzaran un mejor nivel de salud. Su lema fue «Salud para todos en el año 2000».

2.1. Concepto y características

En la Conferencia de Alma-Ata (1978) se definió la atención primaria de la siguiente manera:

> La atención primaria es la asistencia sanitaria esencial, basada en métodos y tecnologías sencillas, científicamente fundamentadas y socialmente aceptables, que estén al alcance de los individuos, las familias y la comunidad; a un coste aceptable para la comunidad y el país para que pueda cubrir cada una de las etapas del desarrollo, con un espíritu de autocorrespondencia y autodeterminación.

Esta definición marca los principios básicos de la atención primaria: esencial, pertinente, universal y participativa.

La atención primaria es el pilar básico de la asistencia sanitaria; al ser el primer nivel de contacto de los usuarios con el sistema, constituye la puerta de entrada a los servicios de salud. En la Figura 3.1 se especifican sus características.

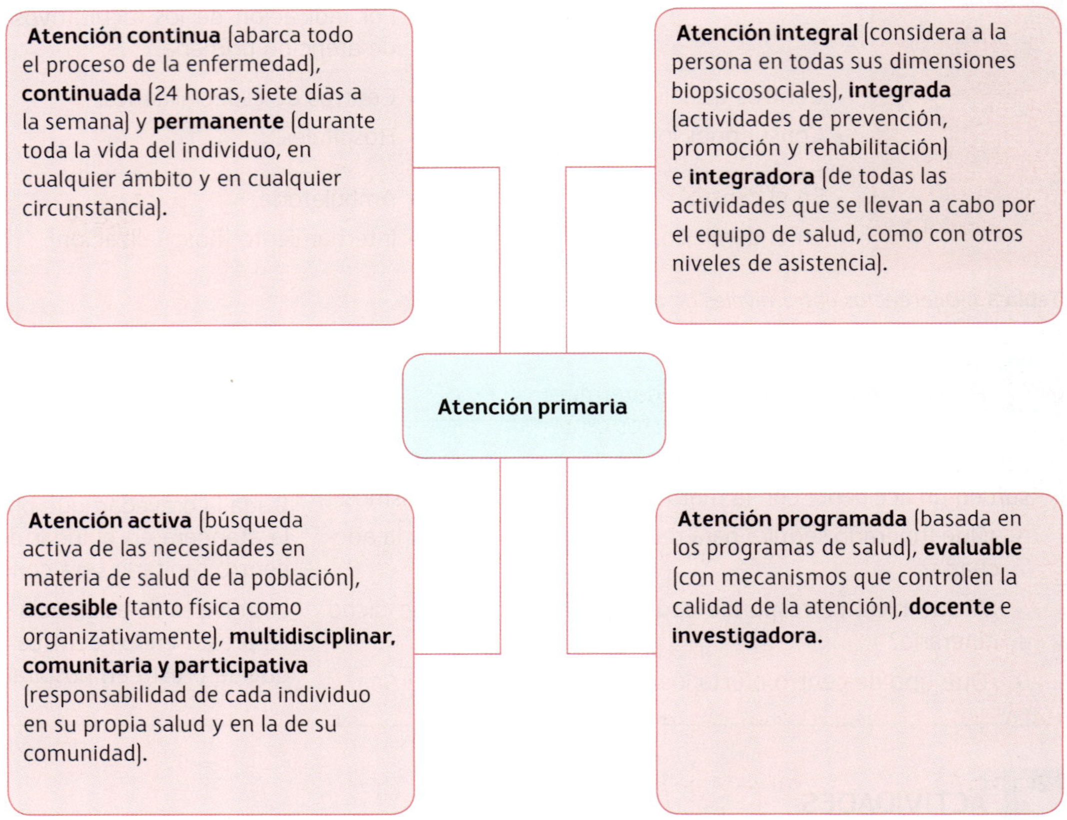

Fig. 3.1. *Características de la atención primaria.*

IMPORTANTE

Acceso a la atención primaria

El **acceso a la atención primaria** se hace a demanda, por iniciativa propia del individuo, cuando se concierta cita previa, o de forma programada, especialmente en pacientes crónicos para su seguimiento y control.

ACTIVIDADES

5. Define con tus propias palabras la atención primaria.

6. Los principios básicos de la atención primaria son: esencial, pertinente, universal y participativa. Lee la definición de atención primaria de Alma-Ata. ¿Qué palabras de la definición expresan cada principio?

2.2. Prestaciones

En la Tabla 3.2 puedes observar cuáles son las prestaciones del nivel asistencial de atención primaria y en qué consisten.

Atención esencial	En este nivel se atienden los problemas de salud más frecuentes, que no requieren técnicas sofisticadas ni un nivel especializado de asistencia. De esta forma, se disminuyen los costes y se humaniza el servicio.	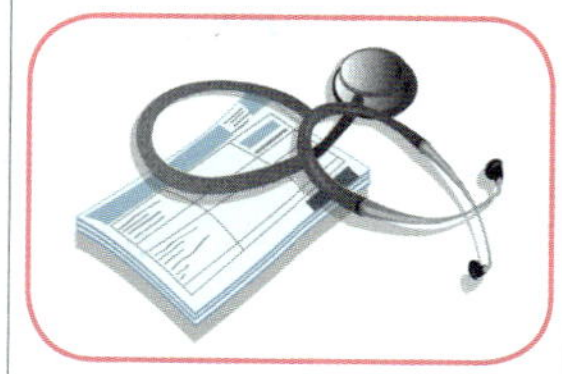
Actividades de promoción de la salud	Dada su vinculación con la comunidad, el servicio de atención primaria realiza la mayor parte de las actividades de promoción de la salud, educación sanitaria, prevención de la enfermedad, asistencia sanitaria, mantenimiento y recuperación de la salud, rehabilitación y trabajo social.	
Servicio universal	Al alcance de todos los individuos y familias de la comunidad.	
Actividades de información y vigilancia	Estas actividades tienen como ámbito la protección de la salud.	
Actividades de atención específicas	Dirigidas a determinados grupos de población y a ciertos grupos de riesgo. Destacan la atención a la infancia, a la adolescencia, al adulto, a la mujer y a las personas mayores, así como la atención y detección de la violencia de género y malos tratos, especialmente en menores, ancianos y personas con discapacidad; también incluye la atención a la salud bucodental, la atención paliativa a enfermos terminales y la atención a la salud mental.	

Tabla 3.2. *Prestaciones de la atención primaria.*

ABC VOCABULARIO

Educación sanitaria: es el conjunto de actuaciones de formación encaminadas a un mayor conocimiento de la salud por parte de la sociedad en general.

Promoción de la salud: es la suma de las acciones de la población, los servicios de salud, las autoridades sanitarias y otros sectores sociales y productivos, encaminadas al desarrollo de mejores condiciones de salud individual y colectiva.

Rehabilitación: es el conjunto de procedimientos médicos, psicológicos y sociales dirigidos a ayudar a una persona a alcanzar su más completo potencial físico, psicológico, social, laboral y educacional, compatible con su deficiencia fisiológica o anatómica. Para ello se intenta restablecer o restaurar su salud.

ACTIVIDADES

7. Entra en la página web **www.juntadeandalucia.es/salud**, selecciona la opción *Derechos y garantías* y, después, *Salud bucodental*, para centrarte a continuación en la atención bucodental infantil. Con la información que obtengas, indica:

a) A qué población se dirige dicha atención.

b) Qué prestaciones cubre.

c) Dónde deben dirigirse los usuarios para recibir la atención y en qué momento.

¿SABÍAS QUE...?

Cartera de atención primaria

El RD 1030/2006, de 15 de septiembre, recoge los servicios incluidos en la cartera de atención primaria.

3. El centro de salud

Los pilares organizativos de la atención primaria son el centro y el equipo de salud.

¿SABÍAS QUE...?

Número de centros de atención primaria

Según el Ministerio de Sanidad y el Catálogo de Centros de Atención Primaria vigente en 2016, existen en España 13 144 centros de atención primaria, divididos en 3 038 centros de salud y 10 106 consultorios locales, con una tasa de 28,3 centros de atención primaria por cada 100 000 habitantes.

3.1. Concepto

El Real Decreto 1277/2003, de 10 de octubre, por el que se establecen las bases generales sobre autorización de centros, servicios y establecimientos sanitarios define el centro de salud de la siguiente manera:

> El **centro de salud** está formado por las estructuras físicas y funcionales que posibilitan el desarrollo de una atención primaria de salud coordinada, integral, permanente y continuada, y con base en el trabajo en equipo de los profesionales sanitarios y no sanitarios que forman los equipos de atención primaria.

Por otra parte, se llama **consultorios** a aquellos centros sanitarios que, sin tener la consideración de centros de salud, proporcionan atención sanitaria no especializada en el ámbito de la atención primaria de salud.

Bajo este concepto se engloban otras denominaciones (utilizadas en determinadas comunidades autónomas) como son consultorios locales, consultorios periféricos y consultorios rurales. Estos hacen referencia a centros asistenciales mayoritariamente dependientes o relacionados funcionalmente con un centro de salud. En ellos, generalmente, solo se presta asistencia médica y de enfermería general.

En este nivel asistencial se concentra la mayor parte de actividades de promoción de la salud, educación sanitaria, prevención de la enfermedad, asistencia sanitaria, mantenimiento y recuperación de la salud, rehabilitación y trabajo social.

La asistencia sanitaria se presta tanto a demanda como de manera programada o urgente, y tanto en la consulta del centro de salud y del consultorio rural como en el domicilio del enfermo.

3.2. Funciones

Las **funciones** que cumple un centro de salud son las siguientes:

- Albergar la estructura física de las consultas y los servicios asistenciales personales correspondientes a la población en que se ubica.
- Mantener los recursos materiales precisos para la realización de las exploraciones complementarias que se puedan llevar a cabo en la zona.
- Servir como centro de reunión entre la comunidad y los profesionales sanitarios.
- Facilitar el trabajo en equipo de los profesionales sanitarios de la zona.
- Mejorar la organización administrativa de la atención de salud en su zona de influencia.

ACTIVIDADES

8. Un centro de salud atiende a una población de 24 786 habitantes. Un consultorio atiende una población de 915 habitantes. Indica cuáles de las siguientes características pertenecen al centro de salud y cuáles al consultorio, o si son compartidas por ambos.

a) Depende de un centro de salud.

b) Presta, exclusivamente, asistencia médica general.

c) Es el lugar de trabajo de celadores y auxiliares administrativos.

d) Presta asistencia especializada en atención primaria.

9. Visita el portal sanitario de Castilla y León y haz un esquema con los siguientes datos: número de áreas de salud de la comunidad, la población a la que atiende el área más grande y el número de zonas básicas de salud. Para averiguar estos datos, utiliza el buscador de recursos sanitarios de la web.

3.3. El equipo de atención primaria (EAP)

Se llama **equipo de atención primaria (EAP)** al conjunto de profesionales sanitarios y no sanitarios cuyo ámbito territorial de actuación es la zona de salud y cuya localización física principal es el centro de salud.

Las funciones de los profesionales de la atención primaria son:

- Asistencia sanitaria: ambulatoria, domiciliaria y de urgencia.
- Promoción de la salud y prevención de la enfermedad.
- Rehabilitación y reinserción social.
- Educación sanitaria de la población.
- Diagnóstico de salud de la población.
- Docencia e investigación.

3.4. Componentes del equipo de atención primaria

Los profesionales que prestan sus servicios en los centros de salud se clasifican en equipo básico y equipo de apoyo. En la Tabla 3.3 puedes ver los componentes de uno y otro equipo y a qué se dedica cada uno de ellos.

Profesionales del equipo de atención primaria	
Equipo básico Formado por profesionales imprescindibles para las funciones básicas de la atención primaria. 	• **Médicos:** - De familia. Médico de referencia. - Pediatra. Atiende los problemas de salud específicos de la infancia. • **Personal de enfermería:** - DUE o grado en enfermería. - TCAE. • **Trabajadores sociales:** ofrecen apoyo y orientación en el uso de los recursos sociales. • **Personal de apoyo administrativo:** conjunto de celadores y auxiliares administrativos que orientan al usuario sobre los servicios que pueden recibir y le ayudan en los trámites administrativos.
Equipo de apoyo especializado Presta servicios especializados y colabora con atención primaria y atención especializada. 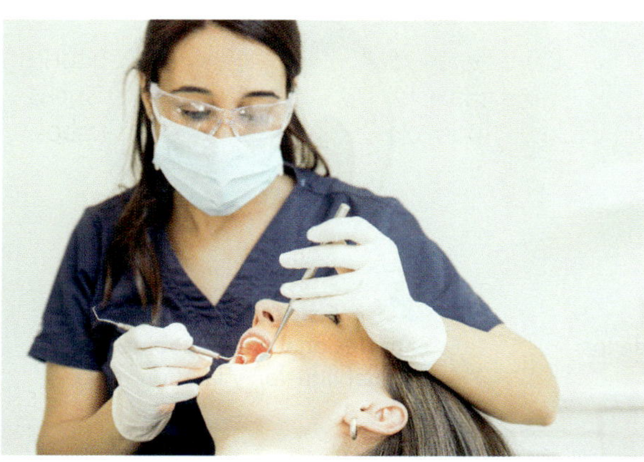	• Odontología. • Salud mental. • Atención a la mujer (matrona). • Fisioterapeuta. • Salud pública. • Laboratorio. • Radiología. • Farmacia. • Veterinaria.

Tabla 3.3. *Profesionales del equipo de atención primaria.*

ABC VOCABULARIO

Fisioterapeuta: es el profesional encargado de aplicar la rehabilitación y la fisioterapia.

Matrona: presta cuidados específicos para el embarazo, la menopausia, la prevención de cánceres ginecológicos y otros aspectos de la salud propios de la mujer.

@ WEB

Visita la página web del centro de salud La Alamedilla (Salamanca) **(www.laalamedilla.org)**, donde encontrarás información sobre los profesionales que forman el equipo básico y el equipo de apoyo, y sobre su cartera de servicios.

Las personas responsables de la **coordinación** y **organización** del equipo de atención primaria son:

- El coordinador del centro de salud: es el responsable funcional y su misión es conseguir el correcto funcionamiento del equipo de atención primaria a su cargo, así como la participación de cada uno de los profesionales. El coordinador es el representante oficial del centro.
- El responsable de enfermería: su ámbito de actuación se centra en la gestión del personal de enfermería y de los recursos materiales de los que dispone.
- En cuanto a su organización, el máximo responsable del equipo de atención primaria es el director del centro de salud, que cuenta con un coordinador médico, que asume la dirección funcional, y con un coordinador de enfermería, cuya misión es coordinar el trabajo del personal de su área (enfermeros y auxiliares). Cada equipo dispone de un reglamento interno que regula su organización y funcionamiento.

En el Real Decreto 137/1984, de 11 de enero, sobre estructuras básicas de salud se indica que pueden formar parte del equipo de atención primaria o colaborar con él los siguientes profesionales:

- **Farmacéuticos** titulares radicados en la zona.
- **Veterinarios** titulares radicados en la zona.

Diplomados universitarios en enfermería. Son profesionales que orientan y dan apoyo en los cuidados de salud con la ayuda del auxiliar de enfermería.

Médico de familia. Es el médico de referencia.

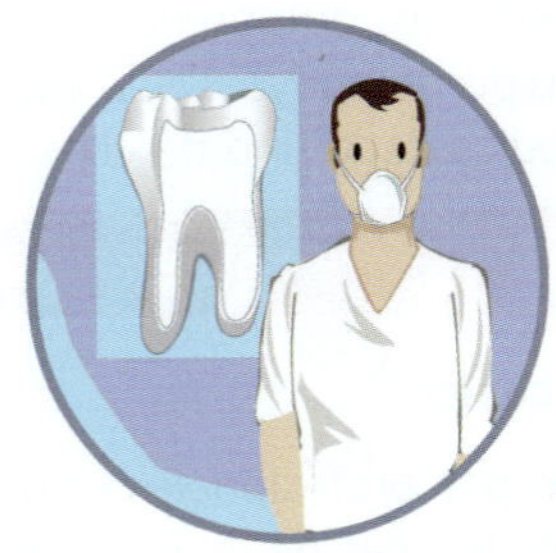

Odontólogo o higienista bucodental. Se encarga de las prestaciones relacionadas con la salud bucodental.

Médico pediatra. Atiende los problemas de salud específicos de la infancia.

Personal de apoyo administrativo. Es el conjunto de celadores y auxiliares administrativos que orientan al usuario sobre los servicios que puede recibir y le ayudan en los trámites administrativos.

Psiquiatra y psicólogo. Realizan prestaciones relacionadas con la salud mental.

Matrona. Presta cuidados específicos para el embarazo, la menopausia, la prevención de cánceres ginecológicos y otros aspectos de la salud propios de la mujer.

Trabajador social. Ofrece apoyo y orientación en el uso de los recursos sociales.

Fisioterapeuta. Es el profesional encargado de aplicar la rehabilitación y la fisioterapia.

Fig. 3.2. *Miembros del equipo de atención primaria.*

PONTE A PRUEBA 2

Lucía acaba de descubrir que está embarazada. Suponiendo que su embarazo se desarrolla con normalidad, indica qué tipo de asistencia (Figura 3.2) recibirá a lo largo del embarazo y con qué profesionales del equipo de atención primaria se relacionará.

Claves de resolución

Recuerda las funciones de los distintos profesionales del EAP, tanto básico como de apoyo. Ten en cuenta también que necesitará asistencia tanto en el ámbito sanitario como en el administrativo.

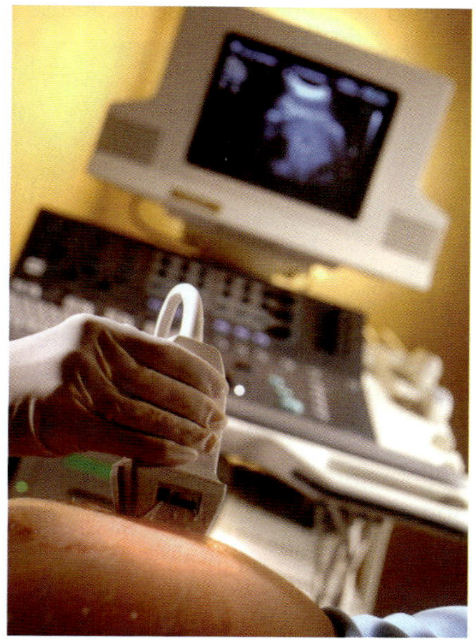

Fig. 3.3. *Control del embarazo.*

ACTIVIDADES

10. De la siguiente lista de profesionales, indica quiénes pertenecen a un equipo de atención primaria y especifica las actividades que realizan.

a) Médico de familia.

b) Urólogo.

c) Auxiliar de farmacia.

d) Auxiliar de enfermería.

e) Odontólogo.

f) Diplomado universitario en enfermería.

g) Celador.

11. De los anteriores profesionales indica quiénes forman parte del equipo básico y quiénes forman parte del equipo de apoyo.

12. Indica qué profesionales pueden realizar funciones de atención a pacientes que tienen problemas de salud mental.

13. Visita tu centro de salud y recoge información sobre las siguientes cuestiones:

a) Localización.

b) Área de salud de la que depende.

c) Zona básica de salud que cubre.

d) Prestaciones sanitarias que tiene.

e) Programas que lleva a cabo.

f) Qué hospital y qué centro de especialidades de referencia le corresponden.

g) Qué profesionales forman su equipo de atención primaria.

14. Busca ejemplos de actividades que se realicen en un centro de salud relacionadas con las distintas funciones del equipo de atención primaria, e indica en cuáles de ellas crees que puede participar un técnico en cuidados auxiliares de enfermería. En la Unidad 4 confirmarás cuáles son.

15. Para cada uno de los siguientes supuestos elabora por escrito el itinerario que cada persona debe seguir para recibir la atención sanitaria adecuada. Debes diferenciar claramente a qué nivel de asistencia corresponde cada uno de los pasos de dicho itinerario e indicar en qué tipo de centro se ofrece cada uno de los servicios requeridos, cuáles son las formas de acceso a dichos servicios y qué profesionales pueden participar en la asistencia a estos pacientes.

a) Juana. 72 años. Padece diabetes e hipertensión. Algunas veces presenta problemas de memoria.

b) Mariano. 80 años. Hace años le diagnosticaron problemas circulatorios. Últimamente se cansa mucho cuando anda y le cuesta mucho respirar cuando está acostado.

c) Cristina. 70 años. Hipertensa. Al levantarse esta mañana se cayó de la cama. Tiene el lado derecho del cuerpo paralizado.

d) Ana. 17 años. Cuando volvía del instituto ha sufrido un accidente con su moto. Presenta politraumatismos.

4. Atención especializada

El servicio de atención especializada se puede definir como sigue:

> La **atención especializada** comprende las actividades asistenciales, diagnósticas, terapéuticas y de rehabilitación y cuidados, así como aquellas de promoción de la salud, educación sanitaria y prevención de la enfermedad, cuya naturaleza, más compleja, aconseja que se realicen en este nivel.

La atención especializada debe garantizar la continuidad de la atención integral al paciente, una vez superadas las posibilidades de la atención primaria y hasta que aquel pueda reintegrarse en dicho nivel. Este nivel de atención se ofrece en centros de especialidades y hospitales, de forma ambulatoria o en régimen de ingreso.

Las formas de **acceso** a la atención especializada son:

- La atención ambulatoria especializada, que se efectúa por indicación del médico de atención primaria.
- La asistencia en régimen de hospitalización, que se realiza por indicación del médico especialista.
- La atención de urgencias, que se debe realizar por indicación del médico de atención primaria, pero también por propia iniciativa del paciente si la situación lo requiere.

Las prestaciones de atención especializada son las que aparecen en la Figura 3.4:

ACTIVIDADES

16. ¿Cómo se denominan los centros donde se prestan consultas externas de asistencia especializada? ¿Qué instituciones sanitarias prestan asistencia especializada en régimen de internamiento?

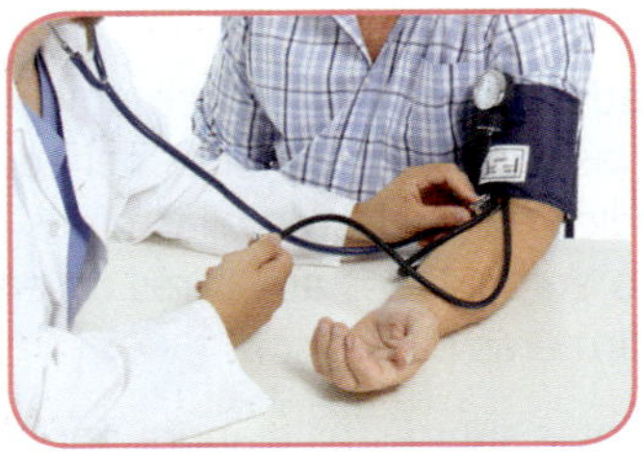

La asistencia especializada **en consulta.**

La asistencia especializada **en hospital de día,** médico y quirúrgico, cuando el estado del paciente lo permita.

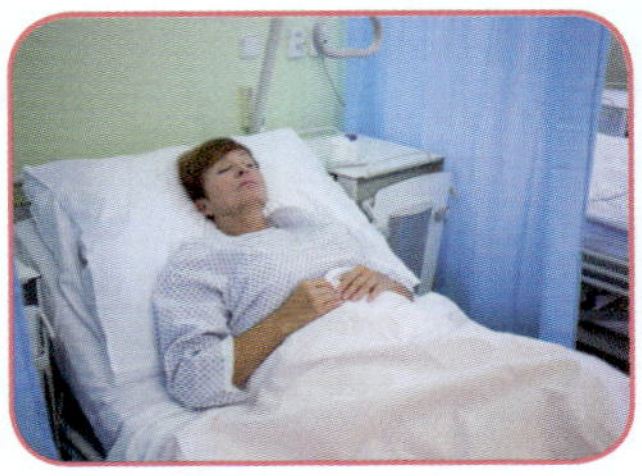

La hospitalización **en régimen de internamiento.**

El **apoyo a la atención primaria** en el alta hospitalaria precoz y, en su caso, la hospitalización a domicilio.

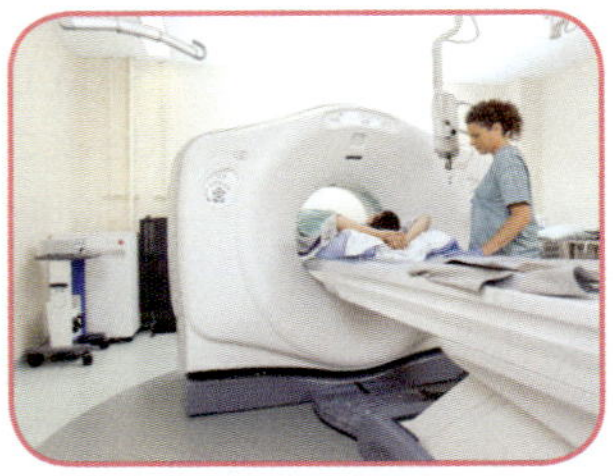

La prescripción y la realización de **procedimientos diagnósticos** o **terapéuticos.**

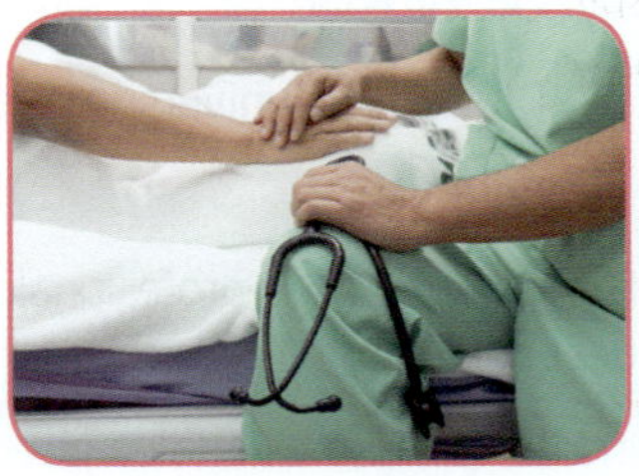

La **atención paliativa** a enfermos terminales.

La atención a la **salud mental.**

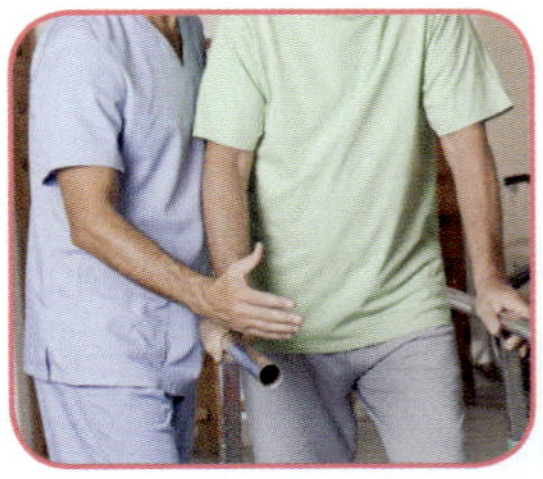

La **rehabilitación** en pacientes con déficit funcional recuperable.

Fig. 3.4. *Prestaciones de la atención especializada.*

5. El hospital

La atención especializada se presta en hospitales y centros de especialidades. Estos últimos son instituciones sanitarias que prestan atención a la población en régimen ambulatorio, están integrados totalmente en el hospital, como una prolongación de las consultas externas del mismo.

Un hospital puede estar constituido por un único centro hospitalario, dos o más, que, incluso, pueden estar distantes entre sí. También puede estar formado por uno o varios centros de especialidades, que se organizan e integran en el llamado **complejo hospitalario.**

5.1. Concepto

La Organización Mundial de la Salud (1946) define hospital de la siguiente manera:

> Un **hospital** es la parte integrante de una organización médica y social cuya misión consiste en proporcionar a la población una **asistencia médico-sanitaria completa,** tanto curativa como preventiva, y cuyos servicios llegan hasta el ámbito familiar. El hospital es también un **centro de formación** de personal sanitario y de **investigación biosocial.**

Por su parte, la Ley 14/1986, de 25 de abril, General de Sanidad lo define de este modo:

> Un hospital es el establecimiento encargado tanto del internamiento clínico como de la asistencia especializada y complementaria que requiera su zona de influencia.

Cada área de salud cuenta con un hospital de referencia, cuya misión es dispensar la atención especializada que demanda su zona de influencia.

5.2. Funciones

Un hospital, básicamente, cumple con las siguientes funciones: **asistencial, docente** e **investigadora.**

1. **Función asistencial.**

   a) A nivel ambulatorio en consultas y/u hospital de día.

   b) Hospitalización en régimen de internamiento.

   c) Apoyo a la atención primaria en el alta hospitalaria precoz o en la hospitalización a domicilio.

2. **Función docente.** El hospital es el medio idóneo de confrontación entre la teoría y la práctica en el área de la salud. Esto permite la formación de diversos profesionales.

   La función docente incluye la educación para la salud de los pacientes, la educación del propio personal del hospital y, según programas específicos, la proyección de acciones educativas para la comunidad en sus zonas de influencia.

   Un hospital se denomina universitario cuando está adscrito a una universidad y está autorizado a impartir formación específica de pregrado y de posgrado.

3. **Función investigadora.** Consiste en desarrollar un pensamiento innovador y creativo teniendo como fundamento la metodología científica. Se pretende incrementar el saber médico en la prestación de un servicio de calidad.

¿SABÍAS QUE...?

Complejo sanitario

El **Hospital de León** es un complejo sanitario integrado por los hospitales Virgen Blanca de la Seguridad Social, Princesa Sofía y San Antonio Abad (edificio que alberga la Residencia Santa Isabel y el Hospital Monte San Isidro).

ACTIVIDADES

17. Compara las dos definiciones de hospital. Fíjate en las funciones que cada una atribuye al hospital. ¿Qué definición te parece más completa?

18. Indica cuál es el centro de especialidades y el hospital de referencia de tu centro de salud.

19. Indica a qué función hospitalaria pertenecen las siguientes actividades:

a) Alimentación por sonda a un paciente hospitalizado.

b) Realización de una radiografía.

c) Investigación de una nueva vacuna.

d) Formación de un médico interno residente.

20. Responde a las siguientes preguntas:

a) ¿Cuándo un hospital se denomina «universitario»?

b) ¿Qué profesionales se forman en él?

c) ¿Qué módulo profesional pueden realizar los TCAE en el hospital?

6. Clasificación de los hospitales

Como ves en la Tabla 3.4, se pueden clasificar los hospitales atendiendo a los siguientes criterios: su finalidad asistencial, su dependencia patrimonial o funcional, su ámbito de actuación, el tipo de paciente que tratan o el nivel de asistencia que prestan.

Criterios	Clasificación
Finalidad asistencial	**General.** Asistencia en las áreas de medicina, cirugía, obstetricia, ginecología y pediatría, o no especializado.
	Especial. Asistencia centrada en determinados procesos patológicos. Por ejemplo: pediátrico, psiquiátrico, oncológico, oftalmológico, quirúrgico, etc.
Dependencia patrimonial o funcional	**Públicos.** Dependencia de las administraciones públicas.
	Privados. Dependencia de entidades privadas.
Ámbito de actuación	**Local o comarcal.** Su ámbito territorial es una comarca o una determinada población.
	De área. Su ámbito territorial es un área de salud.
	Regional y/o **de referencia.** Su ámbito territorial es la comunidad autónoma.
Tipo de paciente	**Agudos** o **de estancia corta.**
	Crónicos o **de estancia media o larga.**
Nivel de asistencia	**Complejidad baja.**
	Complejidad media.
	Complejidad alta.

Tabla 3.4. *Criterios de clasificación de los hospitales.*

ACTIVIDADES

21. Observa el cartel (Figura 3.5), busca información sobre el hospital en el portal de salud de la Comunidad de Madrid y elabora una ficha del mismo, clasificándolo de acuerdo con todos los criterios que puedas.

Fig. 3.5. *Logotipo del Hospital Universitario La Paz de Madrid.*

22. Visita la página **http://www.cog.es/**, Centro Oncológico de Galicia, y elabora una ficha de este centro, clasificándolo de acuerdo con todos los criterios que puedas.

23. ¿Cuál es tu hospital de referencia? Busca información sobre él en la página web de tu servicio regional de salud (puedes consultar la Tabla 2.4 de la unidad 2) y clasifícalo atendiendo a distintos criterios.

6.1. Organización

El hospital tiene una organización jerárquica de la gestión hospitalaria y de la asistencia sanitaria.

A. Organización de la gestión hospitalaria

En un hospital existen varios órganos de dirección, que pueden recibir denominaciones diferentes. Se dividen en dos tipos:

- Órganos **unipersonales.**
- Órganos **colegiados.**

Los **órganos unipersonales** están dirigidos por una sola persona. Son el **gerente** y los **directores de división.**

Las divisiones son las tres grandes áreas en las que se organizan el trabajo, los servicios y las actividades de un hospital: división médica, división de enfermería y división de gestión y servicios generales. Cada división tiene un director y un subdirector (siempre que el tamaño y las necesidades del hospital lo requieran), según se refleja en la Tabla 3.5.

Órgano	Cargo	Funciones
Gerencia	**Gerente** Es el órgano unipersonal de mayor rango en la estructura jerárquica del hospital y la máxima autoridad tanto en este como en los centros que de él dependen.	Lleva a cabo el plan general de funcionamiento (aspectos organizativos, financieros, programas de actuación, etc.). En los hospitales que no tienen una gran complejidad, esta figura puede faltar. En ese caso, las funciones del gerente las realiza el director médico. Dependen del gerente los siguientes servicios: atención al paciente, control de gestión, informática, asesoría jurídica, admisión, recepción e información, política de personal, análisis y planificación.
División médica	**Director médico**	Su función es dirigir, coordinar, programar y evaluar el funcionamiento de los servicios adscritos a esta dirección.
División de enfermería	**Director de enfermería**	Su función es dirigir, coordinar, programar y evaluar el funcionamiento de los servicios y unidades de enfermería.

Tabla 3.5. *Órganos unipersonales del hospital.*

ACTIVIDADES

24. Para cada uno de los siguientes elementos de un hospital indica de qué dirección, servicio y/o sección dependerá:

a) Los servicios médicos y sus especialidades.

b) La hostelería.

c) El quirófano.

d) Las urgencias.

e) La gestión de personal.

f) La atención al cliente.

ABC VOCABULARIO

Unidad de enfermería: conjunto de habitaciones y demás dependencias que están a cargo de un equipo de enfermería (diplomados de enfermería y técnicos en cuidados auxiliares de enfermería). Las plantas de hospitalización están formadas por una o más unidades de enfermería.

RECUERDA

Organización hospitalaria

Las comunidades autónomas tienen su propia legislación sobre organización hospitalaria. A su vez, los hospitales privados pueden tener su propio modelo organizativo.

Los **órganos colegiados** están formados por grupos de personas y tienen funciones muy diferentes, tal y como puedes ver en la Figura 3.6.

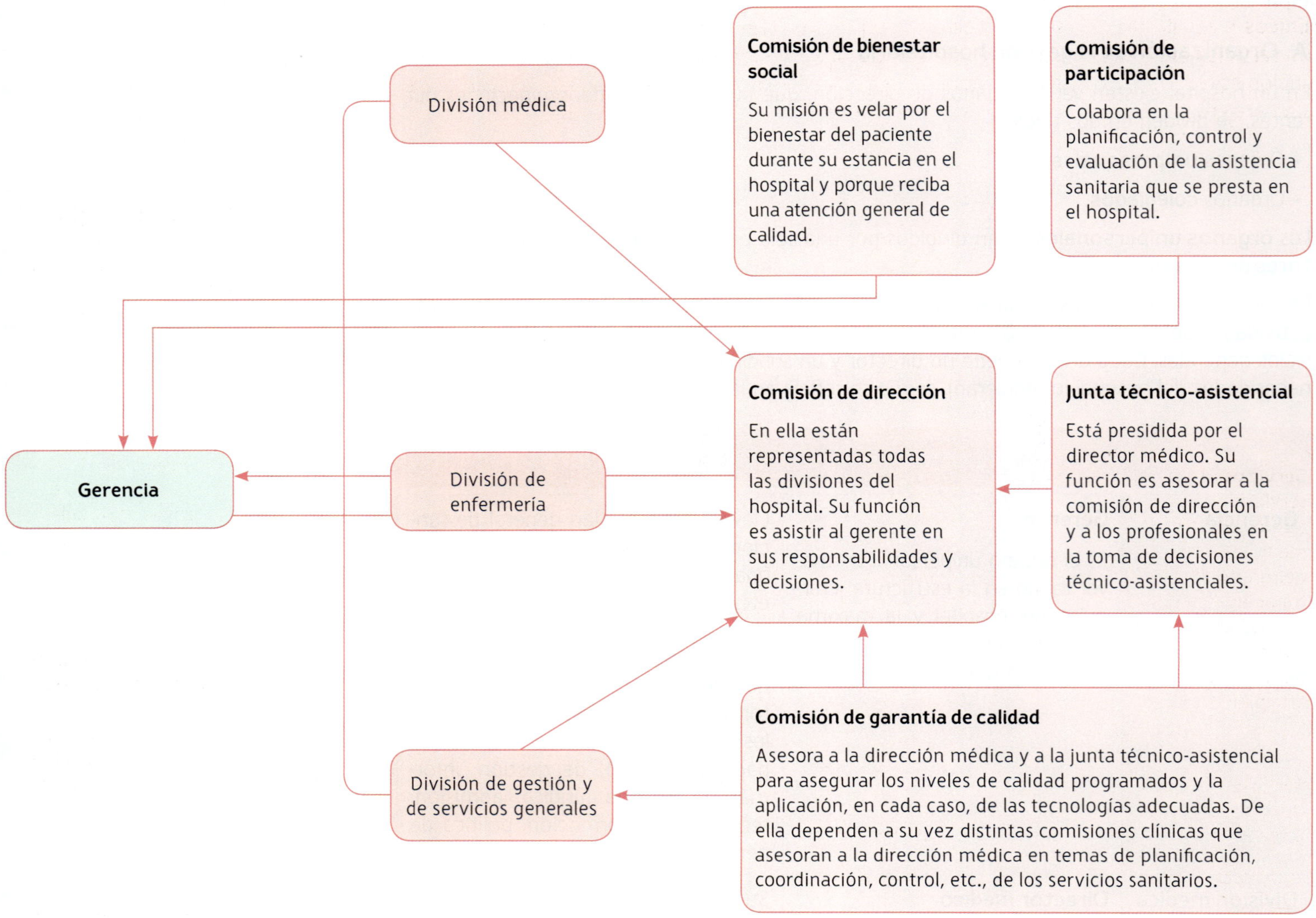

Fig. 3.6. *Órganos colegiados del hospital.*

B. Organización de la asistencia hospitalaria

En el aspecto asistencial, el hospital se estructura en:

- **Departamentos** o **áreas.** Son unidades que integran y coordinan servicios de especialidades afines. En ellas se desarrollan con sentido unitario determinadas fases o ciclos completos de actividades asistenciales, de acuerdo con una orientación científica y técnica definida. Se dividen en tantos servicios como sean necesarios.
- **Servicios** o **especialidades.** Son unidades referidas a un determinado campo del conocimiento médico.
- **Secciones.** Son unidades básicas que están formadas por un conjunto de medios materiales y humanos que permiten realizar actividades asistenciales de una especialidad concreta. Algunas secciones pueden dividirse en diferentes **unidades.**

ACTIVIDADES

25. Busca en la pagina web de tu hospital de referencia ejemplos de departamentos, servicios y secciones.

7. Servicios hospitalarios

Según las actividades que realizan, los servicios de un hospital (Figura 3.7) son de dos tipos: **clínicos** o **auxiliares.** Los servicios clínicos realizan, principalmente, actividades asistenciales. Los servicios **auxiliares** pueden ser de dos tipos: **servicios auxiliares de diagnóstico,** cuya función es facilitar el diagnóstico a distintas especialidades con diferentes técnicas, y **servicios auxiliares de tratamiento,** que prestan terapias específicas a enfermos.

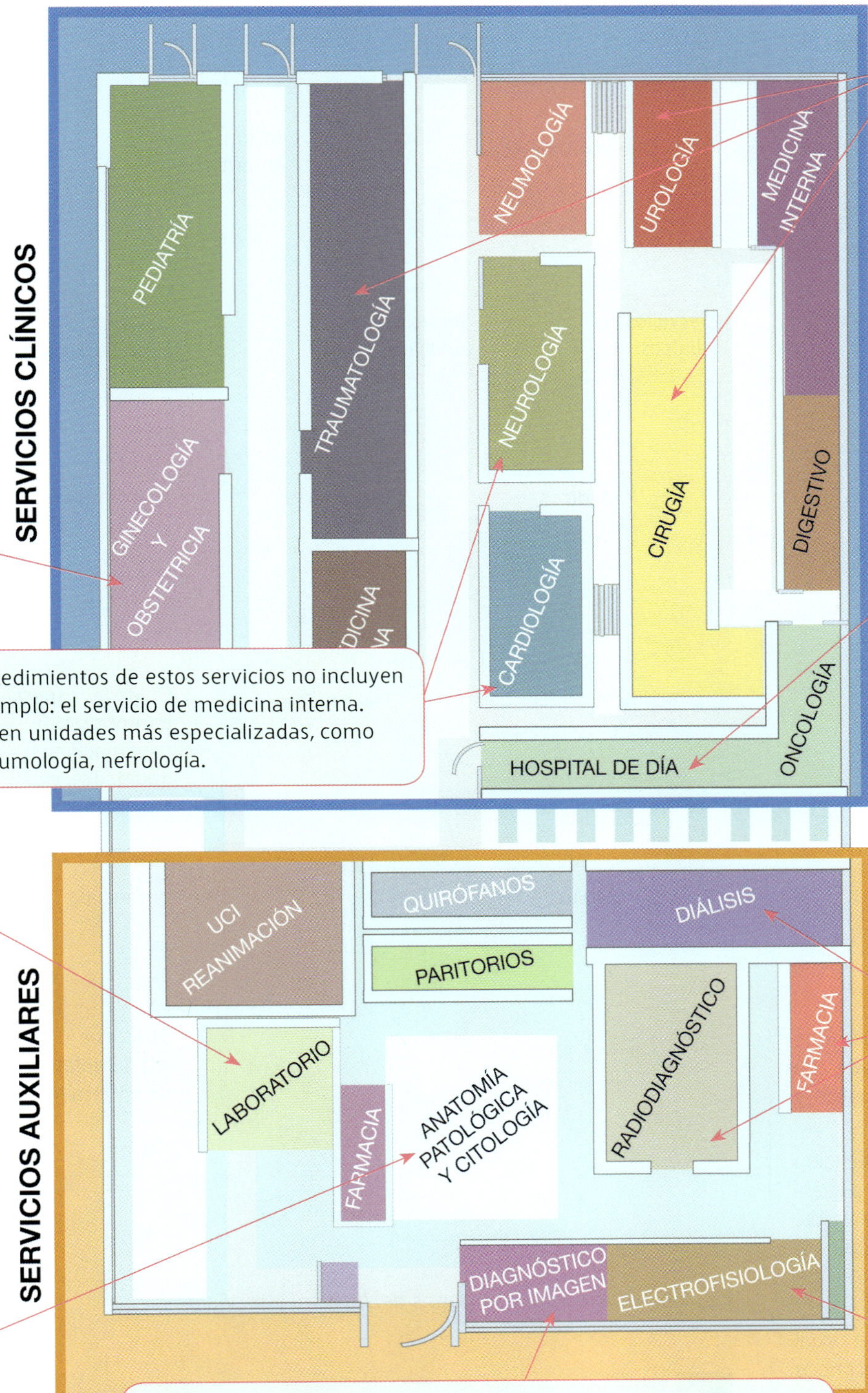

Servicios quirúrgicos. Los procedimientos terapéuticos de estos servicios incluyen tratamientos quirúrgicos. Por ejemplo, cirugía general. Este servicio también se ha ido subdividiendo en unidades especializadas, como cirugía cardiovascular, urología, neurocirugía, traumatología, etc.

Servicios mixtos. Son servicios que utilizan tanto procedimientos médicos como quirúrgicos para tratar las distintas patologías. Por ejemplo: ginecología y obstetricia, dermatología, oftalmología.

Servicios especiales de hospitalización (solo algunos hospitales disponen de ellos). Hospital de día y hospitalización a domicilio.

Servicios médicos. Los procedimientos de estos servicios no incluyen técnicas quirúrgicas. Por ejemplo: el servicio de medicina interna. Este servicio suele dividirse en unidades más especializadas, como por ejemplo: cardiología, neumología, nefrología.

Laboratorio de análisis clínicos. Este servicio puede subdividirse en varios: hematología, bioquímica, microbiología, inmunología.

Servicios auxiliares de tratamiento. Son servicios que prestan terapias específicas a los enfermos de los distintos servicios. Por ejemplo: diálisis, farmacia, dietética, radioterapia, medicina física y rehabilitación, hemoterapia y banco de sangre.

Anatomía patológica y citología. Este servicio auxiliar de diagnóstico realiza estudios diagnósticos en cadáveres (autopsia y necropsia) y analiza muestras de tejidos (biopsias) o de células (citología).

Electrofisiología. Servicio auxiliar de diagnóstico que se encarga de pruebas como el electrocardiograma, el electroencefalograma o el electromiograma.

Diagnóstico por imagen. Servicio auxiliar de diagnóstico encargado de pruebas diagnósticas a través de una imagen: ecografía, endoscopia, tomografía axial computarizada, resonancia magnética nuclear, tomografía por emisión de positrones, etc.

Fig. 3.7. *Servicios hospitalarios.*

En la Figura 3.8 se aprecia la relación entre los órganos del hospital y los servicios:

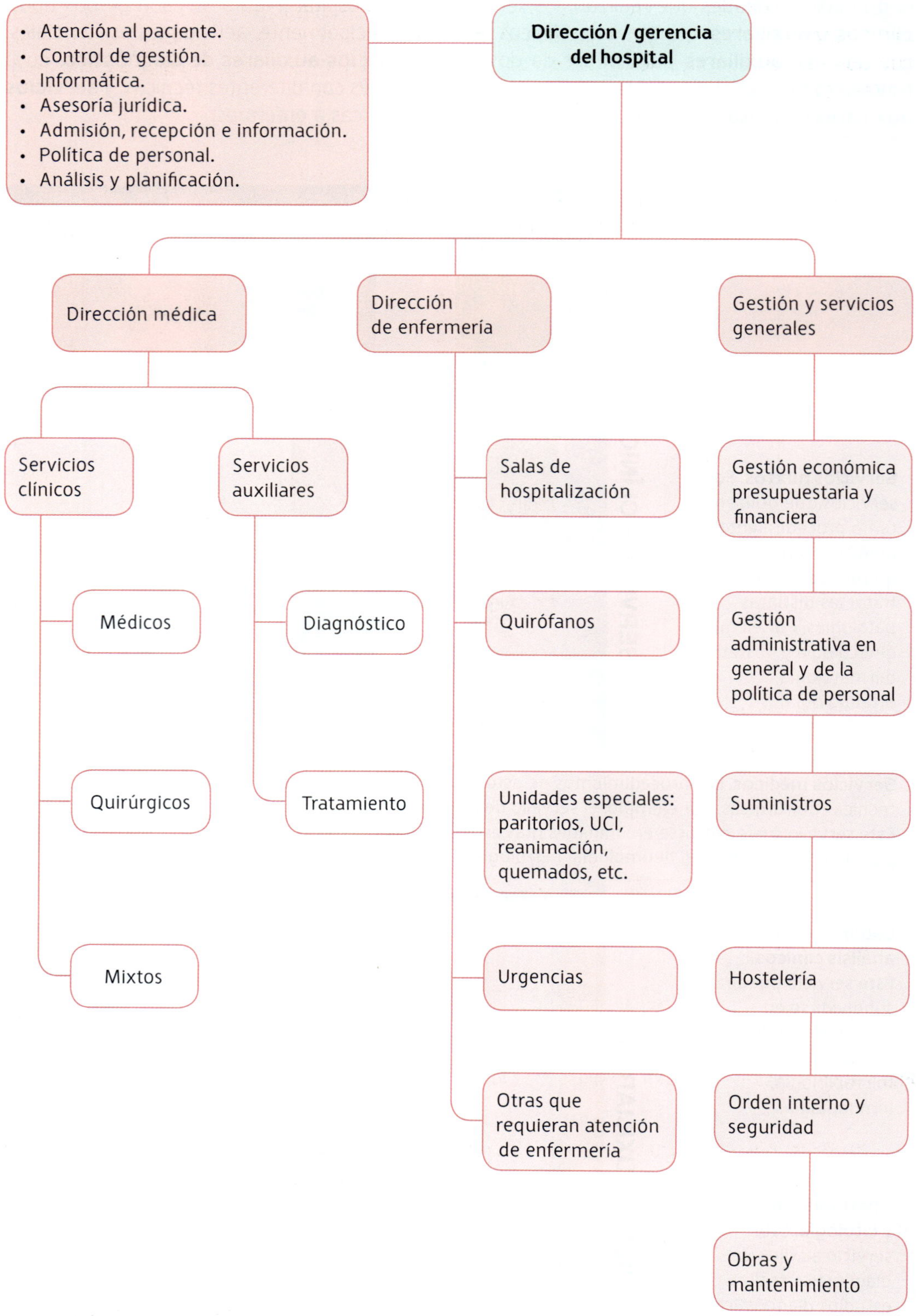

Fig. 3.8. *Relación entre órganos del hospital y servicios.*

ACTIVIDADES

26. Clasifica los siguientes servicios hospitalarios teniendo en cuenta la Figura 3.7: farmacia, anatomía patológica, nefrología, obstetricia, hospital de día, rehabilitación y cardiología.

¿SABÍAS QUE...?

Servicios hospitalarios

Las **salas de hospitalización** están formadas por unidades de enfermería (habitaciones que están a cargo de un equipo de enfermería).

Los **servicios de hostelería** incluyen lencería (lavandería, costura), limpieza y almacenes.

La **atención al paciente** es el servicio encargado de proporcionar información al paciente y a sus familiares sobre la organización del hospital.

VOCABULARIO

Ecografía: técnica diagnóstica que aprovecha las ondas sonoras de alta frecuencia para observar órganos y estructuras del cuerpo.

Hospital de día: unidad de atención ambulatoria que atiende a pacientes durante parte de la jornada.
Obstetricia: especialidad que se ocupa del embarazo, del parto y del puerperio.

TAC: siglas de «tomografía axial computarizada». También se conoce como «escáner».

Urología: especialidad que se ocupa del estudio, diagnóstico y tratamiento de las patologías que afectan al aparato urinario de ambos sexos y al aparato reproductor masculino.

8. Los profesionales del hospital

El personal hospitalario está formado por todas las personas que trabajan en el hospital. Su número depende del tamaño y del tipo de hospital. Según la actividad que realizan y la titulación que poseen, los profesionales hospitalarios se pueden clasificar en profesionales **sanitarios** y **no sanitarios.**

1. **Personal sanitario**

   a) **Personal facultativo.** Son titulados superiores cuyas funciones están directamente relacionadas con el campo de la salud. Los médicos, los farmacéuticos, los biólogos o los químicos forman parte del personal facultativo. La organización del personal sanitario facultativo se puede observar en la Figura 3.9.

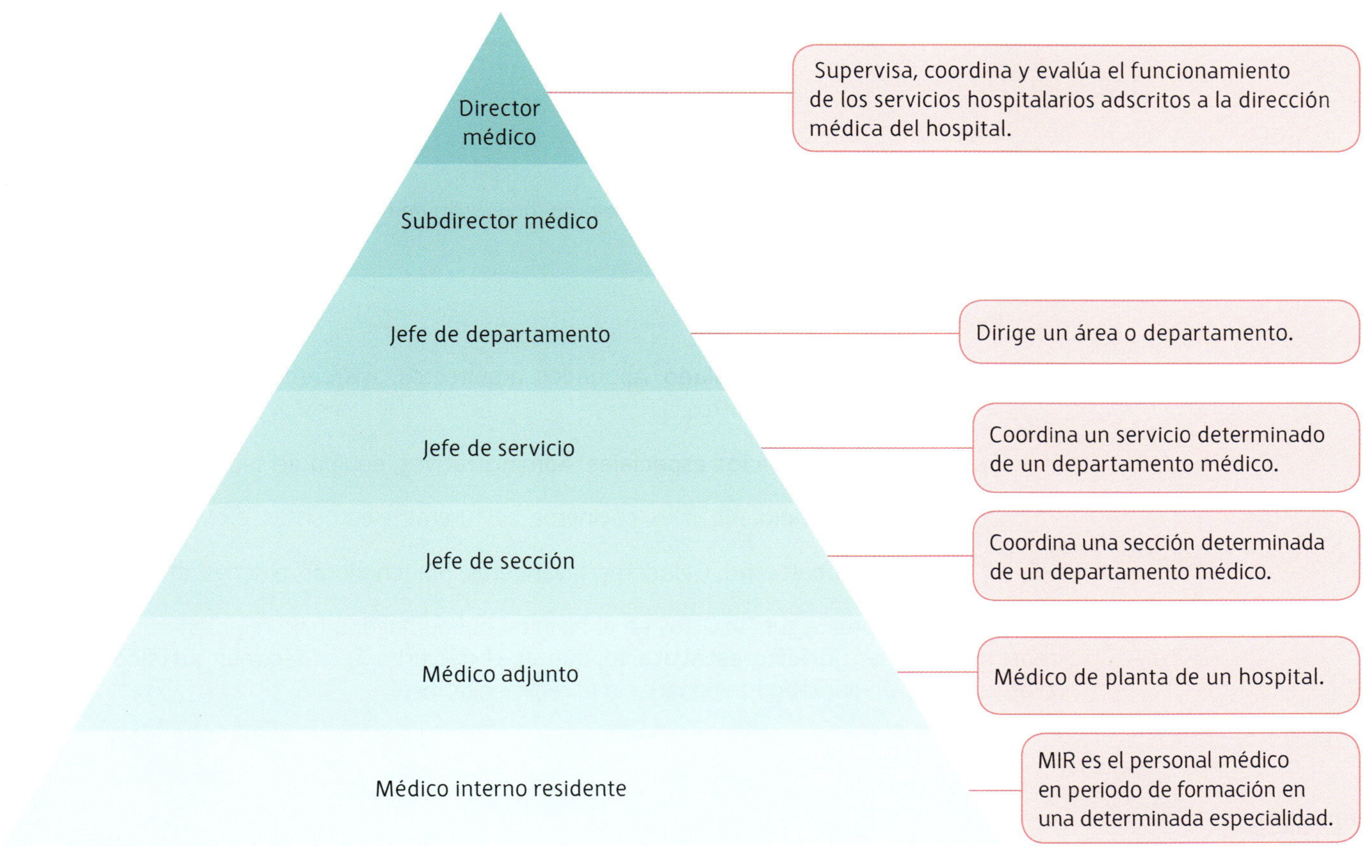

Fig. 3.9. *Jerarquía del personal sanitario facultativo de un hospital.*

   b) **Personal no facultativo.** Son profesionales que dependen de la dirección de enfermería. El personal no facultativo está formado por distintos tipos de profesionales (Tabla 3.6):

Personal no facultativo	
Diplomados	Diplomados universitarios en enfermería, fisioterapeutas, dietistas, terapeutas ocupacionales.
Técnicos especialistas en Formación Profesional	**De grado superior.** Sus ámbitos de trabajo son el laboratorio de análisis clínicos, el laboratorio de anatomía patológica, el servicio de dietética o el de documentación, entre otros.
	De grado medio. Desempeñan labores relacionadas con los cuidados auxiliares de enfermería, en la farmacia, etc.

Tabla 3.6. *Personal no facultativo.*

En la Figura 3.10 se puede apreciar la organización jerárquica del personal no facultativo del hospital.

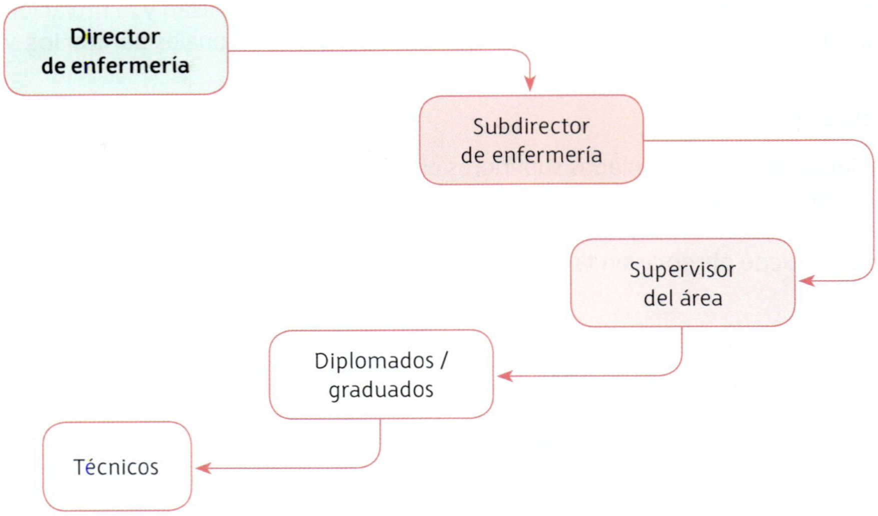

Fig. 3.10. *Organización del personal sanitario no facultativo de un hospital.*

2. Personal no sanitario

a) **Personal técnico titulado.** Abogados, arquitectos, asistentes sociales, economistas e informáticos, entre otros.

b) **Personal de servicios especiales.** Administrativos, equipo de seguridad, etc.

c) **Personal de oficio.** Albañiles, cocineros, costureras, electricistas, etc.

d) **Personal subalterno.** Celadores, lavanderas, planchadoras, pinches, etc.

El personal que presta sus servicios en el hospital puede hacerlo bajo regímenes jurídicos diferentes: el régimen **jurídico-estatutario**, que es el mayoritario; el régimen **jurídico-administrativo**, también llamado funcionarial, o el régimen **laboral.**

ACTIVIDADES

27. ¿Cuál es la diferencia entre servicio clínico y servicio auxiliar? ¿Y entre servicio médico y servicio quirúrgico?

28. Indica a qué tipo de servicio pertenecen:

a) Cardiología.
b) Hematología.
c) Diálisis.
d) Hospital de día oncohematológico.
e) Nefrología.
f) Neumología.
g) Oncología.
h) Reumatología.
i) Cirugía cardiaca.
j) Oftalmología.
k) Otorrinolaringología.
l) Urología.
m) Análisis clínicos.
n) Anatomía patológica.
o) Esterilización.
p) Farmacia hospitalaria.

29. Busca en un diccionario médico las funciones de cada uno de estos servicios.

30. Entra en la página web del Hospital Regional Universitario Carlos Haya de Málaga y haz las siguientes actividades:

a) Indica cuántas subdirecciones de enfermería hay.
b) Indica los distintos profesionales agrupados en esta división.
c) Indica cuáles son los dos grupos profesionales más numerosos. Razona tu respuesta.

SÍNTESIS Niveles de asistencia sanitaria

Niveles de asistencia sanitaria

Atención primaria

Es la prestación de servicios sencillos y eficaces que contribuyen a mejorar la salud de los individuos y de las familias de la comunidad.

Características
- Integral.
- Permanente.
- Continua.
- Participativa.
- Programada.

Se presta en el **centro de salud:** un conjunto de estructuras físicas y funcionales que posibilitan el desarrollo de una atención primaria eficaz.

La presta el **equipo de atención primaria:** conjunto de profesionales sanitarios y no sanitarios que trabajan en el centro de salud.
- Médicos.
- Asistentes técnicos sanitarios.
- Diplomados en enfermería.
- Matronas.
- Personal de administración y mantenimiento.
- Trabajadores sociales.

Atención especializada

Nivel asistencial que trata los problemas de salud más graves o más complejos que requieren unos recursos técnicos superiores y un mayor nivel de especialización de los distintos profesionales.

Se presta en **centros de especialidades** y **hospitales:** establecimientos encargados del internamiento clínico y de la atención especializada.

Funciones
- Asistencial.
- Docente.
- De investigación.

Estructura
- Servicios clínicos (médicos, quirúrgicos y mixtos).
- Servicios auxiliares (diagnóstico y tratamiento).

Personal
- Sanitario (facultativo y no facultativo).
- No sanitario.

Organigrama
- Gerencia.
  - División médica.
  - División de enfermería.
  - División de gestión y servicios generales.

TEST DE REPASO

Nota: todas las actividades deben hacerse en un cuaderno aparte.

1. Prestan atención especializada los:

a) Centros de especialidades.
b) Hospitales.
c) Centros de salud.
d) A y B son correctas.

2. El hospital desarrolla funciones de:

a) Promoción de la salud y prevención de la enfermedad.
b) Curación y rehabilitación.
c) Investigación y docencia.
d) Todas las anteriores son correctas.

3. La asistencia sanitaria esencial se presta en:

a) Hospitales.
b) Centros de especialidades.
c) Centros de salud.
d) Complejos hospitalarios.

4. ¿De qué dirección hospitalaria dependen los TCAE?

a) Médica.
b) Enfermería.
c) Gestión.
d) Gerencia.

5. ¿Qué es un centro de salud?

a) La estructura física donde se desarrolla la atención primaria.
b) El marco territorial donde se van a integrar los servicios sanitarios.
c) El núcleo geográfico que desarrolla la atención continuada.
d) B y C son correctas.

6. ¿De quién depende jerárquicamente el TCAE en un centro de salud?

a) Del coordinador médico.
b) Del coordinador de enfermería.
c) De la gerencia del área de salud.
d) De la Consejería de Sanidad.

7. ¿Qué tipo de consultas se realizan en el centro de salud?

a) A demanda.
b) Domiciliaria.
c) De urgencia.
d) Se realizan todas.

8. ¿Qué es un complejo hospitalario?

a) Un hospital de referencia regional.
b) La integración y coordinación de dos o más centros hospitalarios.
c) El centro de salud más su centro hospitalario de referencia.
d) Todas las anteriores son ciertas.

9. ¿Quién planifica los cuidados de enfermería en las unidades?

a) El director de enfermería.
b) El subdirector de enfermería.
c) El supervisor de enfermería.
d) A y B son correctas.

10. En un hospital, ¿a qué dirección están adscritas las salas de hospitalización?

a) Gerencia.
b) Dirección médica.
c) Dirección de enfermería.
d) Dirección de gestión.

11. El hospital desarrolla funciones de:

a) Promoción de la salud y prevención de la enfermedad.
b) Curación y rehabilitación.
c) Investigación y docencia.
d) Todas las respuestas anteriores son correctas.

12. La atención al paciente es un área de actividad hospitalaria adscrita a la:

a) Gerencia del hospital.
b) Dirección médica.
c) Dirección de enfermería.
d) Dirección de gestión y servicios generales.

13. ¿Cuál de los siguientes servicios no se clasifica como médico?

a) Traumatología.
b) Reumatología.
c) Nefrología.
d) Neumología.

COMPRUEBA TU APRENDIZAJE

Nota: todas las actividades deben hacerse en un cuaderno aparte.

Conocer los aspectos principales de los niveles asistenciales del Sistema Nacional de Salud.

1. ¿Cuál es el nivel básico e inicial de atención a la salud?
2. ¿Cuál es el ámbito territorial de actuación del equipo de atención primaria?
3. ¿Dónde se presta la atención primaria en nuestro sistema de salud? ¿Y la atención especializada?
4. Señala la principal diferencia entre asistencia primaria y asistencia especializada.

Enumerar y distinguir las características y las funciones de cada nivel asistencial.

5. Selecciona, de los siguientes integrantes del EAP, el personal sanitario. Indica cuáles de ellos formarían el equipo básico y cuáles formarían el equipo de apoyo:
   a) Médicos de familia.
   b) Pediatras.
   c) Matronas.
   d) Diplomados universitarios en enfermería (DUE).
   e) Trabajadores sociales.
   f) Odontólogos.
   g) Veterinarios.
   h) Farmacéuticos.
   i) Fisioterapeutas.
   j) Psicólogos.
   k) Logopedas.
   l) Administrativos.
   m) Auxiliares de clínica o enfermería.
   n) Personal administrativo.
   o) Personal de servicios.
6. ¿Cuáles son las funciones del EAP?
7. Describe los procedimientos de acceso de un paciente a un hospital.
8. Completa la siguiente ficha en tu cuaderno:

Atención primaria			
Funciones	**Acceso**	**Dispositivo asistencial**	**Régimen de atención**
...	...	...	...
...	...	...	...

9. Recoge información sobre los distintos hospitales existentes en tu provincia o comunidad autónoma y clasifícalos de acuerdo con los distintos criterios desarrollados en la unidad.

Explicar algunas prestaciones sanitarias de los distintos tipos de asistencia.

10. ¿Qué se entiende por «complejo hospitalario»?
11. Completa en tu cuaderno las siguientes oraciones.
    a) En el hospital, los responsables de las unidades de enfermería se denominan...
    b) El equipo de atención primaria está formado por...
    c) En el hospital, los responsables de los servicios médicos se denominan...
    d) Los servicios y actividades de un hospital se agrupan en tres direcciones, que son...
    e) El hospital desarrolla funciones de...
    f) El nivel básico e inicial de atención a la salud es...

Citar los principales elementos del organigrama hospitalario y de enfermería.

12. ¿Cuál es la estructura física y funcional que posibilita el desarrollo de una atención primaria de salud coordinada globalmente, integral, permanente y continuada?
13. Pon cinco ejemplos de los siguientes servicios:
    a) Servicios médicos.
    b) Servicios quirúrgicos.
    c) Servicios mixtos.
14. Define con tus propias palabras o busca en un diccionario los siguientes términos:
    a) Dermatología.
    b) Oftalmología.
    c) Otorrinolaringología (ORL).
    d) Radioterapia.
    e) Banco de sangre.
    f) Electromiograma.
15. Indica en qué divisiones se agrupan los servicios y actividades de los hospitales.
16. Cita al menos tres órganos colegiados de participación y asesoramiento a los órganos de dirección del hospital.

Conocer el marco de trabajo y la figura del técnico en cuidados auxiliares de enfermería en los distintos niveles asistenciales.

17. ¿De qué dirección depende el auxiliar de enfermería que trabaja en un hospital? ¿Y el que trabaja en un centro de atención primaria?

Realizar esquemas orgánicos y jerárquicos de las instituciones sanitarias.

18. Realiza un organigrama hospitalario en el que aparezcan reflejados la jerarquía hospitalaria y los distintos servicios.

Fig. 3.1. *Icono de Microsoft PowerPoint.*

Presentaciones

PowerPoint es un *software* utilizado para realizar presentaciones de gran utilidad tanto a nivel educativo como profesional. Existen otros programas similares como OpenOffice Impress.

Aplicaremos el funcionamiento de este *software* a la realización de una presentación sobre las áreas de salud de la comunidad de Castilla-La Mancha.

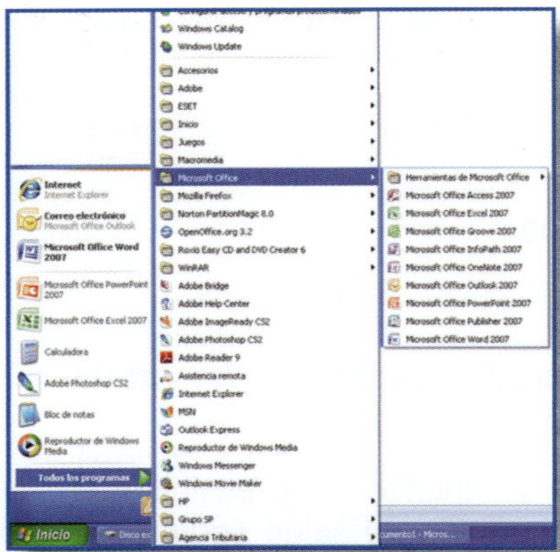

Fig. 3.2. *Abrir Microsoft PowerPoint.*

1. Abrir Microsoft PowerPoint

Para abrir la aplicación PowerPoint, haz un clic sobre el icono de PowerPoint del *Escritorio* de Windows; si no tenemos este icono disponible, iremos al menú *Inicio* de Windows. En *Programas* tenemos disponibles todas las herramientas de la *suite* informática de Microsoft, seleccionamos PowerPoint.

2. Utilizar la interfaz gráfica

El área de trabajo de PowerPoint se compone de diapositivas en las que se van colocando todos los elementos de la presentación.

Una vez abierta la aplicación, los elementos que podemos distinguir en su ventana principal son los siguientes:

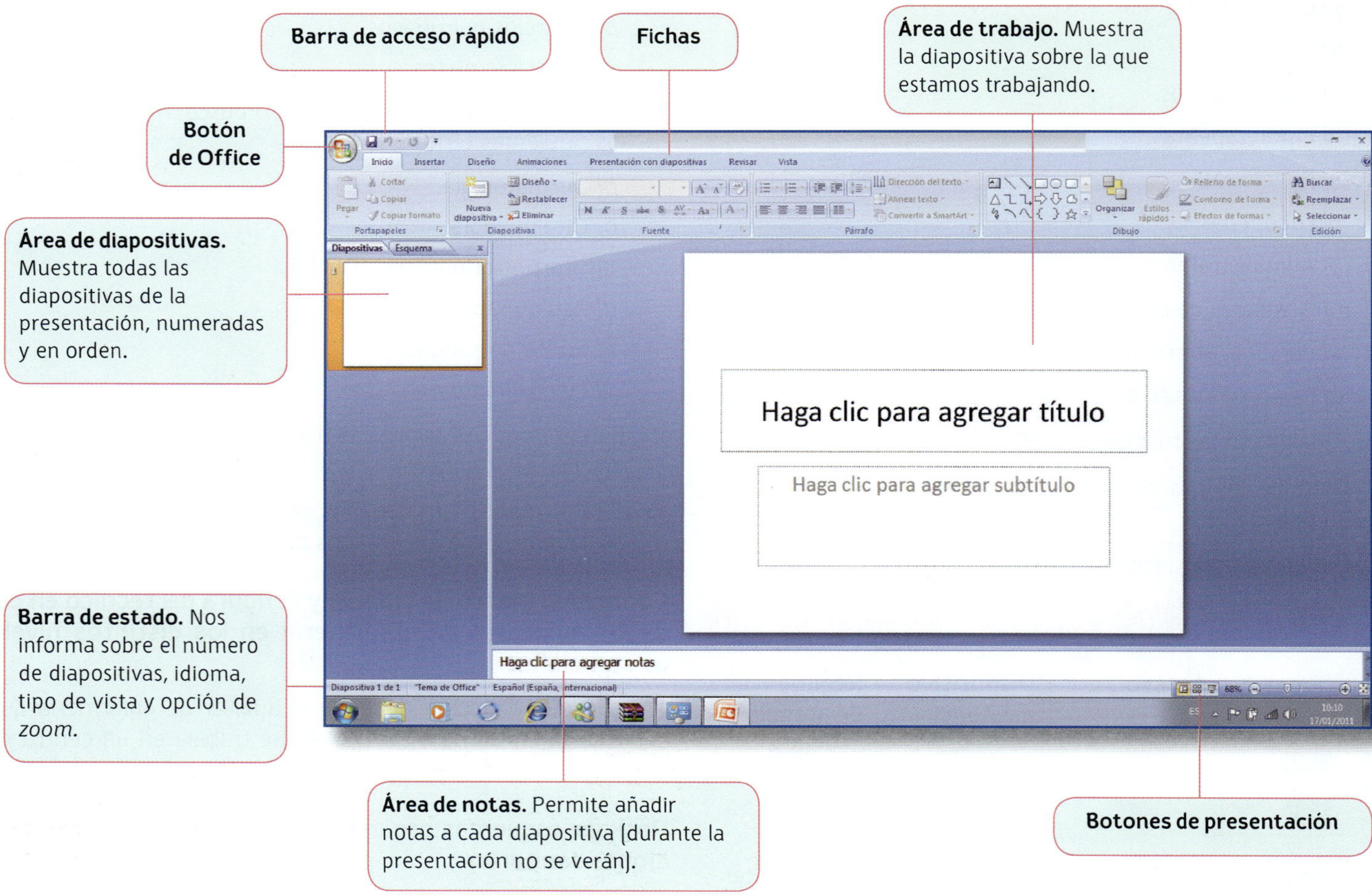

Fig. 3.3. *Interfaz gráfica.*

APLICACIONES INFORMÁTICAS *(Continuación)*

Cabe destacar la función de las siguientes fichas (Tabla 3.1):

Inicio	Incluye opciones de formato de fuentes, párrafos, creación de nuevas diapositivas, copiar, pegar, etc.
Insertar	Facilita la inserción en las diapositivas de imágenes, tablas, vínculos, etc.
Diseño	Permite seleccionar un tema para la diapositiva y configurar el fondo de la misma.
Animaciones	Facilita la aplicación de animaciones a las diapositivas.
Presentación con diapositivas	Incluye opciones para iniciar la presentación y configurarla.
Revisar	Permite revisar el texto, añadir comentarios y proteger el documento.
Vista	Facilita la visualización de la presentación de diferentes formas.

Tabla 3.1. *Fichas de Microsoft PowerPoint.*

3. Crear una presentación

Una vez iniciado PowerPoint, debemos elegir la primera dispositiva y el tema de la presentación. Para ello, la aplicación cuenta con las opciones que se explican a continuación.

Paso 1. Elección del diseño de la diapositiva. Al hacer clic sobre el botón *Diseño* del grupo *Diapositivas*, en la ficha *Inicio*, podrás elegir entre varios tipos de diapositivas. Elige la que presenta *Título y objetos*. Como puedes ver en la figura anexa, el tipo de diapositiva seleccionado es el que aparece por defecto. La que debemos elegir ahora es la situada a su derecha.

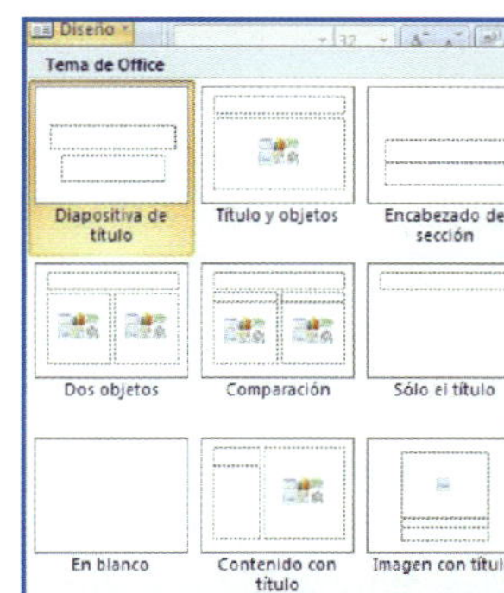

Fig. 3.4. *Elección del diseño de la diapositiva.*

Paso 2. Elección del tema de la diapositiva. Haz clic en la ficha *Diseño* y elige entre uno de los temas predeterminados (por ejemplo, el tema *Solsticio)*. Para localizarlo, pulsa sobre el botón inferior de la barra de desplazamiento para ver los temas ocultos y sitúa el puntero del ratón sobre cada uno de los temas para ver su nombre. También se puede cambiar el fondo y la textura de la diapositiva con los botones anexos.

Paso 3. Título y texto de la diapositiva. En el título de la diapositiva escribe «Áreas de salud de Castilla-La Mancha», para hacer referencia a la comunidad tomada como ejemplo.

En el cuerpo de la diapositiva podemos colocar texto, imágenes, tablas, etc.; en este caso, la primera diapositiva incluirá la definición de «Área de salud» que hemos estudiado; para ello, sitúa el puntero del ratón sobre el cuerpo de la diapositiva y, haciendo clic con el botón izquierdo, comienza a escribir.

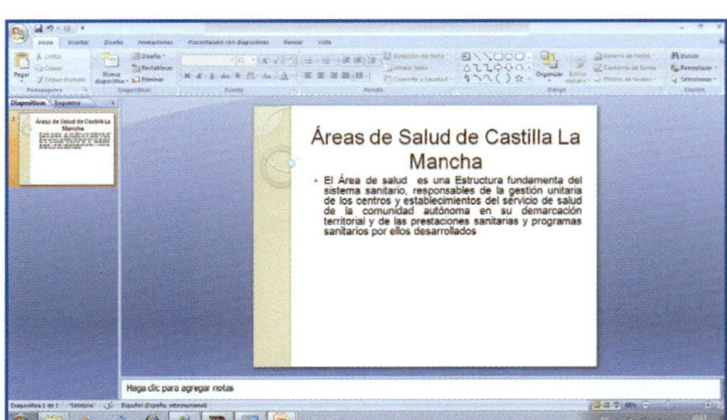

Fig. 3.5. *Título y cuerpo de la diapositiva.*

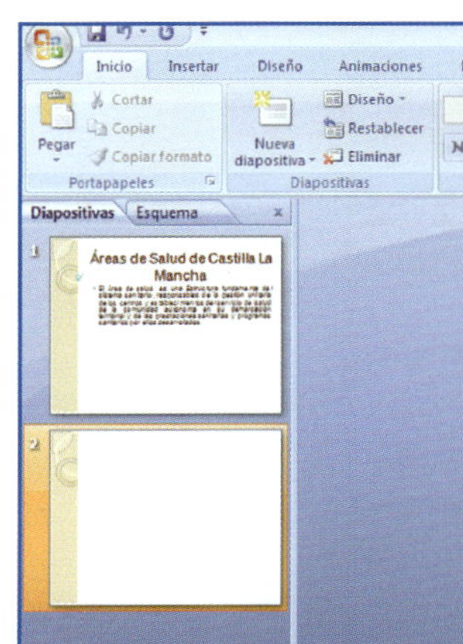

Fig. 3.6. *Añadir nueva diapositiva.*

Paso 4. Añadir nuevas diapositivas. Haz clic sobre el botón *Nueva diapositiva* de la ficha *Inicio.* Aparecerá en el área de trabajo la nueva diapositiva en blanco y también en miniatura en el área de diapositivas del lateral izquierdo de la pantalla.

Paso 5. Insertar imágenes. Sobre esta nueva diapositiva vamos a insertar un mapa mudo de la comunidad autónoma, que hemos descargado de Internet y guardado en el *Escritorio*.

Para insertar el mapa, haz clic en la ficha *Insertar* y pulsa sobre el botón que presenta la palabra *Imagen* del grupo *Ilustraciones*. Se abre un cuadro de diálogo donde tendrás que localizar la carpeta que contiene la que buscamos (recuerda que la guardamos en el *Escritorio*); haz doble clic sobre ella para llevarla a la diapositiva.

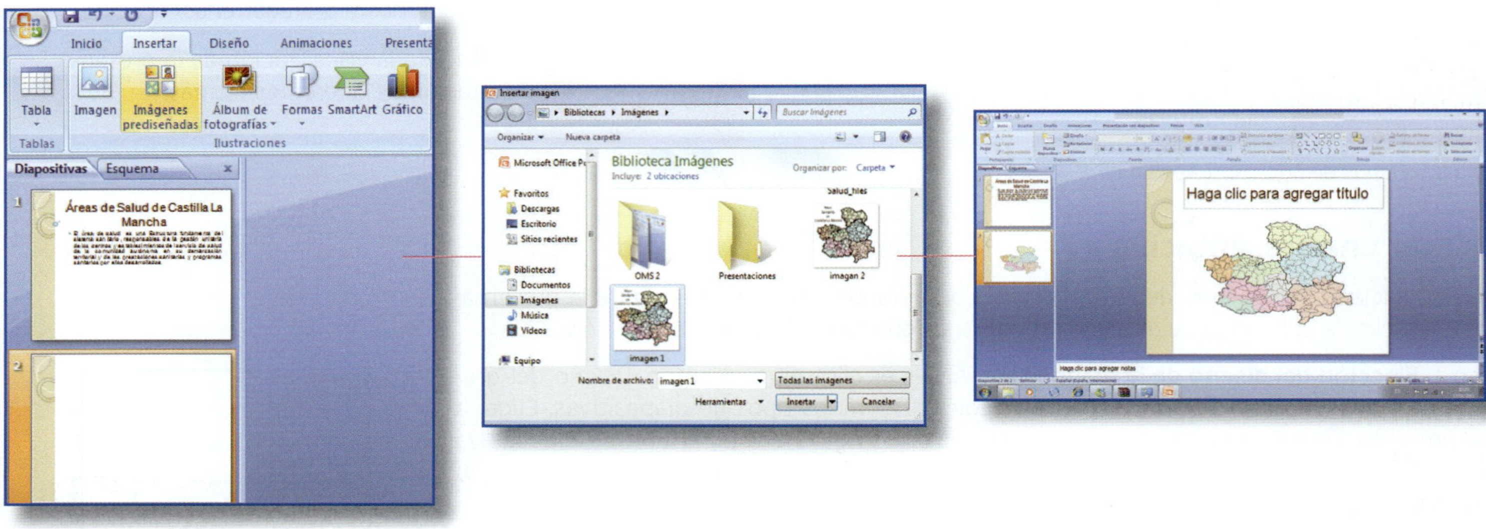

Fig. 3.7. *Insertar imagen en una diapositiva.*

IMPORTANTE

Si faltase alguna **fila** o **columna** en la tabla, se pueden añadir haciendo clic sobre la misma con el botón secundario del ratón y eligiendo la opción *Insertar*. A continuación se seleccionará la opción que corresponda. El resultado será parecido a la Figura 3.8.

Paso 6. Insertar tabla. En la tercera diapositiva vamos a realizar una tabla comparativa de las diferentes áreas de salud (población y zonas básicas de salud en que se dividen); para ello haz clic sobre la ficha *Insertar* y, con el menú del botón *Tabla* desplegado, selecciona con el cursor el número de filas y columnas; aparecerá la tabla en la diapositiva. La información que queramos incluir podemos escribirla directamente sobre la tabla o copiarla y pegarla desde el documento que corresponda.

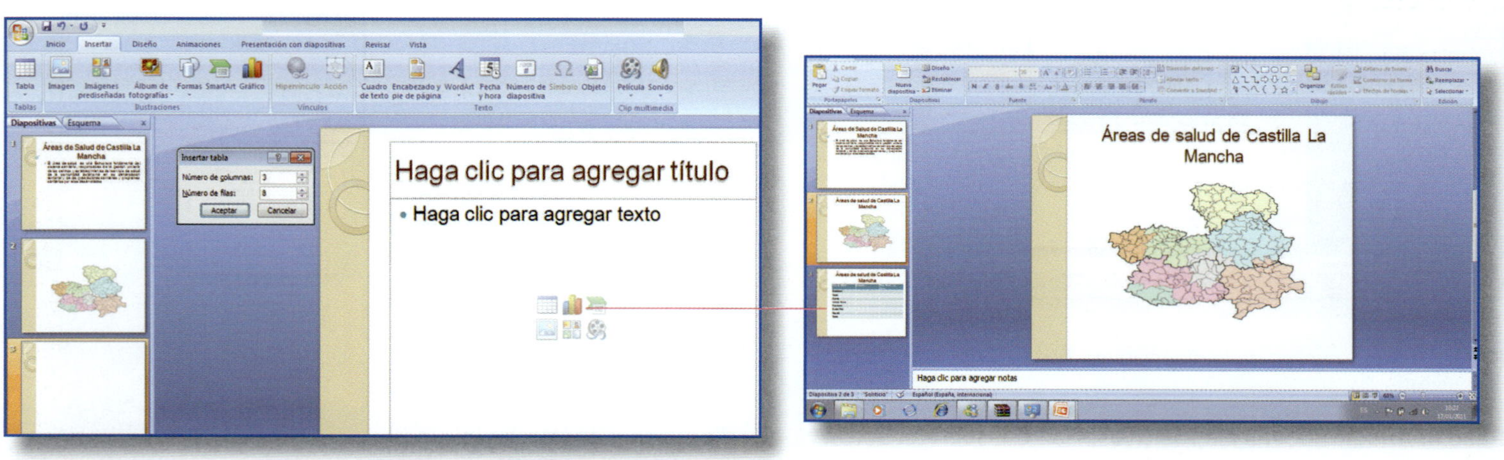

Fig. 3.8. *Insertar tabla en una diapositiva.*

Paso 7. Insertar formas. Vamos a representar sobre el mapa de las áreas de salud los hospitales públicos y privados. Para hacerlo, ve a la ficha *Insertar* y haz clic sobre *Formas;* elige dos de ellas, una representará a los hospitales públicos y otra a los privados.

4. Añadir animaciones

Una vez realizadas todas las diapositivas, el siguiente paso sería añadir animaciones. Para ello, haz clic en la ficha *Animaciones.*

En primer lugar, vamos a establecer la transición de diapositiva; es decir, vamos a elegir cómo se pasa de una diapositiva a otra al ejecutar la presentación. En el grupo *Transición a esta diapositiva* existen multitud de opciones. Elige una de ellas y haz clic sobre *Aplicar a todo.*

También se pueden aplicar animaciones a los objetos de cada diapositiva; para ello, sitúate sobre la diapositiva que quieres animar, abre el menú del botón *Animar* y elige una de las opciones. A continuación, si deseas animar objetos individuales de la diapositiva, pulsa sobre el botón *Personalizar animación.*

5. Visualizar la presentación

Esta función podemos hacerla desde la ficha *Presentación con diapositivas,* que ofrece distintas posibilidades *(Desde el principio, Desde la diapositiva actual* o *Personalizar la presentación),* desde la ficha *Vista* o con los botones de presentación de la *Barra de estado.* Haz clic sobre la ficha *Presentación con diapositivas* y selecciona la opción *Desde el principio,* así verás el resultado final de tu trabajo.

6. Guardar la presentación

Haz clic sobre el botón de Office y elige la opción *Guardar como / Presentación de PowerPoint.*

Te aparecerá un cuadro de diálogo indicando dónde se guardará y el nombre de la presentación, ambos datos se pueden cambiar. Por último, pulsa el botón *Guardar.*

Cuestiones

1. A la hora de exponer tu presentación es muy importante tener en cuenta el tiempo de transición entre diapositivas. Para establecer este tiempo debes ir al menú *Presentación de diapositivas* y seleccionar *Ensayar intervalos.* Aplica diferentes intervalos a la presentación según tus necesidades.

2. Realiza una presentación PowerPoint de la clasificación de los profesionales de un hospital que has estudiado en la Unidad 3. La primera diapositiva deber ser un esquema de la clasificación. Para realizar esquemas puedes utilizar la herramienta SmartArt de PowerPoint.

! IMPORTANTE

Pestaña *Insertar*

La pestaña ***Insertar*** nos ofrece una amplia gama de posibilidades; además de las opciones vistas, también incluye el grupo *Clip multimedia,* con el que podemos añadir sonidos y vídeos a la presentación.

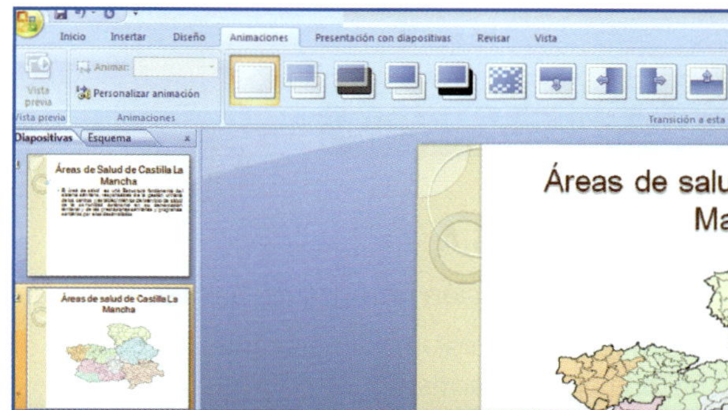

Fig. 3.9. *Añadir animaciones a una diapositiva.*

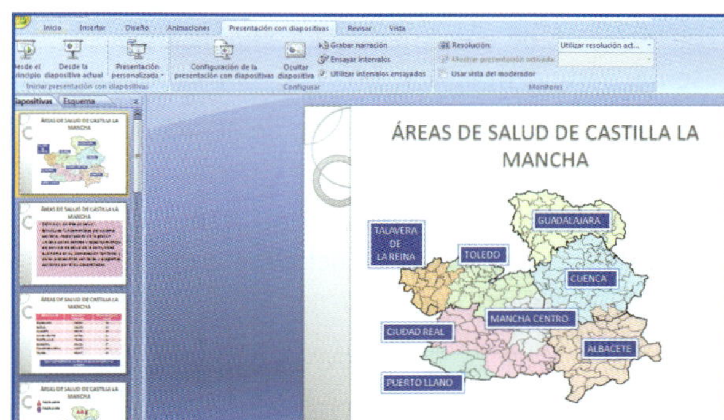

Fig. 3.10. *Visualización de la presentación.*

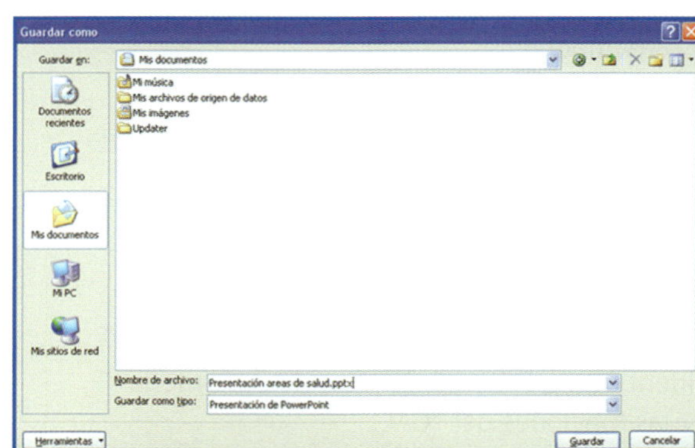

Fig. 3.11. *Guardar la presentación.*

4
UNIDAD

El equipo de enfermería

En esta unidad

APRENDERÁS A

- Describir la evolución histórica de la enfermería.
- Identificar las figuras más importantes en la historia de la enfermería.
- Diferenciar los distintos modelos de enfermería.
- Definir el proceso de atención de enfermería.
- Comprender los objetivos de aplicar el proceso de atención de enfermería y los beneficios que se derivan de su aplicación.
- Identificar las fases del proceso de atención de enfermería.
- Conocer los componentes del equipo de enfermería y las funciones del técnico en cuidados auxiliares de enfermería.

ESTUDIARÁS

- La evolución histórica de la enfermería.
- Los distintos modelos de enfermería.
- El proceso de atención de enfermería (PAE).
- Los componentes del equipo de enfermería.
- El técnico en cuidados auxiliares de enfermería y sus funciones.

Y SERÁS CAPAZ DE

- Conocer la evolución histórica de la profesión.
- Identificar a los profesionales de enfermería y las funciones del TCAE.

1. La evolución histórica de la enfermería

A lo largo de la historia, la medicina y las profesiones relacionadas con ella han ido evolucionando hasta llegar a las características que presentan en la actualidad. A continuación se comentan de forma resumida los principales acontecimientos en las distintas etapas de esta evolución.

Prehistoria

Prehistoria

1. Desde los primeros tiempos, el ser humano se ha preocupado de asegurar la continuidad de la vida de su grupo y de perpetuar la especie; para ello, organizaba actividades que daban respuesta a una serie de necesidades: alimentación, protección frente a la intemperie, defensa del territorio, salvaguarda de los recursos y de las enfermedades.
2. La mujer tuvo un papel destacado en la práctica de los cuidados. Fue cuidadora de enfermos en un amplio sentido: alimentaba, protegía del frío y del calor, movilizaba, etc. Para tratar las enfermedades aplicaban hierbas o remedios muy elementales, este conocimiento se transmitía de madres a hijas.

Edad Antigua

Grecia

1. El hombre es una parte de la naturaleza y la enfermedad no es más que un fallo, un desequilibrio. El médico debe intentar restablecer el equilibrio perdido.
2. Destacó la figura de Hipócrates (460 a. C.), considerado el «Padre de la Medicina». En el diagnóstico y tratamiento de las enfermedades utilizaba el conocimiento científico: metodología, sistematización y teorización. Se eliminan así las ideas mágico-religiosas del origen de la enfermedad. Entre sus seguidores destacó Galeno (130 d. C).

Roma

1. Las obras de ingeniería benefician a la salud pública: alcantarillado, baños de agua caliente, sepultura, etc.
2. Se organizan las escuelas de médicos.
3. Aparecen las profesiones sanitarias menores (masajistas y obstetras).
4. Se legisla la profesión médica y la de sus colaboradores.
5. Se crearon hospitales militares *(valetudinaria)* para atender a los heridos en los campos de batalla. Posteriormente, también atendieron a enfermos civiles.
6. La enfermería intuitiva aplicaba el saber adquirido de tres fuentes de conocimiento: la propia experiencia, la observación y el saber transmitido de madres a hijas.

? ¿SABÍAS QUE...?

Hechiceros en la Prehistoria

En la Prehistoria se creía que la enfermedad tenía un origen mágico-religioso y el encargado de curar mediante distintos ritos era un **hechicero.**

! IMPORTANTE

Juramento hipocrático

El **juramento hipocrático** es un código ético al que se atenían los médicos que seguían la línea hipocrática. Algunos de los puntos de este código se mantienen en la actualidad con los mismos términos en la mayoría de códigos deontológicos médicos y de enfermería.

El hipocratismo propugnaba la observación del enfermo desde la cabecera de la cama. Se hacía una anamnesis y una exploración. Así se lograron las primeras historias clínicas conocidas, que constan en el *Corpus hippocraticum.*

RECUERDA

Empirismo y magia

En la orientación terapéutica hay dos líneas de conducta principales que se repiten en todas las culturas: el **empirismo,** que se traducía en tratamientos quirúrgicos, fármacos, recursos dietéticos, masajes y baños, y la **magia,** representada por encantamientos, exorcismos, ofrendas a dioses, plegarias y sacrificios.

¿SABÍAS QUE...?

Diaconisas

Las **diaconisas** eran mujeres que, a la vez que atendían a los enfermos, realizaban actividades para conseguir su conversión al cristianismo.

Edad Media

Cristianismo

1. Con el cristianismo comienza una nueva filosofía de vida, basada en la ayuda al prójimo.
2. Los cuidados que se prestan son abnegados, pero quienes los ofrecen tienen escasos conocimientos.
3. Se impulsa la creación de hospitales y de enfermerías en los monasterios.
4. Los enfermos eran considerados desechos de la sociedad y solían morir solos y sin ayuda.

Primera mitad de la Edad Media

1. Los hospitales de los monasterios son los centros de asistencia a enfermos.
2. Los monjes sustituyen a las mujeres en el cuidado de enfermos (etapa de la «mujer consagrada»).
3. Se da importancia a la oración en la sanación.
4. Se aplican técnicas de enfermería elementales: abrigo, alimento, higiene, transporte, cura.
5. Los enfermos pobres y humildes se benefician del aumento del número de personas que se dedican a la atención de los enfermos.
6. Con el crecimiento de las ciudades, se construyen hospitales alejados de los monasterios.

Aportación árabe

1. Resurge el conocimiento de los clásicos grecorromanos (obras de Hipócrates y Galeno).
2. Se impulsa el conocimiento de las enfermedades y de sus tratamientos, gracias a médicos como Rhazes o Avicena (con su canon de la medicina).

Segunda mitad de la Edad Media

1. Las cruzadas desencadenan problemas sanitarios y sociales, a causa de la extensión de enfermedades como la lepra y otras epidemias.
2. Las órdenes militares, como la de los Caballeros Hospitalarios, acogen en sus hospitales tanto a peregrinos como a cruzados. Las órdenes mendicantes (dominicos y franciscanos) contribuyen al control de la lepra, gracias a los leprosarios.
3. En el siglo XIII, se traslada la enseñanza de la medicina desde los monasterios y escuelas catedralicias hasta la universidad.
4. El ejercicio de la enfermería no exigía formación. La vocación era suficiente.

ACTIVIDADES

1. ¿Qué idea sobre el origen de la enfermedad se tenía en la Prehistoria? ¿Y en Grecia?

2. ¿En qué basaba Hipócrates el diagnóstico y tratamiento de las enfermedades?

Renacimiento

Renacimiento

1. Se producen grandes avances en medicina gracias al conocimiento anatómico del cuerpo (Vesalio, *Corporis fabrica libri septem*) y al de la circulación de la sangre (Servet), entre otros.
2. La enfermería decae como profesión, debido a que con la reforma luterana desaparecieron las órdenes religiosas y el cuidado de los enfermos quedó en manos de sirvientas y asistentas sin ninguna formación.
3. Con el Concilio de Trento surgen órdenes religiosas como la de San Juan de Dios, en cuyo reglamento se delimitaban las funciones de los enfermeros, y la de las Hermanas de la Caridad, fundada por san Vicente de Paúl, en la que se exigían conocimientos de enfermería a las religiosas que cuidaban de los enfermos.
4. A partir del siglo XVI comienza la preocupación por la formación de enfermeros.

Siglos XVII a XX

Siglos XVII a XX

1. Se producen grandes descubrimientos científicos.
2. La medicina progresa gracias a la evolución de la química y de la biología.
3. 1836. Theodor y Friederike Fliedner crean la primera escuela de diaconisas con programas teórico-prácticos para el cuidado de enfermos, tanto en los hospitales como en los domicilios. Esta escuela sirvió de modelo para otras que se abrieron en otros países de Europa.
4. 1860. Florence Nightingale profesionaliza la enfermería con la fundación de la primera escuela para enfermeras, con un entrenamiento que dura entre 2 y 4 años. Las enfermeras estaban internas y seguían clases teóricas impartidas por médicos; además, hacían prácticas en las salas del hospital. Uno de los objetivos de esta escuela era que, concluidos los estudios, las nuevas enfermeras se dispersaran por todos los hospitales del país para extender la nueva concepción de enfermería.
5. 1880. Aparece la primera escuela de enfermería en España.

ACTIVIDADES

3. Indica dónde y quién realizaba la atención a los enfermos en las distintas etapas históricas.

4. ¿Quién era Hipócrates? ¿En qué se basaba el hipocratismo?

5. ¿Cuáles fueron las tres principales aportaciones de la cultura romana al ámbito sanitario?

6. ¿Qué eran los *valetudinaria?*

7. ¿A quién se debe la profesionalización de la enfermería?

IMPORTANTE

Avances médicos (siglos XVII-XX)

Algunos de los principales **avances médicos** en los siglos XVII a XX fueron los siguientes:

- Laënnec (1781-1826) inventó el estetoscopio.
- Morton (1819-1868) inventó la anestesia general en 1846.
- Pasteur (1822-1895) descubrió la vacuna contra la rabia y su teoría microbiana fue aceptada por todo el mundo. Dicha teoría inspiró las medidas de asepsia y antisepsia que salvaron muchas vidas.
- Koch (1843-1910) descubrió el bacilo de la tuberculosis.

¿SABÍAS QUE...?

El juramento Nightingale

El **juramento Nightingale** es un código ético similar al de los médicos. Fue redactado por una comisión especialmente nombrada por el Colegio Farrand del Hospital Harper (Detroit) en el año 1893, que decidió darle este nombre porque Nightingale representa a la enfermera ideal.

Fig. 4.1. *Florence Nightingale.*

? ¿SABÍAS QUE...?

Primeras referencias escritas de la profesión de enfermería

Una de las primeras referencias escritas de la profesión de enfermería en España aparece en las ***Ordinacions*** (reglamento) del Hospital de la Santa Creu de Barcelona en 1417.

En este reglamento se definen las funciones y responsabilidades del *infermer* (enfermero).

Se tenían en cuenta aspectos como la dieta, la higiene de los pacientes, las prescripciones médicas, la relación con el enfermo, el respeto por sus pertenencias y por su libertad (referida a aceptar el tratamiento en el hospital) y la observación del enfermo.

2. La evolución de la legislación sobre enfermería en España

En esta sección estudiarás la evolución de la profesión de la enfermería y del auxiliar a lo largo de la historia en España.

2.1. La evolución de la profesión de enfermería

- **Antes del siglo XIX:** En España no existía la enfermería como profesión. Las actividades las llevaban a cabo el barbero sangrador y el cirujano menor, formados en hospitales y órdenes religiosas.
- **1857:** La Ley de Bases para la Instrucción Pública regula todas las profesiones sanitarias.
- **1861:** Se publica el Reglamento para las Enseñanzas de Practicante y Matrona. No se menciona la figura del enfermero.
- **1915:** Se instituye el título de enfermera. A partir de entonces, la profesión se clasifica en practicantes, matronas y enfermeras.
- **1952:** Mediante decreto se unifican los planes de estudios de practicantes, enfermeras y matronas. Nacen los ATS (ayudantes técnicos sanitarios).
- **1977:** Orden ministerial que origina la unificación, bajo el nombre de enfermería, de todos los profesionales. La carrera de enfermería constituye una diplomatura de tres años que se cursa en las escuelas de enfermería; permite obtener el título de diplomado universitario en enfermería (DUE).
- **2005:** Real Decreto por el que se establece la estructura de las enseñanzas universitarias y se regulan los estudios universitarios oficiales de grado, con lo que se obtiene el título de graduado en enfermería.
- **2008:** Real Decreto 183/2008, de 8 de febrero, que determina especialidades en salud y desarrolla la formación sanitaria especializada.
- **2010:** Comienzan a cursarse los estudios de grado universitario en enfermería con cuatro años de formación.

ABC VOCABULARIO

Competencia profesional: conjunto de conocimientos, habilidades y actitudes que ha de reunir una persona para desarrollar una actividad profesional.

2.2. La evolución de la figura del auxiliar

Década de 1960	Surge la figura del auxiliar de enfermería sin formación académica. Cubre las necesidades básicas de los pacientes bajo la supervisión del ATS.
1973	La Ley de Bases para la Instrucción Pública regula todas las profesiones sanitarias.
1975	Inicio de la formación profesional de la rama sanitaria. En el año 1975 se inicia la formación profesional del auxiliar de clínica con la puesta en marcha del título de formación profesional rama sanitaria (FP I).
1984	Comienza a exigirse esta titulación para los trabajadores que quieran ejercer de auxiliares de clínica en instituciones sanitarias de la Seguridad Social.
1986	El Ministerio de Sanidad y Consumo crea la categoría profesional de auxiliar de enfermería, que sustituye a la de auxiliar de clínica.
1995	Con la LOGSE (Ley Orgánica de Ordenación General del Sistema Educativo) se crea la figura del técnico en cuidados auxiliares de enfermería (TCAE). El RD 546/1995 establece el título y las enseñanzas mínimas y el RD 558/1995 establece el currículo de este técnico. Se describen tanto la competencia general como las capacidades profesionales, unidades de competencia y dominio del TCAE.

IMPORTANTE

Figura del auxiliar de clínica

El documento legal en el que se recogió por primera vez de forma legislativa la figura del **auxiliar de clínica** es el Estatuto de personal sanitario no facultativo de la Seguridad Social (Orden del Ministerio de Trabajo de 26 de abril de 1973).

ACTIVIDADES

8. Indica qué significan las siglas ATS, DUE y TCAE.

9. ¿En qué año aparecieron las figuras de estos profesionales?

10. Haz un resumen de la evolución histórica del técnico en cuidados auxiliares de enfermería.

11. En la página web del Ministerio de Educación busca los reales decretos que regulan el título y el currículo del técnico en cuidados auxiliares de enfermería. Busca información sobre la competencia general de este técnico y sus capacidades profesionales, exponla en clase y coméntala con tus compañeros.

3. Los modelos de enfermería

Para llevar a cabo su trabajo, el profesional de enfermería, ya sea en el ámbito hospitalario o fuera de él, necesita basarse en un modelo (conjunto de principios) de enfermería que le guíe. Los principales modelos aparecen en la Tabla 4.1.

Nombre	Figura	Características	Objetivo de la enfermería
Modelo de interacción entorno-paciente	F. Nightingale	• Cuidados preventivos humanísticos. • Crea la teoría, técnica y competencias propias. • Formula un código ético.	Crear conocimiento científico y técnico para mejorar la calidad de la atención.
Modelo suplementario y complementario	V. Henderson	• El hombre debe satisfacer 14 necesidades fundamentales. • Las actividades de enfermería irán destinadas a suplementar y complementar las necesidades que el paciente no puede realizar por sí mismo.	Mantener la independencia con la satisfacción de las 14 necesidades básicas. Las primeras de ellas son fisiológicas: alimentación, hidratación, respiración, excreción, mantenimiento de la temperatura y bienestar físico; las dos siguientes necesidades se refieren a la inocuidad y seguridad física y psicológica; después, aparecen las necesidades sociales, las de estima y las de autorrealización.
Modelo de sistemas abiertos y logro de metas	I. King	El paciente es un sistema personal dentro de otros: • El individuo (sistema personal). • Los grupos (sistema interpersonal). • La sociedad (sistema social).	Facilitar el proceso de interacción entre los distintos sistemas.
Modelo de seres humanos unitarios	M. Rogers	• La enfermería es ciencia y arte. • La base del conocimiento es la investigación y el análisis lógico.	Acomodar los cambios del ambiente con las interrelaciones persona-entorno para evitar conflictos.
Modelo de autocuidado	D. Orem	Los cuidados de enfermería van encaminados a favorecer el autocuidado, como una necesidad humana en su propio beneficio, para conservar la salud, recuperarse de la enfermedad y/o afrontar las consecuencias de esta.	Influir en las personas para el logro del autocuidado evitando interferencias.
Modelo de la conservación	M. Levine	• El ser humano es holístico. • Describe las habilidades y actividades para lograr la adaptación del paciente a su entorno. • La persona es el centro de las actividades de enfermería.	Terapéutico, ayudar al paciente a alcanzar su bienestar.
Modelo de promoción de la salud	N. Pender	• Factores cognitivos-perceptivos. • Factores modificantes.	Identificar factores del individuo para promocionar la salud correctamente.
Modelo de adaptación	Sor Callista Roy	• El hombre es un ser biopsicosocial y está en constante interacción con el entorno. • Cuatro áreas de adaptación: necesidades fisiológicas, autoimagen, interdependencia y dominio del rol (los diferentes papeles que un ser humano cumple a lo largo de su vida).	Ayudar a la adaptación de la persona al entorno que le rodea y a usar sus capacidades.
Modelo de sistemas de conducta	D. Johnson	• Sistema conductual para lograr el equilibrio de la persona. Su sistema no se basa en lo biológico sino en la conducta humana. • Se asocia a ocho subsistemas, interrelacionados cada uno con una meta para conseguir la estabilidad: dependencia, éxito, logro, asociado, agresivo, ingestivo, eliminativo y sexual.	Controlar la estabilidad y el equilibrio de la conducta.

Tabla 4.1. *Modelos de enfermería.*

4. El proceso de atención de enfermería (PAE)

El **proceso de atención de enfermería (PAE)** es el método por el que se aplican los modelos teóricos de la enfermería a la práctica real. Es decir, es el mecanismo por el que el profesional de enfermería utiliza sus opiniones, conocimientos y habilidades para diagnosticar y dar respuesta a los problemas reales o potenciales de la salud del paciente.

4.1. Objetivos del PAE

Los objetivos del PAE son los siguientes:

- Establecer una base de datos sobre el paciente.
- Identificar las necesidades de cuidado.
- Determinar las prioridades de los cuidados, los objetivos y los resultados esperados.
- Establecer un plan de cuidado y poner en práctica las actuaciones de enfermería.
- Determinar la eficacia de los cuidados.

4.2. Ventajas del PAE

Las ventajas del PAE son las siguientes:

- Ofrece atención individualizada e integral a las necesidades del paciente.
- Intenta dar soluciones a los problemas reales que presenta el paciente, con una atención continua y de calidad.
- Organiza el tiempo y los recursos materiales y humanos.
- Coordina las funciones del equipo de enfermería.
- Evita omisiones o duplicaciones de procedimientos, al quedar registrados todos los que se hacen en la documentación de enfermería.
- Permite evaluar con facilidad y fiabilidad las actuaciones de enfermería, así como la eficacia de los cuidados para prestar una atención de calidad.

IMPORTANTE

Conocimiento de las necesidades humanas

El adecuado conocimiento de las **necesidades humanas** es el primer paso para poder ayudar al individuo a satisfacerlas.

Decidir cuál es la ayuda que necesita la persona en cada momento y saber prestarla es la base de la práctica profesional de la enfermería.

RECUERDA

Aplicaciones del PAE

El PAE se puede aplicar al individuo, a la familia o a la comunidad.

PONTE A PRUEBA 1

En la planta de traumatología y procedente de urgencias ingresa un varón de 85 años. Tras la observación y la entrevista se observan estos datos:

- Ingresa por fractura en cadera derecha, que le obliga a guardar cama.
- Está consciente, orientado espacio-temporalmente, es poco colaborador.
- De aspecto descuidado, cuero cabelludo sucio, piel seca, uñas largas.
- Inapetente, dentadura en mal estado, control fecal, incontinencia urinaria ocasional.
- Gran tristeza. Tras el fallecimiento de su esposa, vive solo, aunque sus hijos lo visitan con regularidad.

Claves de resolución

Determina las necesidades del paciente. Para ello, rellena una ficha como la de la Figura 4.2. Indica qué cuidados hay que prestarle, cuáles son prioritarios, qué objetivos se persiguen con los procedimientos, qué resultados se esperan y qué profesional debería realizar cada procedimiento.

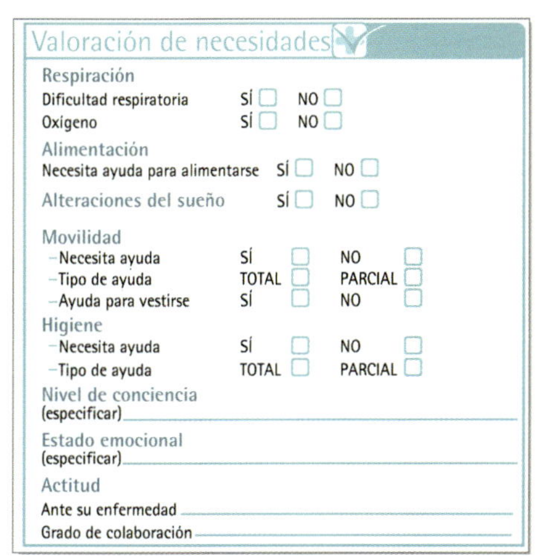
Valoración de necesidades
Respiración
Dificultad respiratoria SÍ ☐ NO ☐
Oxígeno SÍ ☐ NO ☐
Alimentación
Necesita ayuda para alimentarse SÍ ☐ NO ☐
Alteraciones del sueño SÍ ☐ NO ☐
Movilidad
–Necesita ayuda SÍ ☐ NO ☐
–Tipo de ayuda TOTAL ☐ PARCIAL ☐
–Ayuda para vestirse SÍ ☐ NO ☐
Higiene
–Necesita ayuda SÍ ☐ NO ☐
–Tipo de ayuda TOTAL ☐ PARCIAL ☐
Nivel de conciencia
(especificar) ______
Estado emocional
(especificar) ______
Actitud
Ante su enfermedad ______
Grado de colaboración ______

Fig. 4.2. *Hoja de valoración de necesidades de un paciente.*

4.3. Etapas del PAE

Las etapas del PAE son cinco y están íntimamente relacionadas entre sí. En la Tabla 4.2 puedes observar los objetivos y las actuaciones de cada una de ellas.

Etapa	Objetivo	Actuaciones
Valoración	Identificar el estado de salud del paciente, sus necesidades, problemas y preocupaciones.	• Entrevistar al paciente y a sus familiares (anamnesis): identificación, antecedentes personales y familiares. • Llevar a cabo la exploración. • Hacer pruebas de laboratorio.
Diagnóstico	Organizar, analizar e interpretar los datos reunidos en la fase anterior para hacer los diagnósticos de enfermería que servirán de base a las fases posteriores.	• Hacer el diagnóstico de enfermería.
Planificación	Planificar las actuaciones del equipo de enfermería.	• Determinar las prioridades inmediatas. • Fijar los resultados esperados. • Determinar las intervenciones: quién las realizará, con qué recursos, etc. • Elaborar cronogramas.
Ejecución	Poner en marcha el plan; durante su realización se deben seguir recogiendo y valorando los nuevos datos que pueden ir apareciendo.	• Realizar las actividades de enfermería. • Registrar las actividades realizadas. • Mantener los planes actualizados.
Evaluación	Determinar en qué medida se han conseguido los objetivos esperados para adaptar y comprobar la calidad de los cuidados.	• Llevar a cabo una evaluación de cada una de las etapas.

Tabla 4.2. *Etapas del PAE.*

El PAE es una tarea propia del diplomado universitario en enfermería. Sin embargo, el personal auxiliar debe estar familiarizado con estas técnicas y contribuir, en la medida de sus posibilidades, al desarrollo satisfactorio de este plan:

- En la etapa de valoración y evaluación colabora con el DUE, aportando los datos observados de forma oral y/o registrándolos en el documento correspondiente.
- En las etapas de diagnóstico y planificación colabora y consensúa las actuaciones y protocolos correspondientes dentro del plan de actuaciones.
- En la etapa de ejecución realiza las actuaciones que le correspondan, bien de forma autónoma o colaborando con el DUE.
- En la etapa de evaluación colabora en las valoraciones.

¿SABÍAS QUE...?

NANDA, NOC y NIC

En el proceso de atención de enfermería se utiliza la nomenclatura estandarizada: NANDA, NOC y NIC.

NANDA se relaciona con la etapa de diagnóstico, NOC se relaciona con los objetivos por conseguir y evaluar, y NIC se refiere a las intervenciones realizadas a los pacientes.

ACTIVIDADES

12. Elabora un proceso de atención de enfermería para el caso presentado en el Ponte a prueba 1 de la página anterior. Completa las actuaciones que se llevan a cabo en cada una de las fases.

Valoración	Diagnóstico	Planificación	Ejecución	Evaluación

CASO PRÁCTICO 1

En un centro de salud se presenta un varón de edad avanzada. ¿Qué se hará en cada etapa del PAE para averiguar qué le sucede y ayudarle a mejorar?

Fig. 4.3. *El paciente a su llegada al centro de salud.*

Claves de resolución

1. En la etapa de valoración se averiguan los siguientes datos:
   - Es un paciente varón de 85 años de edad.
   - Está consciente pero con periodos de desorientación espacio-temporal.
   - Presenta incontinencia urinaria y fecal.
   - Se moviliza con ayuda de andador.
   - Los dolores articulares le dificultan comer y vestirse.
   - Tiene la piel seca y deshidratada.
   - Tiene disnea de esfuerzo.
   - Presenta retención de secreciones respiratorias con dificultad de eliminación.
2. En la etapa de diagnóstico se llega a las siguientes conclusiones:
   - Riesgo de lesiones cutáneas por piel seca y deshidratación e incontinencia urinaria y fecal.
   - Insuficiencia respiratoria.
   - Riesgo de infección respiratoria por retención respiratoria.
   - Mala movilidad.
   - Necesidad de ayuda para comer y vestirse.
3. En la etapa de planificación se decide actuar de la siguiente manera para mejorar el estado del paciente:
   - Mejorar la oxigenación.
   - Conseguir la expulsión de las secreciones respiratorias.
   - Evitar la aparición de úlceras por presión.
   - Control de las incontinencias.
   - Hidratación general y de la piel.

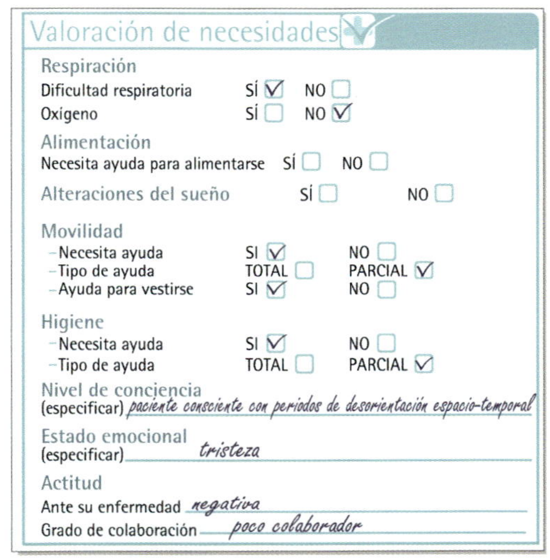

Valoración de necesidades

Respiración
Dificultad respiratoria SÍ ☑ NO ☐
Oxígeno SÍ ☐ NO ☑

Alimentación
Necesita ayuda para alimentarse SÍ ☐ NO ☐

Alteraciones del sueño SÍ ☐ NO ☐

Movilidad
- Necesita ayuda SI ☑ NO ☐
- Tipo de ayuda TOTAL ☐ PARCIAL ☑
- Ayuda para vestirse SI ☑ NO ☐

Higiene
- Necesita ayuda SI ☑ NO ☐
- Tipo de ayuda TOTAL ☐ PARCIAL ☑

Nivel de conciencia
(especificar) paciente consciente con periodos de desorientación espacio-temporal

Estado emocional
(especificar) tristeza

Actitud
Ante su enfermedad negativa
Grado de colaboración poco colaborador

Fig. 4.4. *Valoración de las necesidades del paciente.*

4. Durante la fase de ejecución se pone en marcha el plan de actuación:
   - Colocar mascarilla para administrar oxígeno.
   - Intensificar medicación analgésica.
   - Aspirar secreciones e insistir en la ingesta de líquidos para fluidificar las secreciones y facilitar su expulsión.
5. En la fase de evaluación de los resultados se concluye lo siguiente:
   - Mejor control de dolor.
   - Mejora de la insuficiencia respiratoria.
   - Disminución de las secreciones.
   - Disminución del riesgo de úlceras por presión.
   - Piel hidratada.

5. Componentes del equipo de enfermería

Los componentes que usualmente configuran un equipo de enfermería son:

- **Enfermero/a.** Diplomado universitario en enfermería o graduado en enfermería.
- **TCAE.** Técnico en cuidados auxiliares de enfermería. Realiza sus funciones bajo la supervisión del diplomado universitario en enfermería (DUE) o graduado/a en enfermería.

6. Funciones del técnico en cuidados auxiliares de enfermería

RECUERDA

Convenios colectivos

Existen varios **convenios colectivos** en los que se definen las funciones del técnico en cuidados auxiliares de enfermería. Todas las empresas deben acogerse a un convenio colectivo.

Su desarrollo se realizará en función del centro en el que prestan sus servicios (centros hospitalarios, centro de salud, unidades o servicios sociosanitarios). Para realizar estas funciones se requiere tener el título académico de técnico de grado medio en formación profesional: cuidados auxiliares de enfermería o equivalente.

Las funciones del técnico en cuidados auxiliares de enfermería están recogidas en los siguientes documentos legislativos:

- Los artículos 74 a 85 de la orden ministerial de 26 de abril de 1973 por la que se aprueba el Estatuto del personal Auxiliar sanitario titulado y Auxiliar de clínica de la Seguridad Social.
- El Real Decreto 137/1984, de 11 de enero, sobre estructuras básicas de salud, que señala, entre otras, las funciones del auxiliar de clínica en atención primaria.
- La Ley 55/2003, de 16 de diciembre, del Estatuto Marco del personal estatutario de los servicios de salud, que establece las bases reguladoras del personal estatutario de los servicios de salud que conforman el Sistema Nacional de Salud.

6.1. Funciones generales

Como norma general, el TCAE llevará a cabo todas aquellas actividades que, sin tener carácter profesional sanitario, vienen a facilitar las funciones del médico y de la enfermera o ayudante técnico sanitario, en cuanto no se opongan a lo establecido en el Estatuto.

Las funciones generales del TCAE se recogen en el artículo 74 de la orden ministerial.

> Corresponderá a los técnicos en cuidados auxiliares de enfermería ejercer, en general, **servicios complementarios de la asistencia sanitaria** en aquellos aspectos que no sean de la competencia del personal auxiliar sanitario titulado. A tales efectos, atenderán las instrucciones que reciban del personal que tenga atribuida la responsabilidad en la esfera de su competencia en el departamento donde actúen los interesados y, en todo caso, dependerán de la jefatura de enfermería y de la dirección del centro. Igualmente, cumplirán aquellas otras funciones que se señalen en los reglamentos de instituciones sanitarias y las instrucciones propias de cada centro, en cuanto no se opongan a lo establecido en el presente Estatuto.

El TCAE de enfermería es el profesional sanitario que se encarga de proporcionar cuidados auxiliares al paciente. Su labor es principalmente asistencial, aunque también tiene una vertiente administrativa (planifica, organiza y evalúa las unidades de trabajo) e incluso docente (imparte programas de formación profesional o sobre autocuidados) o investigadora (colabora en equipos de análisis y estudios).

ACTIVIDADES

13. En grupos, elaborad un esquema sobre las cualidades y las actitudes que debe tener un técnico en cuidados auxiliares de enfermería para desarrollar su trabajo. Un alumno o alumna moderará la lluvia de ideas y las anotará. Posteriormente, se debatirán en grupo.

14. Desde tu punto de vista, ¿cuáles son las principales funciones de un técnico en cuidados auxiliares de enfermería en un hospital? ¿Y en atención primaria?

6.2. Funciones en los servicios de enfermería

Las funciones en los servicios de enfermería están recogidas en el artículo 75 de la orden ministerial y son las siguientes:

1. Hacer las camas de los enfermos, excepto cuando por el estado del paciente le corresponda al ayudante técnico sanitario o enfermera, y ayudar a los mismos en este caso.
2. Realizar el aseo y limpieza de los enfermos, y ayudar al personal sanitario titulado cuando la situación del enfermo lo requiera.
3. Llevar las cuñas a los enfermos y retirarlas, y tener cuidado de su limpieza.
4. Realizar la limpieza de los carros de curas y de su material.
5. Recepción de los carros de comida y distribución de la misma.
6. Servir las comidas a los enfermos y atender a la colocación y retirada de bandejas, cubiertos y vajilla, entendiéndose que dicha retirada se efectuará por el personal al que corresponda desde la puerta de la habitación de los enfermos.
7. Dar la comida a los enfermos que no puedan hacerlo por sí mismos, salvo en aquellos casos que requieran cuidados especiales.
8. Clasificar y ordenar las lencerías de planta a efectos de reposición de ropas y de vestuario, relacionándose con los servicios de lavadero y planta, y presenciar la clasificación y el recuento de las mismas, que se realizarán por el personal del lavadero.
9. Por indicación del personal auxiliar sanitario titulado, colaborar en la administración de medicamentos por vía oral y rectal, con exclusión de la vía parenteral. Así mismo, aplicar enemas de limpieza, salvo en casos de enfermos graves.
10. Colaborar con el personal auxiliar sanitario titulado y bajo su supervisión en la recogida de los datos termométricos. Igualmente, recogerán los signos que hayan llamado su atención, que transmitirán a dicho personal, en unión de las espontáneas manifestaciones de los enfermos sobre sus propios síntomas.
11. Colaborar con el personal auxiliar sanitario titulado en el rasurado de los enfermos.
12. Trasladar, para su cumplimiento por los celadores, las comunicaciones verbales, documentos, correspondencia u objetos que les sean confiados por sus superiores.

! IMPORTANTE

Servicios de enfermería

Los **servicios de enfermería** a los que se refiere el Estatuto son las unidades de hospitalización o unidad de enfermería.

ACTIVIDADES

15. En la planta de medicina interna en la que trabajas han ingresado a María García, una señora de 93 años con un alto grado de dependencia. Necesita ayuda para las actividades básicas de la vida diaria (ABVD), como comer, controlar esfínteres, vestirse, bañarse, trasladarse, deambular. Selecciona, de las actividades recogidas en el artículo 75, aquellas que tendrás que realizar dentro de tus funciones como técnico en cuidados auxiliares de enfermería. Indica cuáles de ellas podrás desarrollar de forma autónoma y cuáles en colaboración con el personal de enfermería.

16. Identifica la función que este TCAE está llevando a cabo. ¿En qué servicios la llevaría a cabo? ¿En qué artículo se recoge esta función del TCAE?

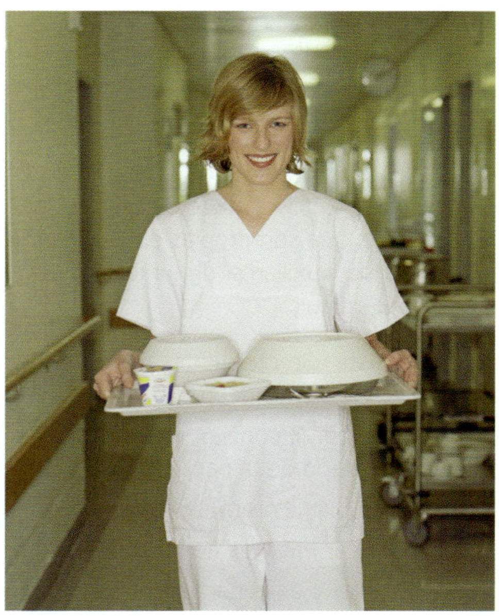

Fig. 4.5. *TCAE.*

6.3. Funciones en los departamentos de quirófano y esterilización

Las funciones en los departamentos de quirófano y esterilización están recogidas en el artículo 76 y son las siguientes:

1. El cuidado, conservación y reposición de batas, sabanillas, toallas, etc.
2. El arreglo de guantes y confección de apósitos de gasa y otro material.
3. Ayudar al personal auxiliar sanitario titulado en la preparación del material para su esterilización.
4. La recogida y limpieza del instrumental empleado en las intervenciones quirúrgicas, así como la ayuda al personal auxiliar sanitario titulado en la ordenación de las vitrinas y arsenal.

6.4. Funciones en los departamentos de tocología

Las funciones en los departamentos de tocología están recogidas en el artículo 77 de la orden ministerial y son las siguientes:

1. Recogida y limpieza del instrumental.
2. Ayudar al personal auxiliar sanitario titulado en las atenciones a las enfermas y en la limpieza de aparatos.
3. Acompañar a las enfermas y recién nacidos a los servicios y plantas que les sean asignados, atendiéndolos y vigilándolos hasta que estén instalados en donde les corresponda.
4. Vestir y desvestir a las embarazadas, así como el aseo y limpieza de estas.
5. Pasar a las camas a las parturientas, ayudadas por el personal auxiliar sanitario titulado.
6. Cambiar las camas de las enfermas en los departamentos de dilatación, con la ayuda de la matrona, cuando el estado de la enferma lo requiera.
7. Poner y quitar cuñas y limpieza de las mismas.
8. Colaborar con las matronas en el rasurado de las parturientas y en la aplicación de enemas de limpieza.
9. Cambiar las ropas de las camas y las compresas y ropas de las parturientas con la ayuda del auxiliar sanitario titulado, cuando el estado de las enfermas lo requiera.

ACTIVIDADES

17. Observa la imagen e indica qué función de las descritas hasta ahora está realizando el técnico en cuidados auxiliares de enfermería.

18. De las actividades que se realizan en los departamentos de tocología, selecciona aquellas que son propias del técnico en cuidados auxiliares de enfermería según el artículo 77:

a) Asistir directamente al médico en el momento del parto.
b) Colaborar con las matronas en el rasurado de la paciente.
c) Cambiar las camas de las pacientes.
d) Aplicar enemas de limpieza.
e) Explorar a las parturientas.
f) Recoger y limpiar el instrumental.

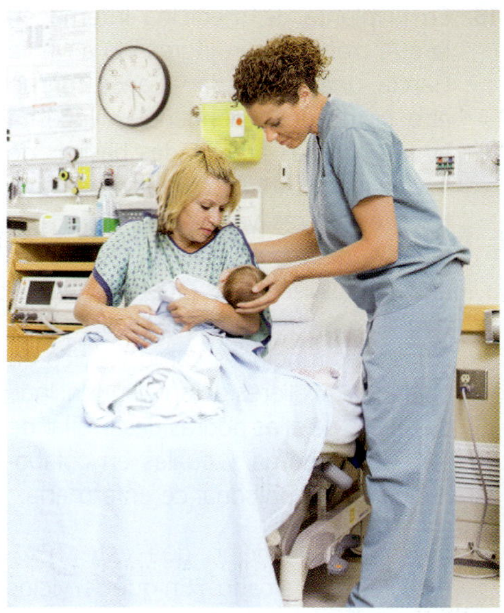

Fig. 4.6. *Técnico en cuidados auxiliares de enfermería.*

6.5. Funciones en los departamentos de radioelectrología, laboratorio, admisión, consultas externas y farmacia

Las funciones en los departamentos de radioelectrología, laboratorio, admisión de enfermos en instituciones cerradas, consultas externas y farmacia están recogidas en los artículos 78, 79, 80, 81 y 82 de la orden ministerial, respectivamente, y aparecen en la Tabla 4.3:

Artículo	Departamento	Función
78	Radioelectrología	1. Ayudar al personal auxiliar sanitario titulado en la atención a los enfermos. 2. Ayudar en la preparación de los chasis radiográficos, así como en revelado, clasificación y distribución de las radiografías y en la preparación de los aparatos de electromedicina.
79	Laboratorio	Realizar la limpieza y colaborar con el personal auxiliar sanitario titulado en la ordenación de la frasquería y material utilizado en el trabajo diario.
80	Admisión de enfermos en instituciones cerradas	Acompañar a los enfermos a las plantas y servicios que les sean asignados, siempre que no sean trasladados en camillas.
81	Consultas externas	Ayudar al personal auxiliar sanitario titulado en su cometido respecto a aquellos enfermos susceptibles de hospitalización.
82	Farmacia	1. Colaborar con el personal auxiliar sanitario titulado o auxiliar de farmacia en la ordenación de los preparados y efectos sanitarios. 2. Contribuir al transporte de los preparados y efectos sanitarios siempre que su volumen y su peso no excedan de los límites establecidos en la legislación vigente. 3. Atender a las demás relaciones de la farmacia con las plantas de enfermería y departamentos y servicios de la institución.

Tabla 4.3. *Funciones del TCAE en los departamentos de radioelectrología, laboratorio, admisión, consultas externas y farmacia.*

6.6. Funciones en la unidad de rehabilitación

Las funciones en la unidad de rehabilitación están recogidas en el artículo 82 y son las siguientes:

1. El aseo y limpieza de los pacientes.
2. La limpieza y ordenación del material utilizado en la unidad, bajo la supervisión del personal auxiliar sanitario titulado.
3. Ayudar a dicho personal en la colocación o fijación del paciente en el lugar especial de su tratamiento.
4. Controlar las posturas estáticas de los enfermos, con supervisión del personal auxiliar sanitario titulado.
5. Desvestir y vestir a los pacientes cuando lo requiera su tratamiento.
6. Recoger y reponer las ropas de uso en la unidad.

IMPORTANTE

Otras funciones del TCAE

En los artículos 3, 4 y 5 del Real Decreto 137/1984, de 11 de enero, sobre estructuras básicas de salud, se recogen **otras funciones** que el técnico en cuidados auxiliares de enfermería asume en atención primaria:

- Participar en el diagnóstico de salud de la zona, así como en la planificación, organización y evaluación de los programas, como apoyo a las tareas realizadas por el resto del personal sanitario.
- Ayudar en las labores de promoción de la salud y de prevención de la enfermedad y rehabilitación de las secuelas.
- Contribuir a la mejora de la calidad del sistema de salud, desde su posición como profesional de la salud.

6.7. Funciones en las instituciones abiertas

Las funciones en las instituciones abiertas están recogidas en el artículo 84 de la orden ministerial y son las siguientes:

1. La acogida y orientación personal de los enfermos.
2. La recepción de volantes y documentos para la asistencia de los enfermos.
3. La distribución de los enfermos para la mejor ordenación en el horario de visitas.
4. La escritura de libros de registro, volantes, comprobantes e informes.
5. La limpieza de vitrinas, material e instrumental.
6. La preparación de ropas, vendas, apósitos y material de curas.
7. La recogida de datos clínicos, limitados exclusivamente a los termométricos y a aquellos signos obtenidos por inspección no instrumental del enfermo, para cuya obtención hayan recibido indicación expresa de las enfermeras o ayudantes técnicos sanitarios, así como orientación del médico responsable.
8. La recogida de los signos y manifestaciones espontáneas de los enfermos sobre sus síntomas, limitándose a comunicarlos al médico, enfermera o ayudante técnico sanitario de quien dependan.

6.8. Prohibiciones

Según el artículo 85 de la orden ministerial, el TCAE tiene prohibida la realización de los siguientes cometidos:

1. Administración de medicamentos por vía parenteral.
2. Escarificaciones, punturas o cualquier otra técnica diagnóstica o preventiva.
3. La aplicación de tratamientos curativos de carácter no medicamentoso.
4. La administración de sustancias medicamentosas o específicas, cuando para ello se requiera instrumental o maniobras cuidadosas.
5. Ayudar al personal médico en la ejecución de intervenciones quirúrgicas.
6. Auxiliar directamente al médico en las consultas externas.
7. En general, realizar funciones de la competencia del personal auxiliar sanitario titulado, en cuanto no se opongan a lo establecido en el Estatuto.

IMPORTANTE

Instituciones sanitarias abiertas

Las **instituciones sanitarias abiertas** a las que se refiere el Estatuto son los centros de salud, centros de especialidades y consultas externas.

ACTIVIDADES

19. Indica para cada una de las siguientes actividades si se encuentra dentro de las funciones que debe realizar el técnico en cuidados auxiliares de enfermería o si le está prohibida.

a) Distribuir la comida a los enfermos.
b) Aseo a un paciente.
c) Limpieza del instrumental utilizado en una operación quirúrgica.
d) Administrar un medicamento por vía oral.
e) Administrar un medicamento por vía parenteral.
f) Llevar a cabo técnicas diagnósticas.
g) Realizar la cura a un paciente aplicando puntos de sutura.

20. Indica qué otras funciones tiene prohibido realizar el TCAE y señala qué profesional sanitario debe desempeñarlas.

El equipo de enfermería

- Evolución histórica
  - Prehistoria
  - Edad Antigua
    - Grecia: empieza a utilizarse el método científico.
    - Roma: grandes obras en salud pública.
  - Edad Media
    - Hospitales en los monasterios.
    - Nacimiento de las universidades. La enfermería no necesitaba formación.
  - Renacimiento
    - Grandes avances de la medicina.
  - Siglos XVII a XX
    - Profesionalización de la enfermería.
- Modelos de enfermería (teoría en la que se basa la práctica de enfermería)
  - V. Henderson
  - D. Orem
  - Sor Callista Roy
  - Florence Nightingale
- Proceso de atención de enfermería
  - Mecanismo por el que el profesional de enfermería utiliza sus opiniones, conocimientos y habilidades para diagnosticar y dar respuesta a los problemas reales o potenciales de la salud del paciente.
    - **Etapas**
      - Valoración.
      - Diagnóstico.
      - Planificación.
      - Ejecución.
      - Evaluación.
- Componentes
  - **Diplomado universitario en enfermería**
    Profesional con titulación universitaria encargado de realizar los cuidados de enfermería.
  - **Técnico en cuidados auxiliares de enfermería**
    Técnico de grado medio que realiza sus funciones bajo la dependencia del diplomado universitario en enfermería o del graduado/a en enfermería.
    - **Funciones**
      Proporcionar cuidados auxiliares al paciente y colaborar en la función asistencial del diplomado, del graduado en enfermería o del facultativo médico.

TEST DE REPASO

Nota: todas las actividades deben hacerse en un cuaderno aparte.

1. Una de las funciones del técnico en cuidados auxiliares de enfermería con el paciente es:

a) Preparar al enfermo para su traslado.
b) Distribuir y administrar comidas.
c) Ayudar al enfermo a vestirse.
d) Todas son correctas.

2. Entre las funciones básicas de un TCAE en atención primaria se encuentra:

a) Aplicar vacunas subcutáneas y realizar curas en las visitas domiciliarias.
b) Contribuir a la educación sanitaria y participar en los programas de salud de la zona.
c) Comprobar las dietas de los pacientes en la planilla durante su distribución.
d) Tramitar las solicitudes de tarjeta sanitaria individual.

3. ¿Cuál de estas funciones está prohibida para el TCAE?

a) Aplicar tratamientos curativos de carácter no medicamentoso.
b) Escribir en los libros de registro informes y comprobantes.
c) La acogida y orientación de los pacientes.
d) La limpieza de vitrinas, material e instrumental.

4. Entre las funciones que el TCAE ha de llevar a cabo en los servicios de enfermería no se encuentra:

a) Colocar y ordenar la lencería de planta.
b) Aplicar tratamientos vía parenteral.
c) Realizar las camas de los pacientes.
d) Realizar el aseo.

5. ¿En qué artículo del Estatuto de Personal Sanitario no Facultativo quedan recogidas las funciones de los TCAE en los departamentos de quirófano y esterilización?

a) En el artículo 75.
b) En el artículo 76.
c) En el artículo 77.
d) En el artículo 78.

6. El modelo de enfermería suplementario y complementario fue desarrollado por:

a) F. Nightingale.
b) V. Henderson.
c) Sor Callista Roy.
d) Dorothea Orem.

7. El modelo de enfermería de adaptación fue desarrollado por:

a) F. Nightingale.
b) V. Henderson.
c) Sor Callista Roy.
d) Dorothea Orem.

8. En el proceso de atención de enfermería, después de la valoración:

a) Se ejecuta el plan de cuidados.
b) Se jerarquizan los problemas.
c) Se determinan los recursos necesarios.
d) Se contrasta con los diagnósticos médicos.

9. Definimos el proceso de atención de enfermería como:

a) La aplicación del método científico en la atención de enfermería.
b) El resultado de los cuidados de enfermería.
c) Los métodos llevados a cabo con el paciente.
d) La secuencia de objetivos y actividades realizados.

10. En la primera mitad de la Edad Media, la atención al enfermo se llevaba a cabo en:

a) Monasterios.
b) Hospitales.
c) *Valetudinaria.*
d) Ninguno de los anteriores.

11. ¿En qué año se inició la formación profesional del auxiliar de enfermería?

a) En el año 1971.
b) En el año 1973.
c) En el año 1975.
d) En el año 1995.

12. ¿En qué año apareció el título de técnico en cuidados auxiliares de enfermería?

a) En el año 1971.
b) En el año 1973.
c) En el año 1975.
d) En el año 1995.

13. Las necesidades básicas forman parte del modelo de enfermería de:

a) F. Nightingale.
b) V. Henderson.
c) Sor Callista Roy.
d) Dorothea Orem.

14. El técnico en cuidados auxiliares de enfermería está encuadrado dentro del grupo de personal sanitario de:

a) Técnico superior del área sanitaria de formación profesional.
b) Técnico medio del área sanitaria de formación profesional.
c) Graduado en enfermería.
d) A y C son correctas.

COMPRUEBA TU APRENDIZAJE

Nota: todas las actividades deben hacerse en un cuaderno aparte.

Describir la evolución histórica de la enfermería.

1. Indica quién se encargaba del cuidado de los enfermos durante la Prehistoria.
2. ¿A partir de qué etapa histórica se emplea el método científico en el diagnóstico y tratamiento de las enfermedades?
3. Explica quién fue Hipócrates y qué es el juramento hipocrático.
4. ¿Cuáles fueron las principales aportaciones de la cultura romana en material sanitario?
5. Cita los grandes avances en la medicina que se produjeron en el Renacimiento. Sin embargo, en esta etapa la enfermería cayó en decadencia como profesión. ¿Por qué?

Identificar las figuras más importantes en la historia de la enfermería.

6. Destaca cuáles son las principales figuras en la historia de la enfermería y sus aportaciones.
7. ¿A quién se considera la fundadora de la enfermería moderna?

Diferenciar los distintos modelos de enfermería.

8. ¿Qué enfermera establece el modelo de las necesidades básicas? Describe las principales características de este modelo de enfermería.
9. Describe las características del modelo de enfermería de Dorothea Orem y compáralo con el de Sor Callista Roy.

Definir el proceso de atención de enfermería.

10. Define el concepto de proceso de atención de enfermería.

Comprender los objetivos de aplicar el proceso de atención de enfermería y los beneficios que se derivan de su aplicación.

11. Según tu opinión, ¿cuáles son los principales objetivos y ventajas del PAE?
12. ¿Cuáles son los objetivos de cada etapa del PAE y en qué consiste cada uno de ellos?

Identificar las fases del proceso de atención de enfermería.

13. Cita y define las etapas del proceso de atención de enfermería.
14. ¿Cuál es la participación del técnico en cuidados de enfermería en cada etapa?

Conocer los componentes del equipo de enfermería y las funciones del técnico en cuidados auxiliares de enfermería.

15. ¿Cuáles son las funciones del TCAE en cada una de las etapas del proceso de atención de enfermería?
16. Indica cuáles de las siguientes son funciones del técnico en cuidados auxiliares de enfermería:

    a) Realizar el aseo de los enfermos.

    b) Poner y quitar cuñas.

    c) Administración de medicamentos vía oral.

    d) Realizar la limpieza de los carros de curas.

    e) Ayudar al personal médico en la ejecución de intervenciones quirúrgicas.

17. Define el protocolo de enfermería.
18. Resume las funciones del técnico en cuidados de enfermería en las plantas de hospitalización. Clasifícalas en tareas propias y tareas que debe realizar colaborando con el DUE.
19. Compara las funciones del TCAE en una planta de hospitalización con las funciones que realiza en atención primaria.
20. Dividid la clase en dos grupos, cada uno de ellos elaborará un caso práctico que planteará al otro grupo. Cada grupo analizará las necesidades del caso práctico y elaborará un proceso de atención de enfermería, así como el plan de cuidado integral para cubrir las necesidades. Finalmente, realizaréis una evaluación de los resultados de las actuaciones propuestas. El objetivo de esta actividad es que los alumnos pongáis de manifiesto la actuación del técnico en cuidados auxiliares de enfermería en ese PAE y destaquéis su aportación para lograr la mejor asistencia.
21. A partir de los protocolos de enfermería de centros sanitarios de tu localidad, señala los procedimientos que son realizados por el técnico en cuidados auxiliares de enfermería porque corresponden a funciones propias de este técnico.
22. Busca información sobre los modelos de enfermería de Virginia Henderson. ¿Cuáles son las funciones de la enfermera según este modelo?
23. Resume cronológicamente la regulación de la profesión de enfermería.
24. Consulta detenidamente la legislación que regula la profesión del técnico en cuidados auxiliares de enfermería: el RD 546/1995, por el que se establece el título y las enseñanzas mínimas, y el RD 558/1995, por el que se establece el currículo. Copia en tu cuaderno las capacidades terminales.

Fig. 4.1. *Icono de Microsoft Excel.*

Crear un gráfico de evolución con una hoja de cálculo

Las hojas de cálculo presentan un gran interés, pues nos van a permitir realizar sin dificultad cálculos matemáticos y financieros, entre otras muchas tareas. Según el sistema operativo que se use, las más conocidas son las de Microsoft Excel u OpenOffice. En nuestro caso utilizaremos Excel, aunque son muy similares.

El técnico en cuidados auxiliares de enfermería debe familiarizarse con el manejo de las hojas de cálculo, pues le va a facilitar la realización de sus funciones administrativas en las consultas sanitarias privadas.

En esta unidad has estudiado el proceso de atención de enfermería. En la etapa de ejecución de los cuidados de enfermería se deben recoger y valorar los datos referentes a la evolución del paciente. Imagina que tienes un paciente ingresado durante 5 días; los datos de la tensión arterial de dicho paciente se recogen en la Tabla 4.1:

	Día 1	Día 2	Día 3	Día 4	Día 5
Presión arterial sistólica (mm Hg)	150	140	130	120	120
Presión arterial diastólica (mm Hg)	95	90	90	85	80

Tabla 4.1. *Tensión arterial del paciente.*

La **hoja de cálculo** nos permite la expresión de estos datos de forma gráfica. Así, la comprensión de la información se hace más intuitiva y se puede seguir mejor su evolución.

! IMPORTANTE

Gráfica de constantes vitales

Como verás en la Unidad 6, uno de los documentos clínicos que debe rellenar el equipo de enfermería es la **gráfica de constantes** en la que se recogen las constantes vitales de los pacientes (pulso, presión arterial, etc.).

1. Abrir una hoja de cálculo

Lo primero que debemos hacer es abrir la aplicación Excel. Para ello, existen varias posibilidades:

- Lo más cómodo es hacer clic sobre su icono de la lista del menú *Iniciar.*
- Si Excel cuenta con un icono en el escritorio de Windows, se abrirá al hacer doble clic.
- Si este icono no está disponible, ve al menú *Iniciar/Todos los programas/Microsoft Office* y, por último, haz clic sobre Microsoft Office Excel.

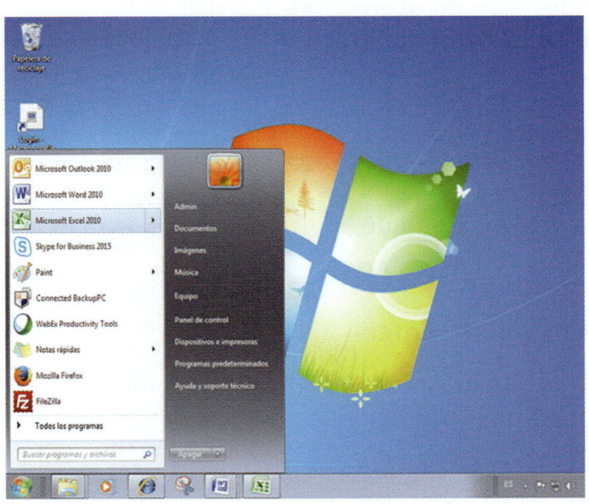

Fig. 4.2. *Abrir la hoja de cálculo.*

2. Utilizar la interfaz gráfica

Una vez que hemos hecho clic sobre Excel se nos abrirá la interfaz gráfica, que tiene aspecto de tabla.

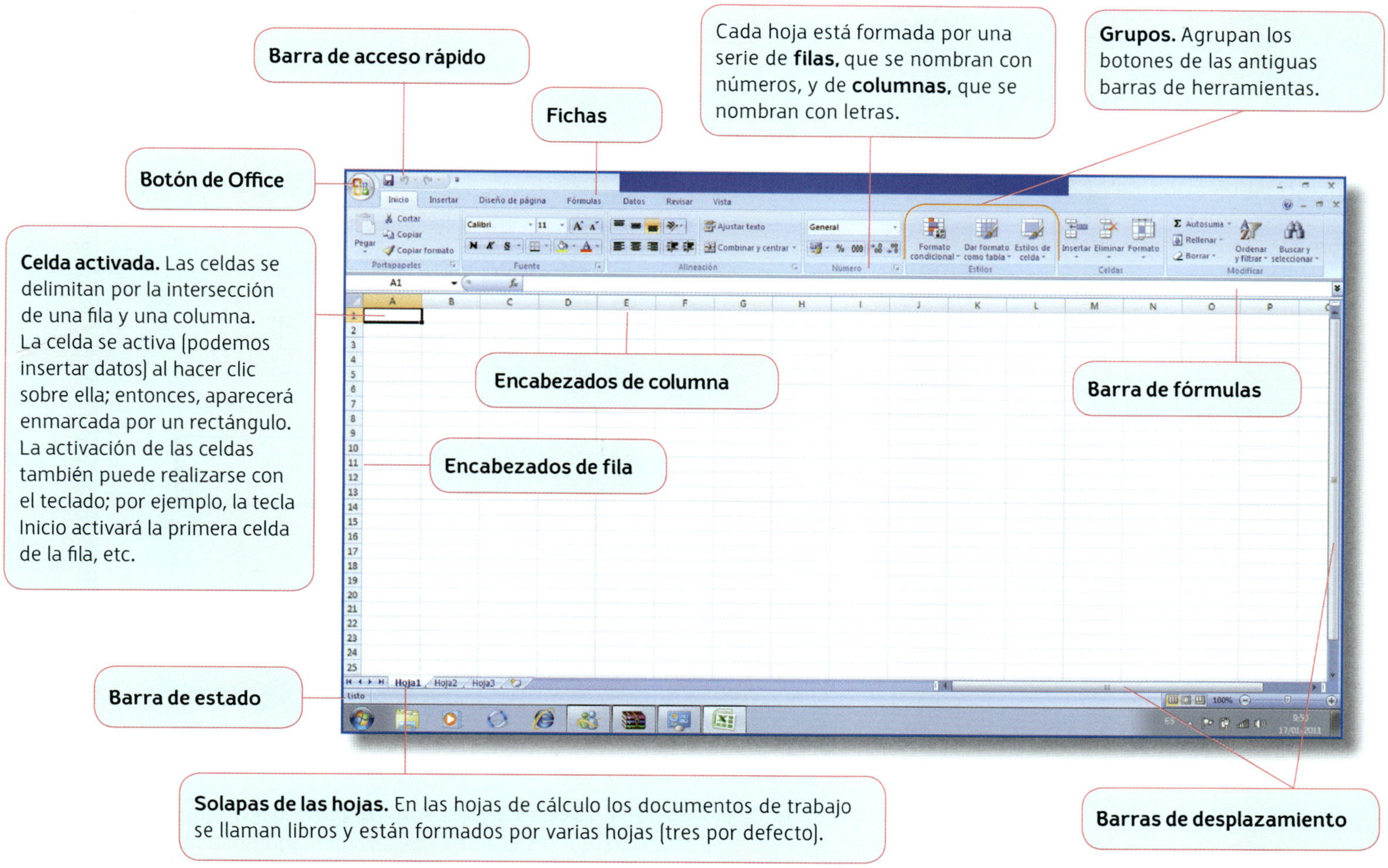

Fig. 4.3. *Interfaz gráfica de Excel.*

Paso 1. Una vez ejecutado el programa Microsoft Excel, localiza en tu hoja de trabajo los elementos que se muestran en la interfaz gráfica.

Paso 2. A continuación, introduce los datos de la tabla de tensión arterial. Para ello, en primer lugar escribiremos los días, situando el día 1 en la casilla B1, el día 2 en la casilla C1 y así, sucesivamente, hasta el día 5, que lo situaremos en la casilla F1.

Paso 3. A continuación, en la casilla A2, escribiremos el texto «Presión arterial sistólica (mm Hg)» y colocaremos los valores de esta presión en sucesivas casillas; es decir, desde B2 hasta F2.

Paso 4. En la casilla A3 escribiremos «Presión arterial diastólica (mm Hg)» e introduciremos sus valores desde B3 hasta F3.

> **IMPORTANTE**
>
> **Texto en las casillas de Excel**
>
> No te preocupes si en la casilla en la que escribes no se ve todo el texto, pues aunque no lo veas sí que está y aparecerá en la gráfica.

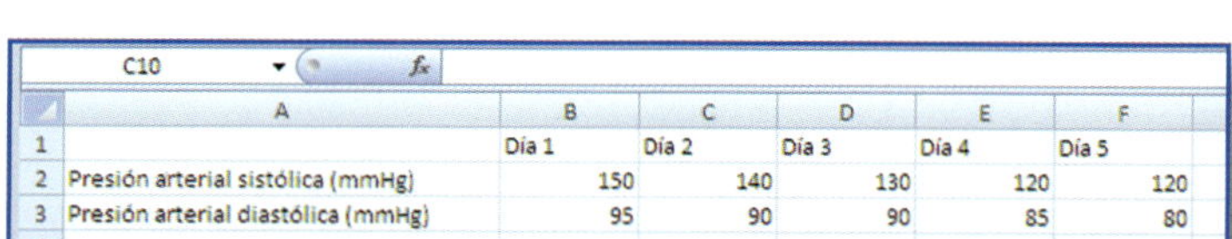

	A	B	C	D	E	F
1		Día 1	Día 2	Día 3	Día 4	Día 5
2	Presión arterial sistólica (mmHg)	150	140	130	120	120
3	Presión arterial diastólica (mmHg)	95	90	90	85	80
4						

Fig. 4.4. *Introducción de datos en la tabla Excel.*

> **RECUERDA**
>
> **Ayuda de Excel**
>
> Al abrir la hoja de cálculo verás en la zona superior derecha un icono con un símbolo de interrogación, es la **ayuda de Excel;** puedes utilizarla en caso de que tengas alguna duda sobre el proceso de creación del gráfico o si deseas ampliar información sobre él.

> **¿SABÍAS QUE...?**
>
> ***Apps* con hojas de cálculo**
>
> Existen *apps* para tabletas y telefonía inteligente que permiten trabajar hojas de cálculo en dichos soportes. Por ejemplo, en el Ipad dispones de la *app Numbers*.

3. Gestionar los datos para crear un gráfico

Tenemos que decidir qué datos o categorías vamos a representar en el eje horizontal, y cuáles, en el eje vertical. Para este ejercicio lo lógico será representar en el eje horizontal el tiempo (los días), y en el eje vertical, los datos correspondientes a las presiones sistólicas y diastólicas.

Seleccionaremos con el cursor los datos que queremos representar; en este caso, selecciona la celda A1 y, sin soltar el botón izquierdo del ratón, arrastra hasta la celda F3 (esto se denomina «rango de celdas»).

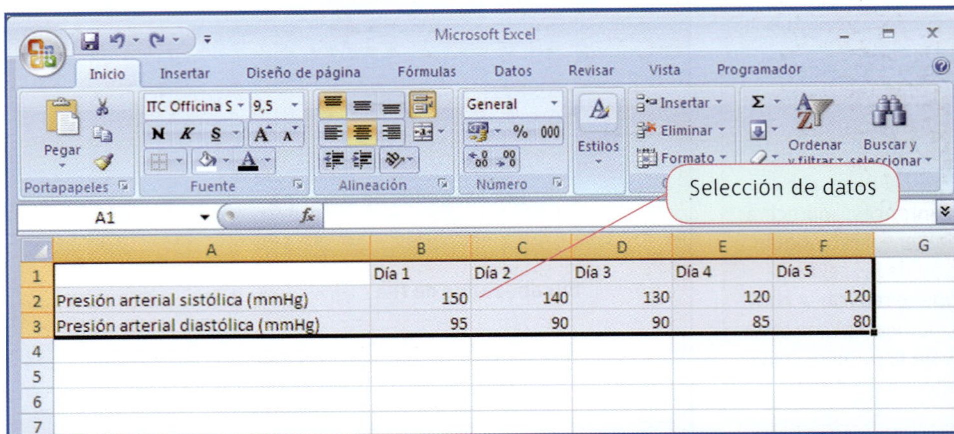

Fig. 4.5. *Selección de datos para representar el gráfico.*

4. Crear el gráfico

Paso 1. Pulsa en la ficha *Insertar* y selecciona el botón *Columna* del grupo *Gráficos*. Elige el tipo de gráfico *Columna agrupada,* que es el que está seleccionado en la imagen.

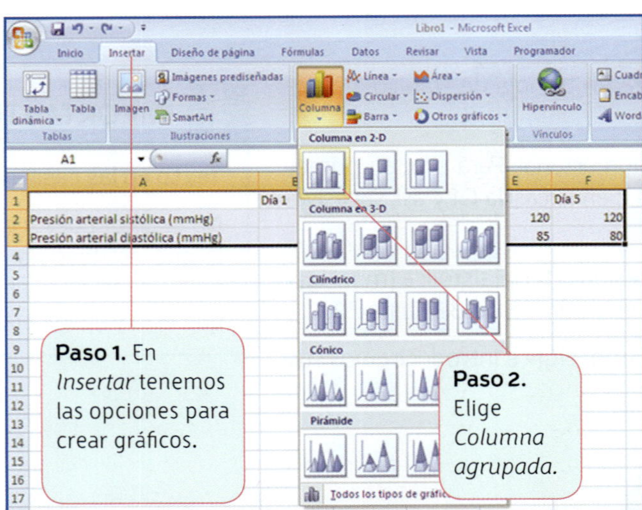

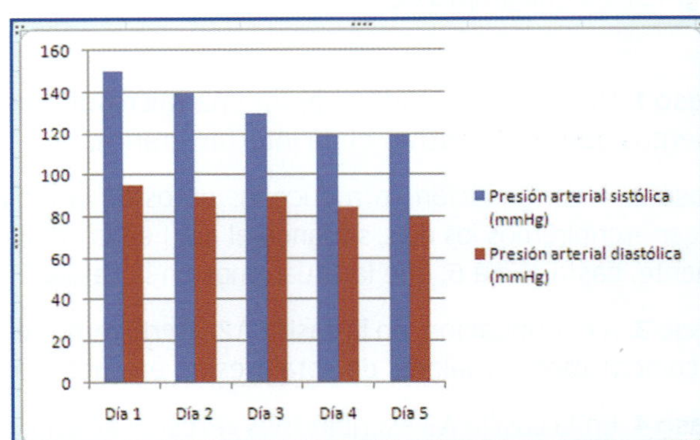

Fig. 4.6. *Crear el gráfico.*

Paso 2. El resultado es un gráfico de barras verticales.

5. Modificar el gráfico

Si el resultado no ha sido el esperado, es decir, los días y los datos no aparecen en el eje correcto, se puede modificar el gráfico.

Paso 1. Para modificar el gráfico, haz clic con el botón secundario del ratón sobre el gráfico y elige la opción *Seleccionar datos.*

Paso 2. A continuación, elige la opción *Cambiar fila / columna* y pulsa el botón *Aceptar.*

Paso 3. Si lo que quieres es cambiar el tipo de gráfico, haz de nuevo clic con el botón secundario del ratón y elige la opción *Cambiar tipo de gráfico.*

Paso 4. Si lo que necesitas es establecer un relleno al área del gráfico, un color de borde, una sombra, etc., haz clic con el botón secundario sobre él y elige la opción *Formato del área del gráfico.*

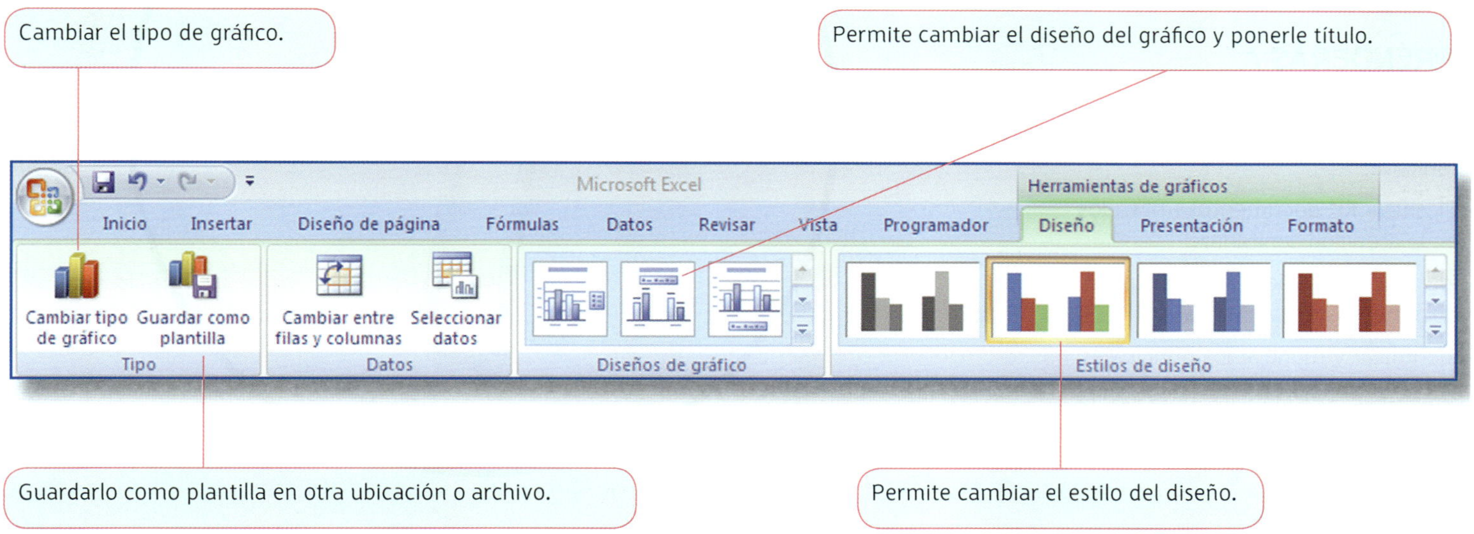

Fig. 4.7. *Modificaciones posibles en un gráfico.*

Cuestiones

1. Ahora que tienes creado el gráfico, aplica las opciones siguientes que aparecen en las herramientas de gráficos:

   a) Cambiar el título del gráfico y titularlo «Evolución semanal del paciente».

   b) Cambiar el tipo de gráfico de barras por uno de líneas.

   c) A la vista del gráfico, ¿qué conclusión puedes sacar sobre la evolución de la tensión arterial del paciente?

   d) ¿Tendría sentido representar los datos de la tensión arterial del paciente mediante un gráfico circular? Razona tu respuesta.

   Observa los cambios que se producen en el gráfico.

2. Investiga en las opciones del menú para *Copiar, Pegar* en un nuevo documento e *Imprimir* el gráfico.

! IMPORTANTE

Uso de gráficos

- **Gráficos de áreas y líneas.** Sirven para ver la evolución de una serie de valores con el tiempo.
- **Gráficos de columnas y barras.** Sirven para mostrar la relación entre series de datos.
- **Gráficos circulares y de anillos.** Sirven para ver la proporción que supone una parte con respecto al total.

5
UNIDAD

Documentación

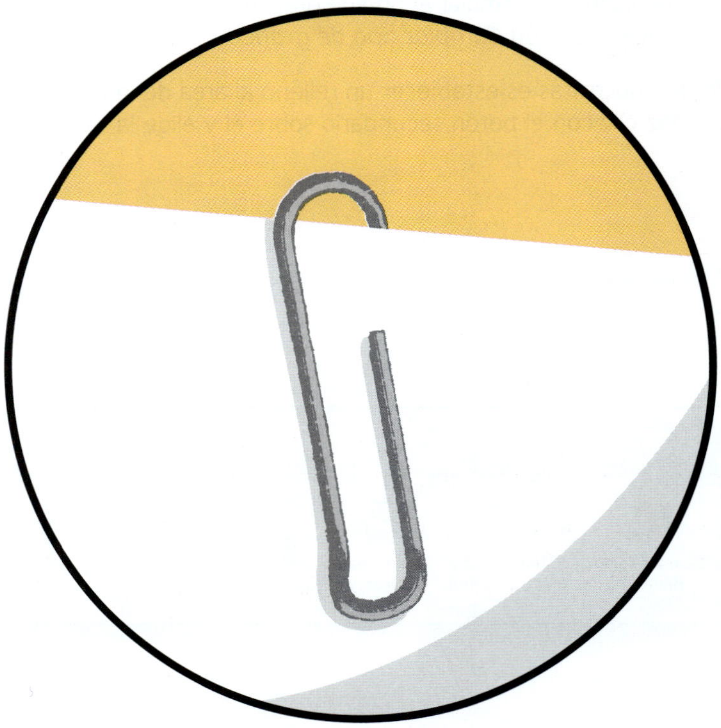

En esta unidad

APRENDERÁS A

- Conocer la importancia de los documentos en la atención sanitaria.
- Clasificar los documentos utilizados en la atención sanitaria.
- Identificar y manejar los principales documentos no sanitarios.
- Identificar y manejar los principales documentos no clínicos.

ESTUDIARÁS

- La documentación.
- Los tipos de documentación empleados en centros sanitarios.
- La documentación no sanitaria.
- La documentación no clínica.

Y SERÁS CAPAZ DE

- Enumerar los elementos de identificación personal, de la institución y del servicio de referencia necesarios para citar o solicitar pruebas a los pacientes.
- Describir la estructura de los documentos sanitarios y los códigos para realizar su registro, así como los mecanismos de circulación de la documentación.
- Analizar manuales de normas internas sobre la actividad profesional.

1. Introducción

En el ámbito sanitario se genera una gran cantidad de información que debe ser registrada en documentos, que son instrumentos imprescindibles para el buen funcionamiento de las instituciones sanitarias, no solo en el ámbito asistencial, sino también en los ámbitos gestor, docente, investigador y jurídico.

La mayor parte de los documentos tienen un soporte en papel, aunque actualmente el soporte informático es el preferido, ya que facilita la difusión y el acceso a la información.

2. Documentos

Un **documento** es la información registrada en un soporte.

En la Tabla 5.1 se explican los conceptos implicados en la definición de documento.

Soporte	Medio físico sobre el que se registra la información, como el papel en un documento escrito o la placa de acetato de una radiografía.
Información	El contenido del documento, es decir, aquello que se quiere transmitir.
Sistema de registro	El mecanismo mediante el cual se fija la información: tinta, impulsos electromagnéticos, etc.

Tabla 5.1. *Conceptos básicos asociados a un documento.*

Siempre que se rellene un documento, este debe cumplimentarse con letra clara y legible, evitando tachaduras y cuidando la presentación.

Los centros sanitarios pueden elaborar sus propios modelos de documentos, aunque la estructura básica es semejante entre ellos. En un documento podemos distinguir tres partes: encabezamiento, cuerpo del documento y pie, tal como se explica en la Tabla 5.2.

Encabezamiento	Se corresponde con la parte superior del documento y tiene una función identificativa. En el margen izquierdo suelen indicarse los datos del emisor del documento; en el ámbito sanitario sería la identificación del centro.
Cuerpo del documento	Ocupa la parte central del documento y recoge el motivo del mismo.
Pie del documento	Se encuentra en la parte inferior y en ella aparece la datación del documento (fecha y hora) y la firma del profesional que lo elabora.

Tabla 5.2. *Partes básicas de un documento.*

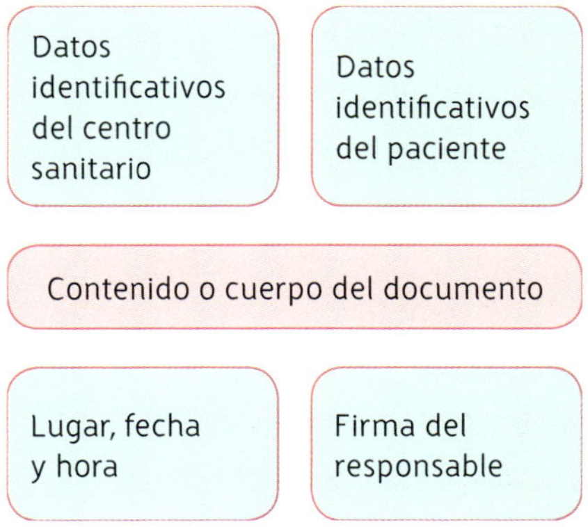

Fig. 5.1. *Estructura básica de un documento sanitario.*

CASO PRÁCTICO 1

Cuando acudes a una consulta médica y solicitas un justificante para el instituto de enseñanza secundaria en el que estudias, ¿qué soporte, qué información y qué sistema de registro hay en dicho documento?

Solución

El soporte es el papel; el sistema de registro, la tinta, y la información, el contenido escrito donde se indica la asistencia a consulta, la hora, la fecha y la firma del facultativo.

2.1. Tipos de documentación

Los documentos que se utilizan en los centros sanitarios se pueden clasificar en dos grandes grupos, según su función (Figura 5.2). Así, distinguimos entre documentación no sanitaria y documentación sanitaria.

- La **documentación no sanitaria.** Es aquella que no guarda relación con la asistencia a los pacientes, son documentos similares a los empleados en cualquier otro tipo de actividad laboral, como, por ejemplo, las facturas y otros documentos mercantiles.
- La **documentación sanitaria.** Es el conjunto de documentos generados durante el ejercicio de las actividades de atención a los pacientes y a causa de las gestiones administrativas relacionadas con dicha atención. La documentación sanitaria se divide, a su vez, en dos grupos:
  - La **documentación clínica.** Es la documentación sanitaria que se refiere directamente a la atención sanitaria proporcionada al paciente; como ejemplo podemos mencionar los documentos que forman parte de la historia clínica del paciente.
  - La **documentación no clínica.** Es la documentación sanitaria que se refiere a las actividades de gestión y de administración relacionadas con la asistencia a los pacientes; como ejemplo podemos citar el justificante de visita médica o un formulario de petición de dietas a la cocina del hospital.

IMPORTANTE

Documentación clínica

La Ley 41/2002, de 12 de noviembre, básica reguladora de la autonomía del paciente, define la **documentación clínica** como «el soporte de cualquier tipo o clase que contiene un conjunto de datos e informaciones de carácter asistencial».

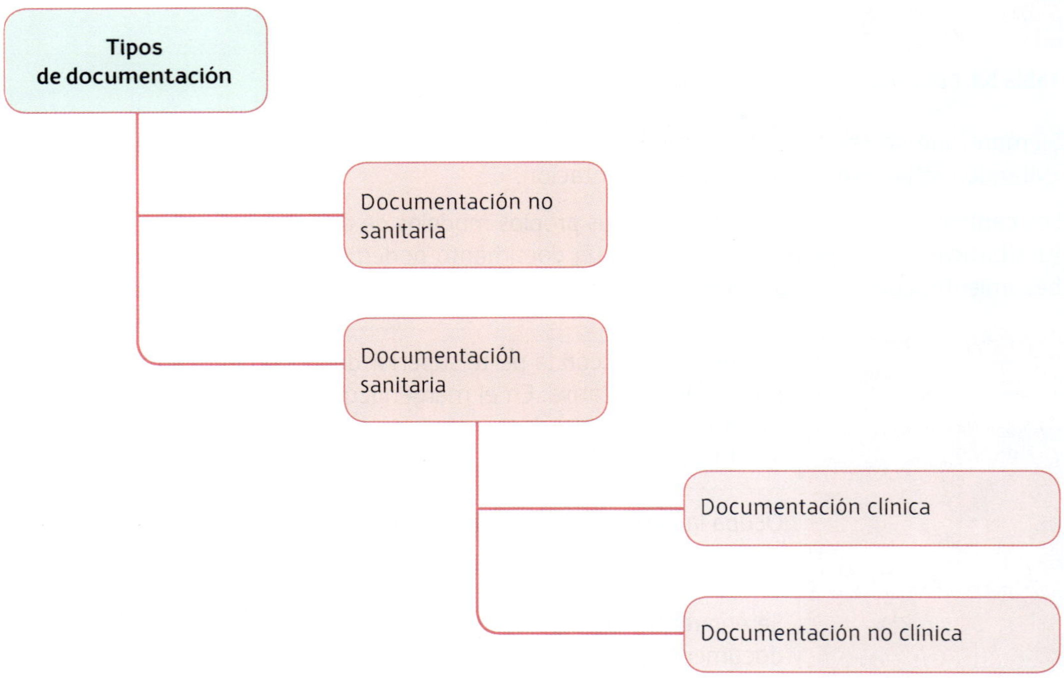

Fig. 5.2. *Tipos de documentación.*

En esta unidad vamos a tratar la documentación no sanitaria y la documentación sanitaria no clínica, y dedicaremos la unidad siguiente a la documentación clínica.

ACTIVIDADES

1. Enumera las partes en las que podemos dividir un documento y comenta los datos que contiene cada una.
2. Comenta tres documentos que conozcas cuyo soporte sea distinto.
3. Establece la diferencia entre la documentación clínica y la documentación no clínica.

3. Documentación no sanitaria

La documentación no sanitaria es aquella que no guarda relación directa con la atención a los pacientes. En los grandes centros públicos este tipo de documentación suele ser competencia del personal administrativo. Sin embargo, en consultas privadas, como sería el caso de un gabinete dental, suele ser responsabilidad del TCAE, que, además de sus funciones asistenciales, también debe realizar funciones administrativas y de gestión.

Los documentos mercantiles que se incluyen en este grupo se verán en otra unidad. Aquí vamos a tratar dos documentos que forman parte del trabajo diario del TCAE en las clínicas privadas: la agenda de citas y la carta comercial.

3.1. La agenda de citas

La agenda es una herramienta imprescindible para gestionar las citas de los pacientes y el tiempo de los profesionales que los atienden. Aunque el soporte tradicional era el papel, hoy en día se realiza con medios informáticos a través de programas de gestión clínica. En la agenda se registrarán las visitas por orden cronológico y se recogerán todos los datos que aparecen en la Figura 5.3.

Identificación del paciente: nombre y apellidos.

El motivo de la consulta es un dato importante, pues nos va a permitir saber el tiempo que debemos reservar al paciente.

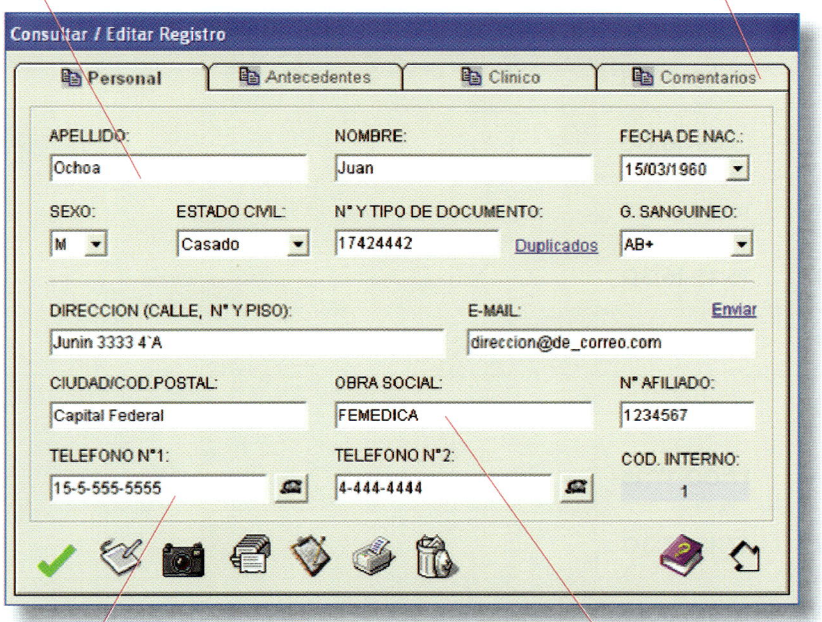

Además de los datos asistenciales, también deberemos incluir otras actividades profesionales como reuniones del equipo, visitas de representantes médicos, etc.

Número de teléfono, que nos permitirá contactar con el paciente en caso de que ocurra algún imprevisto.

También podemos incluir otros datos que faciliten la prestación del servicio, como, por ejemplo, si el paciente pertenece a algún seguro privado.

Fig. 5.3. *Agenda de citas.*

El facultativo para el que trabajemos nos dará las indicaciones necesarias para elaborar correctamente su agenda (tiempo que se va a emplear para cada motivo de consulta, datos que hay que incluir, tiempo dedicado a posibles urgencias, etc.).

RECUERDA

Documentación no sanitaria

La **documentación no sanitaria** más importante que va a manejar un técnico en cuidados auxiliares de enfermería es la siguiente:

- **Documentación no sanitaria**
  - Agenda de citas
  - Carta comercial

¿SABÍAS QUE…?

Ejemplos de agendas de citas

Puedes descargarte algunos ejemplos de agendas de citas y programas de gestión de clínicas gratuitos en determinadas páginas web como Softonic.

PONTE A PRUEBA 1

Sonia, una TCAE que trabaja en la clínica dental del doctor Fernando Muñoz, tiene que elaborar la agenda de citas para un día de trabajo. Dispone del listado de pacientes, los motivos de consulta y otros datos que aparecen en la agenda, pero debe cuadrar los horarios. El horario de esta clínica es vespertino, de 15:30 a 19:30 horas.

Claves de resolución

A la hora de hacer la agenda de citas ten en cuenta las siguientes recomendaciones:

- Un módulo horario comprende 15 minutos; debes hacer bloques horarios de un cuarto de hora, es decir, de 15:30 a 15:45, de 15:45 a 16:00, etc., hasta las 19:15.
- Diferentes tratamientos requieren tiempos distintos, por ejemplo: una prueba de prótesis dental puede suponer un módulo horario, una obturación simple o una limpieza bucodental pueden suponer dos módulos, una cirugía de extracción de muela del juicio o de resto radicular puede abarcar tres módulos, y una endodoncia puede llegar a suponer hasta cuatro módulos horarios, aproximadamente.
- En caso de recibir a un representante comercial, lo ideal es que se programe la visita para el primer módulo, pues es cuando la clínica estará más tranquila.
- Ten en cuenta que en una clínica dental suele trabajar más de un profesional; además, suele haber más de un gabinete. Esto permite atender a varios pacientes a la vez y reservar un sillón dental para posibles urgencias. El facultativo con el que trabajes te orientará sobre la organización de su agenda.

N.º	Horario	Paciente	Teléfono	Motivo de consulta	Pago a cargo de
1	15:30-15:45				
2	15:45-16:00				
3	16:00-16:15				
4	16:15-16:30				
5	16:30-16:45				
6	16:45-17:00				
7	17:00-17:15				
8	17:15-17:30				
9	17:30-17:45				
10	17:45-18:00				
11	18:00-18:15				
12	18:15-18:30				
13	18:30-18:45				
14	18:45-19:00				
15	19:00-19:15				

3.2. La carta comercial

La carta comercial nos va a permitir comunicarnos con nuestros clientes y con nuestros proveedores. Debemos extremar el cuidado a la hora de elaborar este documento, pues va a constituir la imagen de la empresa. Una buena presentación, el uso de fórmulas de cortesía en el trato y una correcta expresión escrita son fundamentales para transmitir la imagen de profesionalidad y buen hacer de la empresa.

La estructura de una carta comercial consta de tres partes: cabecera, cuerpo y parte final o pie, como se aprecia en la Figura 5.4.

> **@ WEB**
>
> **www.modelocarta.com**
>
> En esta página web puedes encontrar consejos y modelos para la redacción de una carta comercial.

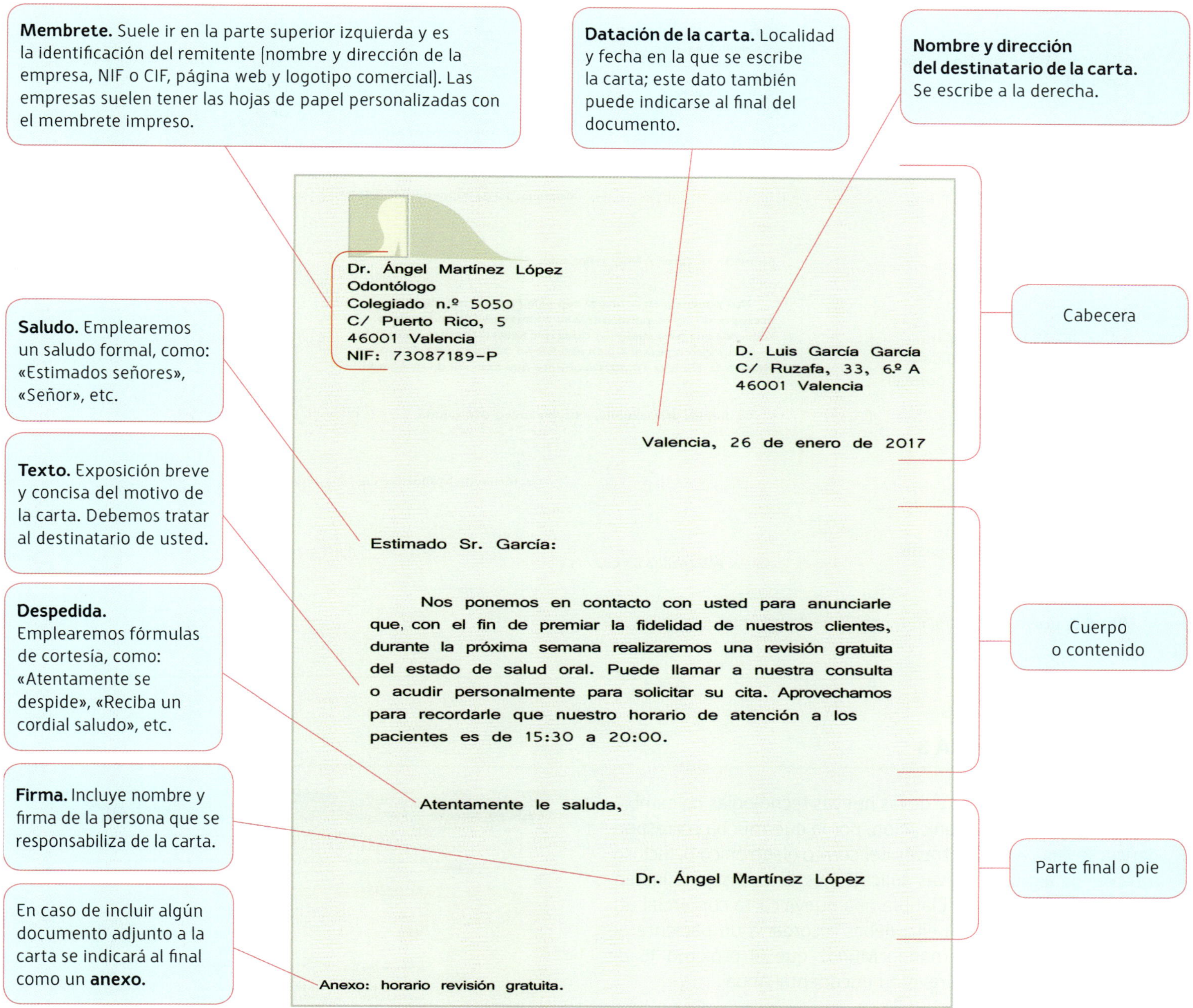

Fig. 5.4. *Modelo de carta comercial.*

ACTIVIDADES

4. ¿Qué utilidades puede tener una carta comercial en una consulta odontológica?

5. Realiza un esquema con las partes que podemos distinguir en una carta comercial.

6. ¿Qué normas debemos tener en cuenta a la hora de elaborar una carta comercial?

PONTE A PRUEBA 2

Basándote en el modelo anterior, elabora una carta comercial en la que el doctor Fernando Muñoz García remite a un paciente el presupuesto correspondiente a su tratamiento de endodoncia. Puedes poner el nombre de un compañero como destinatario.

Claves de resolución

El documento será similar a la Figura 5.5, incluyendo los datos principales que se identifican en la misma. La indicación de que se adjunta otro documento a la carta comercial se indica en un apartado llamado anexo al final del documento.

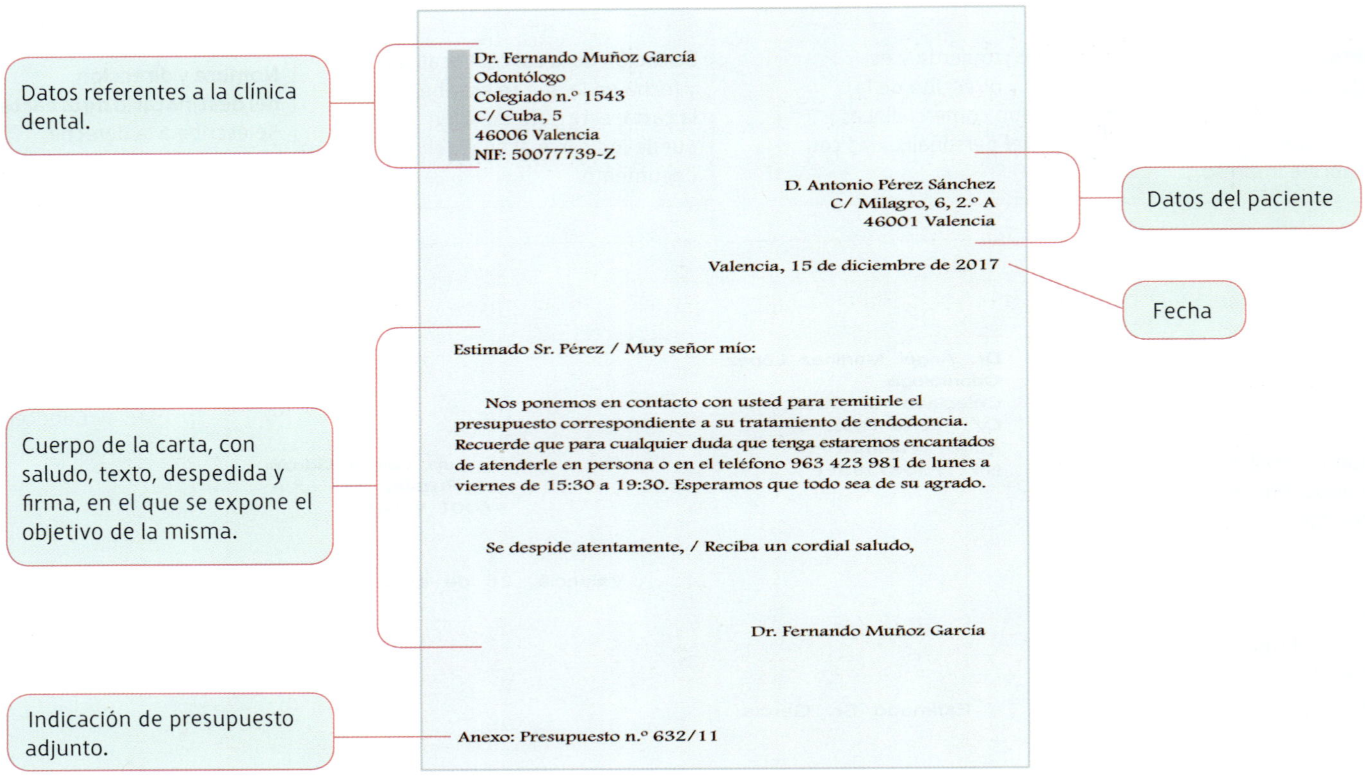

Fig. 5.5. *Carta comercial con presupuesto adjunto.*

PONTE A PRUEBA 3

El desarrollo de Internet y de las nuevas tecnologías ha cambiado el mundo de la comunicación, por lo que mucha correspondencia se lleva a cabo a través del correo electrónico o, incluso, a través de algunas nuevas aplicaciones de mensajería instantánea como WhatsApp. Elabora una nueva carta comercial utilizando este soporte. En ella, debes recordar a un paciente de la clínica del doctor Fernando Muñoz que el próximo 15 de marzo debe acudir a su revisión bucodental anual.

Claves de resolución

La carta por correo electrónico no necesita ser tan formal como en el caso anterior, aunque también debes utilizar formas de cortesía al dirigirte al cliente. La puedes estructurar en tres apartados:

- Saludo.
- Cuerpo del documento.
- Despedida.

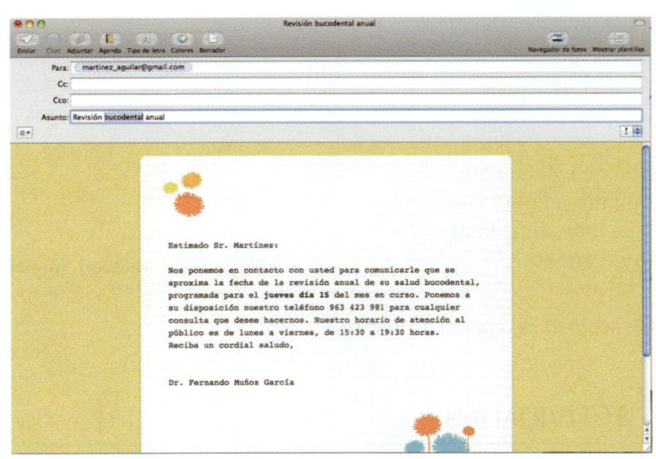

Fig. 5.6. *Carta comercial en soporte de correo electrónico.*

4. Documentación no clínica

> La **documentación no clínica** es el conjunto de documentos administrativos necesarios para la gestión, organización y coordinación de recursos del centro sanitario. Junto con la documentación clínica constituye la documentación sanitaria.

En función de la relación que el emisor, el receptor o ambos guarden con el centro sanitario, la documentación no clínica, como puedes ver en la Figura 5.7, se puede clasificar en tres tipos: documentación intrahospitalaria, documentación extrahospitalaria y documentación intercentros.

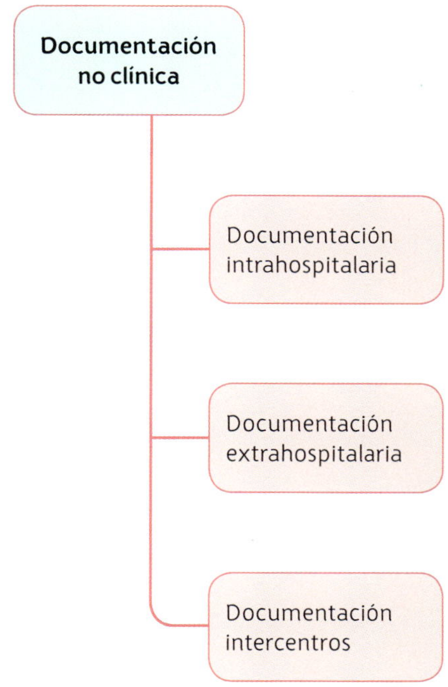

Fig. 5.7. *Tipos de documentación no clínica.*

4.1. Documentos intrahospitalarios

Son aquellos que circulan entre los profesionales que trabajan en el mismo hospital. En general, se trata de documentos generados por la prestación a los pacientes de servicios de carácter no asistencial, como, por ejemplo, el servicio de lavandería, así como los que permiten la comunicación entre los profesionales del hospital.

Aunque hay muchos más, en este apartado vamos a ver los siguientes documentos: planilla de dietas, documentos de petición y recepción de material sanitario al almacén general del hospital, petición de lencería y lavandería, petición al servicio de farmacia, petición al servicio de esterilización y planilla de turnos.

A. Planilla de dietas

En las unidades de hospitalización se realiza diariamente una petición de dietas al servicio de cocina, según prescripción del facultativo. Las dietas suelen ir indicadas con un código (Figura 5.8). El técnico en cuidados auxiliares de enfermería deberá comprobar que la dieta que recibe cada paciente es la prescrita para él.

Planta: Control: Fecha:

Cama n.º	Dieta n.º											Observaciones
	1	2	3	4	5	6	7	8	9	10	Especiales	

Fig. 5.8. *Ejemplo de planilla de dietas.*

B. Petición de material sanitario al almacén

Es un documento mediante el cual se solicita al almacén del hospital el material sanitario necesario para la unidad de hospitalización (Figura 5.9).

La persona encargada de la solicitud será quien supervise la unidad y debe incluir los siguientes datos: unidad que lo solicita, fecha, tipo de material y número de unidades.

El TCAE deberá comprobar que el material recibido se corresponde con el anotado en la solicitud y que se encuentra en buen estado.

HOSPITAL
JESÚS APRENDIZ
CUENCA

Petición al almacén

Unidad peticionaria:
Planta:

Fecha:
Ordinario ☐
Urgente ☐

Código del artículo	Artículo (nombre y variedad)	N.º de unidades solicitadas	N.º de unidades recibidas

Firma del peticionario	Control de suministros	Recibido/conforme Fecha

Fig. 5.9. *Modelo de petición al almacén.*

C. Petición de lencería y lavandería

El servicio de lencería es el encargado de reponer la ropa estropeada por el uso, tanto de los pacientes como de los profesionales. Tanto la petición como la entrega de lencería se controla mediante la expedición del documento pertinente, en el que deberán aparecer los siguientes datos: unidad o servicio, planta, fecha y material necesario. Para enviar la ropa de pacientes y personal sanitario al servicio de lavandería se rellena una petición en la que se indica el número de cada prenda de ropa. Este documento (Figura 5.10) nos permitirá comprobar que la ropa que se envió a la lavandería es la misma que hemos recibido.

PETICIÓN DE ROPA AL SERVICIO DE LAVANDERÍA

UNIDAD PETICIONARIA: .... **Fecha:** ....

	N.º unidades solicitadas	N.º unidades recibidas		N.º unidades solicitadas	N.º unidades recibidas
Sábanas cama:			Pijamas:		
Sábanas cuna:			Batas:		
Sábanas nido:			Muletones:		
Entremetidas:			Picos:		
Colchas cama:			Camisillas:		
Colchas cuna:			Paños limpieza:		
Fundas almohadas:			Batas verdes:		
Almohadas:			Pijamas verdes:		
Fundas colchón plastificadas:			Sábanas verdes:		
Fundas colchón tela:			Paños verdes:		
Mantas cama:			Compresas:		
Mantas cuna:			Gorros tela:		
Toallas tocador:			Mascarillas tela:		
Toallas baño:			Calzas tela:		
Camisones:			Otros:		

N.º de camas ocupadas: **Fecha:** **Fecha:**

Fig. 5.10. *Documento de petición de ropa al servicio de lavandería.*

D. Petición al servicio de farmacia

Actualmente, para la distribución de la medicación en planta se utiliza el método de unidosis o dosis unitaria. El proceso es el siguiente: el personal de enfermería de la unidad, y bajo prescripción médica, solicita informáticamente la petición individualizada de los medicamentos diarios de cada paciente. El servicio de farmacia, mediante sistemas automatizados, prepara por separado la medicación diaria de cada paciente en carros de dosis unitarias que se servirán en las unidades.

El celador suele ser el empleado encargado de llevar el carro de unidosis al servicio que lo ha solicitado. El personal de enfermería debe comprobar que lo recibido se corresponde con lo solicitado.

E. Petición de material de esterilización

El material sanitario no desechable debe esterilizarse para poder ser reutilizado. En este documento se anota el material que se envía para su esterilización, así como el nombre del servicio que realiza la petición. Una vez esterilizado, el material se devolverá al servicio correspondiente. El documento debe ir firmado por el supervisor y el encargado del servicio de esterilización.

El técnico en cuidados auxiliares de enfermería deberá comprobar que el material recibido del servicio de esterilización está en condiciones óptimas.

F. Planillas de turnos

Documento que recoge los días y los turnos de trabajo de los empleados de un centro sanitario, como ves en la Figura 5.11. La dirección de enfermería es la encargada de elaborar la planilla de turnos del personal de enfermería. Para realizar un cambio de turno, el empleado debe solicitarlo por escrito mediante otro documento: **petición de cambio de turno.**

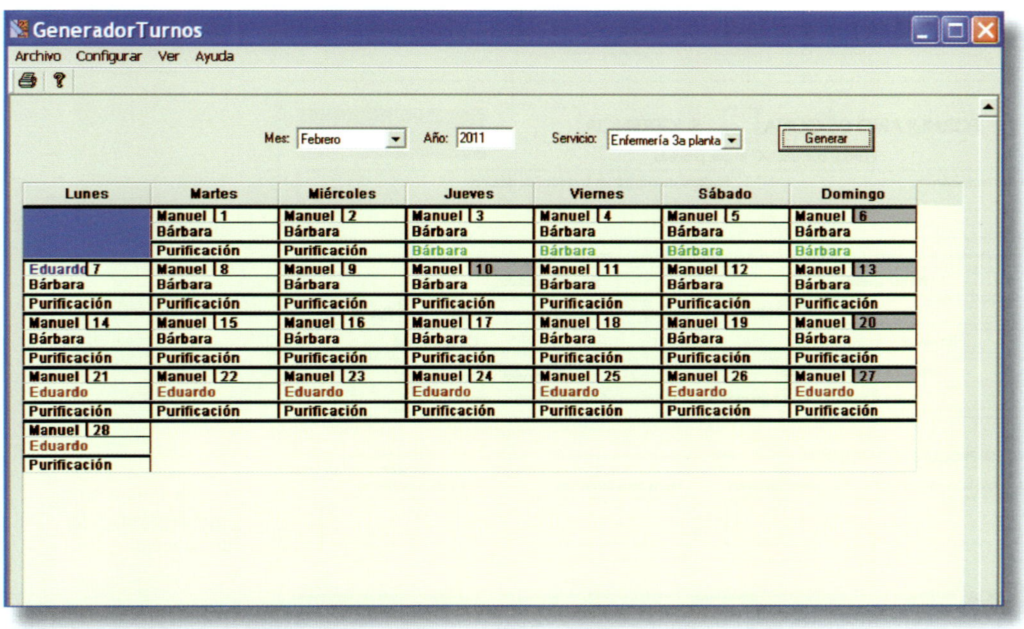

Fig. 5.11. *Planilla de turnos informatizada.*

ACTIVIDADES

7. ¿Qué información aparece reflejada en una planilla de dietas?
8. Confecciona un documento de pedido al servicio de lavandería. Utiliza para su cumplimentación el material de lencería que hay en tu aula de prácticas.
9. Confecciona un documento de pedido al servicio de esterilización. Utiliza para su cumplimentación el material sanitario que hay en tu aula de prácticas.

IMPORTANTE

Servicio de atención al paciente

Además de recoger las quejas y sugerencias de los pacientes, el **servicio de atención al paciente** realiza otras funciones: sirve de punto de información, vela por los derechos de los pacientes, presta apoyo a familiares de pacientes críticos, tramita los fallecimientos, realiza encuestas de satisfacción, etc.

4.2. Documentos extrahospitalarios

Son aquellos documentos en los que el emisor, el receptor o ambos no son trabajadores del hospital. Generalmente, se originan como consecuencia del tratamiento y estancia del paciente en el centro; también se incluyen aquí todos aquellos documentos administrativos relacionados con el movimiento de los pacientes, sus reclamaciones, etc.

A. Guía de acogida a los pacientes

Su misión es proporcionar información a los pacientes y a sus familiares sobre el funcionamiento del centro asistencial. Entre la información que recoge encontramos los horarios de comida, el régimen de visitas, las normas de comportamiento en el centro, etc. El servicio de admisión es el encargado de su redacción.

B. Impreso de reclamaciones y sugerencias

En este documento se recogen los datos de la persona que presenta la reclamación o sugerencia y los motivos de la misma (Figura 5.12). Debe indicarse la fecha y el lugar e ir firmado por el interesado. Una vez cumplimentado debe dirigirse al servicio de atención al paciente. Este servicio tiene como finalidad mejorar la calidad de la atención y de los servicios prestados en el centro sanitario.

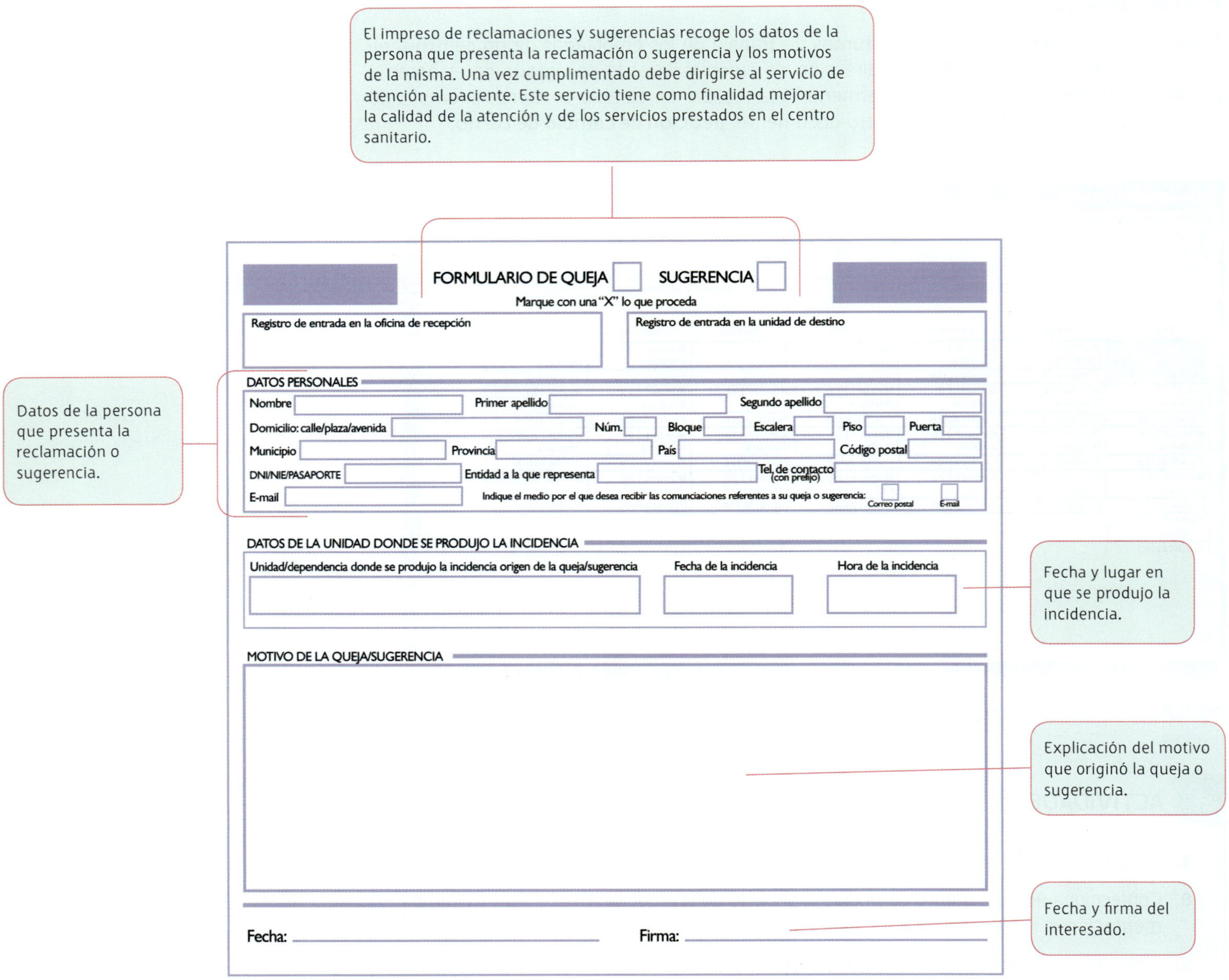
FORMULARIO DE QUEJA ☐ SUGERENCIA ☐

Marque con una "X" lo que proceda

Registro de entrada en la oficina de recepción

Registro de entrada en la unidad de destino

DATOS PERSONALES

Nombre | Primer apellido | Segundo apellido

Domicilio: calle/plaza/avenida | Núm. | Bloque | Escalera | Piso | Puerta

Municipio | Provincia | País | Código postal

DNI/NIE/PASAPORTE | Entidad a la que representa | Tel. de contacto (con prefijo)

E-mail | Indique el medio por el que desea recibir las comunicaciones referentes a su queja o sugerencia: Correo postal ☐ E-mail ☐

DATOS DE LA UNIDAD DONDE SE PRODUJO LA INCIDENCIA

Unidad/dependencia donde se produjo la incidencia origen de la queja/sugerencia | Fecha de la incidencia | Hora de la incidencia

MOTIVO DE LA QUEJA/SUGERENCIA

Fecha: ____________ Firma: ____________

Fig. 5.12. *Formulario de quejas y sugerencias.*

C. Tarjeta sanitaria

> La **tarjeta sanitaria individual (TSI)** es el documento administrativo que identifica individualmente a los usuarios ante el Sistema Nacional de Salud.

Cada persona, independientemente de su edad, debe disponer de su tarjeta sanitaria (Figura 5.13). Esta es emitida por los servicios de salud de las comunidades autónomas y garantiza la atención sanitaria en todo el territorio nacional. La tarjeta incluirá, entre otros, los siguientes datos básicos:

- Administración sanitaria que emite la tarjeta, por ejemplo, SESCAM en Castilla-La Mancha.
- Identificación del titular (nombre, apellidos y DNI).
- Código de identificación personal (CIP), que permite una identificación rápida y facilita el acceso a la información clínica del titular.

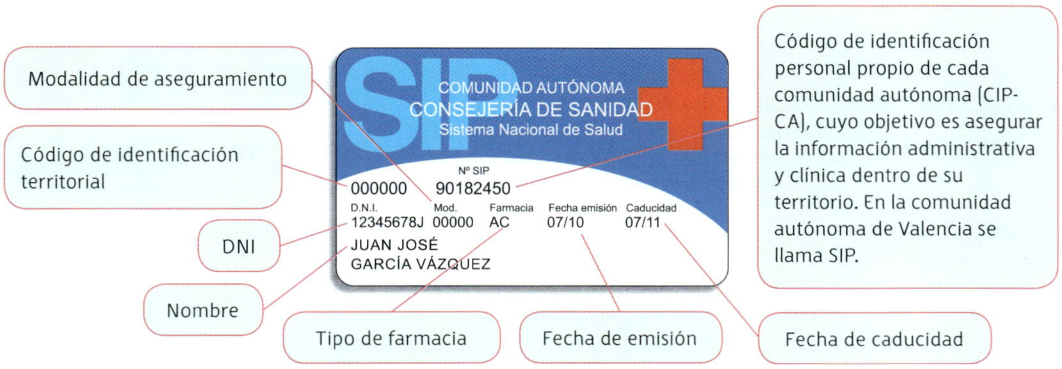

Fig. 5.13. *Tarjeta sanitaria individual.*

D. Receta médica

Según el Real Decreto 1718/2010, de 17 de diciembre, sobre receta médica y órdenes de dispensación, la receta médica es «el documento de carácter sanitario, normalizado y obligatorio mediante el cual los médicos, odontólogos o podólogos, legalmente facultados para ello, y en el ámbito de sus competencias respectivas, prescriben a los pacientes los medicamentos o productos sanitarios sujetos a prescripción médica». También recoge que la receta médica podrá tener un soporte en papel, actualmente en desuso, o informático, receta electrónica que ya se ha implantado en todo el territorio nacional.

En general, la receta médica oficial es válida para una dispensación por la oficina de farmacia con un plazo máximo de diez días naturales a partir de la fecha de prescripción; en el caso de la receta electrónica será indispensable la presentación de la tarjeta sanitaria individual del paciente para la dispensación de la medicación por parte del farmacéutico.

La receta médica pública se complementa con una hoja de información al paciente, de entrega obligatoria al mismo, en la que se recoge información de tratamiento necesaria para facilitar el uso adecuado, por parte del usuario, de los medicamentos o productos sanitarios prescritos.

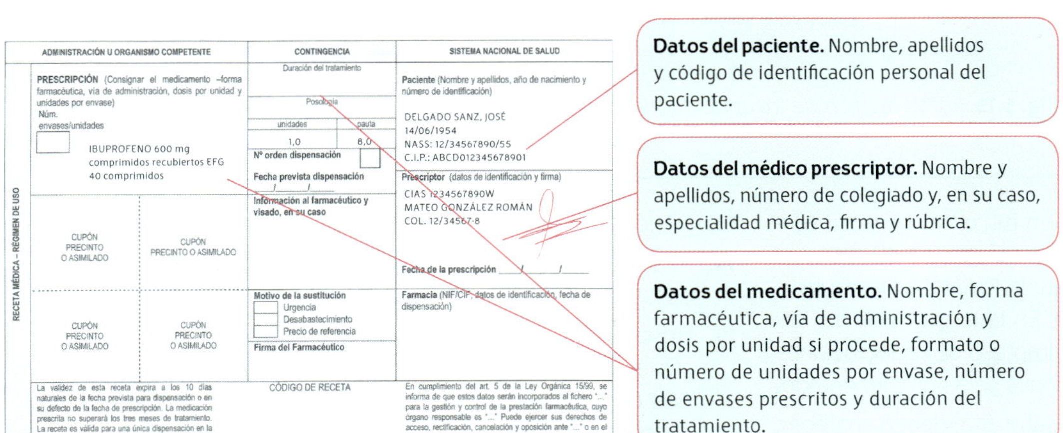

Fig. 5.14. *Información básica en una receta médica.*

IMPORTANTE

Tarjeta sanitaria europea

La **tarjeta sanitaria europea** reconoce el derecho del titular a recibir las prestaciones sanitarias en las mismas condiciones que los nacionales durante una estancia temporal en cualquiera de los países integrantes de la Unión Europea y Suiza, siempre y cuando el motivo del desplazamiento no sea la asistencia sanitaria. Puedes obtener más información en la página web de la Seguridad Social: **www.seg-social.es.**

RECUERDA

Aportación económica en receta médica

La aportación económica que deben hacer los beneficiarios de la prestación farmacéutica ambulatoria es proporcional a su nivel de renta y se recoge en el Real Decreto-Ley 16/2012, de 20 de abril, de medidas urgentes para garantizar la sostenibilidad del SNS y mejorar la calidad y seguridad de sus prestaciones.

? ¿SABÍAS QUE...?

Partes médicos e incapacidad temporal

Puedes ampliar la información sobre el parte médico de incapacidad temporal consultando el RD 625/2014, de 18 de julio, y la orden ESS/1187/2015, de 15 de junio, por los que se regulan diferentes aspectos de la gestión y control de la incapacidad laboral temporal.

E. Justificante de visita médica

Se utiliza para justificar en el centro de trabajo la estancia en consulta. Los datos que debe incluir el justificante son los siguientes: datos identificativos del interesado, servicio en el que ha sido atendido, duración de la estancia y fecha. Debe ir firmado por el profesional que le ha atendido.

F. Parte médico de incapacidad laboral temporal (ILT)

Entendemos por **incapacidad laboral temporal** la situación en la que el trabajador está incapacitado temporalmente para trabajar debido a una enfermedad común o profesional, accidente o maternidad.

El parte (Figura 5.15) lo expide el médico del servicio público de salud, tras haber realizado el reconocimiento médico. Al trabajador se le entregarán dos copias, una para él y otra que deberá entregar en la empresa en un plazo máximo de tres días.

PARTE MÉDICO DE BAJA/ALTA DE INCAPACIDAD TEMPORAL

Tipo de contingencia: Enfermedad común (EC) ☐ Accidente no laboral (ANL) ☐ Accidente de trabajo (AT) ☐ Enfermedad profesional (EP) ☐
Periodo de observación por enfermedad profesional ☐

ENTIDAD EMISORA
SPS ☐ INSS/ISM ☐ MUTUA ☐

DATOS DEL TRABAJADOR SITUACIÓN: ACTIVO ☐ PERCEPTOR DE DESEMPLEO CONTRIBUTIVO ☐

Primer apellido	Segundo apellido	Nombre	DNI-NIE-pasaporte

N.º Tarjeta Sanitaria	N.º de la Seg. Social	Domicilio habitual: (Calle, plaza ...)	Número	Bloque	Escalera	Piso	Puerta

Localidad	Provincia	Código postal	Teléfono móvil	Teléfono fijo

Nombre de la empresa	Puesto de trabajo	Código nacional de ocupación (CNO)

DESCRIPCIÓN DE LA LIMITACIÓN DE LA CAPACIDAD FUNCIONAL (en el parte de baja) / RESULTADO DEL RECONOCIMIENTO MÉDICO (en el parte de alta)

20141104

DIAGNÓSTICO — Código CIE-9 (Todas las contingencias)

P.9

CUMPLIMENTAR SOLO EN CASO DE CONTINGENCIA PROFESIONAL:
Fecha de AT o EP ☐ Leve(1) ☐ Grave(1) ☐ Muy grave(1) ☐
Código de enfermedad profesional ☐ Tipo de asistencia: Ambulatoria ☐ Hospitalaria ☐
Parte del cuerpo dañada(1) ☐
(1) Solo en caso de accidente de trabajo
Código CIE-10 (Solo en EP)

8-021

TIPO DE PROCESO Muy corto ☐ Medio ☐ Corto ☐ Largo ☐ — DURACIÓN ESTIMADA ☐ días — Fecha de la siguiente revisión médica

PARTE DE BAJA ☐ Fecha de la baja
Recaída: SÍ ☐ NO ☐
Fecha de baja del proceso inicial del que es recaída

DATOS DEL FACULTATIVO-CIAS/ DATOS DEL MÉDICO INSPECTOR
Firma, fecha y sello

CAUSAS DEL ALTA MÉDICA:
Curación/Mejoría que permite realizar trabajo habitual ☐
Fallecimiento ☐
Propuesta de incapacidad permanente ☐

Fig. 5.15. *Parte médico de incapacidad laboral.*

ACTIVIDADES

10. Imagina que acudes a una consulta en tu centro de salud que tenías programada a las nueve de la mañana, no te atienden hasta las once y decides poner una queja. Rellena un formulario en el que expongas tu reclamación. En la página web del Ministerio de Sanidad encontrarás un impreso de reclamaciones y sugerencias, así como las instrucciones para cumplimentarlo.

11. Identifica en tu tarjeta sanitaria los datos que deben aparecer.

12. ¿Qué datos figuran en el dorso de tu tarjeta sanitaria?

13. ¿Qué datos deben aparecer en una receta médica?

14. Realiza un esquema de un justificante médico que recoja los datos que deben aparecer en el mismo.

15. Busca en Internet la definición de enfermedad profesional. ¿Qué elementos deben darse para considerar una enfermedad como profesional? Pon algún ejemplo. También puedes consultar la definición que se da en el artículo 116 de la Ley General de la Seguridad Social.

G. Parte de consulta y hospitalización o formulario P10

Este documento se utiliza para solicitar el ingreso hospitalario de un paciente o la atención del mismo en el servicio de urgencias. En él se incluyen los siguientes datos: identificación del paciente, los datos del médico responsable, el diagnóstico y el tratamiento que ha recibido el paciente. Puedes ver un modelo en la Figura 5.16.

SERVICIO DE ADMISIÓN CITACIÓN DE CONSULTAS N.° HISTORIA

D/Dña. ....

Deberá acudir a la consulta de ....

con carácter normal / preferente (táchese lo que no proceda) ....

En el plazo de ....

PARA ☐ Consulta ☐ Sucesiva ☐ Poshospitalización

☐ Posurgencias ☐ Preoperatorio

☐ Técnicas especiales (especificar) ....

CON ☐ Historia y Rx ☐ Historia exclusivamente Fdo: Dr. ....

El día .... a las .... con este volante ....

Deberá volver: En el plazo de ....

Previa cita a: ☐ Radiodiagnóstico ☐ Consulta de .... Con: ☐ Historia y Rx ☐ Historia exclusivamente

Fig. 5.16. *Formulario P10.*

H. Petición de transporte sanitario

Tienen derecho a esta prestación (Figura 5.17) las personas enfermas o accidentadas cuando reciban asistencia sanitaria del Sistema Nacional de Salud y que, por imposibilidad física o una situación de urgencia que implique riesgo vital o daño irreparable para la salud, no puedan utilizar el transporte ordinario para desplazarse a un centro sanitario o a su domicilio, siempre tras recibir la atención sanitaria correspondiente, en caso de que persistan las causas que justifiquen su necesidad.

La necesidad del transporte del paciente será determinada por el facultativo correspondiente. El paciente podrá ir acompañado cuando su edad o situación clínica así lo requieran.

IMPORTANTE

Transporte sanitario

El derecho a la prestación de **transporte sanitario** se recoge en el artículo 19 de la Ley 16/2003, de 28 de mayo, de cohesión y calidad del Sistema Nacional de Salud.

¿SABÍAS QUE...?

Técnico en emergencias sanitarias

Actualmente, existe el título de Grado Medio de Formación Profesional **Técnico en Emergencias Sanitarias,** que capacita, entre otras competencias, para el transporte de pacientes al centro sanitario. Hay más información sobre esta titulación en el Real Decreto 1397/2007, de 29 de octubre.

ORDEN DE TRASLADO EN MEDIO ESPECIAL DE TRANSPORTE — TIPO DE TRASLADO: ☐ URGENTE ☐ PROGRAMADO — ☐ U. V. I. MÓVIL ☐ TRANSPORTE COLECTIVO ☐ AMBULANCIA CONVENCIONAL

1.- DATOS DEL ENFERMO — Nombre y apellidos — Edad — Sexo — N/SS

Domicilio — Calle/plz. — Código — Teléfono

2.- DIAGNÓSTICO Y CAUSAS MÉDICAS QUE JUSTIFICAN EL TRASLADO EN MEDIO ESPECIAL

3.- CONDICIONES ESPECIALES DE TRANSPORTE. JUSTIFICAR SI LAS PRECISA — MÉDICO ☐ ENFERMERA ☐ CELADOR ☐

4.- ORIGEN Y DESTINO DEL TRASLADO — Origen: — Destino:

TRASLADOS URGENTES		TRASLADOS PROGRAMADOS
Hora de petición del envío	Firma	Motivo que origina el traslado
Hora de recogida del enfermo	Firma enfermo o familiar	Mes de validez
Hora de llegada destino	Firma y sello del hospital	Fechas citación
Hora de regreso al origen	Firma del responsable	Hora

Fig. 5.17. *Petición de transporte sanitario.*

WEB

www.isciii.es

En la página web del Instituto de Salud Carlos III puedes consultar los casos de enfermedades EDO acaecidos en España.

La declaración de las enfermedades EDO viene regulada por el RD 2210/1995, por el que se crea la Red Nacional de Vigilancia Epidemiológica, y por su modificación, la orden SSI/445/2015, de 9 de marzo.

I. Parte de EDO

El parte de EDO es el documento en el que se registran para su comunicación a las autoridades sanitarias los casos de **enfermedades de declaración obligatoria:** aquellas que se consideran de gran importancia para la salud pública.

Dichas enfermedades se notifican cuando son diagnosticadas por parte de los médicos o laboratorios, o incluso en caso de sospecha sin confirmación diagnóstica.

En España, las enfermedades EDO son un total de 60, entre las que se encuentran el botulismo, la brucelosis, el cólera, la difteria, la disentería, la fiebre amarilla, las hepatitis víricas, la lepra, el paludismo, la rabia, la rubeola, la sífilis, etc.

Este documento permite recoger datos estadísticos que muestren la frecuencia con la cual ocurre la enfermedad y ayuden a los investigadores a identificar las tendencias de la misma y a rastrear sus brotes, lo que permite evitar futuras epidemias.

En la Figura 5.18 puedes observar cómo es el flujo de información para la notificación de un caso de EDO.

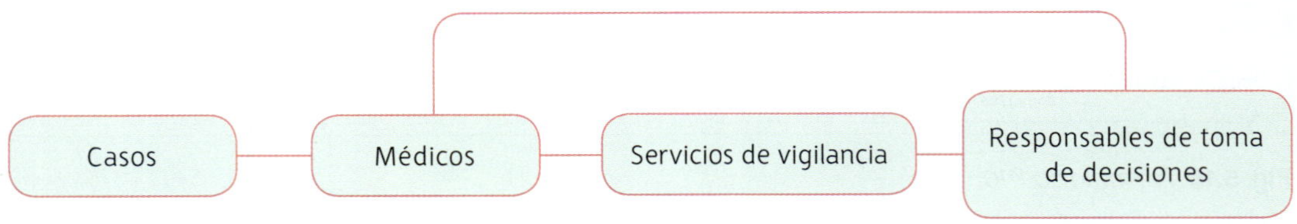

Fig. 5.18. *Flujo de información en casos de EDO.*

Además, en la Figura 5.19 se muestra un modelo de parte de EDO.

ENFERMEDADES DE DECLARACIÓN OBLIGATORIA
DECLARACIÓN NUMÉRICA SEMANAL

CASOS DECLARADOS CORRESPONDIENTES A LA SEMANA QUE TERMINÓ A LAS 24 H DEL SÁBADO...........DE ....DE 20...............

ENFERMEDADES	A DECLARAR SOLO DE FORMA NUMÉRICA	N.º DE CASOS	A DECLARAR NUMÉRICA Y TAMBIÉN DE FORMA INDIVIDUALIZADA (*)	N.º DE CASOS
Del aparato digestivo	Hepatitis vírica tipo A Otras hepatitis víricas Procesos diarreicos, otros Toxiinfección alimentaria	....	Hepatitis vírica tipo B Disentería bacilar y amebiana Fiebre tifoidea y taratifoidea	....
Respiratorias	Gripe IRA (Infección resp. aguda) Neumonía Tosferina	....	Difteria Tuberculosis respiratoria	....
Objeto de documentación y vigilancia por la O.M.S.			Cólera Fiebre amarilla Peste Paludismo Poliomelitis Tifus (epidémico) por piojos Fiebre recurrente por piojos	....
Antropozoonosis			Fiebre recurrente por garrapatas Brucelosis Carbunco Fiebre exantemática mediterránea (botonosa) Hidatidosis Leishmaniasis Leptospirosis Rabia humana y animal Triquinosis	....
Enfermedades de transmisión sexual	Infección gonocócica Oftalmia neonatal gonocócica Sífilis primaria o secundaria Otras E.T.S.	....		
Enfermedades temáticas	Escarlatina Rubeola Sarampión Varicela	....		
Otras	Fiebre reumática aguda Parotiditis Sepsis puerperal Tracoma	....	Otras tuberculosis (incluida meningitis Tb) Infección meningocócica Lepra Tétanos	....

(*) Para la notificación INDIVIDUALIZADA usar los impresos adecuados. Las enfermedades en color rojo deberán ser además comunicadas URGENTEMENTE (por teléfono) y así mismo cualquier BROTE EPIDÉMICO cualquiera que sea su etiología.

DATOS DEL RESPONSABLE DE LA NOTIFICACIÓN Dr. D. .... (Nombre y apellidos) N.º Colegiado .... Tel. contacto ....
Médico de atención primaria del MUNICIPIO de ....
Médico perteneciente al CENTRO SANITARIO de ....
Otras alternativas (ejercicio privado, etc.)..
Observaciones ....
Fecha: Firma:

Fig. 5.19. *Parte de EDO.*

WEB

www.madrid.org

Puedes ampliar la información sobre las enfermedades de declaración obligatoria en esta página del sistema de salud de la comunidad de Madrid.

ACTIVIDADES

16. ¿Bajo qué circunstancias tendrá un paciente derecho al uso de transporte sanitario?

17. Explica el concepto de EDO. ¿Qué utilidad presenta la comunicación de estas enfermedades a las autoridades sanitarias?

18. Visita la página de la Organización Mundial de la Salud **(http://www.who.int)** y busca información sobre tres enfermedades EDO.

4.3. Documentos intercentros

La función de los documentos intercentros es facilitar la comunicación entre centros relacionados, como, por ejemplo, entre un centro de salud y el hospital del que depende. Uno de los documentos intercentros es la solicitud para consulta especializada.

> El **impreso de derivación** o **solicitud para consulta especializada** es el documento que utiliza el médico de atención primaria para solicitar una consulta especializada para el paciente.

El paciente tendrá que entregar el volante al personal administrativo del centro de salud, el cual tramitará su consulta con el especialista. El personal administrativo le asignará y comunicará, en ese momento, la fecha, la hora y el lugar de consulta, y además le entregará la citación junto con el volante. En la Figura 5.20 se muestra un modelo de solicitud de consulta especializada.

CSCN Centro de Salud Ciudad Nueva

Primer apellido: | Segundo apellido:
Nombre: | N.º Historia Clínica: | Edad:

SOLICITUD DE CONSULTA ESPECIALIZADA

Médico solicitante Servicio	Fecha	Especialidad consultado Servicio

Motivo de la interconsulta

FIRMA, DR. ____

ORDINARIO		URGENTE

Fig. 5.20. *Solicitud de consulta especializada.*

! IMPORTANTE

Impreso de derivación y hoja de interconsulta

No debes confundir el **impreso de derivación** para consulta especializada con la **hoja de interconsulta.** El primero es un documento no clínico que emite el médico de atención primaria para solicitar atención especializada para su paciente, y el segundo es un documento clínico, por el que el médico responsable de un paciente ingresado en el hospital solicita el servicio de otro especialista del mismo hospital.

ACTIVIDADES

19. ¿Qué función tiene el impreso de derivación para consulta especializada? ¿Qué datos debe incluir?

20. En el hospital en el que trabajas hay un paciente hospitalizado acompañado de un familiar. ¿Qué documentos no clínicos y con qué fin se generarán durante su estancia?

SÍNTESIS Documentación

- **Tipos de documentación**
  - **Documentación no sanitaria.** Documentos que no guardan relación con la asistencia a los pacientes.
  - **Documentación sanitaria.** Documentos generados en la atención a los pacientes y en las gestiones administrativas relacionadas con dicha atención.
    - La documentación sanitaria se divide en dos tipos: clínica y no clínica.
      - **Documentación clínica.** Referida directamente a la atención sanitaria proporcionada al paciente.
      - **Documentación no clínica.** Referida a las actividades de gestión y administración relacionadas con la asistencia a los pacientes.
        - **Documentación intrahospitalaria.** Documentos que circulan entre los profesionales que trabajan en el mismo hospital: peticiones de dietas, de material al almacén, planilla de turnos, etc.
        - **Documentación extrahospitalaria.** Documentos en los que el emisor, el receptor o ambos no son trabajadores del hospital: impreso de reclamaciones y sugerencias, tarjeta sanitaria, receta médica, petición de transporte sanitario, etc.
        - **Documentación intercentros.** Documentos que facilitan la comunicación entre centros relacionados: solicitud de consulta especializada.

TEST DE REPASO

Nota: todas las actividades deben hacerse en un cuaderno aparte.

1. **Para la dispensación de los medicamentos prescritos en una receta electrónica, el usuario de la Seguridad Social deberá presentar el siguiente documento:**
   - a) Tarjeta sanitaria individual.
   - b) Tarjeta sanitaria europea.
   - c) Documento nacional de identidad o pasaporte.
   - d) Hoja de información al paciente.

2. **La petición de transporte sanitario se realizará para el traslado del paciente desde:**
   - a) Su domicilio al hospital.
   - b) Del hospital a su domicilio.
   - c) De un hospital a otro hospital.
   - d) Las respuestas anteriores son correctas.

3. **Para poder ser usuario de las prestaciones del Sistema Nacional de Salud se debe disponer del siguiente documento:**
   - a) Documento nacional de identidad.
   - b) Tarjeta sanitaria individual.
   - c) Contrato de trabajo.
   - d) Las respuestas anteriores son correctas.

4. **La adecuada gestión de la agenda de citas del facultativo permite:**
   - a) Disminuir el tiempo de espera de los pacientes.
   - b) Optimizar el tiempo de trabajo del facultativo.
   - c) Avisar a los pacientes en caso de algún imprevisto.
   - d) Las respuestas anteriores son correctas.

5. **Además de la función asistencial, los documentos en el ámbito sanitario tienen una función:**
   - a) Formadora.
   - b) Investigadora.
   - c) Administrativa.
   - d) Las respuestas anteriores son correctas.

6. **La documentación no clínica es un tipo de documentación:**
   - a) No sanitaria.
   - b) Sanitaria.
   - c) Clínica.
   - d) Las respuestas anteriores son falsas.

7. **¿En qué documento no sanitario hay que emplear fórmulas de cortesía en su elaboración?**
   - a) Petición de material sanitario al almacén.
   - b) Guía de acogida al paciente.
   - c) Carta comercial.
   - d) Agenda de citas.

8. **Entre la documentación no sanitaria podemos citar:**
   - a) Factura por obturación de dos caries.
   - b) Petición de transporte sanitario.
   - c) Petición al servicio de esterilización.
   - d) Guía de acogida a los pacientes.

9. **Cuando, en la elaboración de un documento, el emisor es un trabajador del hospital y el receptor un paciente, se tratará de un documento:**
   - a) Intrahospitalario.
   - b) Extrahospitalario.
   - c) Intercentros.
   - d) Las respuestas A y B son correctas.

10. **La Ley de cohesión y calidad del Sistema Nacional de Salud es:**
    - a) La Ley 26/2012, de 28 de mayo.
    - b) La Ley 2210/1995, de 28 de mayo.
    - c) La Ley 16/2003, de 28 de mayo.
    - d) La Ley 6/2015, de 28 de mayo.

11. **Sobre la petición de material sanitario al almacén es cierto que el TCAE se encargará de:**
    - a) Cumplimentar la solicitud.
    - b) Comprobar que el material recibido está en buenas condiciones.
    - c) Transportar el material desde el almacén hasta la unidad correspondiente.
    - d) Las respuestas anteriores son correctas.

12. **Para facilitar la comunicación entre centros sanitarios utilizaremos:**
    - a) Documentación intrahospitalaria.
    - b) Documentación telehospitalaria.
    - c) Documentación extrahospitalaria.
    - d) Documentación intercentros.

13. **El justificante de visita médica es un tipo de documento:**
    - a) No sanitario intrahospitalario.
    - b) No clínico extrahospitalario.
    - c) Clínico intercentros.
    - d) No clínico interhospitalario.

14. **El impreso de reclamaciones y sugerencias se utiliza en los hospitales para:**
    - a) Presentar una queja por parte del paciente o sus familiares.
    - b) Felicitar a los profesionales sanitarios que nos han atendido.
    - c) Solicitar un cambio de turno como profesionales sanitarios.
    - d) Las repuestas A y B son correctas.

COMPRUEBA TU APRENDIZAJE

Nota: todas las actividades deben hacerse en un cuaderno aparte.

Conocer la importancia de los documentos en la atención sanitaria.

1. Define los siguientes conceptos: documento, documentación sanitaria y documentación no sanitaria.
2. Explica la importancia de los documentos en la atención sanitaria.
3. Elabora un cuadro sobre la utilidad de los siguientes documentos: agenda de citas, documento de petición al servicio de farmacia y justificante de visita médica.
4. ¿Qué quiere decir que la distribución de fármacos en planta se realiza en unidosis?
5. Enumera cinco funciones del servicio de atención al paciente de un hospital.

Clasificar los documentos utilizados en la atención sanitaria.

6. Clasifica los siguientes documentos como documentación sanitaria y no sanitaria: presupuesto de medicamentos, carta comercial, parte de EDO, planilla de dietas, factura de prestación de asistencia sanitaria, guía de acogida a los pacientes de un hospital, un catálogo de productos sanitarios, parte médico de incapacidad laboral.
7. Realiza un esquema en el que recojas la clasificación de la documentación no clínica, indicando en cada caso los documentos estudiados.
8. Recopila diferentes documentos no clínicos (puedes solicitarlos en tu centro de salud o a través de Internet) y compáralos con los de tus compañeros; clasifícalos dentro de los tres grupos estudiados.

Identificar y manejar los principales documentos no sanitarios.

9. Elabora una carta comercial en la que solicites a un proveedor material odontológico para la clínica del doctor Fernando Muñoz García. Para este ejercicio puedes apoyarte en el material que estudias en el Módulo de Técnicas de Ayuda Odontológica.
10. ¿Qué datos del paciente deben recogerse en la agenda de citas?
11. Organiza la agenda de citas semanal para el doctor Fernando Muñoz García para un día de su trabajo. El horario laboral de la clínica odontológica es de 15:30 a 19:00 horas. Debe haber al menos tres motivos diferentes de consulta e incluir una cita con un visitador médico. Para esta actividad puedes apoyarte en lo estudiado en técnicas de ayuda odontológica.

Identificar y manejar los principales documentos no clínicos.

12. ¿Qué es un documento intrahospitalario? ¿Y un documento extrahospitalario?
13. Actualmente, todos los hospitales publican sus guías de acogida a los pacientes. ¿De qué tipo de documento se trata? ¿Cuál es su finalidad?
14. Define tarjeta sanitaria individual. ¿Quién la emite? ¿Qué utilidad tiene?
15. Busca en Internet el modelo de tarjeta sanitaria de una comunidad autónoma diferente a la tuya. ¿Aparecen los mismos datos?
16. Un paciente crónico tiene prescrito su tratamiento mediante la receta electrónica y decide irse de vacaciones a una comunidad autónoma diferente. ¿Le servirá su receta electrónica para dispensación de medicamentos en la otra comunidad autónoma?
17. Estás de viaje de fin de curso con tus compañeros por Estados Unidos y necesitas asistencia sanitaria. ¿Te cubrirá tu tarjeta sanitaria europea la asistencia? Si estuvieses en Alemania de viaje, ¿te cubriría la asistencia?
18. Elabora un justificante de visita médica para un paciente que ha acudido a consulta a las 10:00 horas del lunes 26 de enero de 2016. ¿Qué datos deben aparecer en el documento?
19. El número de enfermedades de declaración obligatoria ha pasado de ser 33 en el año 1995 a 60 en el 2015. ¿A qué factores crees que se debe este aumento?
20. ¿Qué finalidad tiene la planilla de turnos? ¿Quién se encarga de su realización para el personal de enfermería de un hospital?
21. Busca información sobre la aportación que debe hacer un pensionista por la medicación y productos sanitarios que tenga prescritos.
22. ¿Qué datos deben aparecer en un parte de consulta y hospitalización?
23. En caso de un accidente laboral que te impida seguir realizando tu trabajo, ¿qué documento necesitarás para justificarlo a la empresa? ¿Cuántas copias componen este documento?
24. ¿Qué documento se utiliza para trasladar en ambulancia de un centro de salud a un hospital a un paciente? ¿Quién decide la necesidad de que el paciente sea trasladado en ambulancia?
25. Confecciona un documento de pedido de cinco productos sanitarios al almacén. Utiliza para su cumplimentación el material que hay en tu aula de prácticas.

PRÁCTICA FINAL

Nota: todas las actividades deben hacerse en un cuaderno aparte.

Trabajas como técnico en cuidados auxiliares de enfermería en la clínica odontológica del doctor Fernando Muñoz García. Organiza la agenda de citas de un día del doctor Muñoz, según los datos recogidos en la tabla. El horario es de 15:30 a 19:30 horas. Además, debes elaborar un justificante médico para el trabajo de la paciente D.ª Paulina Martínez Rubio.

Recomendaciones para realizar la actividad

- Un módulo horario comprende 15 minutos.
- Diferentes tratamientos requieren tiempos distintos, a continuación se recogen los diferentes motivos de consulta y los bloques horarios asignados a cada uno.
- El paciente D. Rafael López Rojo acude para una obturación simple, lo que ocupa dos módulos horarios.
- La paciente D.ª Laura Martínez García acude para hacerse una radiografía (pantomografía), lo que ocupa un módulo horario.
- La paciente D.ª Josefina Catalán Catalán acude para su revisión de la ortodoncia, lo que ocupa un módulo horario.
- La paciente D.ª Sandra Delgado Moreno presenta una hepatitis C cronificada. Acude para una limpieza bucodental, lo que ocupa dos módulos horarios.
- La paciente D.ª Natalia Rodríguez Blandón acude para hacerse una obturación simple, lo que ocupa dos módulos horarios.
- La paciente D.ª Paulina Martínez Rubio acude para una cirugía de extracción de muela del juicio. Esto ocupa tres módulos horarios.
- El paciente D. Adrián Rubio García acude para una endodoncia birradicular, que ocupa tres módulos horarios.
- Hay una reunión del equipo que ocupa dos módulos horarios.
- En caso de realizar una reunión del equipo sanitario, lo ideal es que la programes en el último módulo, así, de alargarse la reunión, no afectará a los pacientes.
- Recuerda que si algún paciente presenta alguna enfermedad transmisible (hepatitis, etc.), debes atenderle en las últimas franjas horarias para evitar posibles contagios accidentales. No olvides que el paciente tiene derecho al secreto profesional, no divulgues su patología.
- El justificante debe incluir los siguientes datos: identificación de la clínica, datos identificativos del paciente, fecha y franja horaria de la visita, y fecha y firma del odontólogo.

Una posible forma de organizar la agenda, según las recomendaciones dadas, aunque hay otras posibilidades, es esta:

Horario	Paciente
15:30-15:45	D. Rafael López Rojo
15:45-16:00	
16:00-16:15	D.ª Laura Martínez García
16:15-16:30	D.ª Josefina Catalán Catalán
16:30-16:45	D.ª Natalia Rodríguez Blandón
16:45-17:00	
17:00-17:15	D.ª Paulina Martínez Rubio
17:15-17:30	
17:30-17:45	
17:45-18:00	D. Adrián Rubio García
18:00-18:15	
18:15-18:30	
18:30-18:45	D.ª Sandra Delgado Moreno
18:45-19:00	
19:00-19:15	Reunión de equipo
19:15-19:30	

El justificante de asistencia al médico debe contener los datos del paciente, así como la fecha y hora en la que se realiza la consulta.

Cuestiones

1. Imagina que la paciente D.ª Pilar Rodríguez Castillo te telefonea para que se la atienda con urgencia, pues tiene periodontitis. Reelabora la agenda para incluir la consulta a esta paciente.
2. Elabora una carta comercial para un paciente informándole de que la próxima semana se hace una campaña de detención precoz de caries infantil gratuita para sus hijos. No olvides incorporar a la carta los apartados principales.

Fig. 5.1. *Icono de Microsoft Word.*

Crear una carta con el procesador de texto

En esta práctica aprenderemos a utilizar un procesador de texto para escribir y dar estilo a una carta comercial. Utilizaremos el procesador de texto Microsoft Word.

En tu trabajo tendrás que redactar cartas u otro tipo de documentos en más de una ocasión. Para ello, necesitarás manejar un procesador de texto.

El procesador de texto es la aplicación informática más utilizada, ya que permite crear un amplio abanico de documentos.

> **! IMPORTANTE**
>
> **Ayuda de Microsoft Word**
>
> El sistema de **ayuda de Microsoft Word** es muy útil para resolver las dudas que puedan surgir en nuestro trabajo. Para activarlo basta con pulsar la tecla **F1** o hacer clic en el botón *Ayuda.*

1. Abrir un documento de Word

Nos situamos sobre el icono de Word que se encuentra en el escritorio y hacemos doble clic sobre él con el botón izquierdo del ratón. Aparece un documento en blanco.

2. Utilizar la interfaz gráfica

Los principales elementos de Word son los siguientes:

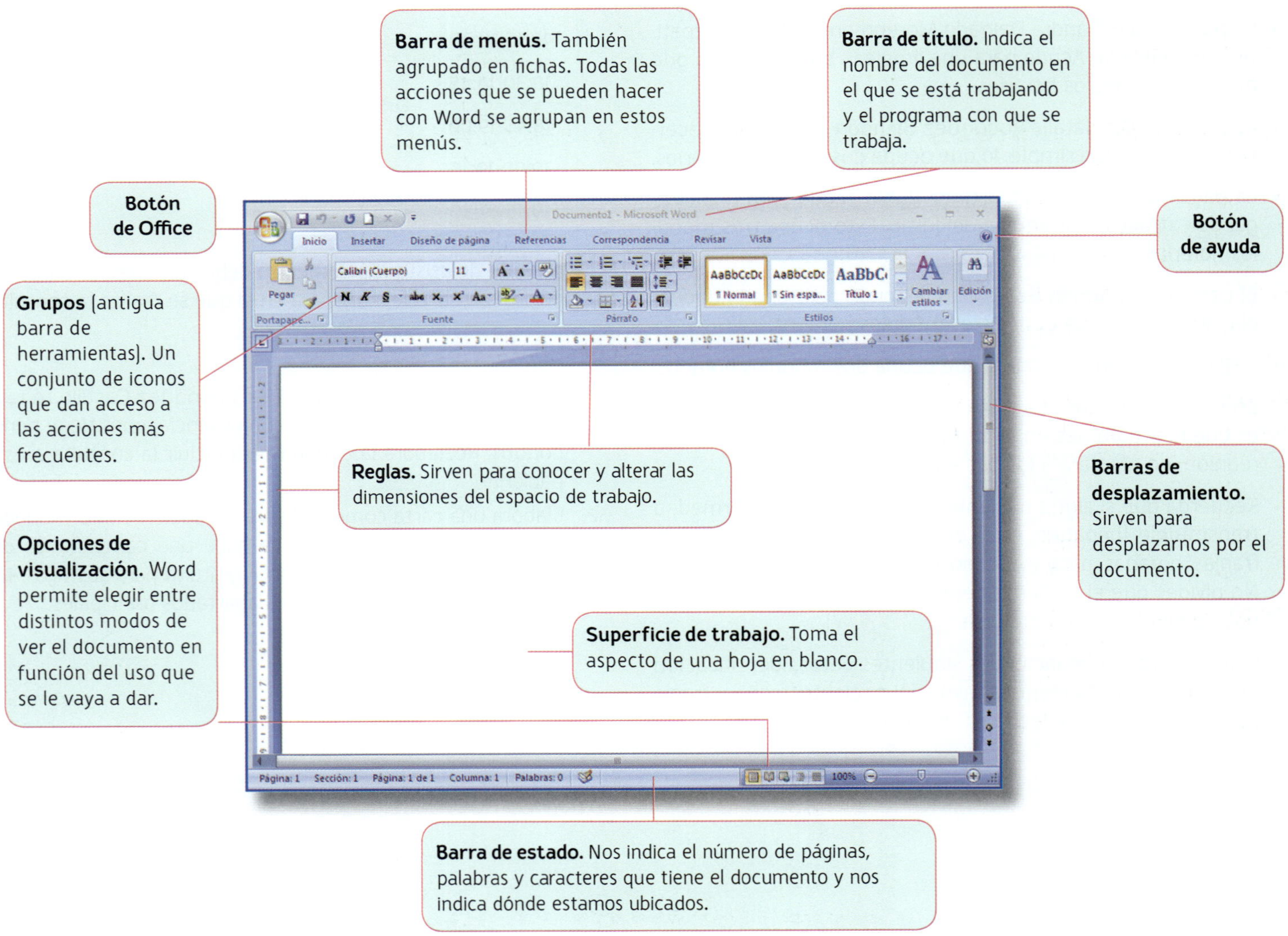

Fig. 5.2. *Interfaz gráfica.*

3. Crear una carta comercial

Escribir el texto y modificarlo

Paso 1. En primer lugar, escribe el texto de tu carta. Para cambiar de párrafo debes pulsar la tecla **Enter.** Para eliminar algún error, puedes situarte a la izquierda de lo que deseas borrar y pulsar **Supr** o bien situarte a la derecha y pulsar **Retroceso.**

En todo momento, el cursor que parpadea te indica dónde estás ubicado.

Paso 2. Colocar adecuadamente los elementos en la página. Por defecto, el programa Word alinea el texto a la izquierda. Sin embargo, en una carta comercial, cada elemento debe tener una alineación concreta. Para aplicar una nueva alineación, primero debemos seleccionar el texto que queremos modificar.

Los botones que controlan la alineación son estos:

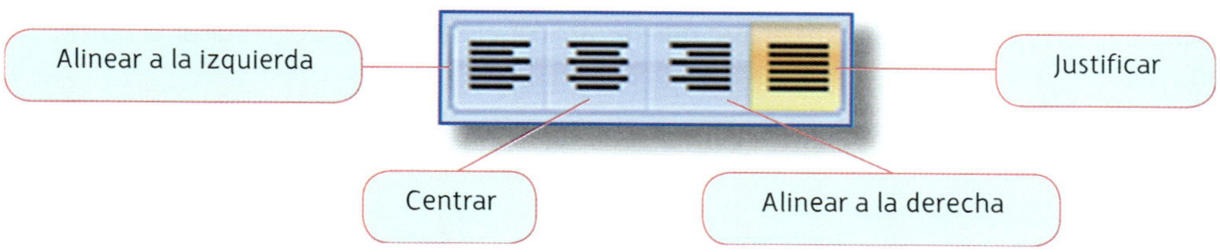

Fig. 5.3. *Alineación de texto.*

Paso 3. El nombre y membrete de la clínica deben ir alineados a la izquierda. Por lo tanto, los dejamos como están.

Paso 4. La identificación del cliente o proveedor se alinea a la derecha. Para ello, seleccionamos el texto manteniendo pulsado el botón izquierdo del ratón mientras lo arrastramos; al soltarlo, el texto debe quedar marcado con fondo azul. Después pulsamos el botón *Alinear texto a la derecha* del grupo *Párrafo.*

Paso 5. El lugar y la fecha se suelen colocar tras la identificación del cliente, también alineados a la derecha.

Paso 6. El pie o firma también se suele alinear a la derecha, mientras que el nombre del firmante se suele colocar centrado o alineado a la derecha. Para centrar un texto, lo seleccionamos y pulsamos el botón *Centrar* del grupo *Párrafo.*

Paso 7. Es conveniente que el cuerpo de la carta quede justificado. Para ello lo seleccionamos y pulsamos el botón *Justificar.*

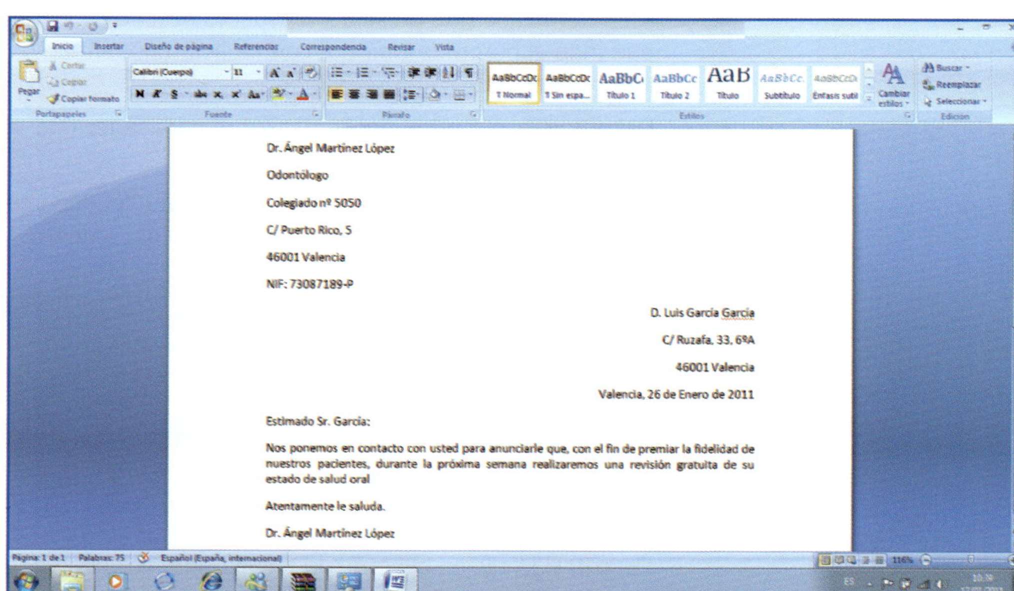

Fig. 5.4. *Modificación del texto.*

> **! IMPORTANTE**
>
> **Ventajas del procesador de texto**
>
> El **procesador de texto** te permite mejorar la presentación de los documentos, dándoles un aspecto más profesional y cuidado. También te permite elaborar plantillas, de modo que un mismo documento pueda ser utilizado para diferentes pacientes/clientes, introduciendo ligeras modificaciones, como los datos del cliente o la fecha del documento.

Paso 8. Retocar el resultado. Word da una serie de opciones que permiten alterar la apariencia del texto. Puedes modificar la fuente (tipo, tamaño, color, recurso diacrítico) o los márgenes y las sangrías.

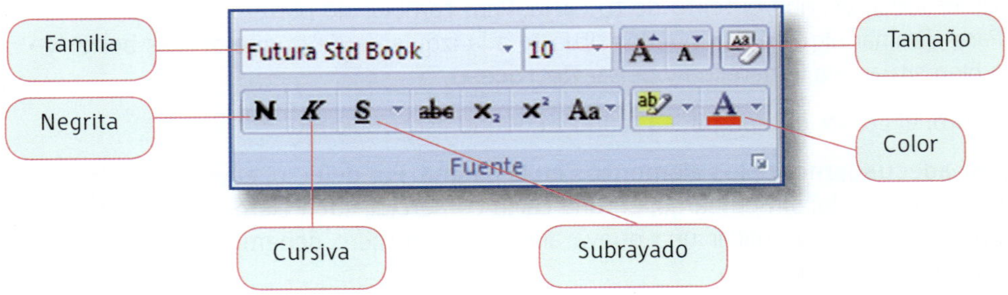

Fig. 5.5. *Opciones para alterar el aspecto de la fuente.*

Paso 9. Para cambiar la fuente, el tamaño o el color del texto, o para utilizar la negrita, la cursiva o el subrayado debes seleccionar el texto al que quieres aplicar el cambio, y luego pulsar el botón correspondiente.

Paso 10. Podemos aumentar o disminuir la sangría de algún párrafo del documento, seleccionando el texto y pulsando sobre uno de los siguientes botones:

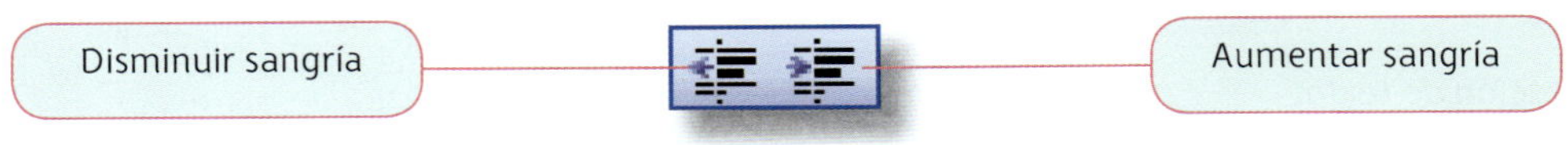

Fig. 5.6. *Sangría.*

Paso 11. Una vez escrito el texto es aconsejable realizar la revisión ortográfica. Las erratas aparecen subrayadas en rojo; para realizar la corrección, colócate con el ratón sobre la palabra y pulsa el botón secundario (suele ser el derecho); aparecerá un menú para que elijas la palabra correcta; selecciónala y el ordenador la reemplazará. Este proceso también es aplicable a los errores gramaticales, que suelen aparecer subrayados en verde.

Imprimir el documento

Paso 1. Antes de imprimir el documento, conviene que lo visualicemos en su totalidad para asegurarnos de que presenta el aspecto deseado. La visualización preliminar se puede activar pulsando el botón de Office; a continuación nos situamos sobre la opción *Imprimir* y seleccionamos la opción *Vista preliminar.*

Paso 2. Haz clic en el botón de *Zoom* para tener una vista preliminar del documento a dos páginas.

Paso 3. Para disminuir o aumentar el tamaño del documento haz clic en el icono de visualización; así se verán más o menos páginas del documento.

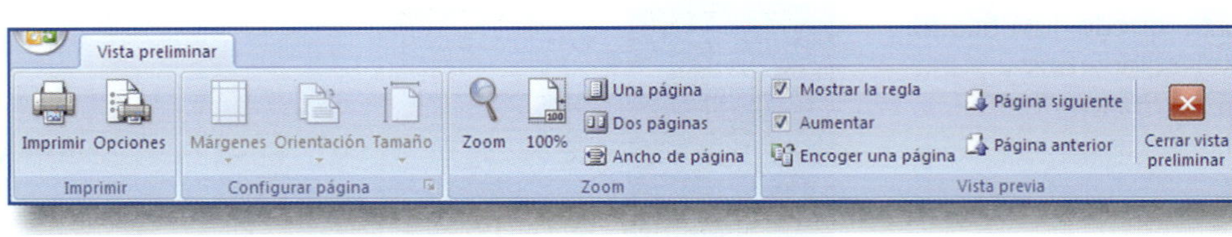

Fig. 5.7. *Imprimir un documento.*

Paso 4. Haz clic en el botón *100 %;* permite volver a ver el documento en su diseño de impresión, que es el modo normal de trabajo.

Paso 5. Al pulsar el botón *Imprimir* aparecerá un cuadro de diálogo que nos permite configurar la impresión. Para imprimir pulsa *Aceptar.*

Guardar el documento

Paso 1. Basta con pulsar el botón de Office y seleccionar la opción *Guardar como.* Aparece un cuadro de diálogo con diferentes opciones.

Paso 2. Elige una ubicación para el documento.

Paso 3. Si lo necesitas, puedes crear una nueva carpeta para guardar el documento.

Paso 4. Escribe un nombre adecuado para el documento; por ejemplo, «Carta comercial 1».

Paso 5. Elige el tipo de archivo. En la versión 2007, por defecto, es *Documento de Word*. Si deseas que sea compatible con versiones anteriores, elige *Documento de Word 97-2003.*

Paso 6. Por último, pulsa el botón *Guardar.*

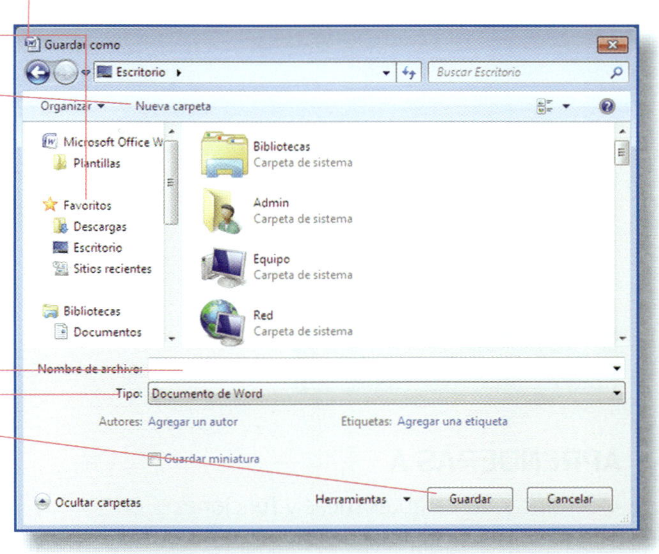

Fig. 5.8. *Guardar un documento de Word.*

Transferencia de datos a un documento Word

Cuando un TCAE elabora una carta comercial para un cliente o un proveedor es frecuente que deba adjuntar una factura, un pedido, un presupuesto, etc., documentos que suelen elaborarse con la hoja de cálculo. Estos datos se pueden transferir a un documento Word.

Paso 1. Selecciona el rango de celdas de la hoja de cálculo que contiene los datos que deseas transferir.

Paso 2. Haz clic en el botón *Copiar* de la ficha *Inicio.*

Paso 3. Se sitúa el cursor en el lugar deseado del documento Word y se pulsa el botón *Pegar* de la ficha *Inicio.*

Los datos exportados aparecerán como una tabla y se comportarán como si hubiesen sido creados por el procesador de texto. Si deseamos que los datos mantengan las propiedades con las que fueron elaborados (tabla de Excel), en el menú del botón *Pegar,* debemos seleccionar la opción *Pegado especial.*

Cuestiones

1. Escribe otra de las cartas que se proponen en la unidad. A continuación, guárdala. Luego puedes modificar el aspecto cambiando el tipo de letra y el cuerpo y volver a guardarla con un nombre diferente. Así tendrás dos modelos diferentes de carta.

2. Utiliza el procesador de texto para la elaboración de las agendas de citas propuestas en las actividades de esta unidad. Sigue los siguientes pasos:

   Paso 1. En la ficha *Insertar,* selecciona la opción *Tabla.*

   Paso 2. Selecciona el número de filas y columnas (en función de los grupos horarios y los datos que hay que incluir de cada paciente).

   Paso 3. Utiliza la opción *Herramientas de tabla* para dar al documento el aspecto deseado.

6

UNIDAD

Documentación sanitaria

En esta unidad

APRENDERÁS A

- Identificar las características y funciones de una historia clínica.
- Diferenciar y utilizar los distintos documentos que componen la historia clínica hospitalaria.
- Registrar datos en la historia clínica en atención primaria.
- Describir los sistemas de codificación y clasificación de las historias clínicas utilizados en un archivo clínico.

ESTUDIARÁS

- Las características y las funciones de una historia clínica.
- Registros médicos y de enfermería en la historia clínica hospitalaria.
- Documentos que componen la historia clínica en atención primaria.
- El archivo clínico: funciones y sistemas de clasificación de historias clínicas.

Y SERÁS CAPAZ DE

- Gestionar la documentación sanitaria registrando e interpretando la información requerida en diferentes ámbitos asistenciales.
- Clasificar las historias clínicas en archivos de los diferentes servicios o instituciones sanitarias.

1. Introducción

En esta unidad analizaremos la historia clínica en profundidad. Partiremos de la normativa que la regula y después enumeraremos todos los documentos que la componen, centrándonos en aquellos que sirven de comunicación entre los diferentes profesionales que atienden al paciente en una asistencia básica. Para concluir, determinaremos qué servicio es el encargado de su custodia.

2. Documentación clínica: historia clínica

La documentación clínica, como ya comentamos en la unidad anterior, es la que se refiere directamente a la atención sanitaria proporcionada al paciente y forma parte de la documentación sanitaria.

> La **historia clínica** está formada por un conjunto de documentos variados que incluyen informaciones sobre la situación y la evolución clínica de un paciente a lo largo de la asistencia prestada.

Todos los pacientes tienen derecho a que se recoja, en el soporte más adecuado (papel, audiovisual, informático o de otro tipo), toda la información generada en los procesos de asistencia sanitaria.

Las historias clínicas pueden ser abordadas desde diferentes puntos de vista, pero para su estudio las dividiremos en función del centro donde se desarrolla la prestación del servicio: historia clínica hospitalaria e historia clínica en atención primaria.

2.1. Características de la historia clínica

De acuerdo con la Ley de Autonomía del Paciente (arts. 7 y 14), independientemente del centro sanitario en el que se preste la asistencia, una historia clínica debe tener las características recogidas en la Tabla 6.1.

Art. 7. Derecho a la intimidad	Los datos que figuran en la historia clínica son **confidenciales.** Todas las personas tienen derecho a que los datos sobre su salud sean confidenciales y a que nadie pueda tener acceso a los mismos sin autorización previa. Los centros sanitarios deberán adoptar las medidas oportunas para garantizar dicha confidencialidad. Además, elaborarán normas y procedimientos protocolizados para que en todo momento se asegure el acceso legal a estos datos.
Art. 14, punto 1	La historia clínica en cada centro sanitario debe ser **única.** Englobará todos los documentos relativos a los procesos asistenciales de cada paciente con los nombres de los profesionales (identificación) que han participado en ellos para conseguir la máxima integración de la documentación de cada paciente.
Art. 14, punto 2	El archivo de la historia clínica debe ser **seguro.** Cada centro sanitario archivará las historias para garantizar su seguridad, su correcta conservación y la recuperación de la información.
Art. 14, punto 3	El contenido de la historia clínica debe ser **veraz.** Las administraciones sanitarias garantizarán la autenticidad de su contenido y de los cambios registrados, así como la posibilidad de su futura reproducción.
Art. 14, punto 4	Los centros adoptarán las medidas técnicas y organizativas adecuadas para **archivar** y **proteger** las historias clínicas y evitar su destrucción o su pérdida accidental.

Tabla 6.1. *Características de la historia clínica.*

ACTIVIDADES

1. Mediante el análisis de las definiciones legales incluidas en el artículo 3, establece las diferencias que existen entre centro y servicio sanitario; documentación clínica e historia clínica; paciente y usuario.
2. Enumera un ejemplo de cada uno de los términos de la actividad anterior.

IMPORTANTE

Ley de Autonomía del Paciente

La Ley 41/2002, de 14 de noviembre, llamada **Ley de Autonomía del Paciente,** es la norma básica reguladora de la autonomía del paciente y de los derechos y obligaciones en materia de información y documentación clínica.

En esta ley se recogen todos los conceptos que vamos a detallar en esta unidad, desde las definiciones legales hasta el sistema de archivo de la documentación clínica. Puedes encontrarla en la base de datos *Legislación* de la página web del BOE (**www.boe.es**).

2.2. Funciones de la historia clínica

La historia clínica recoge información durante la asistencia al paciente y este hecho determina sus funciones:

- **Clínica o asistencial.** Los datos de la historia posibilitan una asistencia de calidad que engloba distintos procesos: diagnóstico, tratamiento y evolución del paciente. Es el medio de información entre los profesionales.
- **Docente.** Es una base de datos que posibilita el aprendizaje de los profesionales sanitarios. Permite mejorar la asistencia a los pacientes en casos similares por experiencias previas.
- **Investigadora.** Es un punto de partida para plantear nuevas hipótesis y crear así líneas de investigación novedosas.
- **Gestión y calidad.** Permite la planificación, gestión y evaluación de recursos y procedimientos. Su contenido permite establecer la calidad de la asistencia prestada.
- **Médico-legal.** Sirve de apoyo para emitir un juicio sobre la relación profesional-paciente. Es el documento clave en casos de reclamaciones o juicios por negligencia profesional.

2.3. Contenido de la historia clínica

Aunque la distribución de los contenidos no es universal, la historia clínica incluye la información trascendental para conocer el estado del paciente y facilitará, por tanto, la asistencia sanitaria. Su contenido mínimo, según la Ley 41/2002, será el recogido en la Tabla 6.2:

Contenidos de la historia clínica		
• Documentación relativa a la hoja clínico-estadística. • Autorización de ingreso (*). • Informe de urgencia (*). • Anamnesis y exploración física. • Evolución. • Órdenes médicas.	• Hoja de interconsulta. • Informes de exploraciones complementarias. • Consentimiento informado (*). • Informe de anestesia (*). • Informe de quirófano o de registro del parto (*).	• Informe de anatomía patológica (*). • Evolución y planificación de cuidados de enfermería. • Aplicación terapéutica de enfermería. • Gráfico de constantes (*). • Informe clínico de alta (*).
(*) Datos exigibles en historia clínica hospitalaria o cuando se disponga.		

Tabla 6.2. *Contenido mínimo de la historia clínica.*

CASO PRÁCTICO 1

Luis Mora acude al servicio de urgencias del hospital cercano a su casa tras haber sufrido una caída en la calle con pérdida de conocimiento y padecer ahora dolores muy intensos de cabeza. Tras un periodo de observación, el médico que le atiende en urgencias decide ingresarle en planta para poder realizarle más pruebas y determinar las consecuencias del incidente. ¿Qué datos incluiría el informe de urgencias en este caso?

Solución

En el informe de urgencias deben incluirse los datos básicos que aparecen en la Figura 6.1.

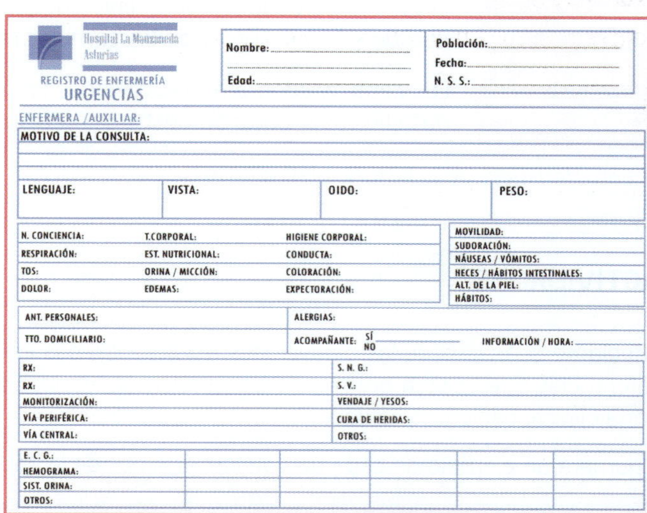

Hospital La Manzaneda
Asturias
REGISTRO DE ENFERMERÍA
URGENCIAS

Nombre: ....
Edad: ....
Población: ....
Fecha: ....
N. S. S.: ....

ENFERMERA /AUXILIAR:

MOTIVO DE LA CONSULTA:

LENGUAJE:	VISTA:	OIDO:	PESO:

N. CONCIENCIA:	T.CORPORAL:	HIGIENE CORPORAL:	MOVILIDAD:
RESPIRACIÓN:	EST. NUTRICIONAL:	CONDUCTA:	SUDORACIÓN:
TOS:	ORINA / MICCIÓN:	COLORACIÓN:	NÁUSEAS / VÓMITOS:
DOLOR:	EDEMAS:	EXPECTORACIÓN:	HECES / HÁBITOS INTESTINALES:
			ALT. DE LA PIEL:
			HÁBITOS:

ANT. PERSONALES:	ALERGIAS:
TTO. DOMICILIARIO:	ACOMPAÑANTE: SÍ / NO ______ INFORMACIÓN / HORA: ______

RX:	S. N. G.:
RX:	S. V.:
MONITORIZACIÓN:	VENDAJE / YESOS:
VÍA PERIFÉRICA:	CURA DE HERIDAS:
VÍA CENTRAL:	OTROS:

E. C. G.:					
HEMOGRAMA:					
SIST. ORINA:					
OTROS:					

Fig. 6.1. *Informe de urgencias.*

3. La historia clínica hospitalaria (HCH)

En la historia clínica hospitalaria se recoge información más variada, puesto que durante la estancia en el hospital el paciente es atendido por diferentes profesionales y sometido a pruebas de diversa índole. Todos los datos allí generados integrarán su historia.

Para facilitar su análisis establecemos dos subgrupos de documentos: los relativos a la asistencia prestada por los facultativos (registros médicos) y los que registran datos del personal de enfermería (registros de enfermería).

3.1. Registros médicos

Los registros médicos son cumplimentados por el personal médico y sirven para comunicarse entre sí (en los distintos turnos) y con el personal de enfermería.

A. Hoja clínico-estadística

La hoja clínico-estadística se cumplimenta para poder elaborar el conjunto mínimo básico de datos (CMBD) al alta del paciente: recoge datos administrativos y clínicos.

B. Hoja, autorización u orden de ingreso

Recoge los datos de identificación del paciente, datos del ingreso propiamente dicho y cualquier dato clínico de interés previo al ingreso.

Los datos de identificación, ya citados en la unidad anterior, engloban el nombre y apellidos, la fecha de nacimiento o edad, el sexo, el domicilio habitual, el número de teléfono y los números de la Seguridad Social y de la historia clínica. Estos datos figuran en todos los documentos de la historia clínica y se reflejan en una etiqueta adhesiva de identificación que se pega en la parte superior derecha de la hoja.

Los datos relativos al ingreso son la procedencia del paciente (domicilio, médico de atención primaria, otro hospital), la vía de ingreso (programado o por urgencia), el servicio y el facultativo responsables, la habitación y la cama asignadas, así como el día y la hora del ingreso.

Se debe incluir si el paciente presenta antecedentes de alergia o reacciones adversas a algún fármaco.

PONTE A PRUEBA 1

Un técnico en cuidados auxiliares encuentra este documento en un archivo. De los documentos aquí expuestos, ¿qué documento es? ¿Qué información contiene?

Claves de resolución

Compara la imagen con la descripción del documento.

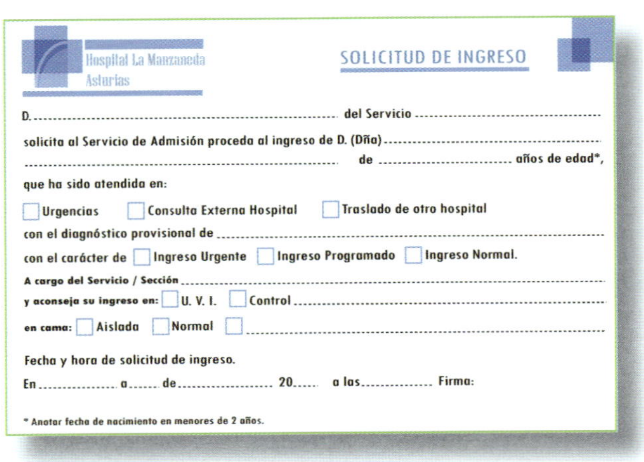

Hospital La Manzaneda
Asturias

SOLICITUD DE INGRESO

D. .... del Servicio ....
solicita al Servicio de Admisión proceda al ingreso de D. (Dña) ....
.... de .... años de edad*,
que ha sido atendida en:
☐ Urgencias ☐ Consulta Externa Hospital ☐ Traslado de otro hospital
con el diagnóstico provisional de ....
con el carácter de ☐ Ingreso Urgente ☐ Ingreso Programado ☐ Ingreso Normal.
A cargo del Servicio / Sección ....
y aconseja su ingreso en: ☐ U. V. I. ☐ Control ....
en cama: ☐ Aislada ☐ Normal ☐ ....

Fecha y hora de solicitud de ingreso.
En .... a ...... de .... 20..... a las .... Firma:

* Anotar fecha de nacimiento en menores de 2 años.

Fig. 6.2. *Ejemplo de registro médico.*

IMPORTANTE

Datos mínimos en informes clínicos

En el RD 1093/2010, de 3 de septiembre, constan los datos mínimos que deben figurar en los informes clínicos de los pacientes.

VOCABULARIO

Interoperabilidad: propiedad que permite transmitir datos entre sistemas de información diferentes. Para conseguirla es necesario definir previamente el conjunto de datos comunes que deben figurar en los informes clínicos que describen la asistencia sanitaria. La homogeneidad en los contenidos de los documentos clínicos facilita su compresión y una localización más rápida de la información.

C. Informe de urgencias

Cuando en el hospital se produce la derivación de un paciente de un servicio a otro, se suele adjuntar un informe en el que se detallan, además de los datos del documento, institución emisora y paciente, los datos del proceso asistencial, que incluyen: motivo de alta/consulta, antecedentes e historia actual (exploración física y pruebas complementarias, evolución, diagnóstico/s, tratamiento y otras recomendaciones).

La derivación más común es la procedente del servicio de urgencias. El paciente ingresa en urgencias y, tras la valoración y el tratamiento (pueden transcurrir desde horas hasta días), es derivado a un servicio concreto, normalmente el de la patología de base motivo del ingreso.

D. Hoja de anamnesis y exploración física

En el primer contacto del paciente con el sistema sanitario se debe establecer una valoración de su situación. Este documento sirve para registrar toda la información que proporciona el paciente sobre su problema (anamnesis del motivo de consulta) e incluye sus antecedentes familiares y personales. Recoge, además, las observaciones del facultativo detectadas en la exploración física, ordenada por aparatos y sistemas, y una orientación diagnóstica que determinará el plan terapéutico que se va a seguir en los primeros momentos.

En algunas hojas de anamnesis hay preguntas para orientar sobre el orden que debe seguirse en la valoración y, en otros casos, solo el nombre del aparato o sistema que hay que valorar.

PONTE A PRUEBA 2

Lorena García acude a urgencias con una erupción por todo el cuerpo que le produce grandes picores y dolor al tragar. Refiere que todo comenzó tras comer un guiso en un restaurante cercano a su casa, donde estaba con su familia de celebración. ¿Qué datos aparecerán en la hoja de anamnesis y exploración física?

Claves de resolución

En la imagen se deben analizar el contenido de la anamnesis y la exploración física.

En cualquier entrevista entre un facultativo y un paciente se indaga la sintomatología y las posibles causas, recogiéndose los datos que refiere el paciente en la misma.

Tras leer el enunciado del caso práctico, ¿qué datos crees que deberían figurar en este apartado?

Tras la anamnesis, el médico explora al paciente, revisando todos los aparatos y sistemas. ¿Qué información figura en ese apartado?

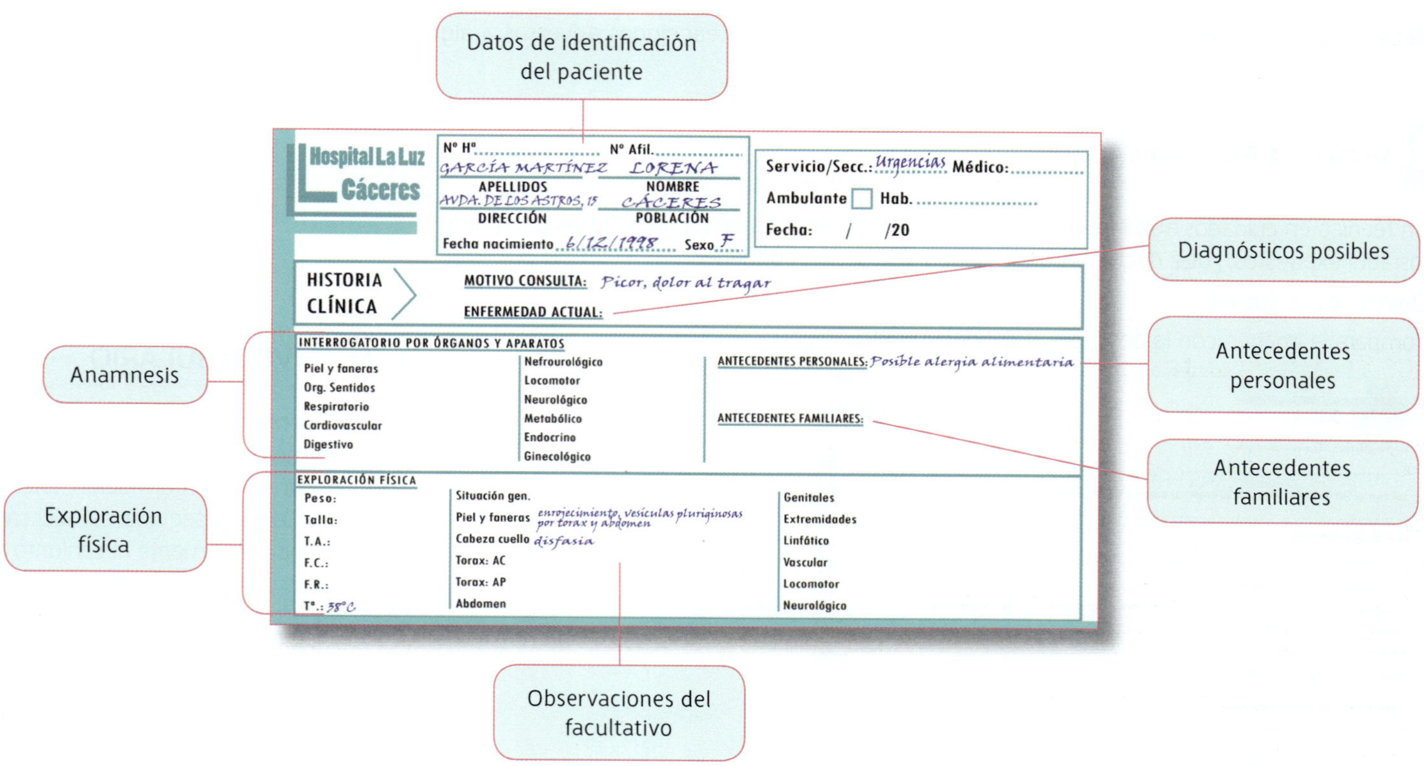

Fig. 6.3. *Hoja de anamnesis.*

E. Hoja de evolución médica o de curso clínico

En este documento se van anotando todos los cambios que se produzcan en la situación clínica del paciente. Estos cambios se registrarán de forma secuencial e incluirán la fecha, e incluso la hora, de las incidencias que hayan tenido lugar.

Si se modifica el diagnóstico o se decide cambiar el tratamiento por la evolución del paciente, aquí se detallarán los motivos razonados de dichas modificaciones.

F. Hoja de órdenes médicas

Si se analizan estos registros, se pueden distinguir dos apartados bien diferenciados:

- **Tratamiento.** Incluye la medicación (dosis, frecuencia y vía de administración), los fluidos y las dietas, con la fecha, la hora de la prescripción y la firma del facultativo.
- **Petición y seguimiento.** Registra las pruebas complementarias que se solicitan para el paciente. El personal de enfermería será el responsable de que dichas pruebas se realicen.

Cualquier orden médica (Figura 6.4) debe ir fechada y firmada. Además, debe indicar con claridad la continuidad o la anulación de las órdenes anteriores. Es importante incluir alergias o precauciones a las que se debe prestar especial atención para evitar errores.

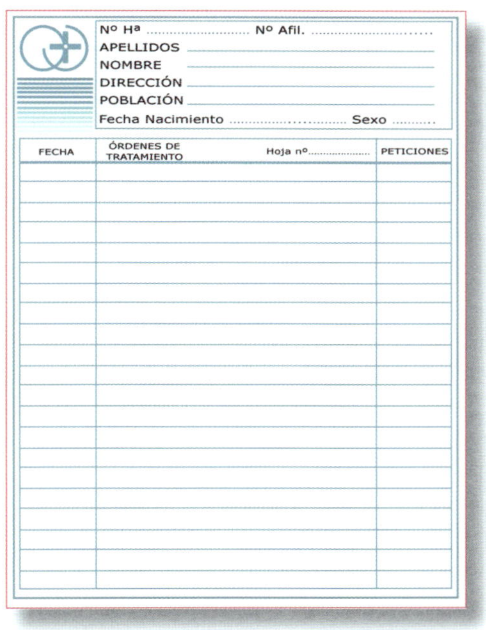
Nº Hª .... Nº Afil. ....
APELLIDOS
NOMBRE
DIRECCIÓN
POBLACIÓN
Fecha Nacimiento .... Sexo ....

FECHA	ÓRDENES DE TRATAMIENTO Hoja nº..................	PETICIONES

Fig. 6.4. *Hoja de órdenes médicas.*

G. Hoja de interconsulta

A veces, el paciente ingresa en un servicio, pero a lo largo de su estancia en el hospital se le detecta otra patología diferente a la que motivó su ingreso y que necesita ser valorada por un especialista también diferente al que está prestando el servicio, con carácter de urgencia o no.

Cuando se requiere la opinión de un especialista de otro servicio se pide la consulta en este documento, anotando la fecha de la solicitud. El nuevo especialista valorará al paciente y dará respuesta a la consulta. Este documento, por lo tanto, llevará la firma de dos facultativos, el que demanda la interconsulta y el que pertenece al nuevo servicio consultado.

H. Informes de exploraciones complementarias

Estos informes recogen los datos de las pruebas diagnósticas que se le realizan al paciente: los análisis (sanguíneos, urinarios, etc.), las radiografías, los estudios anatomopatológicos y las pruebas funcionales, entre otras. Las pruebas se solicitan a otros servicios; una vez que se han realizado, se emite un informe que incluye los resultados.

PONTE A PRUEBA 3

Beatriz Huélamo está ingresada en el servicio de traumatología tras sufrir politraumatismo en un accidente de tráfico. Al día siguiente de su ingreso refiere dificultad al respirar y pitidos.

El médico completa una hoja de interconsulta para el servicio de neumología.

- ¿Quién solicita la interconsulta?
- ¿A qué servicio pertenece? ¿A quién se le solicita?
- ¿Quién será el encargado de establecer el juicio clínico?

Claves de resolución

Observa la hoja de interconsulta cumplimentada en la imagen y contesta a las preguntas enunciadas.

En la parte superior del parte de interconsulta figuran los datos del paciente e inmediatamente después los datos del servicio solicitante. Por último, aparecen los datos del servicio destinatario de la interconsulta.

Fig. 6.5. *Hoja de interconsulta.*

ACTIVIDADES

3. Investiga qué datos configuran el conjunto mínimo básico de datos (CMBD).
4. Indica en qué apartado de la hoja de órdenes médicas se incluirían los siguientes datos:
   a) Amoxicilina 500 mg/8 h v. o.
   b) Rx tórax.
   c) Metamizol si el paciente siente dolor.
   d) Salbutamol (15 ml) en aerosoles/24 h.

I. Consentimiento informado

El consentimiento, por regla general, será verbal; sin embargo, se requiere el consentimiento escrito del paciente antes de cualquier intervención quirúrgica o procedimiento diagnóstico y terapéutico invasor, y en la aplicación de procedimientos que supongan riesgo o repercusión negativa sobre su salud. El consentimiento informado constará de los datos que aparecen en la Figura 6.6. El médico, antes de recabar este documento, deberá informar al paciente de las consecuencias y de los riesgos de la intervención, así como de los riesgos personales que asume el propio paciente.

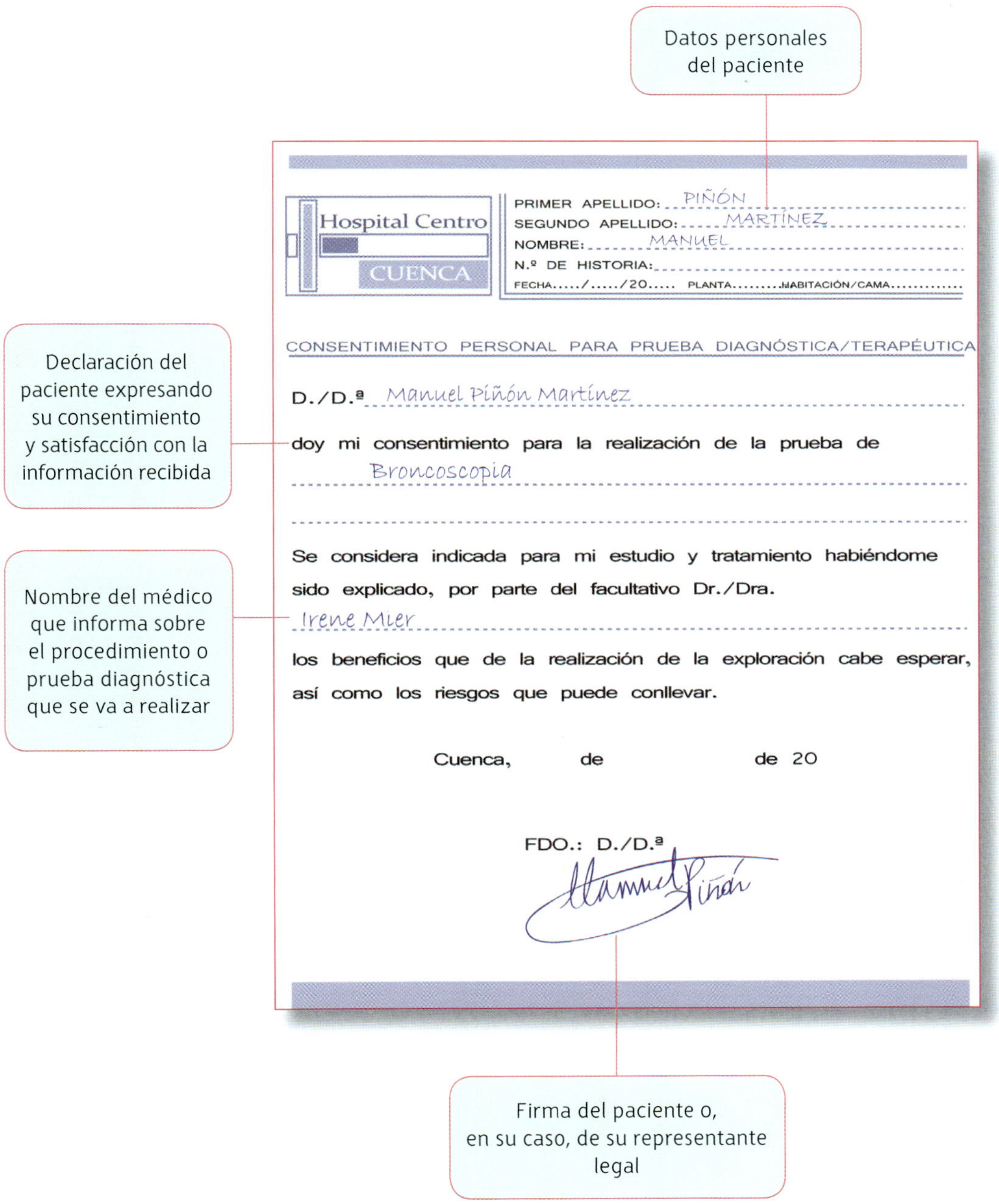

Fig. 6.6. *Consentimiento informado.*

En función de la prueba a la que se someta el paciente, existen otros datos que pueden aparecer en un consentimiento informado:

- Información sobre los riesgos típicos de la prueba o sobre los posibles efectos secundarios que puede entrañar.
- Existencia de alternativas para la libre elección, que tienen en cuenta cuáles son las preferencias personales del paciente.

IMPORTANTE

Intervenciones clínicas sin consentimiento

El artículo 9 de la Ley 41/2002 establece que se podrán realizar intervenciones clínicas sin el consentimiento del paciente cuando:

- Exista riesgo para la salud pública.
- Exista riesgo inmediato grave para la integridad física o psíquica del enfermo y no se pueda conseguir su autorización, consultando, cuando sea posible, a sus familiares o allegados.

IMPORTANTE

Consentimiento por representación

El consentimiento por representación se otorgará cuando:

- El paciente no sea capaz de tomar decisiones.
- El paciente esté incapacitado legalmente.
- El paciente menor de edad no sea capaz (ni intelectual ni emocionalmente) de comprender el alcance de la intervención.

> **IMPORTANTE**
>
> **Autopsia y necropsia**
>
> La autopsia y la necropsia son análisis realizados a cadáveres para esclarecer las causas del fallecimiento.
>
> Una **autopsia** es realizada por un médico anatomopatólogo cuando existe interés científico-sanitario y el fallecimiento se ha producido en el centro sanitario, mientras que una **necropsia** suele hacerse por un médico forense, por imperativo legal (interviene la autoridad judicial), cuando se deben aclarar las causas del fallecimiento.

J. Informe clínico de alta

Cuando un paciente deja de ocupar una cama hospitalaria por curación, mejoría, traslado o defunción recibirá el alta. Este hecho puede ser aconsejado por el facultativo (alta médica) o solicitado por el paciente (alta voluntaria).

La información contenida en estos documentos tiene una parte común a todos y otra específica. En la primera se incluyen:

- Datos del documento. Tipo de documento, profesionales responsables, servicio, unidad y fechas (de ingreso y alta).
- Datos de la institución emisora. Denominación del servicio de salud, denominación del centro y dirección completa.
- Datos del paciente. Filiación (incluyendo NASS y CIP de la comunidad autónoma), número de historia clínica y domicilio completo.

En la segunda están los datos del proceso asistencial en cada documento, por ejemplo:

- En el informe de alta: ingreso (tipo y motivo), antecedentes (familiares y personales) e historia actual (exploración física y resumen de pruebas complementarias, evolución y comentarios, diagnósticos y procedimientos, tratamiento con recomendaciones y fármacos, y otras recomendaciones).
- En el informe de urgencias: motivo de alta/consulta, antecedentes e historia actual (...).

En la Figura 6.7 se observan los datos que deben aparecer en el alta médica.

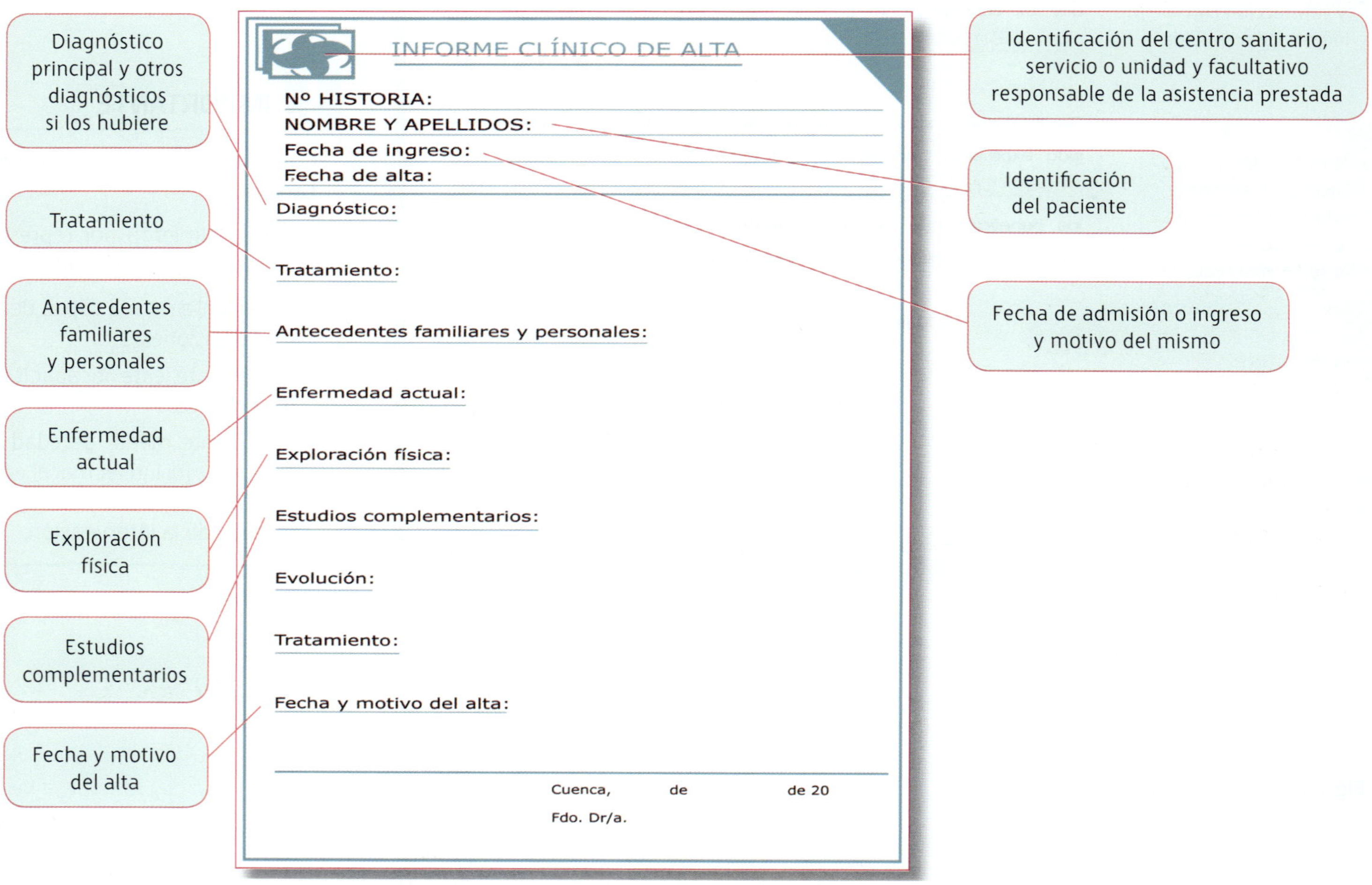

Fig. 6.7. *Informe clínico de alta.*

En el alta voluntaria, el paciente deja constancia de su decisión, en contra de la opinión de los facultativos, de abandonar el hospital, asumiendo las consecuencias derivadas de esta. La institución queda exenta de responsabilidad derivada de esta actuación.

K. Otros registros médicos que forman parte de la historia hospitalaria

- **Informe de anestesia.** El anestesista informa de las pruebas previas de anestesia, el tipo y dosis de anestesia utilizada durante la intervención y el seguimiento en la reanimación. Incluye, por tanto, datos de los periodos preanestésico, anestésico y posanestésico.
- **Informe quirúrgico o de registro del parto.** Incluye el diagnóstico preoperatorio, la técnica quirúrgica empleada, el tipo de anestesia e incidencias a lo largo de la intervención, la firma del cirujano responsable y el nombre del anestesista.
- **Informe de anatomía patológica.** Informa de los resultados de las muestras analizadas, generalmente en una intervención quirúrgica, y detalla el diagnóstico anatomopatológico.
- **Informe de necropsia.** Los familiares deben consentir la autopsia. En el informe se detalla la causa del fallecimiento tras un examen macroscópico y microscópico.

3.2. Registros de enfermería

Los registros de enfermería los cumplimenta el personal de enfermería y sirven para que estos profesionales se comuniquen entre sí (en los distintos turnos) y con los facultativos.

A. Hoja de ingreso y valoraciones iniciales de enfermería

El personal de enfermería que recibe al paciente en un servicio recoge todos los datos que pueden servir de ayuda para prestarle una asistencia de calidad. Como puedes ver en la Figura 6.8, sus datos se organizan en función de las necesidades humanas o por patrones funcionales de salud. Incluye la medicación que está tomando, los hábitos alimentarios y de eliminación, la agudeza visual y auditiva, etc.

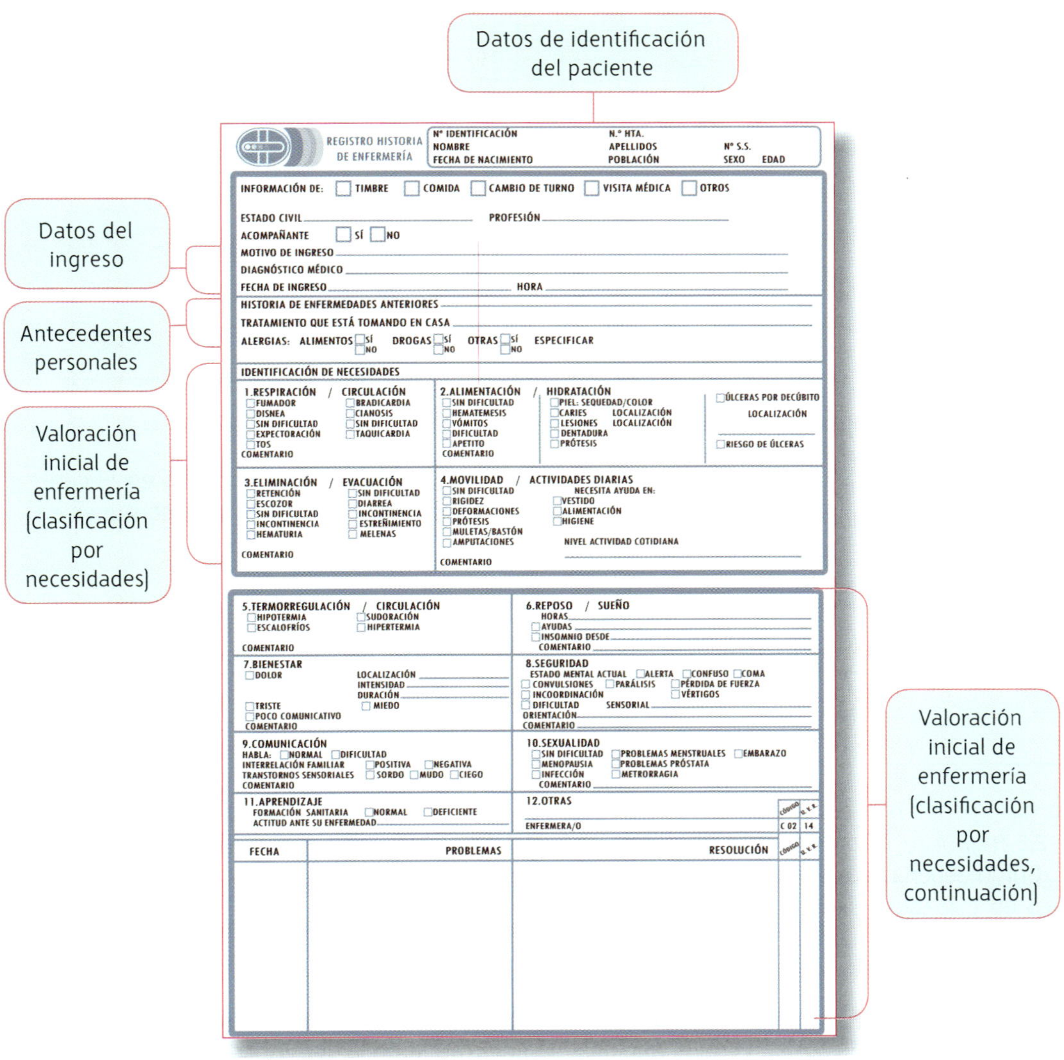

Fig. 6.8. *Hoja de valoración inicial de enfermería.*

ACTIVIDADES

5. Observa la hoja de valoración inicial de enfermería (Figura 6.8) y señala en qué necesidades incluirías los siguientes comentarios:

   a) Fumador de tabaco rubio, 20 cigarrillos/día.

   b) Varices en miembros inferiores.

   c) Alérgico al pescado.

B. Hoja de evolución y planificación de cuidados de enfermería

Incluye el diagnóstico de enfermería y el plan de cuidados que deben prestarse a un paciente, los cuidados administrados por el equipo de enfermería (detallando fecha, hora y firma), las modificaciones posteriores razonadas (si las hubiere) y cualquier incidencia surgida en el transcurso de los mismos.

C. Hoja de tratamiento de enfermería o aplicación terapéutica de enfermería

En ella se registran las condiciones en las que se administra la medicación por parte del equipo de enfermería (anteriormente pautada por el médico), y se indica la hora, la dosis y las vías de administración.

Los datos que figuran en esta hoja derivan de la hoja de órdenes médicas, donde el facultativo responsable de la atención del paciente indica el tratamiento que se debe seguir.

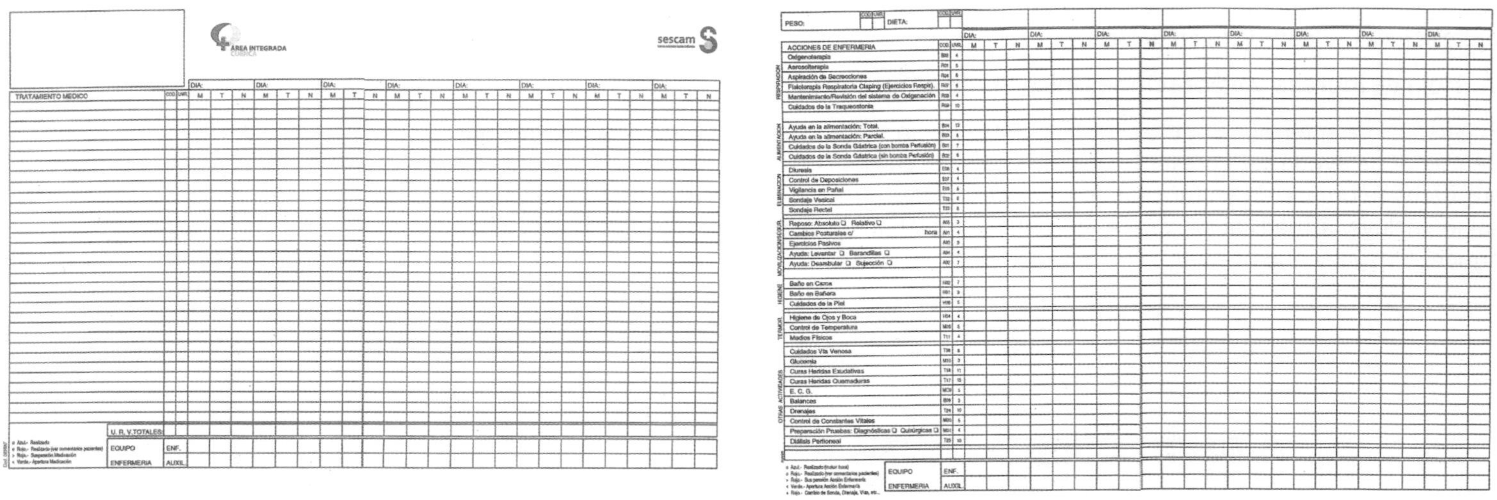

Fig. 6.9. *Hoja de tratamiento de enfermería.*

PONTE A PRUEBA 4

En la hoja de valoración de enfermería se detallan los problemas detectados agrupándolos por necesidades. Observa la Figura 6.8 y completa los datos de una hoja de valoración inicial para una persona que presente disnea, expectoración, vómitos, estreñimiento e hipertermia. ¿Qué necesidades tendrá alteradas?

Claves de resolución

En la Figura 6.8 aparecen agrupadas las necesidades en 15 categorías y se pueden ver también los problemas más comunes en cada una de ellas.

Intenta relacionar los datos de la figura con los que aparecen en el caso práctico y determina a qué necesidad se refieren.

PONTE A PRUEBA 5

El equipo de enfermería lee en la hoja de órdenes médicas las siguientes indicaciones: glibenclamida 2,5 mg/24 h, ibuprofeno 1200 mg/24 h y omeprazol 20 mg/24 h. ¿Cómo debería reflejar los datos en sus registros? ¿Podría el técnico en cuidados auxiliares de enfermería colaborar en la administración de esta medicación?

Claves de resolución

Los datos en los registros de enfermería deberían incluir las dosis fraccionadas en distintas tomas. Se supone que la vía de administración es oral, puesto que esta es la más común, y no se cita nada a este respecto en el enunciado.

El primer fármaco se podría tomar antes del desayuno, el segundo, fraccionado en dos tomas, y el tercero, antes de las comidas. Intenta redactar cómo deberían ser los registros.

El técnico en cuidados auxiliares de enfermería puede colaborar con el personal de enfermería en la administración por vía oral. Responde a la segunda cuestión planteada en el caso práctico.

D. Gráfica de constantes vitales (signos vitales)

Recoge los datos de las constantes vitales, como puedes ver en la Figura 6.10.

En unidades especiales, cuando el proceso patológico requiere un seguimiento exhaustivo y detallado del paciente, por ejemplo, en enfermos renales, se utiliza una variación de este documento que se denomina **balance hídrico.** Al cabo de un día se registran todos los datos anteriores y se calcula si el paciente está perdiendo líquidos (riesgo de deshidratación) o si está acumulándolos (riesgo de edemas).

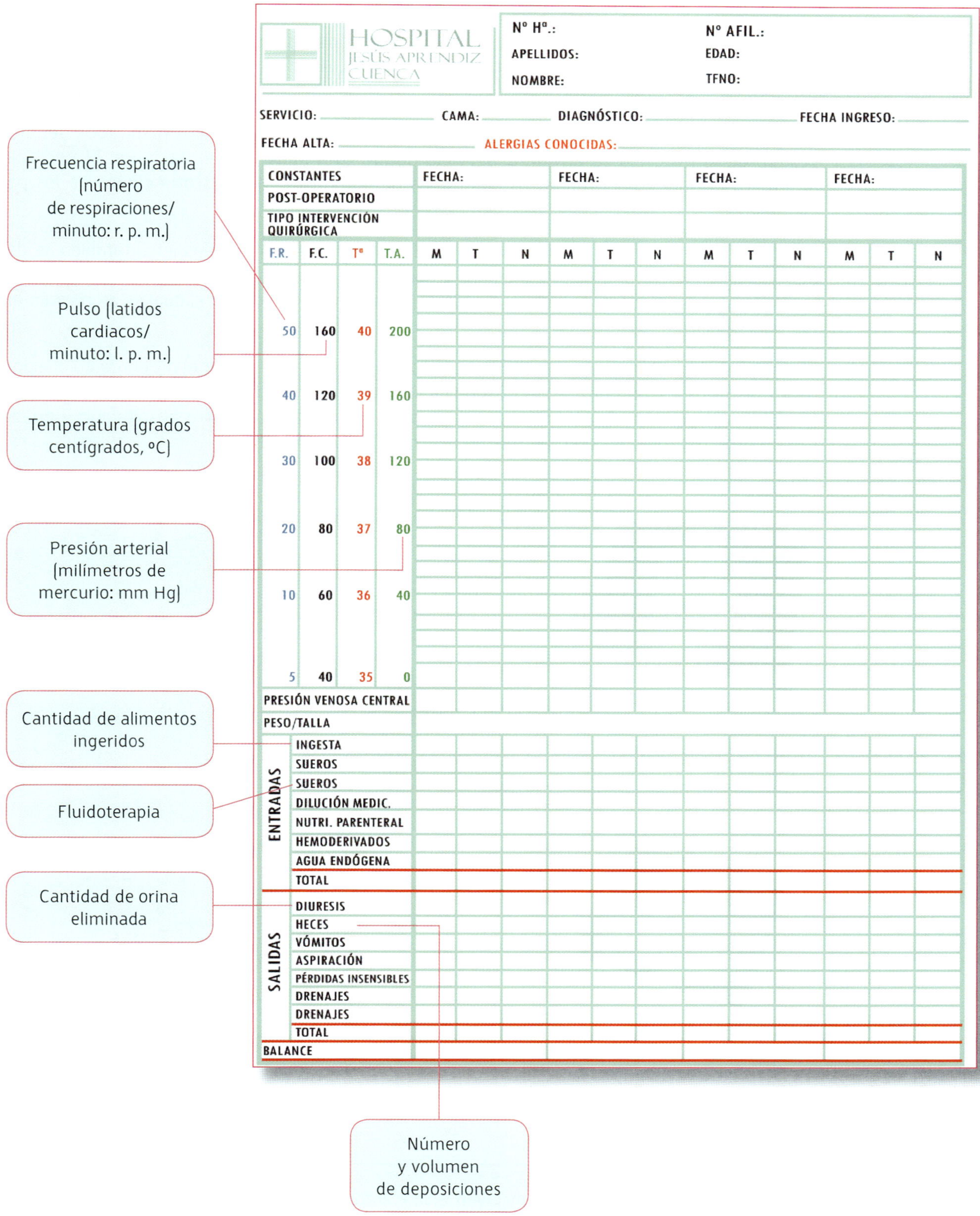

Fig. 6.10. *Gráfica de constantes vitales.*

E. Informe clínico de alta de enfermería

Es un resumen que recoge todas las actuaciones que enfermería prestó al paciente durante su estancia hospitalaria. Incluye la colocación de sondas, la prevención y el tratamiento de úlceras por decúbito, las movilizaciones, etc. Su importancia radica en que también incluye las recomendaciones sobre los cuidados que debe tener el paciente al abandonar el centro hospitalario.

¿SABÍAS QUE...?

Informe de cuidados de enfermería

El informe de cuidados de enfermería debe incluir:

- Datos del documento con indicación del dispositivo asistencial.
- Datos de la institución emisora.
- Datos del paciente, incluyendo persona y teléfono de referencia.
- Datos del proceso asistencial: causas y motivo que generan la actuación enfermera, antecedentes y entorno; diagnósticos enfermeros resueltos; protocolos asistenciales en los que está incluido; valoración activa incluyendo diagnósticos enfermeros, resultados e intervenciones (NANDA, NIC, NOC), y nombre y vinculación con el paciente del cuidador principal.

3.3. Otros documentos y orden en la historia clínica

En toda historia clínica, además de los documentos de comunicación entre los profesionales de diferentes categorías, se encuentran los resultados de las distintas pruebas que se le han practicado al paciente durante su estancia hospitalaria.

El **servicio de laboratorio** recibe una solicitud de analítica junto con la muestra biológica donde se deben hacer las determinaciones y proceder a su análisis. Los resultados del procesado de la muestra se envían al servicio donde está ingresado el paciente. El personal de enfermería debe incorporar los resultados de laboratorio a la historia clínica de los pacientes.

Los documentos gráficos generados (radiografías, ecografías, fotografías, etc.) también se deben incluir en la historia clínica, siempre y cuando su tamaño y cantidad así lo permitan. Si fueran muy voluminosos, en la historia clínica figurará un código bajo el cual se archivarán en un lugar aparte.

El comité de historias clínicas de un hospital es el encargado de decidir el orden de colocación de los distintos documentos en la historia clínica para facilitar su consulta a los diferentes profesionales interesados. Su decisión se adaptará a las normas del centro hospitalario y puede variar entre instituciones o en un mismo centro a lo largo del tiempo.

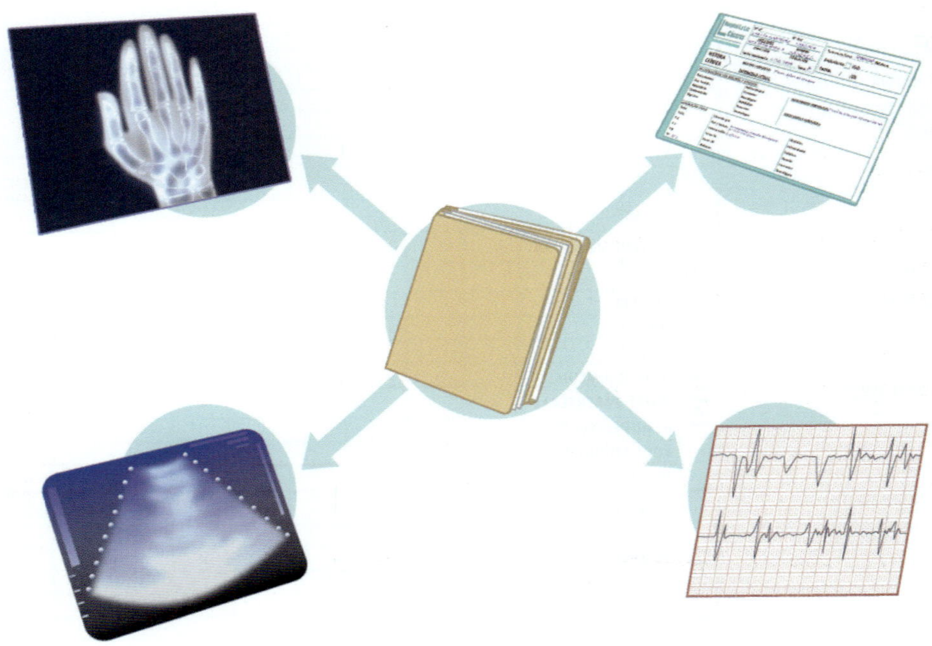

Fig. 6.11. *Tipos de documentos en la historia clínica.*

IMPORTANTE

Datos del informe de resultados de pruebas de laboratorio

La normativa (RD 1093/2010) indica los datos que se deben incluir en el informe de resultados de pruebas de laboratorio:

- Datos del documento.
- Datos de la institución emisora.
- Datos del paciente.
- Datos del solicitante (servicio de salud, centro, servicio, unidad, nombre y categoría del solicitante).
- Datos del proceso asistencial (fecha de la toma de muestra, número y tipo de muestra, grupo de determinación y resultados).

ACTIVIDADES

6. Observa los datos que se incluyen en los informes de alta médica y de enfermería. ¿Cuál es su diferencia principal? Razona tu respuesta.

4. La historia clínica en atención primaria (HCAP)

La **historia clínica** en **atención primaria** incluye información relativa a la salud de un individuo y su evolución a lo largo de toda su vida.

En un centro de salud, el equipo de atención primaria trabaja coordinadamente con el paciente; además, existe una mayor colaboración entre los profesionales de las diferentes categorías, por lo que no tiene sentido establecer una diferencia entre registros médicos y de enfermería.

4.1. Diferencias entre la HCH y la HCAP

La asistencia que se presta en el servicio de atención primaria es diferente a la que se presta en el entorno hospitalario, de ahí que la historia clínica sea también distinta. En la Tabla 6.3 se pueden observar las diferencias que existen entre ambas historias clínicas.

	Historia clínica hospitalaria	Historia clínica en atención primaria
Objetivo	Se centra en la enfermedad.	Se centra en los problemas de salud.
Orientación	Al diagnóstico y tratamiento de la patología.	A la identificación y solución de los problemas de salud.
Seguimiento	Recoge datos puntualmente.	Recoge datos a lo largo del tiempo.
Actividades	Enfocadas a la curación.	Enfocadas a la promoción de la salud y la prevención de la enfermedad.
Entorno social	Poca importancia.	Gran importancia.
Relación médico-paciente	Esporádica.	Continua.

Tabla 6.3. *Diferencias entre la historia clínica hospitalaria y la historia clínica en atención primaria.*

4.2. Documentos que componen la HCAP

En atención primaria no existe un modelo único para la elaboración de la historia clínica, sino que cada comunidad autónoma organiza las historias clínicas de forma diferente, aunque hay documentos que recogen datos similares en todas ellas.

Toda la información generada en el proceso se guarda en un expediente que incluye todos los documentos que componen la historia individual y que suele ser un sobre en cuya cara externa se especifican los siguientes datos:

- Los datos de identificación del centro de salud.
- La identificación del paciente.
- El número de historia clínica.
- La codificación para su archivado correcto.
- Las fechas de apertura y cierre de la historia.

Por su parte, en el interior del sobre se incluyen todos los documentos que componen la historia clínica en una carpeta individual.

Los documentos que conforman una historia clínica se pueden dividir en documentos clínicos de uso sistemático (se utilizan en todos los pacientes) y documentos complementarios (específicos de determinados procesos).

En la Figura 6.12 puedes observar una carpeta individual con todos los datos que se deben incluir en ella:

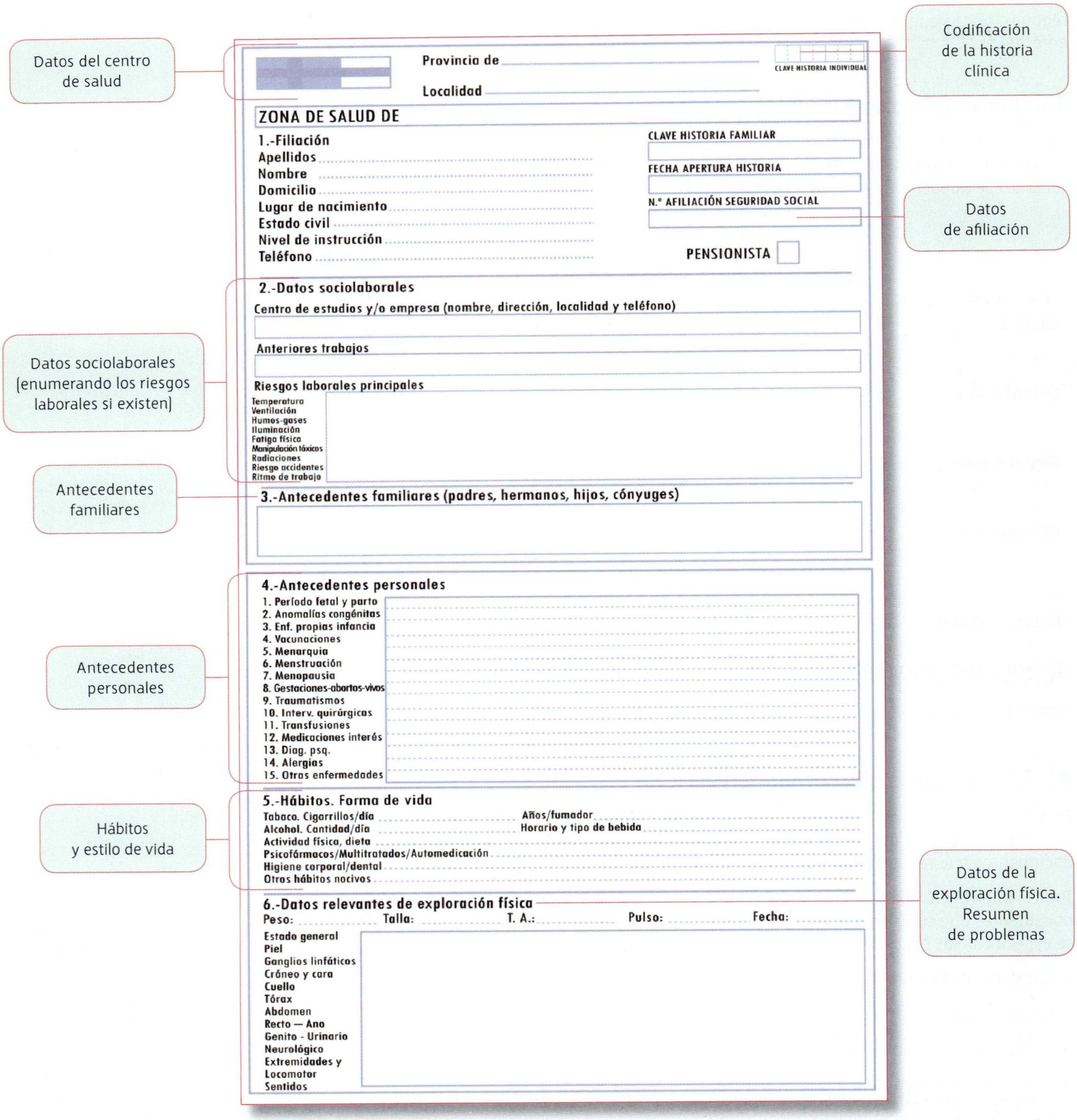
Provincia de
Localidad
CLAVE HISTORIA INDIVIDUAL
ZONA DE SALUD DE
1.-Filiación
Apellidos
Nombre
Domicilio
Lugar de nacimiento
Estado civil
Nivel de instrucción
Teléfono
CLAVE HISTORIA FAMILIAR
FECHA APERTURA HISTORIA
N.º AFILIACIÓN SEGURIDAD SOCIAL
PENSIONISTA
2.-Datos sociolaborales
Centro de estudios y/o empresa (nombre, dirección, localidad y teléfono)
Anteriores trabajos
Riesgos laborales principales
Temperatura
Ventilación
Humos-gases
Iluminación
Fatiga física
Manipulación tóxicos
Radiaciones
Riesgo accidentes
Ritmo de trabajo
3.-Antecedentes familiares (padres, hermanos, hijos, cónyuges)
4.-Antecedentes personales
1. Período fetal y parto
2. Anomalías congénitas
3. Enf. propias infancia
4. Vacunaciones
5. Menarquia
6. Menstruación
7. Menopausia
8. Gestaciones-abortos-vivos
9. Traumatismos
10. Interv. quirúrgicas
11. Transfusiones
12. Medicaciones interés
13. Diag. psq.
14. Alergias
15. Otras enfermedades
5.-Hábitos. Forma de vida
Tabaco. Cigarrillos/día
Años/fumador
Alcohol. Cantidad/día
Horario y tipo de bebida
Actividad física, dieta
Psicofármacos/Multitratados/Automedicación
Higiene corporal/dental
Otros hábitos nocivos
6.-Datos relevantes de exploración física
Peso:
Talla:
T. A.:
Pulso:
Fecha:
Estado general
Piel
Ganglios linfáticos
Cráneo y cara
Cuello
Tórax
Abdomen
Recto — Ano
Genito - Urinario
Neurológico
Extremidades y Locomotor
Sentidos

Fig. 6.12. *Carpeta individual de una historia clínica.*

A. Documentos clínicos de uso sistemático

- **Hoja de exploración y evaluación física.** En ella el médico registra los datos de la exploración inicial del paciente haciendo una revisión de los diferentes aparatos y sistemas.
- **Lista de condicionantes y problemas.** Resume la situación global del paciente y los cambios observados a lo largo del tiempo; tiene en cuenta las distintas áreas (biológica, psíquica y social). En esta lista se diferencian los problemas activos (que afectan en la actualidad al paciente) e inactivos (problemas solucionados, pero que es importante recordar).
- **Hoja de evolución o seguimiento.** Recoge los datos de las distintas consultas realizadas, e incluye el motivo de las mismas, la exploración física, la evaluación global y los planes de actuación. Generalmente, cada problema incluye cuatro categorías, como se ve en la Figura 6.13:
- **Hoja pediátrica y hojas de crecimiento.** Incluye datos personales, familiares y sociales del niño, así como los relativos a su nacimiento y su desarrollo. Las hojas de crecimiento son gráficas (expresadas en percentiles) que registran la evolución de la altura y del peso del niño en relación con su edad. Los registros son diferentes en niños y en niñas, por eso algunas son de colores (azul y rosa) para su fácil identificación.

Datos objetivos. Son identificados por los profesionales sanitarios en la exploración física o en los exámenes complementarios.

Datos subjetivos. Son síntomas referidos por el paciente cuando acude al centro de salud y que motivan su consulta.

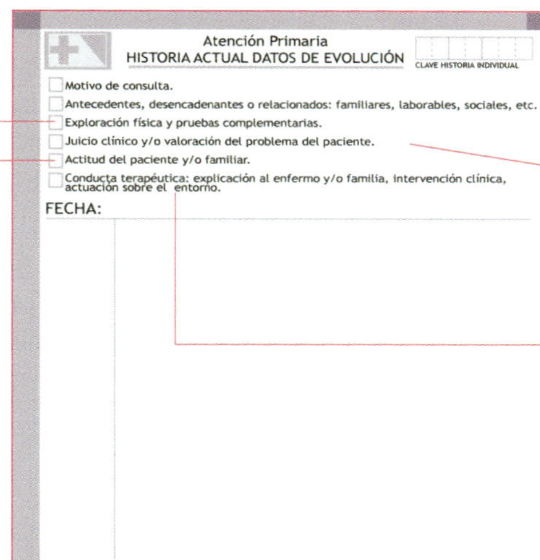
Atención Primaria
HISTORIA ACTUAL DATOS DE EVOLUCIÓN
CLAVE HISTORIA INDIVIDUAL

- Motivo de consulta.
- Antecedentes, desencadenantes o relacionados: familiares, laborables, sociales, etc.
- Exploración física y pruebas complementarias.
- Juicio clínico y/o valoración del problema del paciente.
- Actitud del paciente y/o familiar.
- Conducta terapéutica: explicación al enfermo y/o familia, intervención clínica, actuación sobre el entorno.

FECHA:

Impresión diagnóstica. Se establece la valoración de los problemas actuales y su pronóstico.

Plan de acción. Incluye educación sanitaria, solicitud de pruebas para el diagnóstico (exámenes complementarios o interconsultas) y terapéutica.

Fig. 6.13. *Datos de la hoja de evolución.*

B. Documentos clínicos de uso ocasional

- **Hoja de monitorización de datos.** Recoge datos para el seguimiento de las enfermedades crónicas y programas específicos (peso, frecuencia cardiaca, tensión arterial, glucemia, dieta, colesterolemia, etc.).
- **Hoja de datos obstétricos.** Informa del seguimiento que se lleva a lo largo del embarazo si se controla desde atención primaria.
- **Hoja de interconsulta.** El médico de atención primaria solicita la opinión de un especialista. En este documento figura el motivo de la consulta, la fecha de solicitud, el diagnóstico, el tratamiento y las recomendaciones a seguir.
- **Hoja de vaciado de analítica.** Recoge los datos de mayor relevancia de los análisis efectuados al paciente.
- **Hoja de control de medicación.** Regula la medicación prescrita de acuerdo con la expedición de las recetas médicas.
- **Tarjeta de citación.** Se le anota al paciente la fecha de la próxima visita programada; puede incluir un espacio para recordarle el tratamiento que debe seguir.

¿SABÍAS QUE...?

Informe clínico de atención primaria

El paciente puede necesitar que se le emita un informe clínico de atención primaria, con los siguientes datos:

- Datos del documento.
- Datos de la institución emisora.
- Datos del paciente.
- Datos de salud: antecedentes, resumen de pruebas complementarias, resumen de episodios atendidos, evolución y comentarios, diagnósticos y procedimientos, y tratamiento.

ACTIVIDADES

7. Busca un equivalente en la historia clínica hospitalaria para los siguientes documentos en atención primaria:

a) Hoja de exploración y evaluación física.

b) Lista de condicionantes y problemas.

c) Hoja de evolución.

8. ¿Qué diferencias pueden existir en la hoja de interconsulta en el ámbito hospitalario y en atención primaria?

9. En atención primaria se controla la medicación prescrita del paciente por medio de las recetas emitidas. ¿Existe algún documento donde se registre este dato en atención hospitalaria?

IMPORTANTE

Conservación de la documentación clínica

La **documentación clínica** se conservará para facilitar la asistencia al paciente, y, además, se evitará la identificación de las personas afectadas, por estas razones:

- Judiciales.
- Epidemiológicas.
- De investigación.
- De organización y funcionamiento del Sistema Nacional de Salud.

5. El archivo de historias clínicas

En los archivos clínicos se conservan y custodian las historias clínicas generadas en cada centro sanitario. Como servicio es el encargado de suministrar las historias clínicas necesarias para la prestación de la asistencia (recogen, seleccionan, ordenan y almacenan). Las funciones de un servicio de archivo se detallan en la Tabla 6.4.

Archivado	• En el primer contacto con el centro sanitario se genera un expediente o historia clínica con un código de identificación. • Se archivará cualquier información generada con posterioridad bajo el mismo código y en el mismo lugar, para que así esté disponible la historia completa.
Circulación	• Facilita la historia clínica al profesional que va a utilizarla; para ello el servicio conocerá con antelación a los pacientes que acuden a consulta y a los profesionales que van a asistirles. • Al terminar la asistencia se recoge la historia clínica y se archiva de nuevo.
Gestión	• El personal del servicio dispone de normas y protocolos escritos que incluyen, entre otros, la codificación de la historia clínica, los métodos de acceso, el movimiento de las historias y la evaluación periódica de calidad. • Se registran todas las entradas y salidas (movimientos) y los servicios o profesionales implicados para conocer en todo momento la ubicación de la historia clínica y evitar extravíos.

Tabla 6.4. *Funciones de un archivo clínico.*

Todos los centros sanitarios están obligados a conservar la documentación clínica y a garantizar su mantenimiento y seguridad (artículo 17 de la Ley 41/2002), aunque no es preciso hacerlo en el soporte original, para facilitar la asistencia al paciente durante todo el tiempo que sea necesario. El tiempo mínimo de conservación de estos documentos es de cinco años, contados a partir de la fecha del alta de cada proceso asistencial.

En los hospitales, el servicio de admisión y documentación clínica es el encargado de archivar las historias clínicas. Puede existir un único archivo centralizado (en una zona común del centro), en el que se encuentran todas las historias clínicas, o archivos descentralizados, situados en los diferentes servicios que prestan atención dentro del hospital. Este último tipo de archivo tiene la desventaja de que un mismo paciente puede tener varias historias clínicas abiertas si ha sido atendido en varios servicios.

En los centros de salud se dispone de un archivo donde se almacenan las historias clínicas. Estas se localizan cuando los pacientes tienen una cita previa y se dejan en la consulta correspondiente, a disposición del facultativo asignado. Se devolverán tras finalizar la consulta.

En las clínicas privadas también se dispone de un archivo de historias clínicas; generalmente, es un armario clasificador donde se almacenan por orden alfabético todos los documentos.

ACTIVIDADES

10. Elabora un esquema que ponga de manifiesto las relaciones que existen entre las distintas funciones de un archivo clínico.

Independientemente del volumen de pacientes, se pueden emplear diferentes métodos de clasificación de historias clínicas en un almacén, según se recoge en la Tabla 6.5.

Método	Descripción	Ejemplo
Convencional (por fecha de atención)	Las historias se archivan en estricto orden numérico ascendente, siguiendo el orden de las asistencias consecutivas.	250516 corresponde a una atención realizada el 25 de mayo del año 2016.
Digitoterminal	• Se basa en un principio matemático que asegura una distribución homogénea entre 100 secciones. Las historias se ordenan consecutivamente en cada sección. • El método digitoterminal simple consta de cuatro cifras: las dos primeras indican el orden consecutivo y las dos últimas, el número de sección. • En el método terminal compuesto se añade una subdivisión de cada sección en 100 divisiones. Consta de seis cifras, las dos primeras ubican el orden, las dos segundas, la división, y las dos últimas, la sección.	45 72 27 corresponde a la sección 27, la división 72 y el orden 45.
Según la fecha de nacimiento	• Clasifica las historias clínicas usando la fecha de nacimiento de los pacientes. • En los centros de salud, el código de la historia clínica se forma con las dos consonantes iniciales de cada apellido y la fecha de nacimiento (año-mes-día).	José López Martínez nació el 26 de enero de 1969. La codificación será LPMR690126.
Alfabético	• Clasifica las historias por el primer apellido del paciente, ordenándolas alfabéticamente. • Presenta dificultades en apellidos compuestos o precedidos de partículas o artículos (de, de la) y también en apellidos comunes. Para solventarlas se deberían elaborar normas de actuación más detalladas.	Álvarez Soria, María

Tabla 6.5. *Criterios de clasificación de las historias clínicas.*

Según el grado de utilización de las historias clínicas, el archivo puede dividirse en:

- **Archivo activo.** Incluye las historias clínicas que han tenido movimientos recientes; por ejemplo, movimientos en el último año.
- **Archivo pasivo.** En el que están las historias clínicas que no han tenido movimientos en mucho tiempo.

PONTE A PRUEBA 6

En el servicio de archivo hay que ordenar varias historias clínicas. A partir de los siguientes datos, establece el orden correcto siguiendo los tres últimos criterios anteriormente explicados:

- María Aluminio Zamora, nacida el 4/12/1953 y atendida el 31/3/2013.
- Alejandra Martínez Domínguez, nacida el 23/11/2000 y atendida el 25/7/2011.
- Felipe Núñez Picazo, nacido el 6/5/2011 y atendido el 15/9/2016.
- Raúl Flores Malo, nacido el 11/4/2010 y atendido el 23/7/2012.

Claves de resolución

Aplicando el criterio de fecha de nacimiento, la primera paciente sería María por nacer el 4/12/53. Si se tiene en cuenta la fecha de atención, la primera paciente sería Alejandra por haber sido atendida en el año 2011. Considerando el criterio alfabético, la primera paciente sería María por apellidarse Aluminio.

Justifica el orden del resto de pacientes una vez vistos los primeros ejemplos.

- **Historia clínica**
  - Definición
    - Características
      - Única.
      - Segura.
      - Veraz.
      - Confidencial.
    - Conjunto de documentos variados que incluyen informaciones sobre la situación y la evolución clínica de un paciente a lo largo de la asistencia prestada.
    - Funciones
      - Clínica o asistencial.
      - Docencia.
      - Investigadora.
      - Gestión y calidad.
      - Médico-legal.

- **Historia clínica hospitalaria (HCH)**
  - Registros médicos
    - Hoja clínico-estadística.
    - Hoja de autorización u orden de ingreso.
    - Informe de urgencias.
    - Hoja de anamnesis y exploración física.
    - Hoja de evolución médica o de curso clínico.
    - Hoja de órdenes médicas.
    - Hoja de interconsulta.
    - Informes de exploraciones complementarias.
    - Consentimiento informado.
    - Informe clínico de alta.
    - Otros registros médicos.
  - Registros de enfermería
    - Hoja de ingreso y valoraciones iniciales de enfermería.
    - Hoja de evolución y planificación de cuidados de enfermería.
    - Hoja de ingreso y de cuidados de enfermería.
    - Hoja de tratamiento de enfermería o aplicación terapéutica.
    - Gráfica de constantes vitales.
    - Informe clínico de alta en enfermería.
  - Otros registros colocados en un orden determinado.

- **Historia clínica en atención primaria (HCAP)**
  - Presenta diferencias con la HCH e incluye documentos de uso sistemático y ocasional.

- **Archivo de historias clínicas**
  - Funciones
    - Archivado.
    - Circulación.
    - Gestión.
  - Orden determinado

TEST DE REPASO

Nota: todas las actividades deben hacerse en un cuaderno aparte.

1. **¿Quien será el responsable de garantizar la autenticidad del contenido de las historias clínicas?**
   - a) El facultativo responsable de la asistencia.
   - b) La enfermera responsable de la asistencia.
   - c) Las administraciones sanitarias.

2. **¿En qué normativa se recoge información sobre el contenido de la historia clínica?**
   - a) Ley 41/2002.
   - b) Real Decreto 41/2002.
   - c) Ley 1093/2010.

3. **¿Cuál es la principal función de las historias clínicas?**
   - a) La docente.
   - b) La médico-legal.
   - c) La asistencial.

4. **¿En qué registro médico podemos encontrar datos de todos los aparatos y sistemas?**
   - a) En la orden de ingreso.
   - b) En la hoja de exploración física.
   - c) En la hoja de órdenes médicas.

5. **En la hoja de interconsulta:**
   - a) Se solicita la opinión de un especialista de otro servicio.
   - b) Se solicitan las pruebas de radiodiagnóstico necesarias.
   - c) Se solicita el consentimiento del paciente.

6. **Los diagnósticos de enfermería se incluyen en:**
   - a) El informe de urgencias.
   - b) La hoja de anamnesis.
   - c) La hoja de cuidados de enfermería.

7. **¿Qué datos de los enumerados a continuación no figuran en el informe de alta médica?**
   - a) La exploración física inicial.
   - b) Los cuidados de enfermería administrados.
   - c) Los estudios complementarios.

8. **¿En qué registro de enfermería podemos encontrar las necesidades del paciente?**
   - a) En la valoración inicial de enfermería.
   - b) En la gráfica de constantes vitales.
   - c) En el consentimiento informado.

9. **¿Qué datos pueden encontrarse en una gráfica de constantes vitales?**
   - a) Los antecedentes personales del paciente.
   - b) La frecuencia cardiaca.
   - c) Las movilizaciones realizadas al paciente.

10. **¿Qué tipo de historia clínica está enfocada a la promoción de la salud?**
    - a) La historia clínica hospitalaria.
    - b) La historia clínica en atención primaria.
    - c) La historia clínica hospitalaria y la de atención primaria.

11. **¿Qué tipo de documento es la lista de condicionantes y problemas?**
    - a) Un registro médico de la historia clínica hospitalaria.
    - b) Un registro de enfermería de la historia clínica hospitalaria.
    - c) Un documento de uso sistemático de la historia clínica en atención primaria.

12. **¿Qué documento de la historia clínica en atención primaria recoge datos subjetivos, datos objetivos, orientación diagnóstica y plan de acción?**
    - a) La hoja de exploración.
    - b) La hoja pediátrica.
    - c) La hoja de evolución.

13. **¿Para qué sirve la tarjeta de citación?**
    - a) Para recordar al paciente la fecha de su próxima consulta.
    - b) Para recoger los datos de las analíticas del paciente.
    - c) Para anotar los datos del seguimiento del embarazo.

14. **Cuando se registra el movimiento que ha tenido una historia clínica, hablamos de la función de:**
    - a) Archivado.
    - b) Circulación.
    - c) Gestión.

15. **¿A qué sistema de clasificación de historias clínicas puede corresponder el siguiente ejemplo: MRML150923?**
    - a) A la fecha de atención.
    - b) A la fecha de nacimiento.
    - c) Al orden alfabético.

COMPRUEBA TU APRENDIZAJE

Nota: todas las actividades deben hacerse en un cuaderno aparte.

Identificar las características y funciones de una historia clínica.

1. La Ley 41/2002 determina las condiciones que debe tener una historia clínica. Completa la tabla en tu cuaderno teniendo en cuenta las características estudiadas.

Característica	Descripción
...	La historia clínica es un registro fiel de todas las circunstancias acontecidas durante la asistencia.
...	No se debe comentar a los amigos o conocidos el contenido de la historia clínica de los pacientes atendidos.
...	En un hospital, aunque el paciente haya estado ingresado cinco veces en diferentes servicios, el paciente tiene una historia clínica.
...	No se podrá acceder al servicio de archivo a no ser que se disponga de la autorización requerida.

2. Identifica qué función de las historias clínicas se pone de manifiesto en cada uno de estos casos:

   a) Un médico es acusado de negligencia profesional por supuesta mala práctica y se llega a juicio.

   b) En la sesión clínica de hoy se ha comentado la evolución de un paciente que lleva ingresado dos semanas.

   c) Se analiza la respuesta de un paciente a la administración de un fármaco de reciente implantación.

3. ¿Por qué la autorización de ingreso no es un documento exigible en la historia clínica en atención primaria? Razona tu respuesta.

Diferenciar y utilizar los distintos documentos que componen la historia clínica hospitalaria.

4. En la hoja de órdenes médicas de un paciente su facultativo acaba de anotar: amoxicilina 500 mg/8 h. ¿Qué actuaciones debe llevar a cabo el personal de enfermería? ¿Debería registrar dicha actuación en algún documento? Razona tu respuesta enumerando los pasos que se deberían seguir y su orden correcto.

5. ¿Qué finalidad tiene el consentimiento informado? ¿Por qué en algunas circunstancias es obligatorio dejar constancia escrita del mismo? Inventa un ejemplo con un procedimiento en el que sea necesario cumplimentar este registro.

6. En un informe de alta voluntaria no figura el tratamiento. ¿Por qué crees que esto puede suceder? ¿Estaría incompleto el documento?

7. Al recibir a un paciente en planta vemos que presenta los siguientes problemas:

   a) Insomnio.

   b) Expectoración.

   c) Vómitos.

   d) Necesidad de ayuda para vestirse.

   e) Diarrea.

   ¿En qué documento de enfermería se deben recoger estos datos? ¿Cómo los organizarías?

8. ¿Qué tipo de recomendaciones al alta se podrían aconsejar al paciente de la actividad anterior? Razona tus respuestas.

Registrar datos en la historia clínica en atención primaria.

9. La lista de condicionantes y problemas se utiliza en la historia clínica en atención primaria. En ella hay que diferenciar si el problema es activo o inactivo. ¿A qué se refieren estos adjetivos? ¿Cómo crees que se podrían indicar en la historia clínica?

10. Identifica en qué documentos de la historia clínica en atención primaria se deberían anotar los siguientes datos:

    a) Peso ganado en el segundo mes de embarazo.

    b) Medicación prescrita esta semana.

    c) Peso y talla de un niño de tres meses.

    d) Dolor de cabeza de repetición (motivo de consulta).

    e) Tensión arterial en un hipertenso.

Describir los sistemas de codificación y clasificación de las historias clínicas utilizados en un archivo clínico.

11. Inventa tres ejemplos de cada sistema de clasificación de las historias clínicas y ordénalos. Justifica tu respuesta.

12. Ordena en tu cuaderno las siguientes historias clínicas utilizando dos criterios de clasificación diferentes.

    a) Laura García López nació el 17/2/1984.

    b) Ana Pérez Herranz nació el 23/5/1975.

    c) José Lorca Narváez nació el 3/8/2015.

    d) Ramón Polea Serrano nació el 7/4/1982.

Nota: todas las actividades deben hacerse en un cuaderno aparte.

Sonia trabaja en un hospital como técnico en cuidados auxiliares de enfermería. En el servicio en el que ella está trabajando (nefrología) está ingresado Ramón Gutiérrez Navalón en la habitación 732-2, con diagnóstico de nefritis.

Ramón es un paciente renal que requiere un control diario detallado de las entradas y salidas de líquidos.

Anota los datos que figuran a continuación en el registro adecuado para el 21 de enero de 2016:

- Nombre del enfermo: Ramón Gutiérrez Navalón.
- Edad del paciente: 58 años.
- Alérgico a penicilina.
- Registros de temperatura:

Hora	Temperatura (°C)
08:00	36,5
14:00	37,5
20:00	38,5
24:00	37

- Registros de diuresis:

Hora	Diuresis (ml)
09:00	250
13:00	200
16:00	250
19:00	300
23:00	280

- Sueroterapia:

Hora	Cantidad (ml)	Suero
08:00-15:00	500	Fisiológico
15:00-24:00	500	Ringer
24:00-08:00	500	Fisiológico

- Vómito (150 ml): a las 18:00.

Solución

El registro que debe utilizarse es una hoja de balance.

Los datos se completarán como indica la Figura 6.14.

Cuestiones

Teniendo en cuenta los datos presentados, elabora la hoja de ingreso que correspondería al paciente Ramón Gutiérrez Navalón.

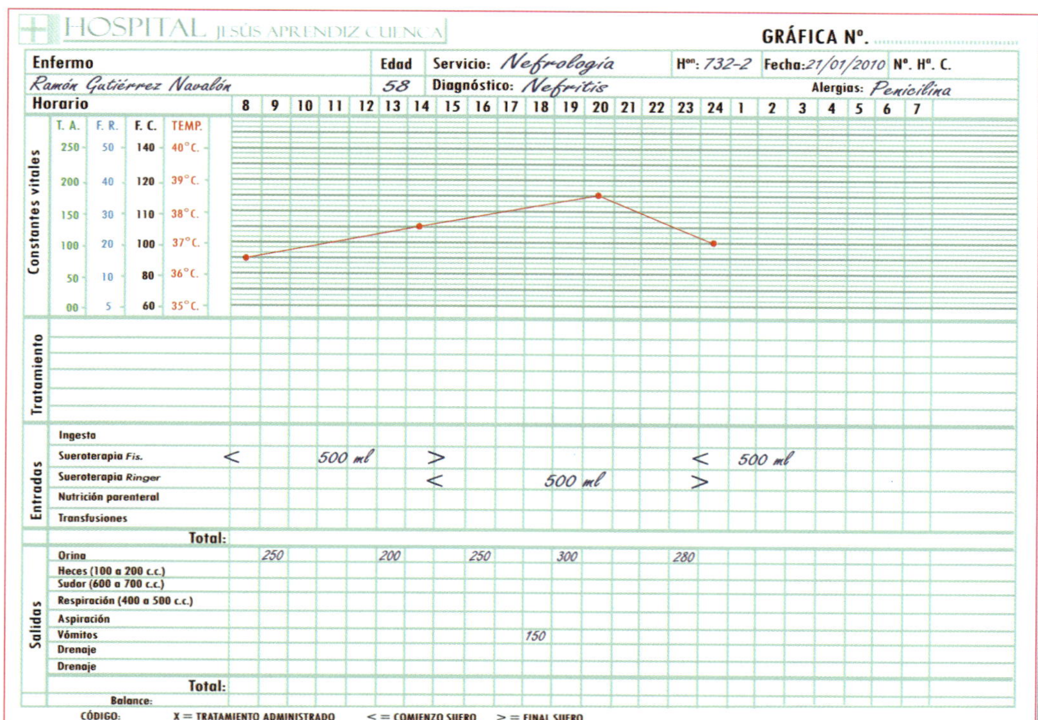

Fig. 6.14. *Hoja de balance del paciente Ramón Gutiérrez Navalón.*

Organización y mantenimiento del equipo informático

1. Organización de la información en el ordenador

Los documentos almacenados en el ordenador deben estar bien organizados para que en caso de necesidad puedan localizarse fácilmente. Por este motivo, los documentos se almacenan en archivos y carpetas, generalmente en *Mis documentos* (Windows XP) o en *Documentos* (Windows 7), aunque otras localizaciones también son posibles, como en el *Escritorio* o en dispositivos de almacenamiento (discos extraíbles, *pendrive*, etc.).

Vamos a analizar cómo se organiza la información en una estructura jerárquica, mediante carpetas, en un ordenador. Para ello crearemos dos carpetas de dos documentaciones diferentes (*Documentación sanitaria* y *Documentación no sanitaria*) y añadiremos los documentos necesarios a cada una de ellas.

Paso 1. Organización de *Mis documentos:* dentro de una carpeta puede haber varias subcarpetas, y, a su vez, dentro de estas, archivos u otras carpetas. Para comprobarlo haz clic en *Mis documentos* y observa que la pantalla que aparece presenta dos paneles bien diferenciados (Figura 6.1):

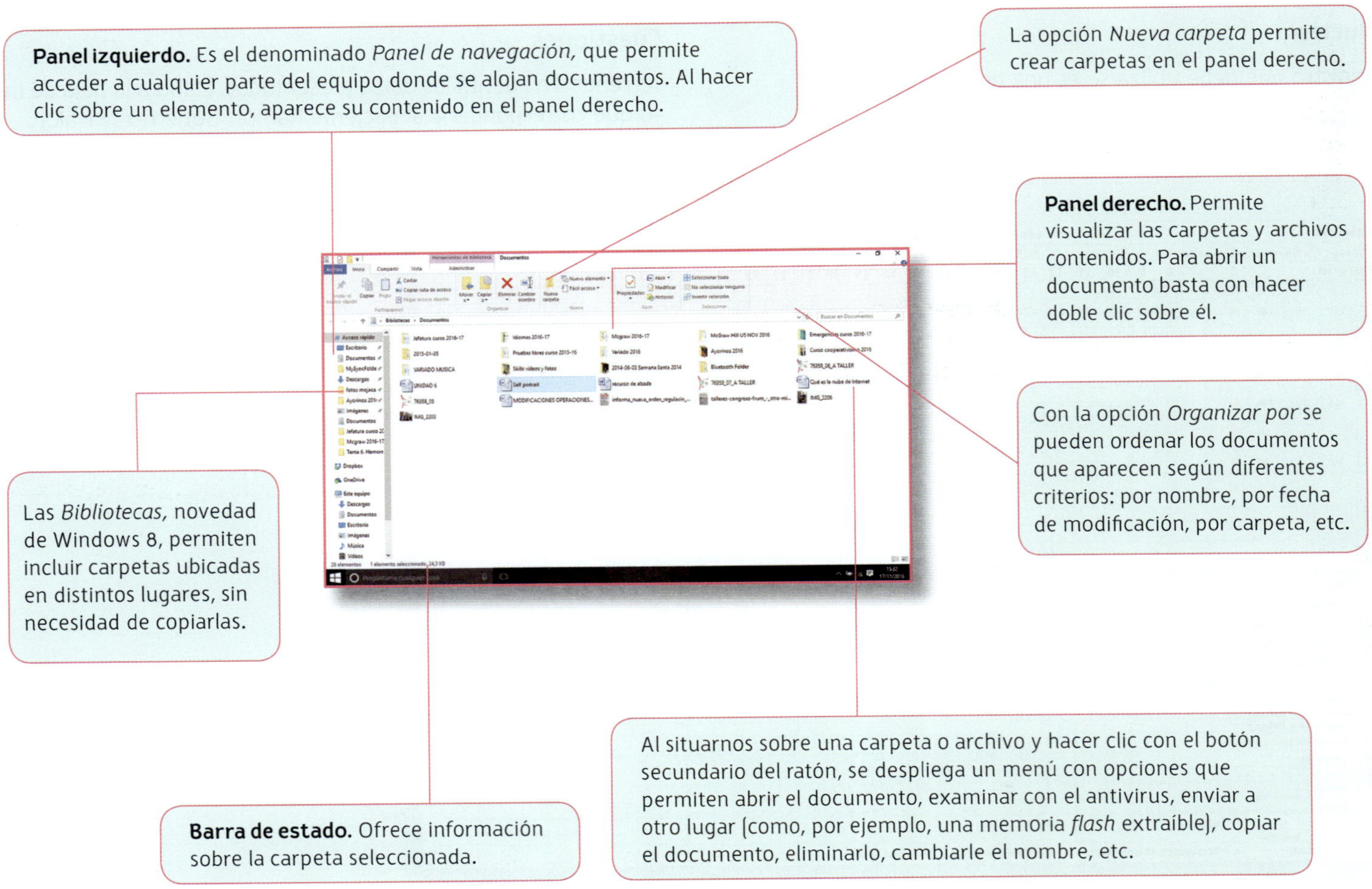

Fig. 6.1. *Organización de* Mis documentos.

Paso 2. Crear una carpeta: haz clic con el botón derecho en el panel derecho de la figura anterior.

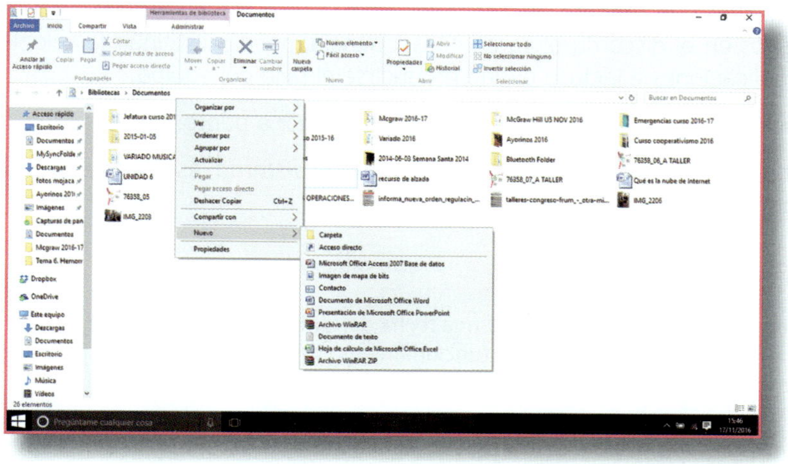

Fig. 6.2. *Crear una carpeta.*

Paso 3. Selecciona, sin soltar el botón derecho del ratón, la opción *Nuevo* y, en el desplegable, la opción *Carpeta.*

Paso 4. Llama a esa nueva carpeta «Documentación no sanitaria».

Paso 5. Crear un documento dentro de una carpeta. Haz doble clic sobre la carpeta que has creado. Como queremos crear un documento Excel para hacer unos pedidos, haz clic con el botón derecho del ratón, igual que en el paso 2, pero selecciona esta vez Microsoft Excel.

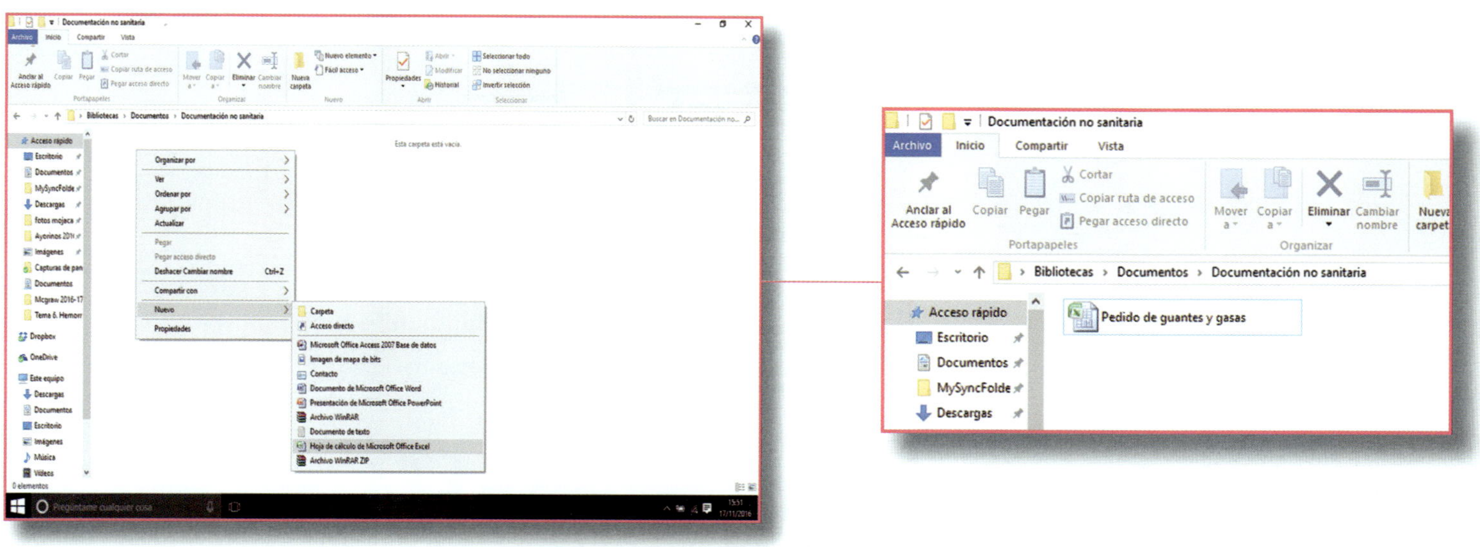

Fig. 6.3. *Crear un documento dentro de una carpeta.*

Paso 6. Llama al nuevo documento Excel «Pedido de guantes y gasas».

IMPORTANTE

Ordenar documentos

Recuerda que cuando creamos un documento debemos nombrarlo y guardarlo, de modo que lo podamos localizar con facilidad.

En caso de que tengamos varios documentos con información relacionada, podemos incluirlos en una carpeta, y de este modo tendremos más ordenado nuestro escritorio y facilitaremos nuestro trabajo diario.

Cuestión

1. Con lo que has aprendido, crea una carpeta para guardar la documentación sanitaria que contenga entre otros documentos una base de datos con las historias clínicas de los clientes de la consulta en la que trabajas.

2. Mantenimiento del ordenador

El enorme flujo de información que procesa el ordenador en su uso diario puede producir la aparición de espacios vacíos en el disco duro; como consecuencia, puede disminuir la velocidad de ejecución de las aplicaciones e incluso puede producirse el fallo del equipo.

Vamos a utilizar la aplicación que nos permite mantener el ordenador a punto.

Paso 1. Haz clic en *Equipo* y selecciona la opción *Propiedades del sistema,* asociada al icono de la unidad de almacenamiento.

Restaurar el sistema. Supone la vuelta del sistema a una fecha determinada y nos permitirá corregir problemas que ralentizan el funcionamiento del equipo. Se desinstalarán los programas que hayamos instalado, pero no se verán afectados nuestros archivos.

En la imagen puedes apreciar que el usuario puede crear o eliminar un punto de restauración. Para ello debe hacer clic sobre el icono correspondiente

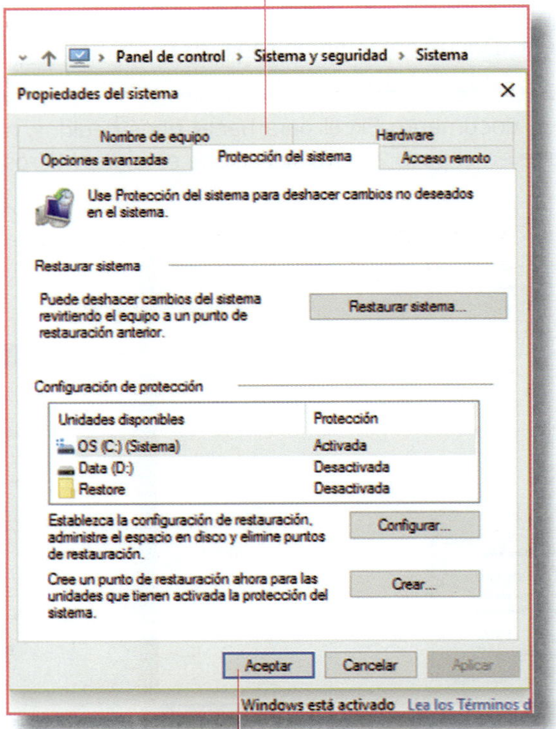

Una vez seleccionada la utilidad que queremos realizar, hacemos clic con el ratón en *Aceptar.*

Fig. 6.4. *Propiedades del sistema.*

Paso 2. Comprueba las opciones que permiten reparar o eliminar errores en el disco duro.

! IMPORTANTE

Desfragmentar y realizar copia de seguridad

Para el correcto mantenimiento del ordenador también son importantes las funciones de desfragmentar y realizar copia de seguridad; puedes localizar dichas funciones en la Figura 6.5.

- Desfragmentar: permite reorganizar los datos del disco, de forma que se gana espacio y el ordenador funciona con mayor rapidez.
- Hacer copia de seguridad: es otra aplicación muy útil y permite almacenar los datos en otro dispositivo, como puede ser una memoria *flash,* un disco duro externo o la nube. De este modo, si se produce un fallo en el sistema, tendremos la información a salvo y podremos acceder a ella y trabajar desde otro equipo.

! IMPORTANTE

Formatear el disco duro

Cuando el **disco duro** se encuentra en muy mal estado es necesario formatearlo; es decir, realizar un conjunto de operaciones informáticas que nos permiten restablecer el disco a su estado óptimo inicial. Es conveniente que cada cierto tiempo, según uso, lleves el ordenador a un técnico para realizar esta operación.

3. Medidas de protección de la información

Es importante conocer qué medidas de seguridad debemos adoptar en nuestro trabajo para evitar la pérdida de la información almacenada en el ordenador.

Paso 1. Acude a *Inicio/Panel de control/Sistema y seguridad* y observa todos los sistemas de seguridad esenciales del equipo que hay agrupados en el *Centro de seguridad:*

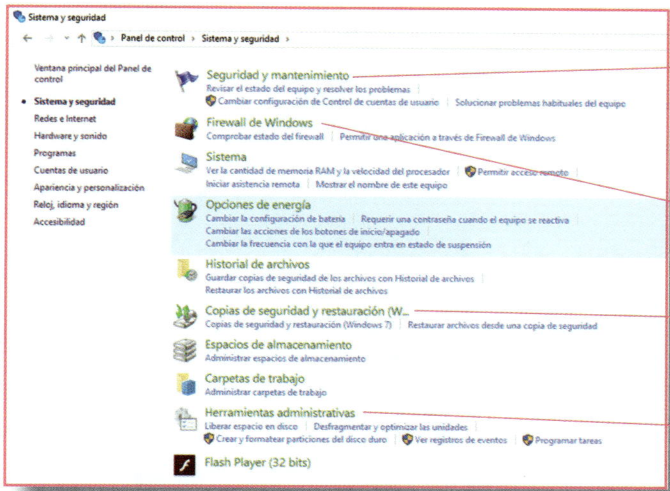

Seguridad y mantenimiento. Avisa si el *firewall* está o no activado, si el equipo está usando *antispyware* y antivirus actualizados, de la seguridad en Internet, del control de cuentas de usuario, etc.

***Firewall* de Windows.** Impide que *software* malintencionado o piratas informáticos accedan al ordenador a través de la Red.

Copia de seguridad y restauración.

Herramientas administrativas. Incluye, entre otras, las opciones de desfragmentar el disco duro.

Fig. 6.5. *Sistema y seguridad.*

Paso 2. Delimitar qué usuarios pueden acceder a la información y qué acciones se les permite hacer sobre ella. Para ello se crean diferentes cuentas de usuario con distintas contraseñas. Para crear una cuenta de usuario en nuestro ordenador haz clic en *Inicio/Panel de control/Cuentas de usuario y protección infantil/Cuentas de usuario.*

Paso 3. Observa el listado de acciones que permite una cuenta de usuario.

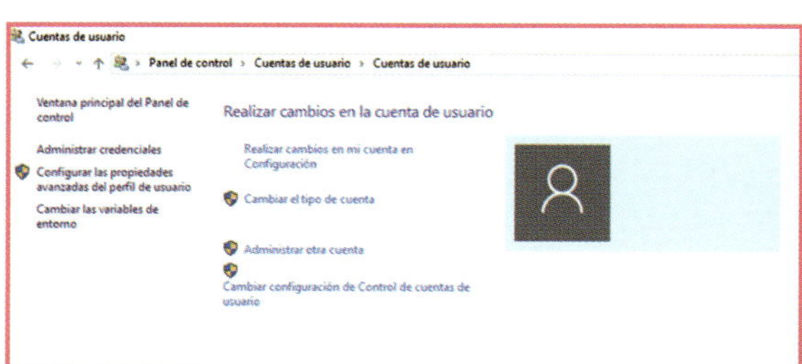

Fig. 6.6. *Crear una cuenta de usuario.*

Paso 4. Recuerda que, en el ámbito sanitario, el secreto profesional y la confidencialidad de los datos son una obligación para todos los trabajadores del sector, por lo que en este ámbito deben extremarse las medidas de seguridad y establecer claves para el acceso a los datos de los pacientes. Para crear claves de acceso ponte en contacto con el soporte informático de tu lugar de trabajo.

Cuestiones

1. Comprueba si los sistemas de protección de tu ordenador están activados. ¿Qué sistemas de protección tienes en tu equipo?
2. Por último, crea una carpeta con el nombre «Actividades». En ella debes incluir todos los documentos generados en la realización de las prácticas sobre aplicaciones informáticas que te proponemos a lo largo del curso. Para realizar esta operación, sitúate sobre el documento y haz clic en el botón izquierdo y, sin soltar, arrastra el documento a la carpeta deseada.

IMPORTANTE

Cuenta de usuario

Una **cuenta de usuario** es una colección de información que indica a Windows los archivos y carpetas a los que puede tener acceso, los cambios que puede realizar en el equipo y las preferencias personales, como el fondo de escritorio o el protector de pantalla. Permite compartir un equipo con varias personas, pero manteniendo sus propios archivos y configuraciones.

IMPORTANTE

Antivirus

Recuerda que es importante tener instalado un buen antivirus que mantenga tu equipo protegido de virus y *malware* que pueden dañar tus archivos. En Internet existen antivirus gratuitos que ayudan a proteger tu equipo, como Avast o AVG.

7
UNIDAD

Almacenes sanitarios. Gestión de existencias e inventarios

En esta unidad

APRENDERÁS A

- Analizar las funciones de un almacén y describir los materiales que se depositan en él, así como sus condiciones de almacenamiento.
- Controlar las mercancías de un almacén utilizando diferentes modalidades de registro.
- Gestionar las cantidades de productos que serán más adecuadas en cada caso.
- Valorar las existencias de un almacén empleando diferentes métodos.

ESTUDIARÁS

- Las funciones de un almacén.
- Los materiales almacenados y sus condiciones de almacenamiento.
- La gestión de un almacén.
- Control de existencias (fichas e inventarios).
- Gestión de las existencias.
- Los métodos de valoración de existencias.

Y SERÁS CAPAZ DE

- Seleccionar técnicas de almacenamiento y distribución de medios materiales necesarios en el funcionamiento de un servicio.
- Realizar el control de existencias e inventarios empleando diferentes medios de valoración.

1. Introducción

En estas dos últimas unidades vamos a ver que cualquier centro sanitario puede ser considerado una empresa y que, como tal, necesitará de una serie de productos, materiales y equipamiento para desempeñar sus funciones y prestar asistencia a los pacientes, además, por supuesto, de un equipo compuesto por profesionales de diferentes categorías.

En esta unidad nos centraremos en la forma de almacenar, gestionar y controlar el abastecimiento de los productos necesarios, y en la unidad siguiente analizaremos los documentos que se emiten en las distintas fases del proceso de compraventa para la reposición de los diferentes tipos de material.

2. El almacén

Un **almacén** es el espacio físico que alberga los artículos necesarios para la prestación de un servicio.

En nuestro caso, también englobaremos bajo este término al conjunto de productos y materiales que están alojados en ese espacio durante un periodo de tiempo determinado.

Resulta imprescindible que un almacén disponga de una cantidad y variedad de materiales mínima para poder garantizar el correcto funcionamiento de una empresa, independientemente de la naturaleza de esta.

Por tanto, el objetivo de cualquier almacén debe ser el de aprovisionar existencias en cantidad y variedad suficiente. Para ello deberán marcarse las necesidades con la adecuada antelación en el tiempo, valorar las ofertas de mercado y adquirir los productos necesarios.

En un centro sanitario, el almacén facilita los materiales y equipamientos necesarios en los diferentes servicios para prestar atención a la demanda de los pacientes, y no persigue beneficio económico alguno.

2.1. Funciones de un almacén

Dentro de una empresa, no importa cuál sea su naturaleza, el servicio de almacén es el encargado de las siguientes funciones:

- Solicitar mercancías necesarias a los proveedores.
- Recibir las mercancías y controlarlas para almacenar las que estén en perfecto estado y devolver las que no lo estén.
- Conservar los diferentes productos en las condiciones adecuadas y evitar su deterioro.
- Abastecer a los diferentes servicios de la empresa de los materiales necesarios para la prestación del servicio.
- Registrar las entradas y salidas (movimientos) de todos los materiales.
- Revisar periódicamente los artículos para retirar los que están caducados o alterados y reponerlos si fuera necesario.
- Elaborar la documentación necesaria para realizar un correcto control y una adecuada gestión de las existencias.

A modo de resumen, se puede decir que el almacén se encarga de comprar, depositar y distribuir el material necesario a las distintas áreas de una empresa.

ACTIVIDADES

1. Elabora un esquema en el que se recojan las funciones de un almacén. Razona el objetivo de cada una de ellas.

ABC VOCABULARIO

Abastecimiento: actividad encargada de cubrir las necesidades de consumo de una empresa.

Aprovisionamiento: consiste en la obtención de provisiones (bienes o servicios) para una determinada necesidad. En una empresa, la sección de abastecimiento es la encargada de comprar bienes y servicios para consumo propio o para destinarlos a la compraventa.

Existencias: bienes que posee una empresa para su consumo, transformación o compraventa.

IMPORTANTE

Maquinaria de almacenes

En algunos almacenes, la cantidad de productos que se almacena es muy elevada y se necesitan equipos especiales para la manipulación de las mercancías, como carretillas elevadoras, apiladoras o grúas. Otros almacenes están completamente automatizados y disponen de **maquinaria de almacenaje** y de distribución controlada por ordenadores; generalmente, esta situación se da cuando los productos tienen muchas entradas y salidas, para ahorrar costes.

2.2. El almacén sanitario

Un almacén sanitario se encarga de surtir de material de esta naturaleza a un área, centro o consulta determinada. En él, la función del TCAE es controlar las existencias y las fechas de caducidad, así como el buen estado de las mercancías almacenadas.

Se pueden establecer diferentes clasificaciones de almacenes sanitarios de acuerdo con criterios muy variados. Existen edificios utilizados exclusivamente como almacén y que pueden ser más o menos grandes, desde naves en las que se encuentran materiales muy diversos hasta pequeños almacenes muy específicos. En la Tabla 7.1 puedes observar una clasificación de los almacenes de acuerdo con tres criterios diferentes.

Cantidad de material	**Almacén central**	• Gran cantidad de espacio. • Material diverso. • Distribuidor de un área del territorio. • Puede suministrar a varios centros sanitarios.
	Almacén general	• En el interior de un centro sanitario. • Facilita material a todos los servicios o dependencias del centro. • Tamaño variable en función del espacio disponible y del volumen de pacientes.
	Almacén pequeño	• Localizado en cada planta de un hospital. • Escaso material. • Asegura la prestación de un servicio para un corto periodo de tiempo. • Reposición frecuente de material.
Tipo de producto almacenado	**Almacén de comida**	• Situado cerca del servicio de cocina. • Almacena alimentos y bebidas más o menos perecederos. • Puede almacenar tanto productos estables a temperatura ambiente como otros que requieran refrigeración o congelación.
	Almacén de farmacia	• Productos farmacéuticos. • Gran variedad. • Productos para tratamiento de los pacientes atendidos.
	Almacén de lencería	• En un hospital suele haber uno en cada planta. • Almacena ropa de cama y ropa de aseo para los pacientes. • Puede haber un servicio central. • Puede almacenar y preservar el vestuario del personal sanitario.
Funcionamiento	**Almacén cerrado**	• De acceso restringido. • Control total de los artículos.
	Almacén abierto	• De acceso no limitado. • No requiere un control exhaustivo de los productos.

Tabla 7.1. *Criterios de clasificación de los almacenes.*

ACTIVIDADES

2. Indica el tamaño de los siguientes almacenes, su localización más frecuente y el tipo de material que albergan:

a) Almacén general.

b) Almacén de farmacia.

c) Almacén cerrado.

PONTE A PRUEBA 1

En un almacén se está preparando un área de nueva creación en la que estarán depositados los artículos que necesitan una manipulación especial por profesionales especializados. Acabadas las obras, esta área necesitará estar señalizada. ¿Qué tipo de señales se necesitan? ¿Dónde deberían estar situadas?

Claves de resolución

Recuerda si has visto alguna vez un cartel que señalizara que no se podía pasar a determinado espacio. Estas señales deben indicar que no está permitido el paso para el público general y solo se autoriza el acceso a personal especializado. A raíz de estos datos, piensa de qué tipo de señal se puede tratar (advertencia, prohibición, etc.), describe los colores y símbolos que llevaría e indica el lugar donde se debe colocar.

2.3. Materiales en un centro sanitario

Desde el punto de vista sanitario, los materiales pueden ser de distintos tipos:

- **Productos sanitarios.** Son materiales, equipos, dispositivos e instrumentos necesarios para la prestación de un servicio sanitario.
- **Medicamentos o fármacos.** Son sustancias, o combinaciones de sustancias, que se emplean en la prevención, el diagnóstico y el tratamiento de las enfermedades.

Estos productos y medicamentos se pueden clasificar teniendo en cuenta distintos criterios que aparecen resumidos en la Tabla 7.2.

<table>
<tr><th>Criterio</th><th colspan="3">Tipo de material</th><th>Ejemplos</th></tr>
<tr><td rowspan="3">Principio de Pareto</td><td colspan="3">Productos tipo A. Materiales de alto coste. El número de unidades almacenadas suele ser bajo, porque tienen condiciones muy limitadas de almacenamiento. Son los productos que mayor control requieren por parte del almacén porque, aunque son pocas unidades, su precio es elevado y su robo o su deterioro supondría grandes pérdidas.</td><td>Recambios de un equipo de radiología.</td></tr>
<tr><td colspan="3">Productos tipo B. Mercancías de precio medio. El número de unidades disponibles en el almacén suele ser intermedio (ni muy elevado, ni muy bajo). Es necesario un control medio (ni poco frecuente, ni muy continuo).</td><td>Básculas electrónicas de precisión.</td></tr>
<tr><td colspan="3">Productos tipo C. Artículos con coste bajo, que se necesitan en grandes cantidades. El control de estos productos es el menos exhaustivo.</td><td>Algodón hidrófilo.</td></tr>
<tr><td rowspan="3">Uso y duración</td><td colspan="2" rowspan="2">Material fungible. Es aquel que se consume con su uso y puede ser de dos tipos.</td><td>Desechable. Solo permite un uso.</td><td>Guantes estériles.</td></tr>
<tr><td>Reutilizable. Permite varios usos.</td><td>Instrumental médico-quirúrgico.</td></tr>
<tr><td colspan="3">Material inventariable. No se consume con su uso, pero puede deteriorarse.</td><td>Equipos informáticos, mobiliario, etc.</td></tr>
<tr><td rowspan="5">Condiciones de almacenamiento</td><td rowspan="4">Necesitan condiciones especiales de almacenamiento.</td><td rowspan="3">Material lábil. Puede verse alterado si se modifican sus condiciones de almacenamiento.</td><td>Termolábil. Sensible a la acción del calor, se debe almacenar a una temperatura adecuada (congelación o refrigeración).</td><td>Vacunas.</td></tr>
<tr><td>Fotosensible. Sensible a la acción de la luz directa. Sus envases no permiten el paso de la luz.</td><td>En frascos color topacio.</td></tr>
<tr><td>Higroscópico. Sensible a la humedad.</td><td>Medicamentos efervescentes.</td></tr>
<tr><td colspan="2">Material estéril. Se debe mantener la esterilidad evitando la rotura de los envases o su deterioro y vigilando su fecha de caducidad.</td><td>Instrumental empleado en quirófano.</td></tr>
<tr><td colspan="3">Sin condiciones especiales de almacenado. Es suficiente con mantener medidas generales, una limpieza, una temperatura y una humedad adecuadas.</td><td>Fármacos que deben mantenerse en ambiente fresco y seco.</td></tr>
<tr><td rowspan="3">Riesgo que producen</td><td colspan="2" rowspan="2">Peligrosos. Su manipulación exige unos cuidados especiales para evitar riesgos, que pueden ser de dos tipos.</td><td>Tóxicos. Por diferentes vías y en pequeñas cantidades pueden provocar incluso la muerte.</td><td>Metanol.</td></tr>
<tr><td>Corrosivos. En contacto con tejidos vivos pueden destruirlos.</td><td>Ácido clorhídrico.</td></tr>
<tr><td colspan="3">No peligrosos. Su manipulación no entraña riesgo para la salud.</td><td>Agua destilada.</td></tr>
</table>

Tabla 7.2. *Criterios de clasificación de materiales en un centro sanitario.*

2.4. Condiciones de almacenamiento

En un almacén se deben dar las condiciones óptimas para asegurar que los productos allí depositados se encuentran en perfecto estado en todo momento y pueden ser utilizados según se necesiten. Algunas de estas condiciones dependen de las características generales del edificio, y otras, del material almacenado.

A. Condiciones estructurales

Para garantizar la seguridad en el almacén se deberán comprobar diferentes aspectos:

- El edificio debe ser estable y sólido, en función de las cargas que englobe.
- Las dimensiones del local deben permitir el almacenamiento de la mercancia y la circulación del personal.
- La iluminación será adecuada para la tarea que se realiza.
- Las puertas y vías de salida permanecerán libres de obstáculos para facilitar la evacuación segura en situaciones de peligro.
- Las instalaciones generales (agua, electricidad, etc.) estarán en perfectas condiciones de conservación.
- Las áreas donde se almacene material peligroso deben estar perfectamente señalizadas e identificadas.
- Los suelos, las paredes y los techos serán de materiales acordes a las características de las existencias almacenadas. En general serán lisos, no resbaladizos y de fácil limpieza.
- El orden y la limpieza son fundamentales para una correcta gestión y rotación de los productos almacenados.

B. Colocación del material

Dependiendo de las características de los productos y de las dimensiones del almacén existen diferentes modalidades de almacenamiento:

- En estanterías de metal o de material no inflamable, se colocarán en los niveles inferiores los materiales de mayor peso y volumen para dar más estabilidad a la estructura.
- En soportes de madera (palés) y/o formando bloques cuando el material ocupe un volumen muy grande. Siempre se han de tener en cuenta las instrucciones del proveedor, que suelen incluir en el embalaje exterior el máximo número de niveles que se pueden apilar para evitar el deterioro del material que contienen.
- En contenedores de diferentes formas y tamaños según el material que alberguen, generalmente para productos resistentes.

Los productos peligrosos, así como los caducados, estarán en áreas correctamente identificadas y separadas del resto de materiales.

PONTE A PRUEBA 2

En una sección del almacén Palomas se están realizando reformas porque quieren ampliar la gama de productos que ofrecen para incluir en su catálogo productos químicos.

- ¿Qué condiciones estructurales deberá tener esta parte del almacén?
- ¿Cómo se tendrán que disponer los artículos de esta sección?
- ¿Qué indicaciones deberían figurar en la puerta de acceso a esta área?

Claves de resolución

Tomando como punto de partida las características estructurales que figuran en el Apartado 2.4, puedes indicar cuáles se aplican en este supuesto, teniendo en cuenta que los productos químicos deben poderse eliminar con facilidad cuando se producen vertidos.

La disposición de los artículos tendrá que garantizar con seguridad que no se van a producir accidentes por vuelcos o desplomes. A raíz de este dato, piensa en la colocación, valorando peso y peligrosidad. Razona también qué tipo de profesional tendría permitido el acceso a este almacén.

IMPORTANTE

Etiquetado y pictogramas

Los productos peligrosos deben incluir en sus etiquetas las indicaciones de peligro (frases H), los consejos de prudencia que se deben considerar en su manipulación (frases P) y un símbolo que identifique el tipo de producto del que se trata (pictograma).

RECUERDA

Revisiones periódicas

Independientemente del orden o del sistema de colocación que se use en un almacén, se deberán efectuar **revisiones periódicas** para retirar el material caducado.

WEB

Sigre

En la página web **www.sigre.es** puedes ver cómo se reciclan los medicamentos, lo que evita riesgos para la salud y el medio ambiente.

ACTIVIDADES

3. Busca ejemplos de frases H, frases P y pictogramas.

3. Control de existencias en el almacén

En cualquier almacén es necesario saber en todo momento la cantidad y los tipos de artículos disponibles; para cumplir este objetivo se deben controlar los movimientos de todos los productos. Este control se puede llevar a cabo mediante fichas de almacén o realizando inventarios.

Además, es interesante conocer qué cantidades deberíamos tener en el almacén de cada producto y cuándo tendríamos que solicitar un nuevo pedido. A este proceso lo denominamos gestión de existencias.

3.1. Las fichas de almacén

Una **ficha de almacén** (Figura 7.1) es el documento utilizado para anotar o registrar todos los movimientos (entradas o compras y salidas o consumos) que se producen en un almacén de cada uno de los tipos o variedades de las existencias almacenadas.

Así, si existen varios tamaños de un mismo material, como, por ejemplo, guantes estériles de diferentes números, los movimientos de cada uno de ellos se anotarán en una ficha distinta. Del mismo modo, si hay diferentes variedades de un producto, como guantes de distintos materiales (látex, vinilo, nitrilo, etc.), también se completará una ficha diferente para cada variedad.

En la actualidad, el control del almacén por medio de fichas no se hace manualmente, sino que existen diversas aplicaciones informáticas en el mercado que brindan la posibilidad de gestionar el almacén mediante fichas electrónicas.

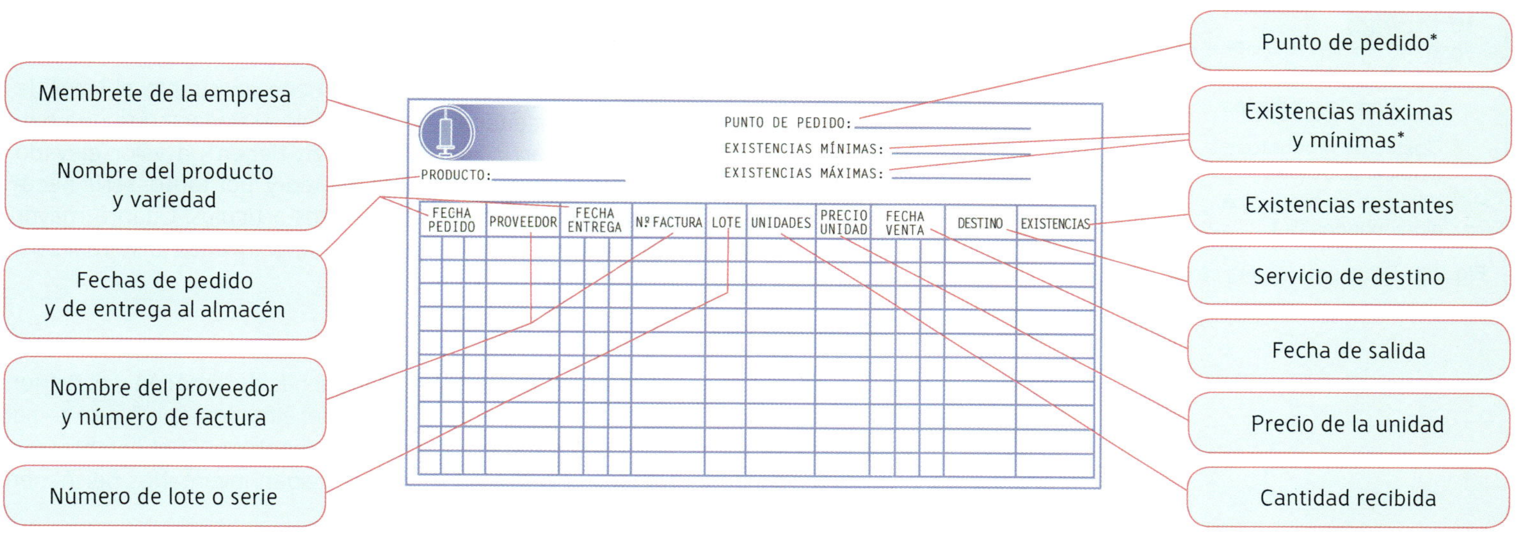

Fig. 7.1. *Ejemplo de una ficha de almacén (* datos opcionales).*

IMPORTANTE

Fichas de almacen

En ocasiones, las **fichas de almacén** también pueden incluir datos para que se pueda hacer la valoración de las existencias.

PONTE A PRUEBA 3

Lucía ha comenzado a trabajar esta semana en la clínica Duero, en la que será la encargada de compras. Su superior le enseña el fichero en el que colocan las fichas de almacén. Lucía se pone a revisarlas y se da cuenta de que en una misma ficha hay anotados registros de dos productos diferentes (jeringas de 2 ml y jeringas de 20 ml). ¿Qué debería hacer para solventar el error?

Claves de resolución

Cada ficha de almacén debe contener solamente información de un tipo de material; por lo tanto, ha debido de haber algún error por el que se han mezclado datos de dos productos diferentes.

Piensa cómo podrías comprobar los datos que figuran en la ficha identificando los movimientos que se refieren a cada uno de los productos.

Elabora dos fichas de almacén independientes, una para cada producto.

ACTIVIDADES

4. Justifica la importancia que puede tener anotar el número de lote o de serie en una ficha de almacén. ¿Qué podría pasar si no se anotara?

IMPORTANTE

Tipos de productos en almacén

En un almacén podemos encontrar distintos tipos de productos:

- Los productos **tipo A** son de alto coste y están presentes en bajas cantidades.
- Los productos **tipo B** son de precio medio y están presentes en cantidades medias.
- Los productos **tipo C** son de bajo coste y están presentes en grandes cantidades.

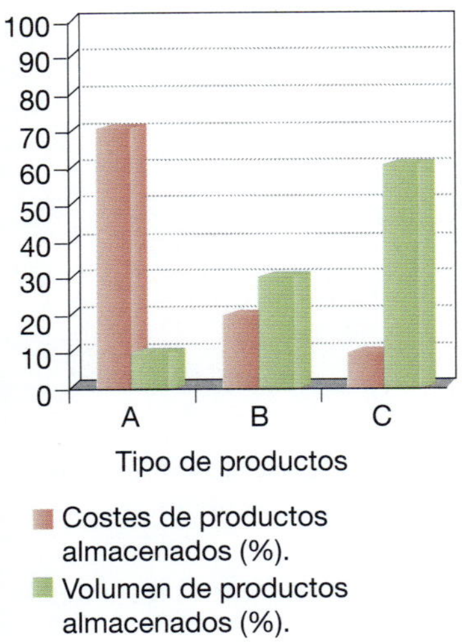

Fig. 7.2. *Diagrama de Pareto.*

3.2. Los inventarios

Un **inventario** es la revisión periódica de los artículos almacenados y un posterior recuento manual de todos ellos; a continuación, se retiran los productos que están caducados o deteriorados a un área específica del almacén para su posterior trámite de devolución y reposición en caso de que fuera necesario.

Cuando se va a llevar a cabo un inventario es necesario:

1. Localizar y diferenciar cada variedad o tipo de productos en el almacén.
2. Identificar cada variedad de manera clara y precisa.
3. Contar el número de artículos de cada variedad.
4. Comprobar que el número de unidades coincide con la cantidad que figura en la ficha de almacén correspondiente a ese artículo.
5. Retirar las unidades que estén caducadas o deterioradas. Para ello se darán de baja en los registros correspondientes y se colocarán en un lugar bien diferenciado y señalado del almacén para su posterior trámite de devolución y reposición en caso necesario.

Existen varios tipos de inventarios (Tabla 7.3).

Inventario anual	Una vez al año se revisan todas las existencias disponibles. Se bloquean los movimientos del almacén durante el tiempo que dure el inventario.
Inventario permanente	A diario se comprueban las existencias de aquellos materiales que han tenido movimientos a lo largo del día.
Inventario rotativo	Se basa en el principio de Pareto, que tiene en cuenta el valor de las existencias almacenadas. Este principio establece que una parte pequeña de los artículos del almacén tienen un valor elevado con respecto al total del valor almacenado y, por tanto, sería necesario un control más exhaustivo de estos artículos. Cuanto mayor sea el valor de la mercancía almacenada, el inventario se realizará de forma más frecuente y detallada.

Tabla 7.3. *Tipos de inventarios.*

En el caso de que existan discrepancias entre los registros de las fichas de almacén y el recuento del inventario se deberían revisar todas las entradas y salidas del almacén que hayan tenido lugar desde el último inventario para detectar el error y poder solventarlo. Si el inventario es anual, esta labor es tediosa, mientras que, en el caso de que se hagan inventarios permanentes, las discrepancias se subsanan más fácilmente.

PONTE A PRUEBA 4

En la ortopedia de tu calle tienen por costumbre hacer inventario todos los fines de año. Con este motivo, cierran al público durante una semana. El dependiente de la ortopedia te ha comentado que el negocio va a cambiar de dueño y que seguramente cerrarán unos días antes para actualizar el inventario (a finales del mes de agosto).

- ¿Qué tipo de inventario es el que venía haciéndose tradicionalmente?
- ¿Qué finalidad tiene hacer de nuevo un inventario en agosto?

Claves de resolución

Identifica qué nombre recibe el tipo de inventario que se realiza una vez al año y describe cuál es el procedimiento que se sigue.

Independientemente del tipo de inventario, su finalidad siempre es la misma; explícala con tus palabras.

¿Crees que el hecho de hacer un nuevo inventario podría estar relacionado con el cambio de dueño del negocio?

4. Gestión de existencias en el almacén

La **gestión de existencias** es el proceso que permite calcular la cantidad y variedad de los productos que deben ser almacenados.

El procedimiento consiste en tener en cuenta, por un lado, la cantidad de mercancías necesarias para poder satisfacer en todo momento posibles demandas y, por otro, el coste que supone el almacenamiento de dichas mercancías. La gestión de existencias pretende alcanzar un equilibrio entre los dos términos anteriores.

Para entender al detalle la gestión de existencias necesitamos definir varios términos que se usan con frecuencia:

- El **depósito máximo** de un artículo. Es la cantidad máxima que podemos almacenar de este artículo si tenemos en cuenta la capacidad máxima del almacén, los costes de su almacenamiento (mantenimiento, seguros, etc.) y los costes generados en cada compra efectuada de ese producto.
- El **depósito mínimo** de un artículo. Es la cantidad mínima que permite el suministro adecuado evitando el desabastecimiento. Para calcular este número de unidades se ha de conocer el plazo de entrega de los proveedores y la demanda de servicios por parte de los pacientes.
- El **depósito activo.** Es el conjunto de productos que tienen movimientos en una empresa. Es la diferencia entre el depósito máximo y el mínimo.
- El **depósito de seguridad o de reserva.** Está constituido por un número de unidades que permitirán no quedarse sin existencias cuando los proveedores no entregan en los plazos convenidos o cuando las demandas de los pacientes son muy elevadas en un momento dado no previsible; por ejemplo, la aparición de un brote de una enfermedad nueva.
- El **punto de pedido.** Es el momento en el que se deben pedir nuevas unidades de un producto. Para evitar el desabastecimiento hay que ajustar este momento en función del tiempo que tarda un proveedor en servir la mercancía.

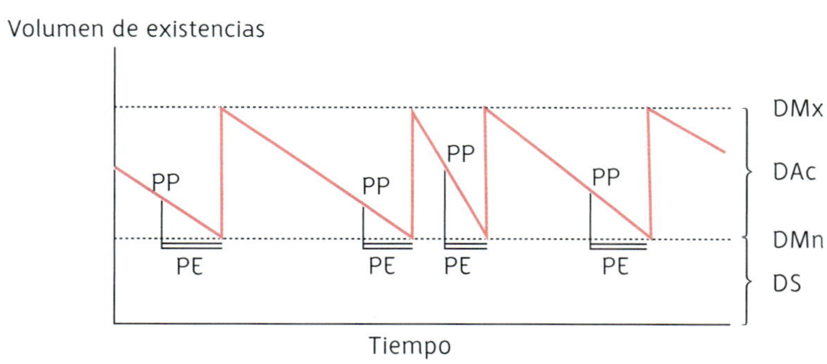

DMx: depósito máximo.
DMn: depósito mínimo.
DAc: depósito activo.
DS: depósito de seguridad.
PP: punto de pedido.
PE: plazo de entrega.

Fig. 7.3. *Modelo de previsión perfecta.*

El modelo de previsión perfecta (Figura 7.3) supone que, si se pudiera conocer con antelación la demanda de los pacientes y si los plazos de entrega pactados se cumplieran siempre, se podría saber exactamente cuándo se van a agotar las existencias y calcular así el punto de pedido.

Pero lo que sucede en realidad es que, para ahorrar costes innecesarios y evitar pérdidas elevadas por robos o incendios, la mayoría de las empresas ajustan al máximo las cantidades de mercancías en almacén. Esta situación podría desembocar en una falta de mercancías en aquellos casos en los que la demanda creciera puntualmente de forma exagerada y no esperada; es decir, tendría lugar un desabastecimiento, también llamado **rotura de inventarios** o rotura de *stock*.

IMPORTANTE

Modelo de previsión perfecta

En el mundo sanitario, la demanda de los pacientes no se puede conocer con antelación y por eso, aunque pudiéramos confiar plenamente en las entregas de los proveedores, el **modelo de previsión perfecta** no es una situación común.

ACTIVIDADES

5. ¿Qué datos se necesitarían conocer para calcular el punto de pedido en un almacén?

6. ¿Resultaría fácil calcular el punto de pedido en el caso de un hospital?

ABC VOCABULARIO

Coste de oportunidad: inversión de dinero en mercancías a costa de otras posibles inversiones más rentables.

Dinero inmovilizado: es el precio de los productos acumulados en el almacén, por el que no se gana ningún tipo de interés.

5. Valoración de existencias en el almacén

Para un funcionamiento óptimo de una empresa, el control y la gestión de las existencias no resulta suficiente; además, se debe llevar a cabo una valoración de las mismas. Es decir, es interesante conocer qué cantidad de dinero posee un almacén en mercancías almacenadas.

La **gestión de existencias** es el proceso que permite calcular la cantidad y variedad de los productos que deben ser almacenados.

Si queremos calcular el importe exacto de este capital inmovilizado, debemos tener en cuenta que en él influyen, por un lado, los costes directos y, por otro, los indirectos.

Los costes directos englobarían el precio unitario de los productos comprados con los descuentos, portes, seguros e impuestos correspondientes. Los costes indirectos son aquellos costes generales que repercuten sobre los anteriores; por ejemplo, el alquiler del local, los gastos de luz y agua, los sueldos de los profesionales que allí trabajan, etc.

Después deberíamos ver las cantidades almacenadas. El capital global inmovilizado sería el resultado de multiplicar el número de unidades disponibles por su coste.

Pero, generalmente, los productos almacenados no se han comprado en una fecha única y, por tanto, el precio al adquirirlos puede variar de una vez a otra; este hecho también se tiene que tener en cuenta en los tres métodos que vamos a ver sobre valoración de existencias.

5.1. Método FIFO

Las siglas proceden de la expresión inglesa *First In, First Out*, que significa «el primero en entrar es el primero en salir». Según este método, se consumirán primero los productos que se adquirieron antes en el tiempo, los más antiguos.

En realidad, se deberían consumir primero aquellas mercancías que tuvieran una fecha de caducidad más próxima, para evitar las pérdidas por material caducado, pero se valorarán según el precio de la primera compra.

Este método sería adecuado si los precios de las mercancías no oscilaran mucho en el tiempo, es decir, si hubiera precios estables. En épocas en las que los precios de los productos son muy inestables y tienden a subir continuamente no sería el método más aconsejado.

PONTE A PRUEBA 5

En el mes de marzo, en la clínica Podología Plantas se han efectuado varias compras consecutivas de apósitos 5 × 2,5 a precios diferentes. Los datos se recogen a continuación en una tabla.

Fecha	Cantidad	Precio unitario (€)
7/3	10	1,27
13/3	20	1,16
25/3	50	1,02

Si el día 27 de marzo se consumen 8 apósitos en las curas realizadas a los clientes y aplicamos el método FIFO de valoración de existencias, indica:

- ¿A qué precio saldrían estos apósitos?
- ¿Cuál sería el precio de las existencias almacenadas de este producto tras este consumo?

Claves de resolución

Para saber el precio al que se valorarían los apósitos en la primera salida solo tienes que aplicar la definición de FIFO (el primero en entrar es el primero en salir). El precio de las existencias almacenadas tiene que tener en cuenta todas las cantidades de la mercancía de las entradas al precio que se compraron. Calcula primero cada línea de entrada y luego súmalas.

5.2. Método LIFO

Su nombre procede de la expresión inglesa *Last In, First Out*, que significa «el último en entrar es el primero en salir». Por tanto, según este método se consumirán primero los últimos productos que se adquirieron, los más recientes. Al igual que se explica en el método FIFO, se deben consumir primero las existencias que tengan una fecha de caducidad más próxima, pero en este caso, a diferencia del anterior, se valorarán al precio de la última compra.

Este método sería adecuado en épocas en las que los precios vayan en aumento.

IMPORTANTE

Método LIFO y cálculo de coste

Ten en cuenta que la Norma Internacional de Contabilidad (NIC 2) sobre inventarios prohíbe el uso del método LIFO para el cálculo del coste, ya que el inventario queda subvalorado.

PONTE A PRUEBA 6

En el área de quirófano, durante el mes de junio, se realizan varias compras de guantes de látex estériles núm. 8 antes del periodo vacacional. Las compras de este producto son de diferentes precios.

Fecha	Cantidad	Precio unitario (€)
18/6	320	1,12
24/6	280	1,36
30/6	150	1,57

Si en la primera semana de actividad se consumen 95 guantes y queremos aplicar el método LIFO de valoración de existencias, indica:

- ¿A qué precio saldrían estos guantes?
- ¿Cuál sería el precio de las existencias almacenadas de este producto tras este consumo?

Claves de resolución

Para saber el precio al que se valorarían los guantes en la primera salida, aplica la definición de LIFO (el último en entrar es el primero en salir).

El precio de las existencias almacenadas debe tener en cuenta todas las cantidades de la mercancía de las entradas al precio que se compraron. Calcula primero cada línea de entrada y luego súmalas.

ACTIVIDADES

7. Cuando el precio de los productos tiende siempre a bajar, si aplicamos el método FIFO, ¿a qué precio saldría la primera unidad en una venta? ¿Sería fácil de calcular en el caso de un hospital?

8. ¿Qué sucederá en el método LIFO cuando salgan más unidades de las que entraron en la última compra?

9. ¿Qué diferencia fundamental encuentras entre el método PMP y los anteriores?

5.3. Método PMP

Estas siglas se corresponden con el precio medio ponderado, que valora las existencias del almacén mediante el cálculo del valor medio de todos los precios pagados por cada unidad en cada compra realizada (entrada) de una variedad de un producto en concreto. De esta forma, las existencias que salen del almacén lo hacen con ese valor promedio calculado. Por tanto, cada vez que tenga lugar una nueva compra se deberá calcular de nuevo el precio medio ponderado para consumos posteriores.

PONTE A PRUEBA 7

La clínica dental Mora regala paquetes con un cepillo de dientes y pasta dentífrica a todos sus clientes entre los 2 y los 18 años para potenciar la higiene bucal. Para controlar el gasto que esto supone lleva un control estricto de valoración por el método del precio medio ponderado. Las últimas tres compras se enumeran en la siguiente tabla:

Fecha	Cantidad	Precio unitario (€)
27/7	40	2,65
17/8	70	3,03
28/8	80	2,76

¿A qué precio se valorarán las existencias que salgan a primeros de septiembre?

Claves de resolución

El PMP valora las existencias calculando el valor medio de los distintos precios de las entradas, teniendo en cuenta las unidades compradas en cada una de ellas.

Para calcularlo te resultará más sencillo si valoras cada línea de las entradas y después sumas las cantidades, así obtienes el valor total de las existencias. Después divide esa cantidad por el número de unidades almacenadas.

SÍNTESIS Almacenes sanitarios. Gestión de existencias e inventarios

- **Almacén sanitario**
  - Funciones
    - Solicitar, recibir y controlar las mercancías.
    - Evitar deterioros mediante la aplicación de condiciones adecuadas.
    - Abastecer a otros servicios.
    - Revisión periódica de mercancías.
    - Elaborar documentación y registrar movimientos.
  - Clasificación de los almacenes
    - Cantidad de materiales: central, general, pequeño.
    - Tipos de productos: comida, farmacia, lencería.
    - Funcionamiento: cerrado, abierto.
  - Clasificación de los materiales dentro de los almacenes
    - Principio de Pareto: A, B y C.
    - Uso y duración: fungible e inventariable.
    - Condiciones de almacenamiento: presentes o ausentes.
    - Riesgos para la salud: peligrosos y no peligrosos.
  - Condiciones de almacenamiento
    - Estructurales.
    - Según la colocación del material.
- **Control de existencias**
  - Fichas de almacén: Documento en el que se registran los movimientos de las existencias almacenadas.
  - Inventarios: Revisión periódica de los artículos almacenados y posterior recuento de todos ellos.
- **Gestión de existencias**: Proceso que permite calcular la cantidad y variedad de los productos que deben ser almacenados.
- **Valoración de existencias**
  - FIFO: Valora las salidas al primer precio que se compró.
  - LIFO: Valora las salidas al último precio que se compró.
  - PMP: Valora las salidas calculando el valor promedio de todos los precios pagados en cada compra.

TEST DE REPASO

Nota: todas las actividades deben hacerse en un cuaderno aparte.

1. La sección de abastecimiento en una empresa es la encargada de:

(a) Comprar productos.
(b) Limpiar el almacén.
(c) Ordenar los documentos.

2. El conjunto de productos y materiales alojados en un lugar concreto recibe el nombre de:

(a) Sección.
(b) Almacén.
(c) Área de trabajo.

3. Entre las funciones de un almacén no se encuentra:

(a) Revisar periódicamente los artículos.
(b) Solicitar las mercancías necesarias.
(c) Retirar los productos de precio elevado.

4. ¿Qué nombre reciben los bienes que posee una empresa para su consumo?

(a) Existencias.
(b) Materiales.
(c) Recursos humanos.

5. El almacén que facilita material a todas las plantas de un hospital es:

(a) Un almacén central.
(b) Un almacén general.
(c) Un almacén pequeño.

6. El almacén que permite el acceso de todas las personas recibe el nombre de:

(a) Almacén cerrado.
(b) Almacén de comida.
(c) Almacén abierto.

7. Un material sensible a la humedad es:

(a) Hidrosensible.
(b) Higroscópico.
(c) Estéril.

8. Una sustancia que en contacto con los tejidos vivos los destruye es:

(a) Corrosiva.
(b) Nociva.
(c) Tóxica.

9. En una ficha de almacén un dato opcional puede ser:

(a) El nombre del proveedor.
(b) El punto de pedido.
(c) El número de lote.

10. ¿Qué tipo de inventario se basa en el principio de Pareto?

(a) Anual.
(b) Permanente.
(c) Rotativo.

11. El conjunto de productos que tienen movimientos en una empresa se denomina:

(a) Depósito activo.
(b) Depósito de seguridad.
(c) Depósito máximo.

12. La rotura de inventarios supone:

(a) Una falta de mercancías.
(b) Un exceso de mercancías.
(c) Un equilibrio entre lo que se compra y lo que se vende.

13. ¿Qué nombre recibe el proceso mediante el cual se calcula la cantidad de dinero inmovilizado?

(a) La previsión perfecta.
(b) La valoración de existencias.
(c) La gestión de existencias.

14. ¿Cuántos métodos de valoración existen?

(a) Dos.
(b) Tres.
(c) Cuatro.

15. El término LIFO significa:

(a) El último en entrar es el primero en salir.
(b) El primero en entrar es el primero en salir.
(c) El primer consumo es la primera compra.

16. ¿Qué método de valoración se basa en la premisa de que el primer producto en entrar debe ser el primero en salir?

(a) El FIFO.
(b) El LIFO.
(c) El PMP.

COMPRUEBA TU APRENDIZAJE

Nota: todas las actividades deben hacerse en un cuaderno aparte.

Analizar las funciones de un almacén y describir los materiales que se depositan en él, así como sus condiciones de almacenamiento.

1. En un domicilio particular tenemos almacenes muy diversos. Un ejemplo fácil lo constituye el frigorífico. En él se almacenan diferentes tipos de alimentos. Teniendo en cuenta este ejemplo, busca la aplicación directa a las funciones de un almacén.

2. Anteriormente hemos citado un ejemplo de almacén en casa. Si nos fijamos en los materiales allí depositados, podemos ver más ejemplos. Cita al menos tres artículos que podemos encontrar en los siguientes «almacenes»:

   a) Frigorífico.

   b) Armario de droguería.

   c) Armario de ropa.

   d) Botiquín.

   e) ¿Cuál de los ejemplos anteriores está más relacionado con el tema objeto de estudio (almacén sanitario)?

3. Si ahora nos centramos en el armario de droguería y en la solución de la pregunta anterior, ¿qué tipo de productos podemos encontrar en él? ¿Pueden suponer algún riesgo para la salud? ¿Cómo se identificarían esos riesgos? ¿Qué medidas se deberían tomar para evitar los riesgos? ¿Cómo se identificarían?

4. Busca ejemplos de pictogramas e indica la peligrosidad que supone un producto que lleve en su etiqueta los símbolos encontrados. ¿Qué condiciones de almacenamiento serán necesarias en estos casos?

Controlar las mercancías de un almacén utilizando diferentes modalidades de registro.

5. Los datos que figuran en las fichas de almacén tienen siempre una finalidad propia o relacionada con otros. Indica la importancia de los siguientes datos para facilitar su estudio:

   a) Tipo o variedad del artículo.

   b) Fecha de pedido y fecha de entrada.

   c) Proveedor y número de factura.

   d) Número de serie o lote.

6. En grupos de cuatro personas, elaborad una ficha de almacén para un material ficticio suponiendo que cada una de las personas integrantes del grupo ha comprado en dos ocasiones (entradas) y ha retirado productos del almacén en una ocasión (salidas).

7. El inventario es un sistema de registro para el control de los materiales almacenados. Imagina el botiquín de tu casa e indica qué pasos seguirías para elaborar un inventario. Cita ejemplos de los productos que puede contener.

8. Realiza un inventario del material escolar que llevas en tu mochila o bolsa.

Gestionar las cantidades de productos que serán más adecuadas en cada caso.

9. Indica qué diferencia existe entre el depósito mínimo y el depósito de seguridad. ¿Cuál es más elevado? Puedes servirte de un ejemplo para tu explicación.

10. En un almacén de un control de enfermería se ha estimado que el depósito de seguridad de solución desinfectante es de cinco unidades. La demanda de este producto es estable; se ha comprobado que se gasta un envase de desinfectante cada tres días. El proveedor que repone el material tarda en servir dos días. Calcula el punto de pedido para este producto.

11. ¿Qué sucedería en el caso de la actividad anterior si la demanda se duplicara? ¿Y si el proveedor tardara cinco días en servir los pedidos?

12. Explica con un ejemplo numérico en qué consiste:

    a) El método de previsión perfecta.

    b) La rotura de *stock*.

    c) ¿Cómo se podría evitar esta última circunstancia?

Valorar las existencias de un almacén empleando diferentes métodos.

13. Elabora una ficha de valoración por el método FIFO de gasas estériles 20 x 50 con los datos de los movimientos que se detallan a continuación. Ten en cuenta que los precios facilitados son unitarios.

    - 23/1/16: compra de 50 unidades a 2,28 €.
    - 12/2/16: compra de 100 unidades a 2,07 €.
    - 26/3/16: salida de 12 unidades.
    - 15/4/16: compra de 30 unidades a 2,54 €.
    - 7/5/16: salida de 40 unidades.
    - 12/5/16: salida de 25 unidades.
    - 20/5/16: compra de 200 unidades a 1,97 €.

14. Valora las existencias del ejercicio anterior por el método LIFO.

15. Realiza la valoración de existencias de la actividad 13 por el método del precio medio ponderado. Si consideramos diferentes entradas y salidas, ¿cuándo deberá calcularse el precio medio ponderado?

PRÁCTICA FINAL

Nota: todas las actividades deben hacerse en un cuaderno aparte.

Susana trabaja en un almacén de productos sanitarios como responsable de compras y ventas de la empresa Proasan. Esta empresa posee una nave de 1 500 metros cuadrados, aproximadamente, situada en un polígono industrial a las afueras de una localidad de 60 000 habitantes con varios centros sanitarios.

Entre las muchas mercancías de que disponen en el almacén, tienen sillas de ruedas para facilitar la movilidad de los pacientes.

a) Con los datos que figuran en el primer párrafo, indica qué tipo de almacén tendrá la empresa Proasan.

b) Elabora una ficha de almacén que incluya la valoración de existencias por el método del precio medio ponderado (PMP), teniendo en cuenta los datos que se detallan a continuación:

- Todas las compras de las sillas de ruedas se efectúan a un mismo proveedor: Distribuciones Famo.
- El proveedor tarda en servir siempre tres días.
- En el primer semestre del año este producto tiene los siguientes movimientos:
  - 15/1/16: entrada de 80 unidades a 330 € (lote R08) correspondiente a la factura número 15 837.
  - 21/1/16: salida de 10 unidades a un centro sanitario privado (residencia de ancianos Suárez).
  - 30/3/16: entrada de 50 unidades a 345 € (lote S31) correspondiente a la factura número 15 921.
  - 7/416: salida de 3 unidades para una distribuidora de productos ortopédicos.
  - 14/4/16: salida de 37 unidades para la planta de traumatología del hospital general.
  - 20/4/16: entrada de 40 unidades a 320 € (lote S83) correspondiente a la factura número 17 107.
  - 1/5/16: salida de 7 unidades para la planta de rehabilitación de un hospital privado (Curasan).
  - 20/5/16: entrada de 10 unidades a 287 € (lote T78) correspondiente a la factura número 18 056.

Sigue los siguientes pasos (Figura 7.4):

- Completa primero la cabecera del documento incluyendo los datos generales del producto para valorar debajo del membrete de la empresa.
- Completa por filas la ficha de almacén teniendo en cuenta que los datos referentes a las compras figurarán en las columnas de entradas y las ventas en las de salidas.
- Tras cada entrada o salida debes completar las columnas de existencias y valorar las cantidades de productos almacenadas (restantes).

Cuestiones

Inventa una cantidad de existencias máximas y mínimas, así como el punto de pedido, en función de los movimientos observados. Razona tu respuesta.

Proasan — PRODUCTO: Sillas de ruedas — Valoración según PMP

PUNTO DE PEDIDO: ____
EXISTENCIAS MÍNIMAS: ____
EXISTENCIAS MÁXIMAS: ____

FECHA PEDIDO	FECHA ENTRADA	PROVEEDOR N.º DE FACTURA	N.º DE SERIE O LOTE	FECHA SALIDA	DESTINO	ENTRADAS CANTIDAD	ENTRADAS PRECIO	ENTRADAS VALOR	SALIDAS CANTIDAD	SALIDAS PRECIO	SALIDAS VALOR	EXISTENCIAS CANTIDAD	EXISTENCIAS PRECIO	EXISTENCIAS VALOR
12/01/10	15/01/10	Famo Nº Fra 15837	R08			80	330,00	26400,00				80	330,00	26400,00
				21/01/10	R.A. Suarez				10	330,00	3300,00	70	330,00	23100,00
27/03/10	30/03/10	Famo Nº Fra 15921	S31			50	345,00	17250,00				120	336,25	40350,00
				07/04/10	P. Ortopédicos				3	336,25	1008,75	117	336,25	39341,25
				14/04/10	H.G. Traumat.				37	336,25	12441,25	80	336,25	26900,00
17/04/10	20/04/10	Famo Nº Fra 17107	S83			40	320,00	12800,00				120	330,83	39700,00
				01/05/10	Curasan Rehab.				7	330,83	2315,81	113	330,83	37383,79
17/05/10	20/05/10	Famo Nº Fra 18056	T78			10	287,00	2870,00				123	327,27	40253,79

Fig. 7.4. *Valoración de existencias por el método PMP.*

Fig. 7.1. *Icono de Microsoft Access.*

Manejar una base de datos (Access)

1. Introducción

Las bases de datos sirven para almacenar la información de forma ordenada, facilitar el acceso a ella y manejarla de manera organizada para hacer consultas y generar informes y formularios, entre otras aplicaciones.

Dentro del ámbito sanitario, las bases de datos facilitan la gestión clínica y administrativa de los datos de los pacientes y las gestiones administrativas con los proveedores. Por eso es muy importante que el técnico en cuidados auxiliares de enfermería se familiarice con ellas.

Aunque en las clínicas se trabaja con programas de gestión clínica específicos, vamos a ver de forma sencilla en qué consiste una base de datos, en concreto Microsoft Access.

2. Abrir Microsoft Access

Lo primero que debemos hacer es abrir la aplicación Access. Lo más cómodo es hacer clic sobre el icono de Access del Escritorio de Windows. Si no tenemos este icono disponible, iremos al menú *Inicio* de Windows, en *Todos los programas* tenemos todas las herramientas de la *suite* informática de Microsoft. Aquí seleccionamos Access.

3. Utilizar la interfaz gráfica

Al abrir Access nos aparecerá la siguiente interfaz gráfica. Localiza en tu pantalla los elementos que se describen a continuación:

Fig. 7.2. *Interfaz gráfica.*

4. Crear una base de datos

Paso 1. En la ventana anterior, selecciona la opción *Base de datos en blanco*. Cuando lo hagas, aparecerá en el margen derecho de la pantalla la opción *Nombre del archivo* y los botones *Crear* y *Cancelar*.

Paso 2. Escribe como nombre de la base de datos «Clínica dental».

Paso 3. Pulsa el botón *Crear*. Aparecerá en la pantalla la primera tabla, que se nombra por defecto como «Tabla1».

Las tablas están compuestas por **campos** (columnas) y **registros** (filas).

Elementos de una tabla de Access	
Registro	**Campo**
Conjunto de campos relacionados entre sí. En el caso de las bases de datos de pacientes, el conjunto de sus datos; por ejemplo: Juan Martínez López, calle de los Postigos, 20 (Alfafar, Valencia).	Cada uno de los elementos que compone un registro; por ejemplo, la ficha de un paciente puede disponer de los siguientes campos: nombre, apellidos, domicilio.

Tabla 7.1. *Elementos de una base de datos.*

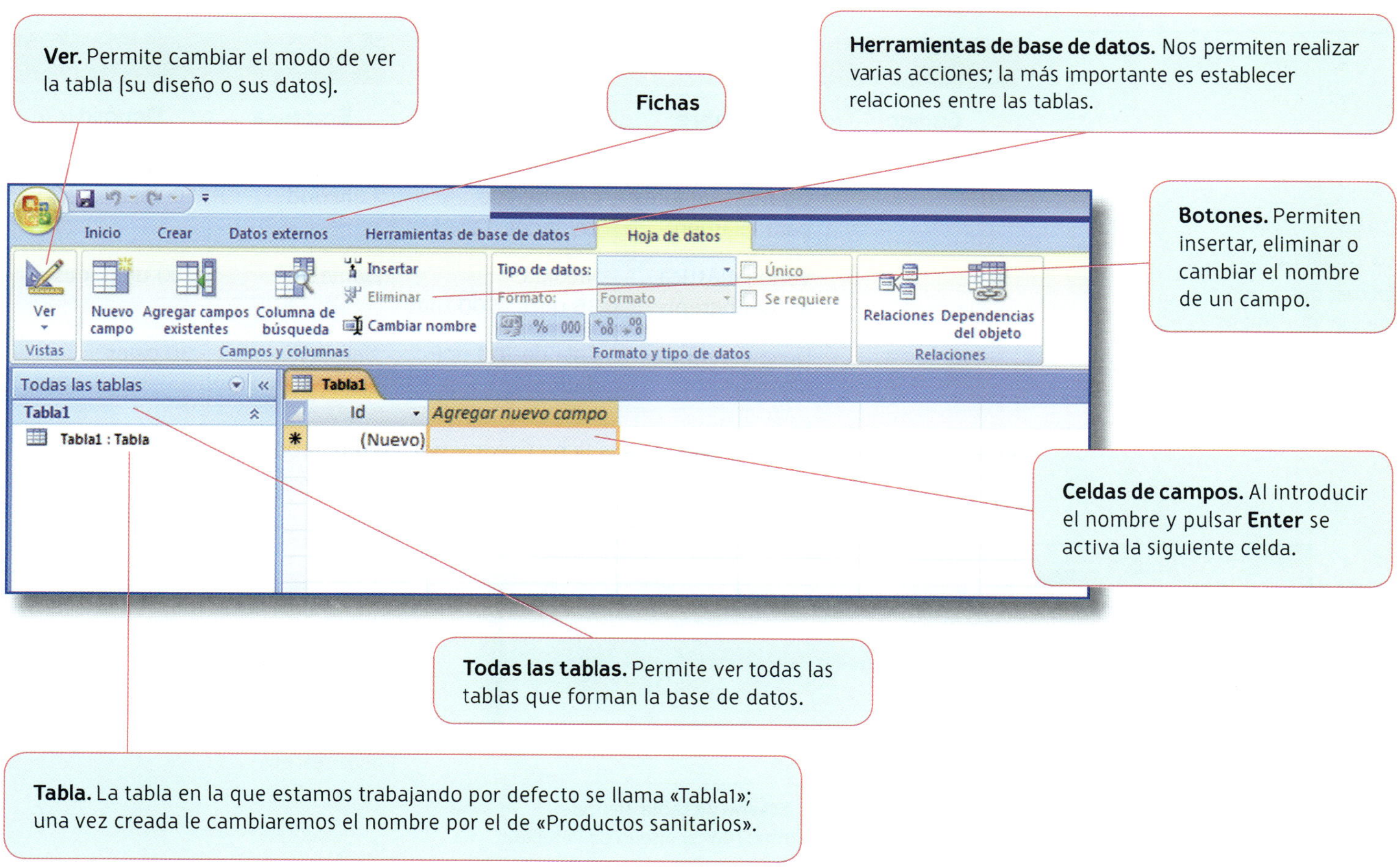

Fig. 7.3. *Interfaz de una tabla de Access 2007.*

Paso 4. Crear los campos de la tabla «Productos sanitarios». Haz doble clic sobre *Id,* que es el primer campo que aparece por defecto en la tabla. Escribe «Código del artículo» y pulsa **Enter.** Repite el proceso para el resto de los campos (columnas) que aparecen a continuación:

La tabla presenta 5 **campos:** código del artículo, nombre del artículo, etc.

Productos sanitarios

Código del artículo	Nombre del artículo	Variedad	Empresa proveedora	Depósito mínimo

IMPORTANTE

Tipo de datos

En *Vista diseño,* al situarte sobre un campo y seleccionar ***Tipo de datos,*** se nos ofrecen distintas opciones: *Texto, Número, Fecha/Hora, Moneda, Memo, Autonumérico, Sí/No,* etc. La opción *Memo* admite datos alfanuméricos y posee mayor capacidad de almacenamiento que la opción *Texto.*

Paso 5. Cambiar el tipo de campo. Normalmente, Access suele tratar los campos como *Autonuméricos;* sin embargo, cuando no deseamos realizar operaciones aritméticas, conviene que cambiemos el tipo de campo a *Texto.* Para ello:

a) Haz clic sobre el botón *Vista diseño* . En este momento Access necesita que pongas nombre a la tabla; por tanto, escribe «Productos sanitarios» y pulsa el botón *Aceptar.*

b) En los campos, selecciona el tipo de datos que aparece *(Autonumérico),* abre la lista desplegable y selecciona *Texto.*

c) Guarda los cambios realizados pulsando el botón *Cerrar.*

d) En el margen izquierdo de la ventana de la base de datos veremos la tabla «Productos sanitarios», haz doble clic en ella. Ya puedes rellenar los datos.

Productos sanitarios

Código del artículo	Nombre del artículo	Variedad	Empresa proveedora	Depósito mínimo
0131	Guantes de látex para examen	Caja de 100 unidades, talla M	Latexind	10 cajas
0112	Venda elástica autoadherente	Medida: 35 mm/1 500 mm	Sanytex	100 unidades
0045	Gasa estéril de algodón	Caja de 100 unidades	Sanytex	50 cajas

Registros. Datos que completan los campos.

Paso 6. Crear otra tabla. Selecciona la ficha *Crear* y haz clic en la opción *Tabla.*

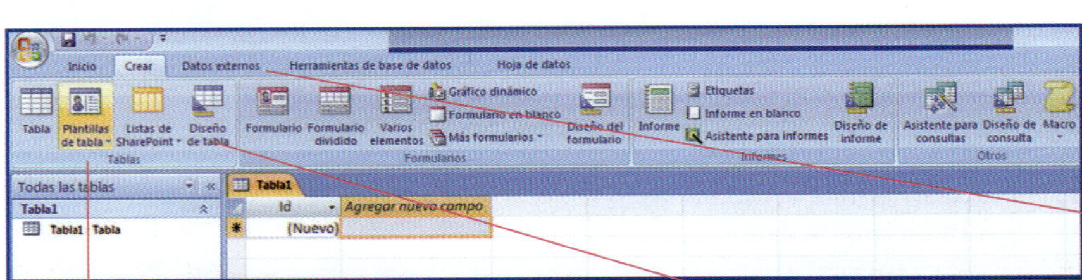

Datos externos. Permite importar datos de otros documentos, tanto de Access, como de Word, Excel, imágenes, etc.

Plantillas de tabla. Nos ofrece una serie de plantillas para realizar la tabla.

Diseño de tabla. Permite modificar el diseño de la tabla.

Fig. 7.4. *Crear una nueva tabla.*

Paso 7. Crear una tabla nueva. Sigue los pasos descritos para la creación de la primera tabla. El nombre de esta nueva tabla será «Existencias».

Paso 8. Cambiar los tipos de datos. Como puedes ver a continuación, en esta tabla tenemos fechas y unidades, además de texto. Por eso, debemos cambiar el tipo de datos en algunos campos:

Existencias

Código del artículo	Fecha de pedido	Fecha de entrada	Fecha de salida	Unidad de destino	Unidades de entrada	Unidades de salida
0131	12/3/2011	16/3/2011	21/3/2011	Ginecología	100	10
0112	20/3/2011	22/3/2011	23/3/2011	Traumatología	1000	40
0045	20/3/2011	22/3/2011	23/3/2011	Traumatología	150	20

Para «Unidades de entrada» y «Unidades de salida», el tipo de campo será *Número,* pues con ellos vamos a hacer operaciones aritméticas.

Para «Fecha de pedido», «Fecha de entrada» y «Fecha de salida», el tipo de campo será *Fecha/Hora.*

Para «Código del artículo» y «Unidad de destino», el tipo de campo será *Texto.*

5. Relacionar las tablas

Al guardar la información en una base de datos en distintas tablas ahorramos tiempo, esfuerzo y espacio. Pero, para gestionar la base de datos adecuadamente, las tablas deben estar relacionadas.

Para relacionar dos tablas, ambas deben tener un campo común. En nuestro caso, dicho campo es «Código del artículo».

La relación que crearemos entre las tablas depende de si el campo común está definido como *Clave principal* o no. La *Clave principal* es la característica que se añade al campo de una tabla para que Access reconozca que se trata del campo clave. Una *Clave principal* debe cumplir dos requisitos:

1. Ningún registro puede estar repetido.
2. Que no adquiera un valor nulo.

En las dos tablas ya creadas, Access por defecto ha identificado los campos «Código del artículo» como clave principal. Para comprobarlo, abre las tablas y, en *Vista diseño,* observa que tienen asignado el símbolo de una llave a la izquierda de su nombre. Para eliminar esta característica bastaría con desactivar el botón *Clave principal.*

RECUERDA

Relaciones entre campos

Si relacionamos dos campos que son «clave principal» se establece una relación **uno a uno** (un único registro de la tabla principal se relaciona con un único registro de la tabla relacionada). Sin embargo, si relacionamos un campo que es «clave principal» con otro que no lo es, la relación es **uno a varios** (es la más común y permite relacionar un registro de la tabla principal con varios de la relacionada).

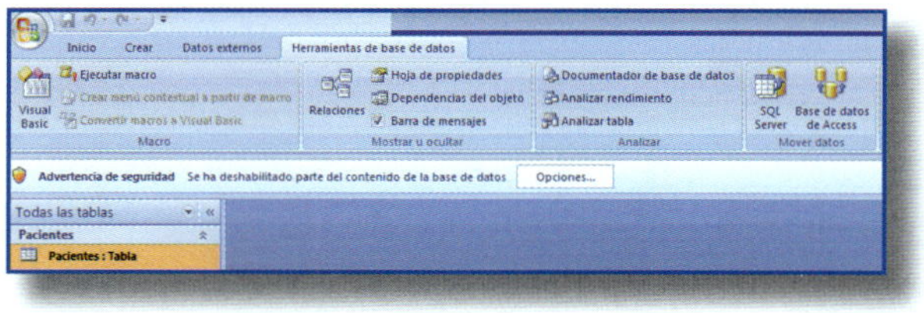

Paso 1. Selecciona la ficha *Herramientas de base de datos* y pulsa sobre *Relaciones*.

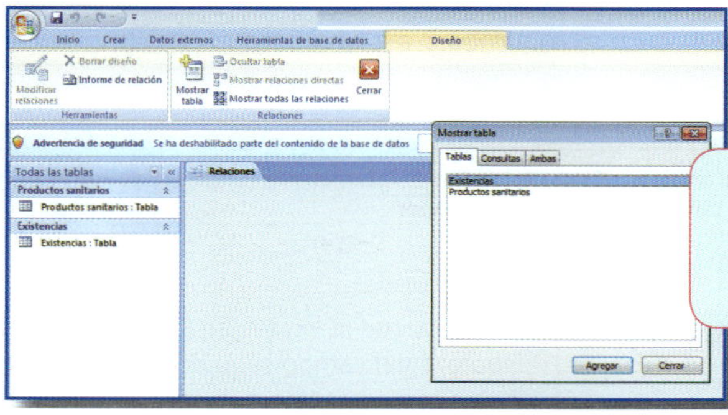

Paso 2. En la ventana, selecciona las tablas que queremos relacionar y pulsa *Agregar.*

Fig. 7.5. *Establecer relaciones entre dos tablas.*

Paso 3. Como ves, aparecen las tablas en esquema, con los nombres de sus campos y la identificación de los campos clave. Arrastra el campo «Código del artículo» de la tabla «Productos sanitarios» al campo «Código del artículo» de la tabla «Existencias».

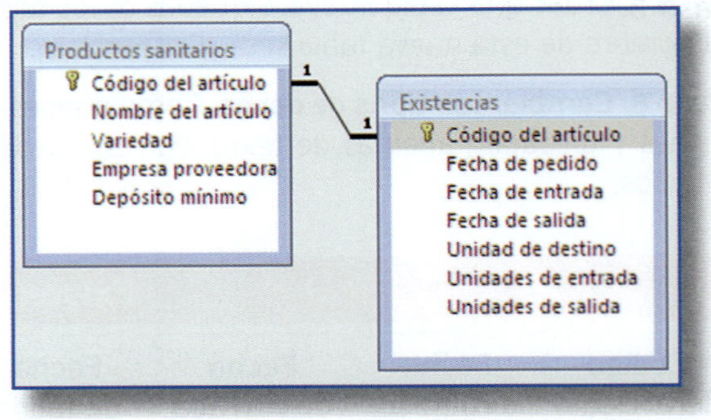

Fig. 7.6. *Establecer relación entre dos campos.*

Paso 4. En la nueva ventana, marca las casillas *Exigir integridad referencial,* que protege la integridad de la base de datos (no permite introducir datos en «Existencias» si no se introducen antes en «Productos sanitarios»), *Actualizar en cascada los campos relacionados* y *Eliminar en cascada los registros relacionados,* que permiten trasladar los cambios realizados en una tabla a las demás.

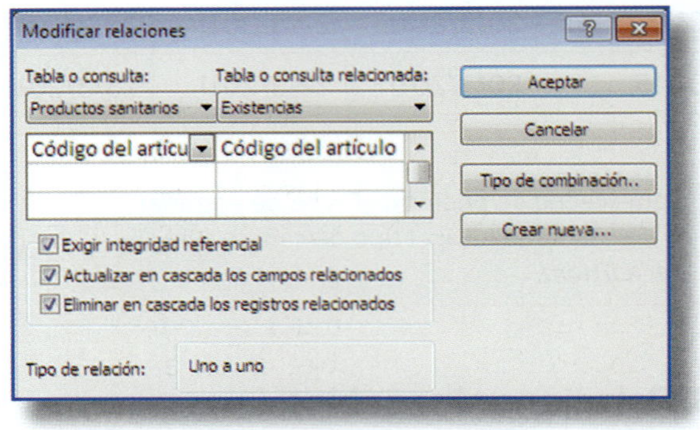

Fig. 7.7. *Modificación de relaciones.*

Una vez creada la relación entre las tablas, una de ellas se comportará como tabla principal («Productos sanitarios») y la otra como tabla secundaria («Existencias»).

La gran ventaja que presenta la posibilidad de relacionar tablas es que permite que, al seleccionar un dato de la tabla principal, nos aparezcan los registros relacionados con esa opción en la tabla secundaria.

! IMPORTANTE

Asistente para consultas

Para aprender a realizar las consultas podemos contar con el apoyo del ***Asistente para consultas***, que nos facilitará esta tarea.

6. Realizar consultas

Las consultas son las preguntas que le hacemos a la base de datos. En esta ocasión, deseamos comparar las existencias reales de cada uno de los artículos con el depósito mínimo. Para obtener la respuesta vamos a seguir estos pasos:

Paso 1. Activa la ficha *Crear* y haz clic en el botón *Diseño de consulta.* En la ventana que aparece selecciona ambas tablas, pulsa el botón *Agregar* y cierra la ventana. Haz doble clic sobre los campos «Código del artículo» y «Depósito mínimo» de la tabla «Productos sanitarios».

Paso 2. A continuación se va a crear un campo calculado para que, cada vez que se registre una entrada y/o una salida de un producto, se recalculen las existencias. Para hacerlo sitúa el punto de inserción en la primera columna en blanco situada a la derecha del campo «Depósito mínimo» y escribe esta expresión:

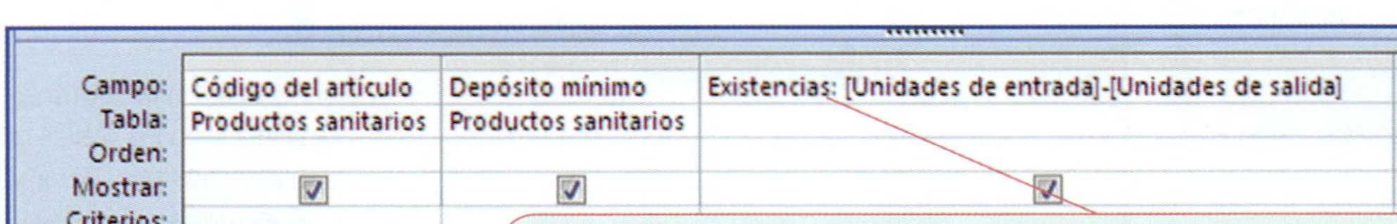

Observa que la expresión sigue una notación muy particular. En primer lugar se escribe el nombre del campo seguido de dos puntos y después se van añadiendo el nombre de los campos entre corchetes intercalando el signo que corresponda (en este caso, el signo menos).

Fig. 7.8. *Realización de una consulta.*

Paso 3. Pulsa en el botón *Ejecutar* ! y obtendrás el siguiente resultado:

Consulta1

Código del artículo	Depósito mínimo	Existencias
0131	10 cajas	90
0112	100 unidades	960
0045	50 cajas	130

Fig. 7.9. *Resultado de la consulta.*

De este modo hemos comparado el depósito mínimo de cada producto con sus existencias y, a la vista de los datos, nos damos cuenta de que aún no es el momento de hacer un pedido.

Paso 4. Cierra la consulta: Access te da la opción de guardarla y nombrarla. Por defecto, Access la nombra como «Consulta1»; sin embargo, lo aconsejable es asignarle un nombre que describa brevemente lo que muestra. Así se identificará fácilmente cuando el número de consultas es grande.

Al guardar la consulta debes tener en cuenta que no guardas el resultado, sino su diseño; por lo tanto, cuando vuelvas a ejecutar la consulta el resultado puede ser diferente si se han realizado modificaciones en los datos de las tablas. Así, para saber en cualquier momento si hay que hacer un pedido, haz doble clic sobre el nombre de la consulta y aparecerá la tabla comparativa.

Recuerda que aquí solo se muestra de forma muy sencilla una de las múltiples aplicaciones de las bases de datos; el objetivo es familiarizarte con esta herramienta informática. Otras aplicaciones muy relevantes en clínica, y que no se tratan aquí, son la creación de informes y de formularios.

IMPORTANTE

Modificaciones en la tabla

En la pestaña *Inicio* de la tabla puedes modificar la fuente de los datos y la alineación de los mismos. Prueba a modificar el tipo de letra, su tamaño y color para dar un acabado personal a la tabla.

¿SABÍAS QUE...?

Programas de gestión de clínicas

En Internet puedes encontrar programas de gestión de clínicas gratuitos o sus demos.

7. Imprimir documento

Antes de imprimir la tabla es interesante realizar una vista preliminar que nos muestre el documento tal y como quedará cuando se imprima. Para ello:

Paso 1. Pulsa el botón de Office, ve a *Imprimir* y selecciona *Vista preliminar.*

Paso 2. Una vez verificado el aspecto del documento procederemos a imprimirlo pulsando el botón *Imprimir.*

Cuestiones

Invéntate los datos de los proveedores de los productos sanitarios de la práctica y elabora una tabla nueva («Proveedores») con los datos de las empresas que sirven cada artículo. La tabla deberá incluir los siguientes campos:

Empresa proveedora	CIF	Dirección	Población	Provincia	Código postal	Teléfono

1. Define el campo «Empresa proveedora» como campo clave.
2. Relaciona la tabla «Proveedores» con la de «Productos sanitarios» a través del campo «Empresa proveedora». Observa que la relación que se crea es de uno a varios, lo que significa que un mismo proveedor puede servirnos varios productos.
3. Imagina que debes hacer un pedido de gasa estéril y necesitas el teléfono del proveedor de ese producto. Realiza la consulta como se ha explicado en la práctica. Los campos que se deben mostrar son «Código del artículo», «Nombre del artículo» y «Empresa proveedora» de la tabla «Productos sanitarios» y el campo «Teléfono» de la tabla «Proveedores». En el recuadro Importante encontrarás alguna pista.

IMPORTANTE

Filtrado de información

En este caso deberás escribir en la fila Criterios de la cuadrícula de *Diseño de consulta* la expresión: «Gasa»* y pulsar **Enter.** El asterisco sustituye al resto del nombre del producto. Con este criterio se filtra la información de la tabla para que solamente aparezca el teléfono del proveedor que sirve ese producto.

8
UNIDAD

Operaciones de compraventa

En esta unidad

APRENDERÁS A

- Definir en qué consiste una operación de compraventa y los pasos que esta engloba.
- Describir, identificar y emitir los diferentes documentos mercantiles que intervienen en un proceso de compraventa.
- Calcular el importe total de una factura.
- Aplicar impuestos en una factura.
- Analizar las diversas formas de pago que existen en una operación de compraventa.

ESTUDIARÁS

- Las partes que intervienen en una operación de compraventa.
- Los documentos mercantiles que acreditan el proceso.
- El cálculo del importe total de una factura.
- Los impuestos.
- Las formas de pago ante una compra de productos o ante una prestación de servicios.

Y SERÁS CAPAZ DE

- Identificar y cumplimentar los distintos documentos empleados en las operaciones de compraventa.
- Elaborar documentos de diferentes actos sanitarios aplicando las tarifas correspondientes.

1. La operación de compraventa

Cualquier hospital, centro de salud o consulta médica (pública o privada) donde se presten servicios de salud a la población, como ya se ha explicado en unidades anteriores, pueden ser considerados una empresa. En una empresa son los departamentos comerciales los que se encargan de adquirir los medios materiales e instrumentales necesarios para la práctica diaria. Esto se hace a través de operaciones de compraventa. Por ejemplo, en la consulta privada de un odontólogo, el TCAE podrá ser el encargado de algunas operaciones de compraventa.

> Una **operación de compraventa** es un proceso que se desarrolla entre empresas o personas jurídicas en el que media la compra de productos o la prestación de un servicio, lo cual pone de manifiesto la relación existente entre ambas partes.

Una operación de compraventa se desarrolla en diversas etapas, como se aprecia en la Figura 8.1.

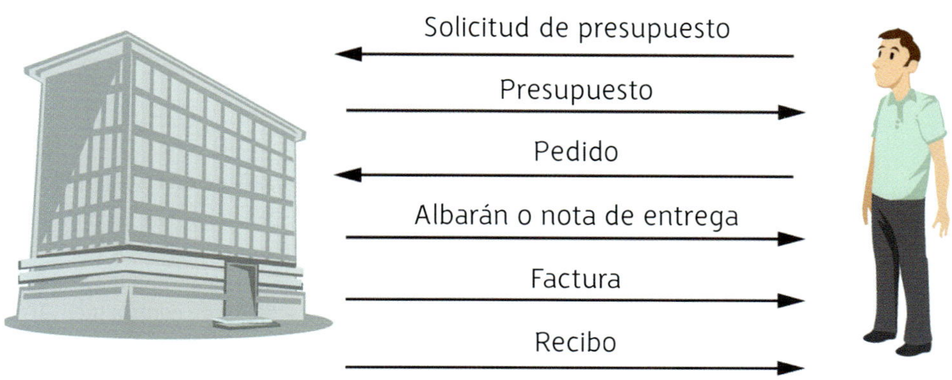

Fig. 8.1. *Esquema de las etapas de una operación de compraventa.*

PONTE A PRUEBA 1

Alejandro tiene una obturación deteriorada que le da problemas constantemente. Una mañana decide que va a animarse a hacerse la endodoncia que le recomendó su odontólogo. Enumera qué pasos se seguirán en este proceso de compraventa y cuáles son los documentos acreditativos de cada fase.

Claves de resolución

Analiza la Figura 8.1 paso a paso e intenta ir enumerando los documentos que acreditan cada fase del proceso, desde el momento en que Alejandro solicita el presupuesto hasta que obtiene el recibo final.

ACTIVIDADES

1. Busca el comprobante de alguna compra que hayas realizado hace poco. Observa y comprueba la información que figura en él, identificando todos los datos importantes.

RECUERDA

Comprobantes de compra

Es conveniente que cada vez que compremos un producto, independientemente de su precio, pidamos un documento acreditativo de la compra. Este documento es el que nos permite reclamar en caso de que posteriormente surja algún problema con el producto. Existen distintos comprobantes que justifican la compra de un producto o servicio, por ejemplo, el tique, la factura o el recibo.

2. Documentos mercantiles

> La **documentación mercantil** es el conjunto de todos aquellos **documentos escritos** que se generan en una **operación de compraventa** y que pueden servir de prueba para demostrar que el proceso ha tenido lugar.

RECUERDA

Opciones de compraventa

En operaciones de compraventa de poca envergadura entre personas físicas lo más frecuente es realizar el trato de palabra sin que medie documento alguno, por ejemplo, cuando compramos el periódico. En otros casos solo media un comprobante de compra; es lo que suele ocurrir, por ejemplo, cuando compramos una prenda de vestir.

Cuando la cuantía de una operación de compraventa es importante o cuando la compraventa se hace entre empresas resulta imprescindible la utilización de estos documentos para apreciar la relación que existe entre las empresas y gestionar adecuadamente su contabilidad.

Estos documentos, por tanto, tienen validez legal y podrían utilizarse en un juicio como prueba en caso de que existiera algún desacuerdo entre las partes o negligencia profesional.

En todos los documentos mercantiles podemos encontrar partes comunes, como son las cabeceras, en las que figura la **identificación del proveedor y del cliente** (Figura 8.2), y otras definitorias de cada parte del proceso concreto. Además, no existe un único modelo válido, por lo que cada empresa emite sus propios documentos.

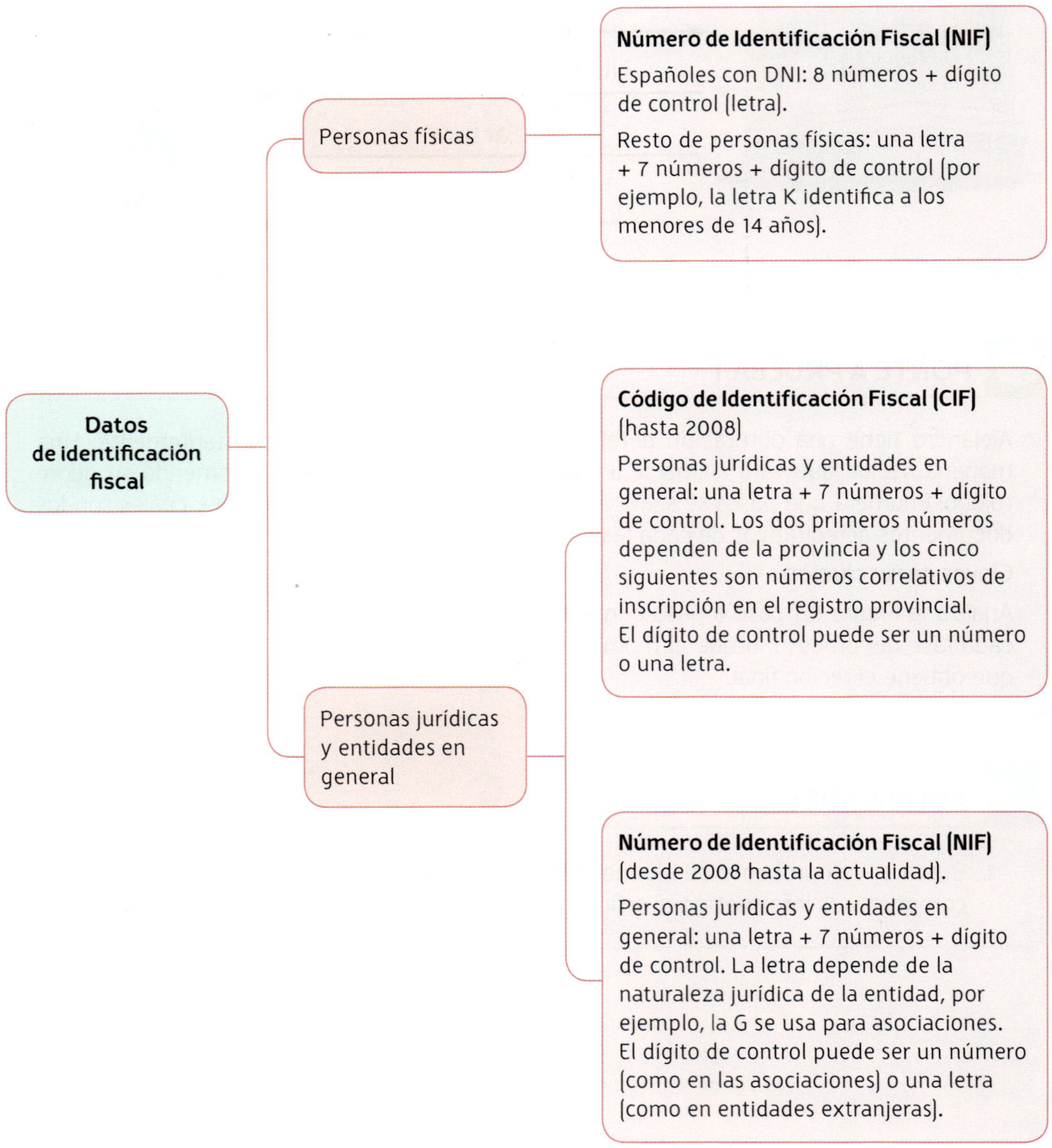

Fig. 8.2. *Identificación de proveedor y cliente.*

PONTE A PRUEBA 2

Juan Seco Pérez vive en la calle Lope de Vega, 37 (28063, Madrid). Su NIF es 54 386 148-P. Juan acude a la clínica dental Ayala, situada en la calle Pintores, 79 (28063, Madrid), con CIF 534 576 282-Z. El odontólogo Luis Cañamares Beltrán, con NIF 46 686 463-G y domicilio en la calle de la Cuesta, 24 (28091, Madrid), es el profesional de la clínica que atiende a Juan.

a) ¿Qué datos deben aparecer en la cabecera de cualquier documento de la clínica?

b) ¿Dónde deben aparecer?

c) ¿Qué datos enunciados en el caso práctico no tienen que aparecer de forma obligatoria en el documento?

d) ¿Qué otros datos pueden aparecer?

Claves de resolución

En todos los documentos de compraventa aparecen, en la parte superior, los datos de identificación de la persona o empresa que emite el documento y, a la derecha, los datos de la persona o empresa receptora del mismo, tal como puedes ver en la Figura 8.3.

En este supuesto se puede deducir que, en su visita a la clínica, Juan pedirá un presupuesto del procedimiento que se le vaya a hacer. El presupuesto será emitido por la clínica y el receptor del mismo será Juan.

Debes indicar dónde figurarán los datos de Juan y cuáles son los otros datos relevantes que sí deben aparecer en el presupuesto.

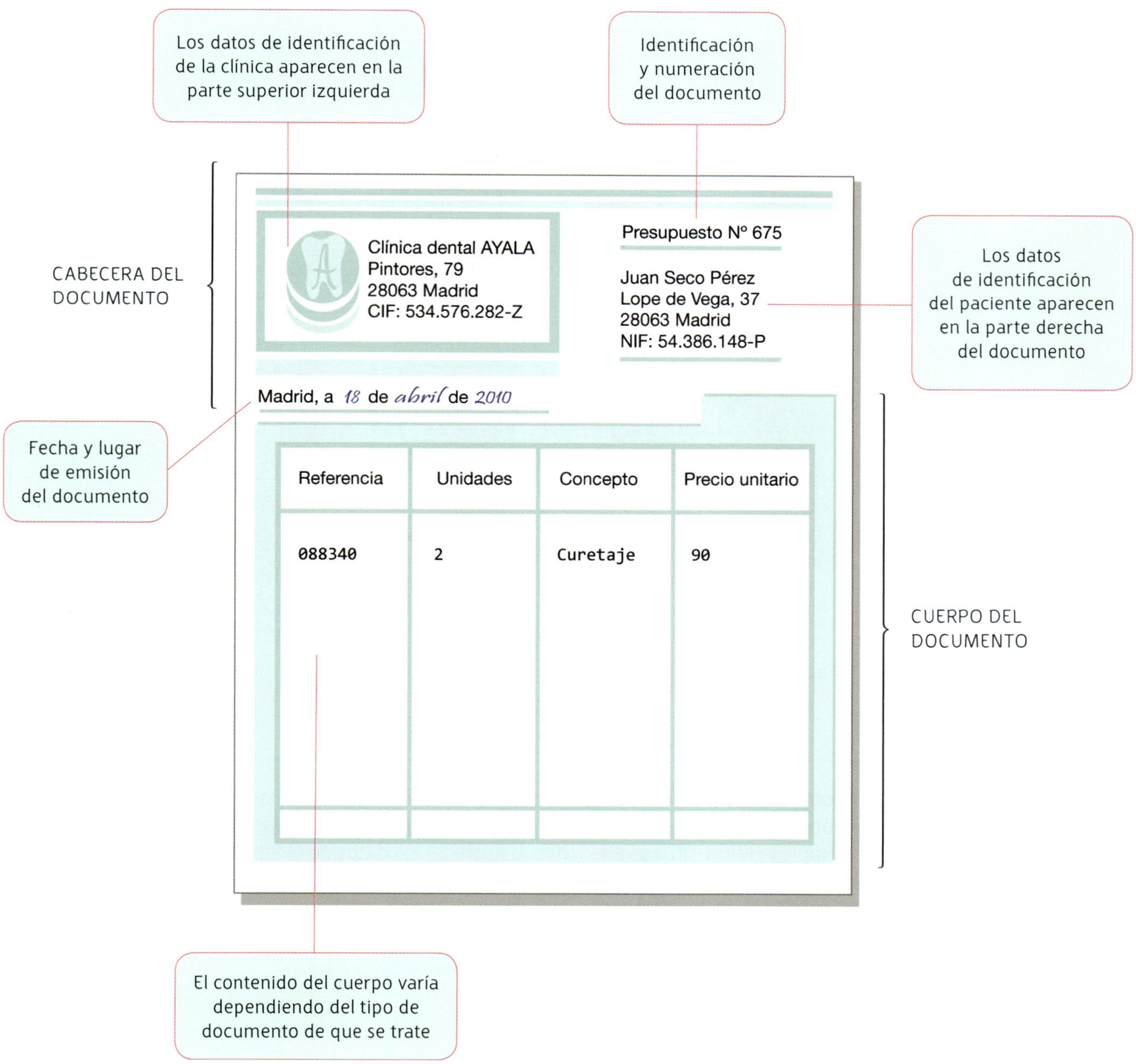

Fig. 8.3. *Partes y datos comunes en los documentos mercantiles.*

IMPORTANTE

Solicitud de presupuesto

En algunas ocasiones, antes de confeccionar un presupuesto se hace una **solicitud de presupuesto.** Es una petición del cliente potencial a una casa comercial para que esta le envíe un presupuesto detallado. Esta solicitud puede hacerse de forma presencial o enviando un correo electrónico.

2.1. El presupuesto

El **presupuesto** es el documento mercantil que se emite para informar a un cliente del coste del servicio o producto que demanda.

El presupuesto incluirá, además de los apartados comunes a cualquier documento mercantil ya citados en el epígrafe anterior (identificación de la empresa y del cliente, nombre del documento y numeración, lugar y fecha de emisión y firma del profesional), los datos que aparecen en la Figura 8.4. No existe un modelo oficial obligatorio para la elaboración de presupuestos. En la Figura puedes ver un modelo en el que se especifican todos los datos que se deben incluir.

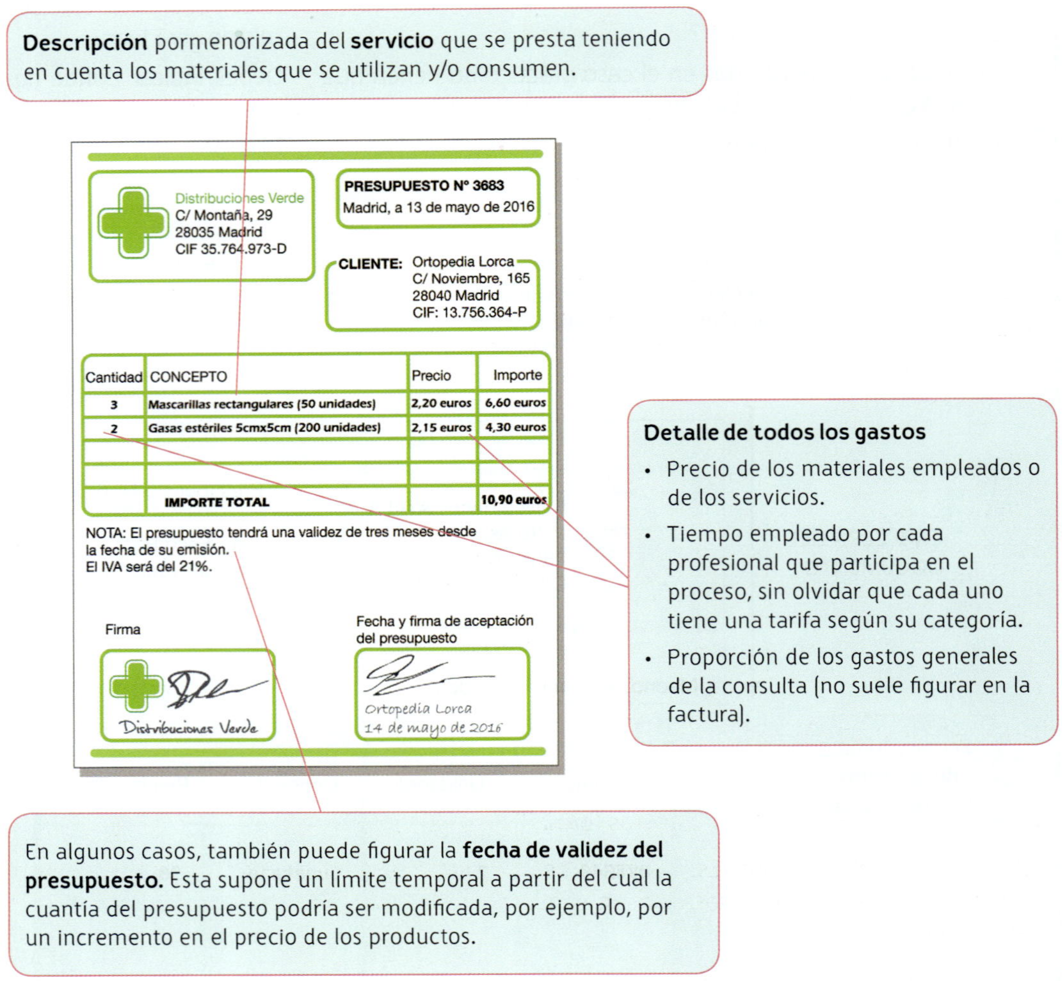

Distribuciones Verde
C/ Montaña, 29
28035 Madrid
CIF 35.764.973-D

PRESUPUESTO Nº 3683
Madrid, a 13 de mayo de 2016

CLIENTE: Ortopedia Lorca
C/ Noviembre, 165
28040 Madrid
CIF: 13.756.364-P

Cantidad	CONCEPTO	Precio	Importe
3	Mascarillas rectangulares (50 unidades)	2,20 euros	6,60 euros
2	Gasas estériles 5cmx5cm (200 unidades)	2,15 euros	4,30 euros
	IMPORTE TOTAL		10,90 euros

NOTA: El presupuesto tendrá una validez de tres meses desde la fecha de su emisión.
El IVA será del 21%.

Firma
Distribuciones Verde

Fecha y firma de aceptación del presupuesto
Ortopedia Lorca
14 de mayo de 2016

Fig. 8.4. *Modelo de presupuesto.*

PONTE A PRUEBA 3

La clínica Ayala, en la que trabaja el odontólogo Luis Cañamares (Ponte a prueba 2), quiere adquirir un nuevo sillón dental para incrementar el número de consultas. La empresa Mora, situada en la calle Soria, 154 (28053, Madrid), con CIF 48 983 753-T, le oferta un sillón dental (ref. 343VRD) por 7 300 euros, con fecha 20 de julio de 2016. El sillón tendrá micromotor, turbina y contraángulo, ultrasonidos para limpieza y monitor y cámara intraoral. Elabora un presupuesto con los datos facilitados.

Claves de resolución

Primero debes identificar al cliente y al proveedor fijándote en la Figura 8.4. Puedes observar que el presupuesto es un documento que emite la empresa que hace la oferta (empresa proveedora). Según se detalla en el apartado del presupuesto, ¿dónde deben aparecer los datos de la empresa proveedora?

Deduce quién es el comprador (cliente) y dónde deben figurar sus datos.

Por último, en el contenido del documento deben aparecer los datos definitorios del producto.

2.2. El pedido

El **pedido** es el documento mercantil que se emite para solicitar materiales y equipamientos a una empresa proveedora determinada.

El pedido incluye, además de los datos comunes ya mencionados anteriormente, los que puedes observar en la Figura 8.5.

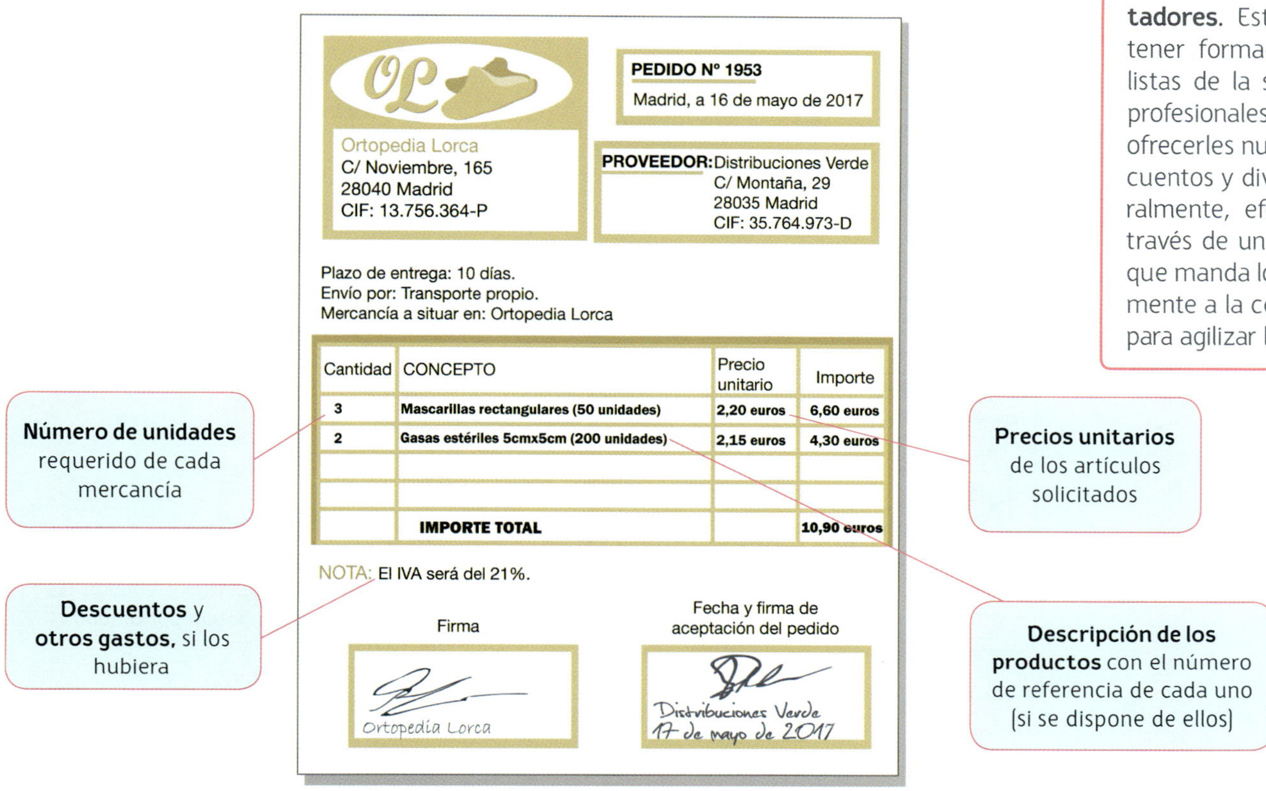

OL

Ortopedia Lorca
C/ Noviembre, 165
28040 Madrid
CIF: 13.756.364-P

PEDIDO Nº 1953
Madrid, a 16 de mayo de 2017

PROVEEDOR: Distribuciones Verde
C/ Montaña, 29
28035 Madrid
CIF: 35.764.973-D

Plazo de entrega: 10 días.
Envío por: Transporte propio.
Mercancía a situar en: Ortopedia Lorca

Cantidad	CONCEPTO	Precio unitario	Importe
3	Mascarillas rectangulares (50 unidades)	2,20 euros	6,60 euros
2	Gasas estériles 5cmx5cm (200 unidades)	2,15 euros	4,30 euros
	IMPORTE TOTAL		10,90 euros

NOTA: El IVA será del 21%.

Firma

Ortopedia Lorca

Fecha y firma de aceptación del pedido

Distribuciones Verde
17 de mayo de 2017

Fig. 8.5. *Modelo de pedido.*

¿SABÍAS QUE...?

Visitadores

En el ámbito sanitario, algunos representantes comerciales se conocen con el nombre de **visitadores**. Estas personas suelen tener formación como especialistas de la salud y visitan a los profesionales en ejercicio para ofrecerles nuevos productos, descuentos y diversas ofertas. Generalmente, efectúan el pedido a través de un sistema electrónico que manda los datos automáticamente a la central de la empresa para agilizar los trámites.

Un pedido puede efectuarse de diversas formas:

- De viva voz o por teléfono. Estas formas tienen como ventaja la rapidez, aunque es necesario un documento escrito posterior en el que quede constancia de que dicho pedido se ha efectuado.
- Por fax, carta o correo electrónico.
- A través de un representante comercial. Este visita a los clientes potenciales y les ofrece los productos y descuentos de la empresa proveedora para la que trabaja.

ACTIVIDADES

2. ¿A través de qué representantes se hacen pedidos en tu medio? Elige uno e inventa un pedido.

PONTE A PRUEBA 4

José López Pérez es un representante de la empresa Bueno, que se dedica a la venta de productos sanitarios. José visita la ortopedia Cañas para mostrarles el nuevo catálogo. A la vista de las ofertas, el responsable de compras decide pedir diez unidades de muñequeras, rodilleras y coderas, de cada uno de los tres tamaños incluidos en el catálogo (pequeño, mediano y grande). Elabora la tabla que constituiría el cuerpo del pedido. Puedes inventarte los precios.

Claves de resolución

La tabla podría incluir tres o cuatro columnas, tal como figuran en la Figura 8.5.

En el apartado de cantidades aparecerán las unidades que se deciden pedir; en el concepto se detallarán las descripciones de los productos, y en el importe unitario figurará el precio de cada unidad de los diferentes productos que se van a pedir.

En la cuarta columna (opcional) podría figurar el importe a pagar dependiendo del número de unidades pedidas.

2.3. El albarán o nota de entrega

El **albarán** o **nota de entrega** es el documento que envía el proveedor al cliente junto con la mercancía para que pueda comprobar que los productos solicitados coinciden con los recibidos.

Al igual que en los otros casos anteriores, el albarán contiene los datos comunes a cualquier documento. Además, en un albarán deben figurar los datos que se detallan en la Figura 8.6.

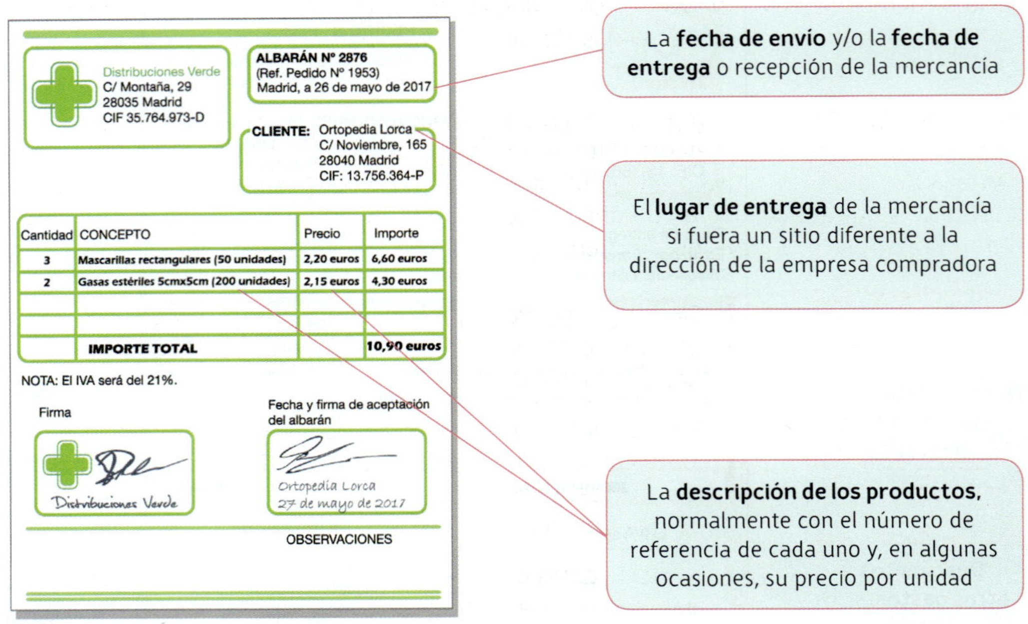

Fig. 8.6. *Modelo de albarán.*

Ante la recepción de un pedido, el cliente o receptor de la mercancía deberá asegurarse de que los artículos solicitados coinciden con los recibidos y de que, además, están en buen estado de conservación.

En el caso de que todo esté correcto, es decir, si no hay errores en las cantidades ni en los productos, el cliente deberá firmar el albarán. Al hacerlo, asume que está de acuerdo con las condiciones del pedido.

Si existe algún error o algún producto está deteriorado, se debe comunicar la incidencia a la empresa vendedora y esta debe subsanarlo reponiendo las unidades en mal estado. En caso de que la empresa no tuviera más existencias, debe descontar el importe correspondiente a las unidades en mal estado del precio final.

! IMPORTANTE

Copias de las notas de entrega

Cuando la empresa vendedora no dispone de su propio servicio de **entrega de mercancías** suele contratar una empresa de transportes. En estos casos, las notas de entrega suelen tener más copias (de diferentes colores): una para la empresa vendedora, otra para el transportista y otra para el comprador. Estos documentos suelen ir pegados en la parte externa del paquete. Si hubiera algún intermediario más, o diversos departamentos dentro de una empresa que estén implicados en la operación de compraventa, se aumentaría el número de copias para que todos tengan un documento acreditativo del proceso.

PONTE A PRUEBA 5

Se recibe un pedido en la clínica para la que trabajas. Tú eres quien debe comprobar el contenido del paquete. Cuando lo abres, ves que hay dos copias de la nota de entrega. ¿Por qué crees que el proveedor ha enviado estas dos copias?

Claves de resolución

Piensa en la utilidad de la nota de entrega, que sirve para comprobar que toda la mercancía recibida está en correcto estado. Si no es así, se debe notificar al proveedor cualquier incidencia que haya acontecido.

Recibir dos copias de albarán junto con la mercancía responde a que el proveedor desea tener constancia por escrito de lo que ha sucedido con su mercancía y para ello espera recibir una de esas copias de vuelta por correo. Así confirmará que todo está correcto y emitirá otros documentos posteriores del proceso de compraventa.

2.4. La factura

La **factura** puede considerarse como el justificante fiscal del proceso de compraventa, es decir, es el documento que lo acredita legalmente.

Al ser un justificante, la factura da derecho al cliente o al receptor del servicio a una reclamación en caso de que exista algún problema con la mercancía recibida o con el servicio prestado.

Las empresas y los profesionales sujetos al IVA deben tener un libro de registro de facturas emitidas y otro de facturas recibidas en el que anotarán los datos de estas. Además, al emitir cualquier factura deben conservar una copia durante los cuatro años siguientes a la fecha de su emisión; esta se podrá mostrar como justificante del proceso de compraventa en caso de que exista una inspección fiscal.

Las facturas que emite una empresa tienen una numeración correlativa y no pueden modificarse. En el caso de que se detecte algún error en una factura, se puede emitir con posterioridad una factura rectificativa o una nota, que puede ser de abono o de cargo. En la factura rectificativa se hace mención a qué documento anterior modifica. En la Tabla 8.1 puedes ver los distintos tipos de facturas que existen.

Factura rectificativa	Sirve para rectificar errores en facturas ya emitidas, por ejemplo, por devoluciones o descuentos concedidos con posterioridad a la facturación.
Factura con recibí	Puede sustituir al recibo, ya que al incluir el término «recibí» junto con la firma del vendedor se ratifica el pago de la misma. En ocasiones se puede pagar solo una parte del importe, por lo que además se deberá emitir un recibo.
Factura proforma	Se emite antes de la venta para que el comprador pueda hacer trámites, por ejemplo, en casos de exportación. No acredita la compraventa.
Factura electrónica	Elaborada con tecnología informática, puede sustituir a la factura en papel.

Tabla 8.1. *Tipos de facturas.*

A. Datos que deben figurar en la factura

La factura debe incluir de forma obligatoria los siguientes datos:

1. El **nombre** del documento y su **numeración.**
2. La **identificación del proveedor** (vendedor), es decir, su nombre, dirección postal y NIF o CIF.
3. La **identificación del cliente** (comprador), que debe englobar el nombre, la dirección postal y el NIF o CIF.
4. La **descripción** de las mercancías (con sus referencias) o servicios prestados.
5. El **precio unitario** de los artículos vendidos o consumidos en la prestación del servicio.
6. La **fecha** y el **lugar** de emisión.
7. Los **descuentos,** si los hay.
8. La **base imponible.**
9. El tipo de **impuesto** que se aplica, la cuota de **IVA** y el **importe total** de la factura.

En algunas ocasiones, en la factura también figuran:

- El lugar de entrega de la mercancía.
- La forma de pago.

Cuando se piden con gran frecuencia productos a un mismo proveedor se pueden englobar varios pedidos en una sola factura, aunque, por norma general, cada factura debe corresponder a un envío de mercancías.

IMPORTANTE

Duplicado de factura

En caso de pérdida o extravío de una factura, la empresa proveedora podrá emitir una **copia o duplicado** para que el comprador pueda justificarla, pero en ella siempre debe figurar la expresión «duplicado» o «copia» para evitar errores.

IMPORTANTE

Nota de abono y nota de cargo

La **nota de abono** se emite cuando hay que reducir el importe total de una factura, por ejemplo, cuando se concede un descuento no acordado anteriormente. Si el comprador ya ha pagado la factura, se le descontará el importe de la nota de abono de facturas posteriores.

En cambio, si hay que aumentar el importe total de la factura, se emitirá una **nota de cargo.** El comprador deberá abonar más dinero; esto puede ocurrir, por ejemplo, si no se han incluido los portes en la factura.

RECUERDA

Factura simplificada

La factura simplificada sustituye a los tiques. Puedes ver su contenido visitando la página web de la Agencia Tributaria (**www.agenciatributaria.es**) y buscando los tipos de factura dentro de *Empresas y Profesionales.*

ACTIVIDADES

3. ¿Por qué el lugar de entrega de la mercancía no figura siempre en la factura?

B. Cálculo del importe total de la factura

El importe total de la factura se realiza combinando varios cálculos que se detallan paso a paso en la Figura 8.7.

> **! IMPORTANTE**
>
> **Gastos de transporte**
>
> En algunas ocasiones, el transporte de la mercancía no está incluido en el precio ofertado; por ejemplo, cuando el vendedor no dispone de transporte propio y encarga a una empresa externa el transporte de los productos. El coste del transporte de la mercancía hasta el lugar de entrega fijado puede ser abonado por el vendedor (**portes pagados**) o por el comprador (**portes debidos**), y son ellos quienes asumen el impuesto del valor añadido (IVA).

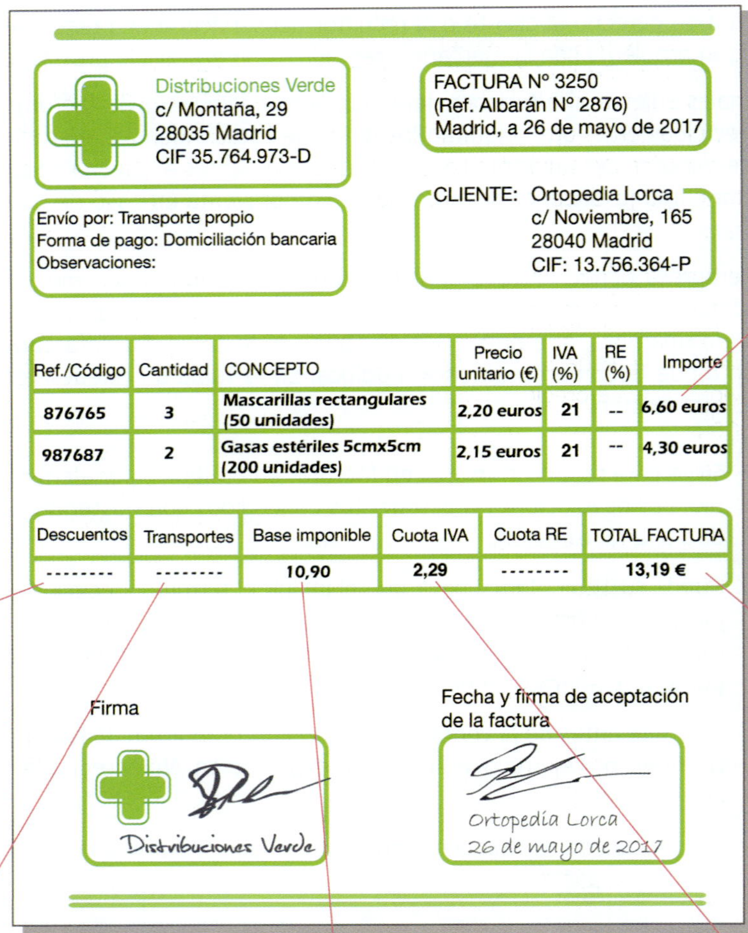

Distribuciones Verde
c/ Montaña, 29
28035 Madrid
CIF 35.764.973-D

FACTURA Nº 3250
(Ref. Albarán Nº 2876)
Madrid, a 26 de mayo de 2017

Envío por: Transporte propio
Forma de pago: Domiciliación bancaria
Observaciones:

CLIENTE: Ortopedia Lorca
c/ Noviembre, 165
28040 Madrid
CIF: 13.756.364-P

Ref./Código	Cantidad	CONCEPTO	Precio unitario (€)	IVA (%)	RE (%)	Importe
876765	3	Mascarillas rectangulares (50 unidades)	2,20 euros	21	--	6,60 euros
987687	2	Gasas estériles 5cmx5cm (200 unidades)	2,15 euros	21	--	4,30 euros

Descuentos	Transportes	Base imponible	Cuota IVA	Cuota RE	TOTAL FACTURA
--------	--------	10,90	2,29	--------	13,19 €

Firma

Distribuciones Verde

Fecha y firma de aceptación de la factura

Ortopedia Lorca
26 de mayo de 2017

El importe bruto. Resulta de multiplicar el precio unitario de un artículo por el número de unidades solicitadas y, a continuación, sumar el resultado obtenido de todos los productos.

El importe total de la factura. Es el resultado de aplicar a la base imponible los impuestos correspondientes.

Los descuentos. Son rebajas que hace el proveedor al comprador (cliente); cuando se aplican, disminuye el precio habitual del producto o servicio.

Los portes. Pueden aparecer en valor absoluto (una cantidad determinada que debe reducirse del importe total) o como un porcentaje del importe bruto de la factura.

La base imponible. Resulta de restar los descuentos al importe bruto y de sumar los portes en el caso de que haya que hacerlo.

Los impuestos. En una factura, el impuesto sobre el valor añadido (que se estudia en el próximo epígrafe) supone un porcentaje que se grava sobre la base imponible.

Fig. 8.7. *Cálculo del importe total de una factura.*

Como puedes ver en la Tabla 8.2, existen diferentes modalidades de descuentos:

Descuento por pronto pago	Si se paga la factura en el momento de recibir la mercancía (al contado), antes del vencimiento acordado o con antelación a la recepción de la mercancía.
Descuento por volumen de pedido	Cuando el cliente compra una cantidad determinada de mercancías. También se conoce con el nombre de rápel.
Descuento comercial	Generalmente se ofrece en época de rebajas o a un buen cliente.

Tabla 8.2. *Tipos de descuentos habituales en las facturas.*

PONTE A PRUEBA 6

María Rodríguez Palacios es una técnico en cuidados auxiliares de enfermería que trabaja en la clínica Buendía, situada en la calle de los Colores, 193, de Algemesí (46680, Valencia), con CIF núm. 54 862 876-D. María es la responsable de compras de esta empresa y a final de mes elabora una lista con los productos necesarios para el correcto funcionamiento de la clínica. Este mes se necesita reponer el material de curas. Esto incluye: antiséptico (5 unidades), gasas estériles (20 unidades), esparadrapo 2,5 × 10 (10 unidades), hilo de sutura doble cero (6 unidades) y vendas elásticas 10 × 10 (12 unidades).

María pide un presupuesto a la empresa Olaya, de la que la clínica es cliente habitual, el 3 de febrero de 2016. Esta empresa está situada en la calle de Argel, 201 (46703, Gandía), y su CIF es 73 763 283-F. En el presupuesto (de fecha 5 de febrero) figuran los siguientes datos correspondientes a precios unitarios:

- Antiséptico Betadine 500 ml 6,25 €
- Gasas estériles 100 unidades 3,12 €
- Esparadrapo hipoalergénico 2,5 × 10 2,43 €
- Hilo de sutura doble cero 1,67 €
- Vendas elásticas 10 × 10 5,98 €

La clínica Buendía realiza el pedido el 10 de febrero. Recibe la mercancía el 16 del mismo mes sin ningún error, el 25, la factura por correo, con fecha 22 de febrero.

Elabora la factura de esta operación de compraventa teniendo en cuenta que se debe aplicar un 5% de descuento, un 10% de IVA y que el coste de los portes es de 12 €.

Claves de resolución

Fíjate en la Figura 8.8 que aparece abajo para resolver este supuesto. En la factura deben aparecen el nombre de la empresa, así como el término «Factura» y la numeración de la misma.

Otros datos que tienes que confirmar que figuran son el lugar y la fecha de emisión, así como la descripción de materiales y precios y los cálculos correspondientes desglosados (importes brutos, impuestos, etc.).

Cálculo del importe bruto
Unidades x precio unitario = Total

Empresa Olaya
C/ Argel, 201
46703 Gandía
CIF 73.763.283-F

FACTURA Nº 1953
Gandía, a 22 de febrero de 2016

CLIENTE: Clínica Buendía
C/ Colores, 193
Algemesí
46680 Valencia
CIF 54.862.876-D

Envío por: Transporte propio
Forma de pago: Domiciliación bancaria
Observaciones:

Ref./Código	Cantidad	CONCEPTO	Precio unitario (€)	IVA (%)	RE (%)	Importe
	5	Betadine 500 ml	6,25	10	--	31,25
	20	Gasas estériles 5cmx5cm (100 unidades)	3,12	10	--	62,40
	10	Esparadrapo 2,5x10	2,43	10	--	24,30
	6	Hilo sutura doble cero	1,67	10	--	10,02
	12	Vendas elásticas 10x10	5,98	10	--	71,76
		IMPORTE BRUTO				199,73

Descuentos 5%	Transportes	Base imponible	Cuota IVA	Cuota RE	TOTAL FACTURA
9,99 euros	12	201,74	20,17	---	221,91 euros

Firma
Empresa Olaya

Fecha y firma de aceptación de la factura
Clínica Buendía
24 de febrero de 2016

Importe total
Base imponible (201,74 €) + + IVA (20,17 €) = 221,91 €

Aplicación de los descuentos
5% de 199,73 €:
199,73 × 0,05 = 9,99 €

Cálculo del IVA
10% de la base imponible:
201,74 € × 10% = 201,74 × × 0,10 = 20,17 €

Cálculo de la base imponible
Importe bruto – descuentos + transportes:
199,73 € – 9,99 € + 12 € = 201,74 €

Fig. 8.8. *Datos de una factura.*

! IMPORTANTE

Impuestos directos e indirectos

Los impuestos pueden ser **directos** e **indirectos.** Los directos gravan la propiedad o la renta, como el impuesto por la posesión de vehículos. Los indirectos gravan el consumo, es decir, afectan al precio de las mercancías, como el IVA.

3. Los impuestos

El **impuesto sobre el valor añadido (IVA)** es un impuesto de naturaleza indirecta que recae sobre el consumo de bienes y las prestaciones de servicios realizadas por empresarios y profesionales en el desarrollo de su actividad.

El **tipo impositivo** es el porcentaje que se aplica sobre la base imponible para obtener la cuota de IVA (cantidad que se paga en concepto de IVA). La legislación establece tres tipos impositivos: uno general y dos reducidos. De acuerdo con esta ley, el tipo general quedó establecido en un 21 %; el tipo reducido, en un 10 %, y el superreducido, en un 4 %.

Algunas operaciones (entrega de bienes y prestaciones de servicios) están exentas de IVA. En relación con las operaciones médicas y sanitarias, están exentas:

- Los servicios de hospitalización y asistencia sanitaria llevados a cabo por entidades públicas y privadas.
- La asistencia a personas físicas por profesionales médicos o sanitarios que tengan como fin el diagnóstico, la prevención y el tratamiento de enfermedades.
- Los servicios prestados por estomatólogos, odontólogos y protésicos dentales.
- El transporte de enfermos en ambulancias o vehículos adaptados para ello.

En la mayoría de las empresas, la gestión de la **contabilidad** se lleva a cabo de forma electrónica. Existen numerosas aplicaciones informáticas que emiten los documentos de compraventa y además gestionan los libros de registro, tanto los de facturas emitidas como los de las recibidas. Puedes ver un ejemplo en la Figura 8.9.

@ WEB

Visita la página web de la Agencia Tributaria. En la pestaña de *Empresas y profesionales,* en el apartado de *Empresarios individuales y profesionales* encontrarás el manual de IVA actualizado para saber todo lo necesario sobre este impuesto.

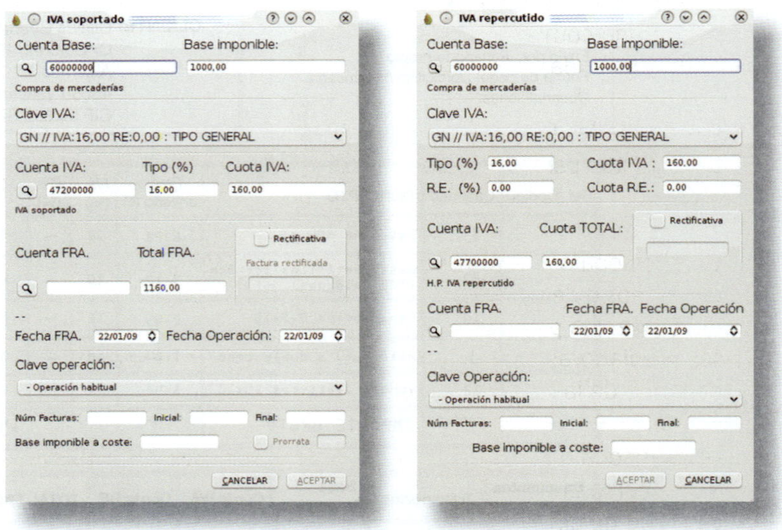

Fig. 8.9. *Ejemplo de aplicación informática para el control de la facturación.*

ACTIVIDADES

4. Busca ejemplos de diferentes productos que una persona compra habitualmente con distintos tipos impositivos de IVA.

El **recargo de equivalencia** es un impuesto obligatorio para los comerciantes minoristas que no transforman los productos. Los minoristas acogidos a este régimen no realizan declaraciones de IVA. Se aplica a diferentes productos según el tipo de IVA: si el IVA es del 21 %, el recargo de equivalencia será del 5,2 %; si el IVA es del 10 %, del 1,4 %, y si el IVA es del 4 %, del 0,5 %.

PONTE A PRUEBA 7

Tu amiga Alicia te cuenta que, tras haber estudiado el cálculo del importe de la factura, vio en su casa una factura por el servicio que un odontólogo le había prestado a su abuela. Le llamó la atención que en dicha factura no aparecía el IVA. ¿Cómo le explicarías lo que sucede?

Claves de resolución

Algunas operaciones médicas y sanitarias están exentas de IVA. La normativa vigente determina cuáles son. Consulta la página web que aparece en el ladillo y analiza ejemplos exentos de IVA.

4. El pago de productos y servicios

La operación de compraventa termina con el reconocimiento por parte de la empresa proveedora de que el pago de los productos servidos o los servicios prestados al cliente ha tenido lugar.

La modalidad de pago se suele acordar a lo largo del proceso de compraventa y puede figurar en diferentes documentos: **en el presupuesto** si así lo determina el vendedor como una condición previa a la operación; **en el pedido**, como aceptación; **en el albarán o nota de entrega**, y **en la factura**, como recordatorio de los pasos que restan. El pago puede hacerse tras la recepción de la factura (pago al contado) o pasado un tiempo desde su recepción (pago aplazado).

4.1. Formas de pago

El pago puede realizarse de formas diversas, tal y como se aprecia en la Tabla 8.3.

Efectivo	No suele emplearse, para evitar la pérdida o el robo del importe.
Ingreso o abono en cuenta	El vendedor facilita un número de cuenta corriente (que puede figurar en la factura) para que el comprador ingrese en ella en metálico el importe bruto de la factura.
Transferencia bancaria	El vendedor facilita al comprador el número de cuenta bancaria en el que desea que se le ingrese el dinero y el comprador, desde otra cuenta bancaria (de la misma o diferente entidad y/o localidad), transfiere el dinero. En estos casos, el banco puede cobrar una comisión cuyo importe suele depender de la cantidad transferida y de si se trata de la misma entidad o no.
Tarjeta bancaria	Las entidades facilitan tarjetas a los clientes que tienen cuentas abiertas para que estos puedan pagar sin llevar dinero en efectivo.
Giro postal	Una persona o empresa envía una cantidad de dinero (a través de correos o de empresas especializadas) a un lugar determinado donde una persona o empresa recibe el importe. Las empresas mediadoras cobran una tasa por el servicio prestado que depende de la cantidad de dinero transferida.
Cheque	Una persona o empresa, al emitir un cheque, está autorizando a otra persona a retirar de su cuenta bancaria una determinada cantidad de dinero, sin que sea necesaria la presencia física del titular de la cuenta.
Pagaré	Una persona (suscriptor) pagará a otra (beneficiaria) una cantidad de dinero determinada (y sus correspondientes intereses) en un plazo de tiempo. La suma de dinero se deberá expresar en número y letras, así como el tipo de moneda. En el pagaré se indica el lugar donde podrá presentarse físicamente para que sea efectivo el pago. Puede existir una persona que garantiza que el pago se va a efectuar, denominada «avalista».
Letra de cambio	En ella figuran los datos del pagador y la persona que recibe el dinero (beneficiario), la cantidad a pagar (en número y letra), el lugar de pago y el vencimiento. En su reverso puede figurar un aval, como sucede en el pagaré.

Tabla 8.3. *Modalidades de pago y documentos acreditativos.*

! IMPORTANTE

Identificación de figuras en cheques bancarios

Las personas que participan en un pago mediante cheque bancario reciben estos nombres:

- **Librador:** es la persona que autoriza la extracción de dinero de su cuenta.
- **Librado:** es la entidad bancaria.
- **Beneficiario:** es la persona que recibe el dinero.

ABC VOCABULARIO

Cheque al portador: en su anverso figura la leyenda «al portador», e indica que puede ser cobrado por cualquier persona que lo tenga en su poder (no incluye el nombre del beneficiario).

Cheque barrado o cruzado: en el anverso está atravesado por dos líneas paralelas diagonales que indican que el dinero no se podrá retirar en efectivo, deberá ser ingresado en una cuenta bancaria.

Cheque nominativo: va extendido a nombre de una persona y solo esta puede cobrarlo.

? ¿SABÍAS QUE...?

Letras de cambio

Los modelos de **letras de cambio** se venden en los estancos y son diferentes en función de la cantidad de dinero a pagar. Según su vencimiento, las letras pueden ser giradas a día fijo, a la vista, a un plazo desde la fecha o a un plazo desde la vista.

ACTIVIDADES

5. Busca un resguardo de un ingreso a cuenta o de una transferencia bancaria e identifica los datos facilitados de las dos partes que participan en el proceso.

6. Observa estas dos caras de una letra de cambio e indica cuál es el anverso y cuál es el reverso. Justifica tu respuesta.

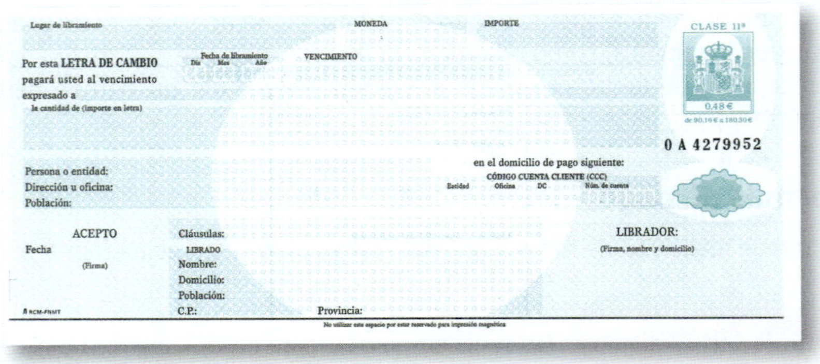

Lugar de libramiento
MONEDA
IMPORTE
CLASE 11ª
Por esta **LETRA DE CAMBIO** pagará usted al vencimiento expresado a
Fecha de libramiento Día Mes Año
VENCIMIENTO
la cantidad de (importe en letra)
0,48 €
de 90,16 € a 180,30 €
0 A 4279952
en el domicilio de pago siguiente:
CÓDIGO CUENTA CLIENTE (CCC)
Entidad Oficina DC Núm. de cuenta
Persona o entidad:
Dirección u oficina:
Población:
ACEPTO
Fecha
(Firma)
Cláusulas:
LIBRADO
Nombre:
Domicilio:
Población:
C.P.:
Provincia:
LIBRADOR:
(Firma, nombre y domicilio)
RCM-FNMT
No utilizar este espacio por estar reservado para impresión magnética

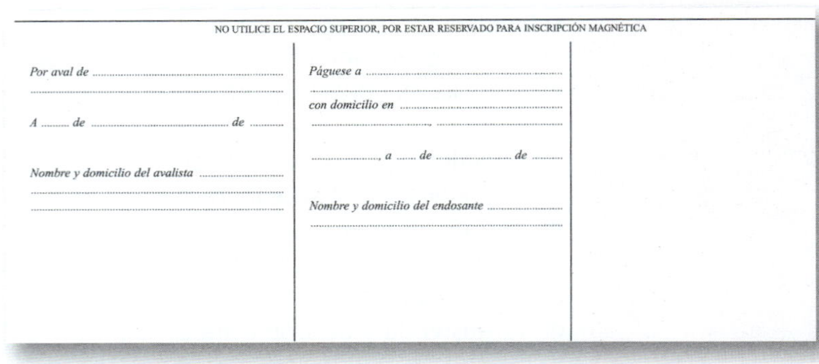

NO UTILICE EL ESPACIO SUPERIOR, POR ESTAR RESERVADO PARA INSCRIPCIÓN MAGNÉTICA
Por aval de ....
A ...... *de* .... *de* ......
Nombre y domicilio del avalista ....
Páguese a ....
con domicilio en ....
........, *a* ...... *de* .... *de* ......
Nombre y domicilio del endosante ....

Fig. 8.10. *Modelo de letra de cambio.*

7. Responde: ¿qué importancia tiene el aval en el pago a través de letra de cambio?

8. Identifica los nombres que recibirán comprador y vendedor en los distintos documentos de pago explicados.

9. Observa la siguiente figura e indica la información que se pide. Justifica tu respuesta.
   a) Qué tipo de cheque es.
   b) Quién es el librador.
   c) Quién es el librado.
   d) Quién es el beneficiario.

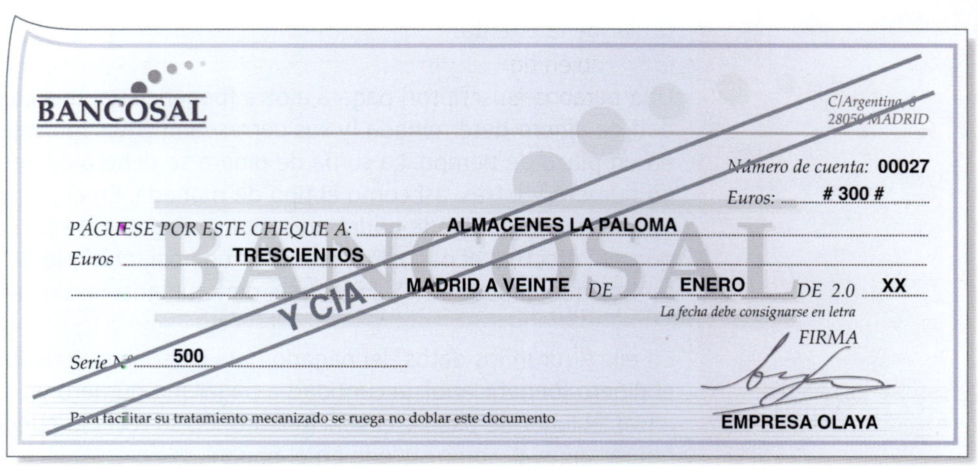

BANCOSAL
C/Argentina, 8
28059 MADRID
Número de cuenta: **00027**
Euros: **# 300 #**
PÁGUESE POR ESTE CHEQUE A: **ALMACENES LA PALOMA**
Euros **TRESCIENTOS**
MADRID A VEINTE *DE* **ENERO** *DE 2.0* **XX**
La fecha debe consignarse en letra
Y CIA
Serie Nº **500**
FIRMA
EMPRESA OLAYA
Para facilitar su tratamiento mecanizado se ruega no doblar este documento

Fig. 8.11. *Modelo de cheque.*

4.2. El recibo

El recibo es un documento importante que culmina todo el proceso de compraventa.

> El **recibo** es un documento que sirve para acreditar que el pago ha tenido lugar; es, por tanto, un justificante del mismo.

El recibo debe incluir de forma obligatoria los datos que aparecen en la Figura 8.12.

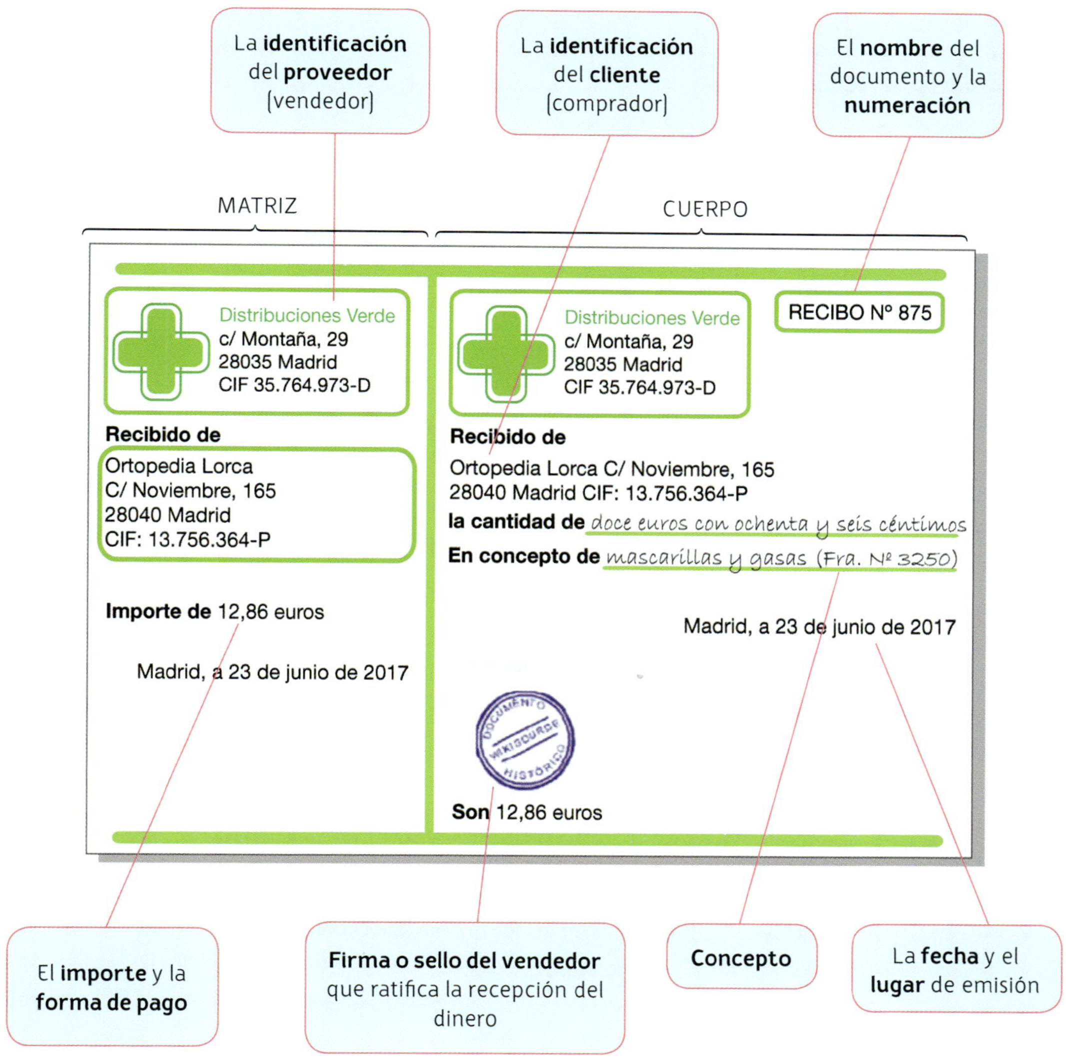

Fig. 8.12. *Modelo de recibo.*

En algunas ocasiones, en el recibo también figura una descripción de las mercancías servidas o servicios prestados, pero no de forma tan detallada como aparece en la factura.

PONTE A PRUEBA 8

Tras realizar el pago por una compra, María emite el recibo y lo envía al comprador por correo. Cuando este lo recibe se da cuenta de que está sin firmar. ¿Qué consecuencias podría tener este hecho? ¿Qué debería hacer el comprador?

Claves de resolución

La firma en el recibo acredita que el pago ha tenido lugar. La validez del documento se demuestra cuando está cumplimentado de forma correcta. Valora si el hecho de que falte la firma puede tener consecuencias y analiza qué se puede hacer.

ACTIVIDADES

10. Cuando se emite un recibo, este puede tener dos partes: matriz y cuerpo. ¿Son iguales los datos que aparecen en ambas partes? Razona tu respuesta.

Operación de compraventa

Es el proceso que se desarrolla entre empresas o personas jurídicas en el que media la compra de productos o la prestación de servicios.

Es un proceso en el que se emiten

Documentos comerciales

- **Presupuesto**: Documento que facilita al cliente potencial el precio de los productos o servicios que está considerando adquirir.
- **Pedido**: Documento mediante el que se solicitan materiales o servicios a una empresa proveedora.
- **Albarán**: Documento que permite comprobar que la mercancía coincide con los productos solicitados.
- **Factura**: Documento que acredita legalmente la compraventa. En él se incluyen los impuestos, entre los que destaca el IVA.

Pago

Mediante:

- Dinero en efectivo.
- Ingreso en cuenta.
- Transferencia bancaria.
- Tarjeta bancaria.
- Giro postal.
- Cheque.
- Pagaré.
- Letra de cambio.

TEST DE REPASO

Nota: todas las actividades deben hacerse en un cuaderno aparte.

1. En una operación de compraventa las dos partes que intervienen son:

(a) Proveedor y vendedor.
(b) Proveedor y cliente.
(c) Comprador y cliente.

2. Una empresa compradora, en una operación de compraventa, es:

(a) El proveedor.
(b) El cliente.
(c) La que presta los servicios.

3. Las siglas CIF se corresponden con:

(a) Cuadro de Identidad Fiscal.
(b) Código de Inspección Fiscal.
(c) Código de Identificación Fiscal.

4. El documento que informa al cliente potencial del precio de un producto es:

(a) El presupuesto.
(b) El albarán.
(c) El pedido.

5. ¿Qué es el precio unitario de una mercancía?

(a) La cantidad de dinero que cuestan los uniformes de los profesionales.
(b) El dinero que cuesta toda la mercancía pedida independientemente de su número de unidades.
(c) El coste de una unidad de dicha mercancía.

6. Los datos de identificación del comprador en un albarán figurarán en:

(a) La parte superior izquierda del documento.
(b) La parte superior derecha del documento.
(c) La parte inferior izquierda del documento.

7. Si queremos comprobar que la mercancía recibida está en perfecto estado, emplearemos:

(a) Una solicitud de presupuesto.
(b) Una nota de entrega.
(c) Una factura.

8. El rápel es:

(a) Un descuento por pronto pago.
(b) Un descuento efectuado por comprar un gran volumen de pedido.
(c) Un descuento por ser un buen cliente.

9. La base imponible es:

(a) La suma de todos los impuestos.
(b) El precio a pagar por el transporte de la mercancía.
(c) El importe bruto menos los descuentos más los portes si fueran necesarios.

10. Cuando el transporte de la mercancía corre a cargo del vendedor, hablamos de:

(a) Portes pagados.
(b) Portes debidos.
(c) Portes a convenir.

11. Si a la base imponible le sumamos los impuestos, estamos calculando:

(a) El importe total de la factura.
(b) El importe bruto.
(c) Los descuentos que se ahorrará el comprador.

12. El tipo impositivo general se corresponde con un:

(a) 4 %.
(b) 10 %.
(c) 21 %.

13. ¿Qué nombre recibe la modalidad de pago en la que el cliente ingresa en metálico el importe bruto de la factura en una cuenta corriente del vendedor?

(a) Ingreso a cuenta.
(b) Transferencia bancaria.
(c) Giro postal.

14. ¿Qué nombre recibe la modalidad de pago en la que se autoriza a otra persona a retirar de una cuenta bancaria una determinada cantidad de dinero?

(a) Ingreso a cuenta.
(b) Transferencia bancaria.
(c) Cheque bancario.

15. En un recibo, la firma del vendedor indica que:

(a) El comprador tiene la mercancía.
(b) El vendedor ha recibido el dinero del comprador.
(c) El comprador tiene que pagar al vendedor.

16. La parte del recibo que se envía al comprador será:

(a) El cuerpo del recibo.
(b) La matriz del recibo.
(c) Todo el recibo.

COMPRUEBA TU APRENDIZAJE

Nota: todas las actividades deben hacerse en un cuaderno aparte.

Definir en qué consiste una operación de compraventa y los pasos que esta engloba.

1. Un hospital, un centro de salud o una consulta privada pueden ser considerados empresas que ofertan productos y servicios (actúan como proveedores). Redacta dos ejemplos de cada una de las dos opciones descritas.

2. Los centros sanitarios pueden ser clientes en las operaciones de compraventa. Inventa un ejemplo en el que se ponga de manifiesto la venta de un producto y otro en el que aparezca la prestación de un servicio y en el que el centro sanitario sea el cliente.

3. Describe los pasos que engloba una operación de compraventa y cita el nombre del documento empleado en cada paso.

Describir, identificar y emitir los diferentes documentos mercantiles que intervienen en un proceso de compraventa.

4. ¿Por qué crees que es importante que existan documentos escritos en una compra? ¿Qué problemas podrían aparecer si no hubiera constancia escrita alguna? Razona tus respuestas.

5. Los documentos mercantiles tienen una cabecera en la que figuran los datos identificativos de las dos partes que participan en la compraventa. Fíjate en los ejemplos de los documentos descritos en los distintos apartados de la unidad y responde a las siguientes preguntas:
   - ¿En qué documentos figura el proveedor en la parte superior izquierda?
   - ¿En cuáles figura el cliente?
   - ¿Por qué crees que los datos cambian de sitio en los distintos documentos?

6. ¿Qué datos de una empresa proveedora deben figurar de forma obligatoria en la cabecera de los documentos que esta emita? ¿Cuáles no serían obligatorios pero sí aconsejables? Razona tus respuestas.

7. Los datos que aparecen en el cuerpo de los documentos pueden servir para su identificación. Teniendo en cuenta este aspecto, señala en qué documentos aparecen, de forma obligatoria, los datos que figuran a continuación:
   - La referencia de un producto.
   - El precio unitario.
   - La fecha límite de validez del documento.
   - Los descuentos.
   - La base imponible.

8. Una vez estudiados todos los documentos, completa en tu cuaderno la tabla que figura a continuación, indicando quién es el emisor de cada documento y para qué sirve.

Documento	Emisor	Finalidad
Presupuesto	...	...
Pedido	...	...
Nota de entrega	...	...
Factura	...	...

Calcular el importe total de una factura.

9. Señala los pasos que deben seguirse para calcular el importe final de una factura con los siguientes datos:
   - 10 unidades pinzas Pean 14 cm — 7,54 €
   - 2 unidades separadores — 20,46 €
   - 4 unidades sonda acanalada — 3,65 €
   - 9 unidades pinzas de disección c/d 12 cm — 13,45 €
   - Descuento: 4 %.
   - Portes: 30 €.
   - IVA de la mercancía: 10 %.

10. ¿Cómo afectaría al importe total de la factura del ejercicio anterior el hecho de que el descuento fuera el doble?

Aplicar impuestos en una factura.

11. ¿Qué es el IVA? ¿Qué tipos impositivos tiene?

12. Intenta explicar con tus palabras por qué debe haber distintos tipos impositivos. Puedes hacerlo comparando ejemplos.

13. ¿Qué es el recargo de equivalencia? ¿Sobre qué productos se aplica?

Analizar las diversas formas de pago que existen en una operación de compraventa.

14. ¿Qué papel desempeñan cada una de las siguientes personas físicas o jurídicas?
   - Librado.
   - Librador.
   - Aval.
   - Beneficiario.

15. Piensa en una ventaja que puede tener el ingreso a cuenta frente a un pago en efectivo. Puedes basarte en un ejemplo numérico.

PRÁCTICA FINAL

Nota: todas las actividades deben hacerse en un cuaderno aparte.

Julio Rubio Guadalquivir, técnico en cuidados auxiliares de enfermería, trabaja en la empresa Mallorca, que distribuye productos sanitarios. Esta empresa está situada en la calle de la Cultura, 25 (41210, Sevilla), y su CIF es A 42 574 734. El día 27 de abril de 2017, Luis Higueras Cristina, que tiene una clínica privada en la misma localidad, hace un pedido a Julio. La clínica de Luis se llama Java y está en la calle de la Paz, 78 (41362, Sevilla). Su CIF es A 42 976 654.

Los datos del pedido son los siguientes:

Referencia	Cantidad	Concepto	Precio unitario
J4582	8	Jeringa 2 cc 100 unidades	5,70
J4585	10	Jeringa 5 cc 100 unidades	7,30
J4590	20	Jeringa 10 cc 100 unidades	10,50
J4600	2	Jeringa 20 cc 100 unidades	15,70
AS873	5	Agujas 0,3" 12 mm 30 G 1/2 100 unidades	6,40
AS875	5	Agujas 0,5" 16 mm 25 G 5/8 100 unidades	3,80
AS876	5	Agujas 0,6" 25 mm 23 G 1 100 unidades	3,90

- Descuento comercial del 10 %.
- Transporte pagado.
- IVA 10 %.

Los productos se reciben el día 4 de mayo con un albarán de fecha 2 de mayo. Luis, tras comprobar que toda la mercancía es correcta, envía una copia de la nota de entrega tras haber firmado el conforme. Julio envía la factura (núm. 3 549) de fecha 10 de mayo por correo.

Elabora la factura a partir de la situación descrita. Para ello debes seguir estos pasos:

- Identificar al proveedor y al cliente.
- Situar los datos de identificación de ambas partes en su lugar correspondiente.
- Definir y numerar el documento que debes elaborar.
- Señalar el lugar de emisión y la fecha.
- Enumerar los productos. Para ello, debes señalar sus cantidades, referencias, una pequeña descripción y su precio unitario.
- Calcular el importe bruto de la compra.
- Restarle al apartado anterior los descuentos.
- Sumar al apartado anterior los portes para obtener la base imponible.
- Determinar la cuota de IVA teniendo en cuenta el tipo impositivo marcado.
- Calcular el importe total de la factura.

Solución

Empresa Mallorca
C/ Cultura, 25
41210 Sevilla
CIF A 42.574.734

FACTURA Nº 3549
Sevilla, a 10 de mayo de 2017

CLIENTE: Clínica Java
C/ Paz, 78
42362 Sevilla
CIF A 42.976.654

Ref./Código	Cantidad	CONCEPTO	Precio unitario (€)	IVA (%)	RE (%)	Importe
J4582	8	Jeringa 2 cc (100 u)	5,70	10	--	45,60
J4585	10	Jeringa 5 cc (100 u)	7,30	10	--	73,00
J4590	20	Jeringa 10 cc (100 u)	10,50	10	--	210,00
J4600	2	Jeringa 20 cc (100 u)	15,70	10	--	31,40
AS873	5	Agujas 0,3* 12 mm 30G 1/2 (100 u)	6,40	10	--	32,00
AS875	5	Agujas 0,5* 16 mm 25G 5/8 (100 u)	3,80	10	--	19,00
AS876	5	Agujas 0,6* 25 mm 23G 1 (100 u)	3,90	10	--	19,50
		IMPORTE BRUTO				**430,50**

Descuento comercial 10 %	Transportes	Base imponible	Cuota IVA	Cuota RE	TOTAL FACTURA
43,05	Pagados	387,45	38,75	---	**426,20 euros**

Firma
Empresa Mallorca

Fecha y firma de aceptación de la factura
Clínica Java
11 de mayo de 2017

Fig. 8.13. *Factura.*

Cuestiones

Ahora, elabora un documento para reflejar el pedido que Luis Higueras le hizo a la empresa Mallorca.

Fig. 8.1. *Icono de Microsoft Excel.*

Crear una factura con una hoja de cálculo

1. Introducción

Las hojas de cálculo, como ya se expuso en la Unidad 4, son de gran utilidad para hacer gráficos; pero también son muy útiles para hacer cálculos matemáticos y financieros.

Vamos a hacer una factura con una hoja de cálculo.

2. Primeros pasos

Si no recuerdas cómo abrir un documento de Excel, puedes revisar la Unidad 4. Como ya sabes, el área de trabajo de Excel está compuesta por filas y columnas. A la intersección de cada fila con cada columna se la denomina «celda». Al hacer clic con el teclado o al pulsar la tecla **Inicio**, activamos una celda: a continuación, podemos introducir el dato que necesitemos, ya sea un número o una letra. Es decir, cuando una celda está activa podemos trabajar con ella.

3. Crear una factura

Paso 1. Los datos del proveedor (empresa Olaya): debemos situarlos en la parte superior izquierda.

Paso 2. La fecha de emisión del documento: la situaremos en la parte inmediatamente inferior.

Paso 3. El tipo de documento que estamos emitiendo (factura): debemos situarlo en la parte superior derecha, así como su numeración.

Paso 4. Los datos del cliente (clínica Buendía): los insertaremos justo debajo de estos datos.

El resultado será semejante a esta imagen. Los datos ocuparán el rango A1:G10.

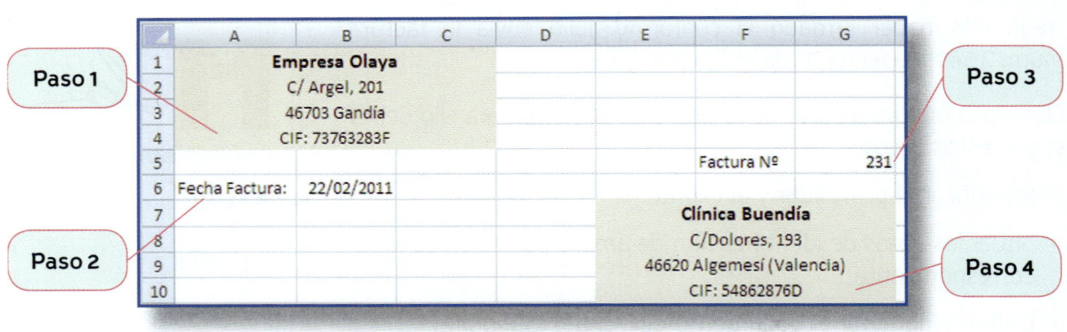

Fig. 8.2. *Apariencia de la factura creada.*

Paso 5. Dar formato a los datos del proveedor. Haz clic sobre la ficha *Inicio,* selecciona desde la celda A1 hasta la C1 y pulsa el botón *Combinar y centrar* del grupo *Alineación.* Repite la operación con las filas 2, 3 y 4.

Selecciona el rango A1:C4, abre el menú del botón *Color de relleno* del grupo *Fuente* y elige un color. Repite el proceso con los datos del cliente.

> **¿SABÍAS QUE...?**
>
> **Número de celdas**
>
> Cada hoja de cálculo de **Microsoft Excel** presenta 16 382 columnas y 1 048 576 filas. Teniendo en cuenta los datos anteriores, ¿qué número de celdas habrá en una hoja de cálculo de Microsoft Excel?

Paso 6. Los datos referentes al desglose de la factura: a continuación, en el rango A12:G27, los introduciremos: «Nombre de los artículos», «Precio unitario», «Unidades recibidas» e «Importe». La hoja de cálculo quedará así:

Para colocar bordes a las celdas, selecciónalas, abre el menú del botón *Borde inferior* en el grupo *Fuente* y elige *Todos los bordes*.

12	ARTÍCULOS	PRECIO Unit.	UNIDADES	IMPORTE
13	Antiséptico Betadine 500 ml.	6,25	5	
14	Gasas estériles, 100 unidades.	3,12	20	
15	Esparadrapo hipoalergénico 2,5 x 10	2,43	10	
16	Hilo de sutura doble acero	1,67	6	
17	Vendas elásticas 10 x 10	5,98	12	
18				
19				
20				
21				
		Total bruto		
		Descuento	5%	
		Portes		
		Base imponible		
		IVA	8%	
27		Importe total		
28				

Para que todas las cantidades aparezcan con dos decimales, pulsa sobre la ficha *Inicio*, selecciona las celdas y utiliza los botones *Aumentar decimales* o *Disminuir decimales* del grupo *Números*.

Coloca el porcentaje de descuento en una celda distinta a la palabra «Descuento». Haz lo mismo con el IVA y el resto de los datos. Esto permite a la hoja de cálculo hacer las operaciones de manera automática.

Fig. 8.3. *Apariencia de la factura con el desglose.*

4. Aplicar fórmulas

Cuando aplicamos fórmulas a una hoja de cálculo, esta hará las operaciones que le indiquemos de manera automática. Para ello, conviene seguir unas pautas:

1. La operación que queremos introducir se puede escribir en la barra de fórmulas o en la celda seleccionada, pero siempre debe ir precedida del símbolo =. Una vez introducido este símbolo, en la barra de fórmulas aparecen los botones de aceptar o desechar datos.

Botón que cancela la introducción de un dato

Botón que acepta la introducción de datos. El mismo efecto se produce pulsando la tecla **Enter**

Cuadro de nombres

Lugar para introducir la fórmula

Fig. 8.4. *Barra de fórmulas de la hoja de cálculo de Microsoft Excel.*

2. Los operadores aritméticos llevan un orden de evaluación. Primero se aplican las potencias, después se calculan las multiplicaciones y divisiones, y, por último, las sumas y restas. Podemos cambiar el orden de prioridad de las operaciones utilizando paréntesis. Si hay más de un cálculo en la misma categoría, Excel los evalúa de izquierda a derecha.

CLAVES Y CONSEJOS

Corrector ortográfico

En Excel existe la opción de corrector ortográfico. Para activarlo, pulsa sobre la ficha *Revisar* y haz clic sobre el botón *Ortografía* del grupo *Revisión*.

CLAVES Y CONSEJOS

Consejo de escritura

Otra alternativa es escribir el signo igual (=), seleccionar la celda E13, escribir el signo de multiplicar (*) y seleccionar la celda F13 en la barra de herramientas.

Paso 7. Calcular el importe de los artículos. Para ello activa la celda G13 y escribe la siguiente expresión: =E13*F13. Al pulsar la tecla **Enter** aparece el resultado (31,25).

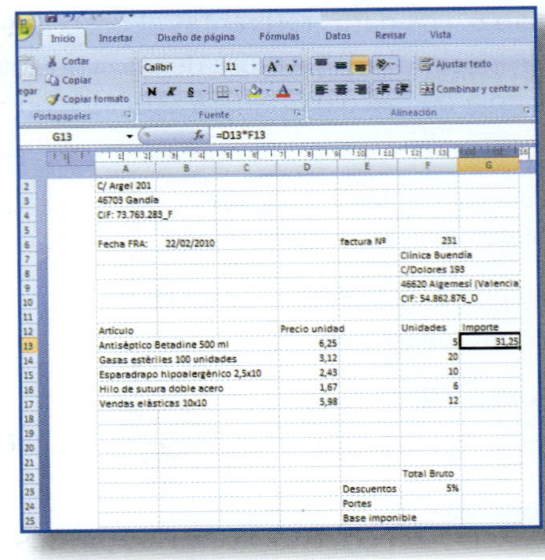

Fig. 8.5. *Cálculo del importe de un artículo.*

IMPORTANTE

Símbolos para operaciones

Símbolos para introducir operaciones:

- Multiplicación: (*).
- División: (/).
- Suma: (+).
- Resta: (–).
- Potencia: (^).

Paso 8. Aplicar una fórmula a todo un rango. Ahora podemos aplicar la fórmula de multiplicar el precio unitario por el número de unidades a todos los artículos, es decir, al rango G13:G17. Para hacerlo:

- Selecciona la celda que contiene la fórmula (G13) y acerca el cursor a la esquina inferior derecha de la celda (adoptará forma de cruz negra y fina; es el símbolo de la función *Autollenado*).
- Arrastra hasta abarcar todo el rango sobre el que queremos aplicar la fórmula (en nuestro caso hasta la celda G17). Como resultado, aparecerá el importe de todos los productos.

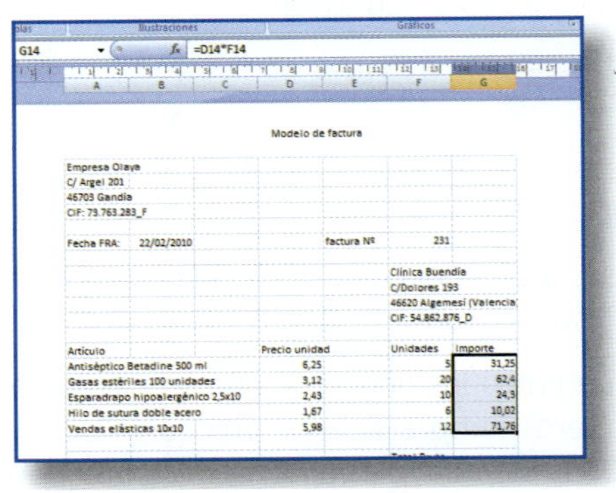

Fig. 8.6. *Apariencia de la factura creada.*

IMPORTANTE

Selección del rango

La **selección del rango** se puede hacer con el ratón; para ello selecciona la primera celda y arrastra hasta la última.

Paso 9. Calcular el importe bruto. Para ello puedes:

- Seleccionar la celda G22 y escribir la siguiente fórmula: =SUMA(G13:G17).
- Seleccionar la celda G22, pulsar el botón *Suma* Σ del grupo *Modificar* en la ficha *Inicio* y pulsar la tecla **Enter**, si el rango de celdas propuesto por Excel para la suma es el correcto.

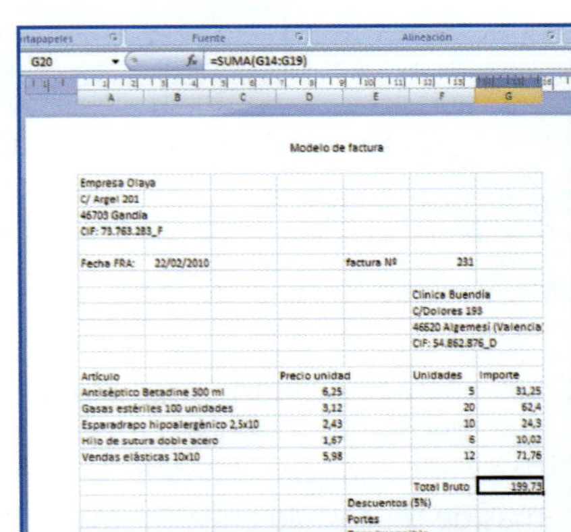

Fig. 8.7. *Cálculo del importe bruto de una factura.*

CLAVES Y CONSEJOS

Prácticas en las unidades

Para practicar puedes modificar el número de unidades compradas de cada artículo y ver cómo Microsoft Excel cambia automáticamente el importe total relativo a cada artículo.

APLICACIONES INFORMÁTICAS *(Continuación)*

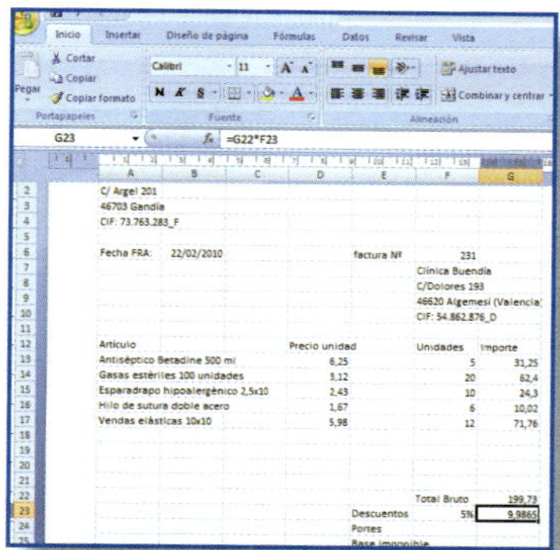

Fig. 8.8. *Cálculo del descuento de la factura.*

Paso 10. Calcular el descuento. Para ello debes haber especificado que en la celda F23 el valor introducido es un porcentaje. Para ello, activa dicha celda, activa la ficha *Inicio* y pulsa el botón *Porcentaje* del grupo *Número.*

A continuación, selecciona la celda G23 e introduce en ella la siguiente fórmula: =G22*F23.

CLAVES Y CONSEJOS

Prácticas con los descuentos

Para practicar puedes cambiar el porcentaje de descuento y ver cómo Microsoft Excel lo recalcula automáticamente.

Paso 11. Insertar el coste de los portes. Como su importe es fijo, simplemente debes insertar la cantidad (12 €) en la celda correspondiente (G24).

Paso 12. Obtener la base imponible. En nuestro caso, la celda reservada para ello es la G25. La base imponible es el resultado de aplicar el descuento sobre el importe bruto (=G22–G23) y de añadir el gasto de los portes (=G22–G23+G24).

Paso 13. Calcular el IVA. Para ello, sigue los mismos pasos que para calcular el descuento, pero aplícalo a la base imponible (celda G25). Es decir, debes insertar en la celda G26 la siguiente fórmula: =G25*F26.

Paso 14. Obtener el importe total. Suma la base imponible con la cuota de IVA. Selecciona la celda G27 y escribe la fórmula: =G25+G26.

Los resultados de la factura se ven a continuación:

12	ARTÍCULOS	PRECIO Unit.	UNIDADES	IMPORTE
13	Antiséptico Betadine 500 ml.	6,25	5	31,25
14	Gasas estériles, 100 unidades.	3,12	20	62,40
15	Esparadrapo hipoalergénico 2,5 x 10	2,43	10	24,30
16	Hilo de sutura doble acero	1,67	6	10,02
17	Vendas elásticas 10 x 10	5,98	12	71,76
18				
19				
20				
21				
22		Total bruto		199,73
23		Descuento	5%	9,99
24		Portes		12,00
25		Base imponible		201,74
26		IVA	8%	16,14
27		Importe total		217,88
28				

Fig. 8.9. *Resultado final de la factura.*

Paso 15. Ver, imprimir y guardar el documento. El funcionamiento de las opciones de *Vista preliminar, Imprimir* y *Guardar* en Excel y en Word es semejante. Únicamente debes tener en cuenta dos cosas:

a) La extensión de los documentos de Excel es «.xlsx» y no «.docx».

b) A veces los documentos de Excel no se ajustan a un tamaño real de papel. Para adecuarlo, pulsa el botón de Office y apuntando a la opción *Imprimir,* selecciona *Vista preliminar.* A continuación, pulsa en *Configurar página* y haz clic en *Márgenes.* Aparecerá un esquema de tu factura. En la zona *Centrar en la página,* activa las casillas *Horizontalmente* y *Verticalmente.* A continuación, pulsa el botón *Aceptar.*

Cuestión

1. Elabora con la hoja de cálculo todas las facturas que se te han presentado en las actividades de la Unidad 8. También puedes utilizar la hoja de cálculo para elaborar un presupuesto o un pedido.

IMPORTANTE

Alineación, fuente y formato

En Excel los textos quedan alineados a la izquierda de la celda, mientras que los números se alinean a la derecha. Puedes modificarlos con los botones de *Alineación* de texto.

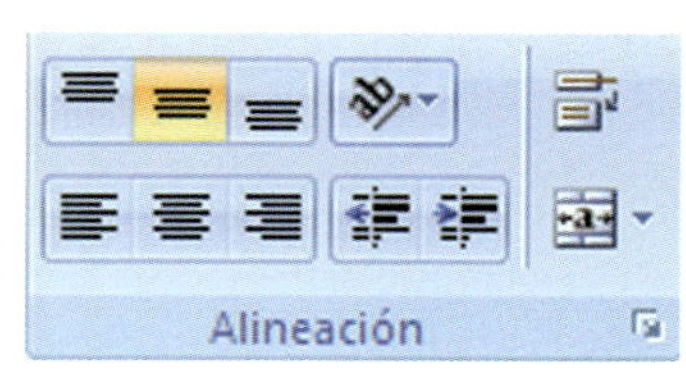

Además, en Excel puedes modificar los atributos de la fuente de modo semejante a como se hace en Word. Para ello debes ir a las opciones del grupo *Fuente,* en la ficha *Inicio.*

Para modificar el alto y el ancho de una fila o columna debes utilizar las opciones del botón *Formato* en el grupo *Celdas.*